行在绍兴

中国报纸副刊研究会 编

红旗出版社

中国报纸副刊研究会年会暨"循迹溯源·运河文化绍兴行"百名文化记者采访调研活动合影留念

浙江日报报业集团／提供

中国报纸副刊研究会年会会场（一）　　　　　　　　　　　　　　　申菏亮／摄

中国报纸副刊研究会年会会场（二）　　　　　　　　　　　　　　　申菏亮／摄

中国报纸副刊研究会年会副刊最佳版面展示（一）　　　　　　　　申菏亮／摄

中国报纸副刊研究会年会副刊最佳版面展示（二）　　　　　　　　申菏亮／摄

在阳明故里，探寻一代大儒的人生传奇

申菏亮／摄

参观大禹纪念馆

申菏亮／摄

在蔡元培故居（孑民图书馆）瞻仰"学界泰斗，人世楷模"生平事迹（一）　　申菏亮／摄

在蔡元培故居（孑民图书馆）瞻仰"学界泰斗，人世楷模"生平事迹（二）　　申菏亮／摄

参观明代文学家、书画家徐渭的"青藤书屋"   申菏亮／摄

在古代大型挡潮排水闸三江闸采访   申菏亮／摄

在嵊州市华堂村书圣故里采访，王羲之第五十四代孙王伯江老人为记者即兴挥毫　申菏亮／摄

拜谒书圣王羲之墓园　　　　　　　　　　　　　　　　　　　　　　申菏亮／摄

在"越剧诞生地"东王村采访 申菏亮／摄

在浙江帅丰电器股份有限公司考察调研 申菏亮／摄

目 录

CONTENTS

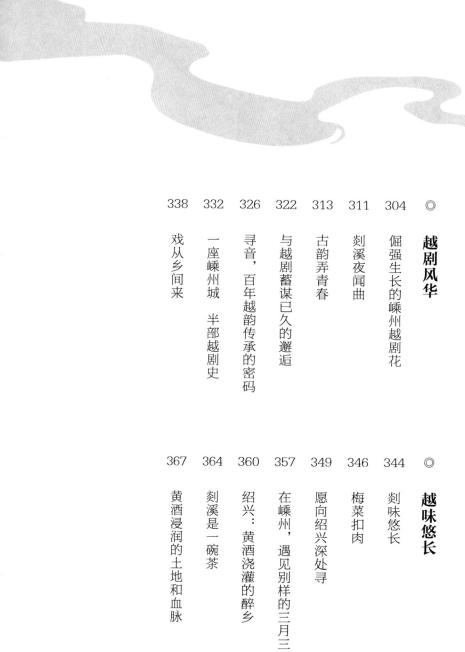

诗画绍兴

绍兴印象

简霞

烟雨蒙蒙，粉墙黛瓦，小桥横卧，流水依依，诗词中的"小桥流水人家"，温润婉约，定格着许多人想象中的水乡风光。

这样唯美的画卷，是江南，但也不全是。烟花三月，走进绍兴，同全国100多位文化记者一起，循迹溯源，追溯大运河的历史文脉，感受源远流长的中华文明，也感受大河奔涌、湖光山色的江南的另一面。

有骨的江南

千年运河，枕水绍兴。千百年来，中国大运河穿越历史，日夜奔流，流淌至今。鲜为人知的是，中国大运河包括三部分，除了广为人知的京杭大运河，还包括隋唐大运河和浙东运河。而浙东运河，最初开凿的部分即位于绍兴市境内的山阴故水道，它的背后，正是那个"卧薪尝胆"的故事。

公元前494年，吴越交战，越国兵败，勾践被俘入吴，为奴3年，受尽凌辱，才最终被释放。公元前490年，越王勾践自吴返越，开凿了一条东西向贯通全境的山阴故水道，形成了最初的浙东运河绍兴段。山阴故水道沟通了作为越国都城的"勾践小城""山阴大城"与作为冶炼、军工基地的"炼塘"和作为粮食生产基地的"富中大塘"之间的水上联系，促进了东部平原的开发。

"十年生聚、十年教训"，励精图治的勾践，最终一举打败吴国，成为吴越地区的霸主，山阴故水道当有不世之功。在绍兴，水就是这样，不仅是柔情的，也是有风骨的。

千帆过尽，2500多年来，悠悠运河水在绍兴流出一城文化，更流出无数有风骨的儿女。

在绍兴，走街串巷，不经意间便会撞上名人故居、遗址。从兼容并包、孕育新北大的蔡元培，到"横眉冷对千夫指，俯首甘为孺子牛"的鲁迅；从剑胆侠风、飒爽豪气的秋瑾，到"只解沙场为国死，何须马革裹尸还"的徐锡麟……一座座老屋静静伫立街头，门楣牌匾高悬，门槛踏痕深深，此时无声胜有声，一个又一个响亮的名字，激扬豪迈，诠释着绍兴人的冰雪灵魂，铮铮风骨。

不过，最妙的是，绍兴人以水为形，以火为性，将运河水嵌入了日常生活。

"汲取门前鉴湖水，酿得绍酒万里香。"长达20余天的浸米、人工搅拌开耙、长达90余天的发酵、长时间的贮存……以时间作引，沉淀温暖，捕捉醇香，酿就一方独有的老酒——黄酒，醇厚甘甜，柔情似水，后劲绵长。

在绍兴，黄酒是"一觞一咏，亦足以畅叙幽情"，成就千古第一行书《兰亭序》的传奇，是"不惜千金买宝刀，貂裘换酒也堪豪"的壮怀激烈，更是"嫁女必备女儿红"的习俗和日常，是属于一瓦一檐、一船一橹的平凡的温暖和浪漫。

不过，如今这浓烈，也多了甘甜的味道。"越酒行天下，东浦酒最佳。"东浦古镇别名为黄酒小镇，是绍兴黄酒的发源地之一。徜徉其间，青石板铺砌的老街小巷古拙沉静，店铺临水而立，清澈的流水倒映着黄酒棒冰、黄酒布丁、黄酒奶茶等店招的喧哗与热情，吸引着年轻人驻足，感受另一种充满时代感与想象力的新潮。

故乡的风景

水乡绍兴，名湖众多，但若论诗名远扬，鉴湖或许不遑多让。

鉴湖，又名镜湖、庆湖、贺监湖等。"山阴道上行，如在镜中游。"镜湖之得名，正是缘于书法名家王羲之1000多年前的这句感叹。而如今的鉴湖边，

还能看到"唯有门前镜湖水，春风不改旧时波"的题诗，来自盛唐文坛泰斗贺知章。

"少小离家老大回，乡音无改鬓毛衰。儿童相见不相识，笑问客从何处来。"贺知章的这首诗入选了小学课本，大家应该都读过背过。《回乡偶书》有两首，这是其一，其二知道的人可能比较少："离别家乡岁月多，近来人事半消磨。唯有门前镜湖水，春风不改旧时波。"

两首诗都写于贺知章晚年功成名就，归隐故乡之际。在我看来，这两首诗妙就妙在通俗浅白，自然流淌，却又说透人情。诗中的久客之感颇为真切，那些关于少年与白发、远方与家乡的无奈与沧桑，勾得多少人心有戚戚。毕竟，谁不希望"看遍这世间，归来依旧是少年"，可惜都愿而不得。但更让人感慨的是"春风不改"，纵然世事波澜起伏，故乡对游子的包容和庇佑却始终不改。而这或许正是从古至今，游子们即便走遍天涯海角，也总会心生乡愁，望向遥远的故土，反复吟咏故乡风景的原因吧。

贺知章的故乡风景成为鉴湖的最好诠注。众多文人追随其后泛舟鉴湖，寄情山水，任诗情荡漾。

贺知章的忘年交李白，写下"镜湖流水漾清波，狂客归舟逸兴多""我欲因之梦吴越，一夜飞度镜湖月"等名句，杜甫留下"越女天下白，鉴湖五月凉"的吟咏；而同样故乡在鉴湖之滨的陆游，在外任职时念念不忘家乡，吟出"千金不须买画图，听我长歌歌鉴湖"……还有严维、元稹、白居易、曾巩、秦观等，都留下鉴湖诗作。

当然，旖旎风光之外，众多诗句的背后是不是也蕴含了一点对贺知章圆满人生的歆羡呢？毕竟，贺知章在朝为官50载，经历了4任皇帝，在晚年衣锦还乡，还被"诏赐镜湖剡川一曲"，当年这大概就是极致的荣耀了吧。但不管怎样，《回乡偶书》之所以传诵千年经久不衰，还是因为诗中亘古不变的故乡情怀吧。

鉴湖边的鲁镇，是另一处故乡的风景——鲁迅笔下"外婆的故乡"，绍兴人将它从书本里搬到现实中。石拱桥、石板路，鳞次栉比的店铺，人们依据《孔乙己》《祝福》《社戏》等作品中的描述，建成一个山清水秀的小镇，甚至有专人扮演鲁迅笔下的人物，与游客互动。阿Q正在被升堂审讯，对面走过来的祥林嫂仍在叨叨自己的孩子阿毛……游人仿若行走在课本里。然而演员演得越逼真，游人看得越触动，鲁迅笔下的那些人物，仿佛仍活生生地生活在这里，让人发笑，更让人深思。站在人潮涌动的街头，望着来来往往的笑靥，不禁感慨：一百年的时光，足以物换星移，但有些经典值得永远铭记。

恍惚中，戏台上袅袅越音响起，夕阳洒落，眼前的鉴湖湖光潋滟，深沉无语。水面辽远浩渺，远远的对岸，是高高低低的绿树，点点金黄的油菜花，或隐或现的民居。那又是谁的故乡呢？

（原载《四川日报》2024年6月7日）

诗韵绍兴

杨惠玲

在浙江省东部，有一条"唐诗之路"。晋唐以来，文人墨客自钱塘江畔登船，沿浙东运河到绍兴，南入曹娥江、剡溪，终到天姥山、天台山……李白、杜甫、白居易、孟浩然、刘禹锡、贾岛等400多位诗人，一路赏游怀古，吟诗作赋，留下了1500多首经典诗作，铺就了这条浪漫的"唐诗之路"。其中，

绍兴段占整条诗路的一半以上，人文荟萃，成为这条诗路上的精华地段。

跟随中国报纸副刊研究会"循迹溯源·运河文化绍兴行"百名文化记者采访团，在烟花三月的美好季节，我们来到诗意江南，走进水乡绍兴。沿着唐诗的长河蜿蜒而下，我们行吟其间，在这里感受瑰丽的山水风光与深厚的文化底蕴。

悠悠鉴湖水

"山阴道上行，如在镜中游。"绍兴鉴湖因东晋书法大家王羲之的赞美而得名"镜湖"，也叫"鉴湖"，是绍兴的"母亲湖"。

从晋代开始，历隋、唐、宋，一直到明清时期，鉴湖一带都是历代文人钟情之地。"白水翠岩，互相映发，若镜若图"的鉴湖，激发出文人墨客的创作灵感，成为他们名副其实的"诗与远方"。

"离别家乡岁月多，近来人事半消磨。唯有门前镜湖水，春风不改旧时波。"（贺知章《回乡偶书》二首其二）诗中所说的镜湖，就是贺知章"少小离家老大回"的家乡，这里有他熟悉、无改的乡音。

在历史上，鉴湖起到了重要作用。东汉永和五年（140 年），会稽太守马臻筑镜湖。鉴湖建成后，绍兴北部平原成为真正的鱼米之乡，著名的绍兴黄酒的酿制，取用的就是鉴湖水。

在烟波浩渺的鉴湖上，遥想盛唐诗人流连徜徉于鉴湖的湖光山色之间，泛舟而行，一步一景。"镜湖三百里，菡萏发荷花。"（李白《子夜吴歌·夏歌》）镜湖曾是一座集灌溉、防洪、供水作用于一体的大型水利工程，造福浙东千年，且以水平如镜而闻名。诗人在这里寄情山水，赞叹镜湖的旖旎风光："水色渌且明，令人思镜湖。"（李白《登单父陶少府半月台》）"镜湖水如月，耶溪女似雪。新妆荡新波，光景两奇绝。"（李白《越女词》）

鉴湖犹如一幅水墨画，杜甫也在他的《壮游》诗中留下了"越女天下白，鉴湖五月凉"的美好回忆。

鉴水悠悠，源源不绝。1000 多年来，鉴湖把柔媚与刚直，糅合在一湖清波中。

剡溪蕴秀异

"湖月照我影，送我至剡溪。"（李白《梦游天姥吟留别》）这是我来到绍兴嵊州，听到"剡溪"这个名字时，最先从脑海中蹦出的一句诗。但出乎我意料的是，剡溪并不是一条小溪流，而是一条水面宽阔的河流。

嵊州是一座有"万年文化小黄山、千年剡溪唐诗路、百年越剧发祥地、'两圣一祖'归隐处"美称的城市，秦汉时已建县称"剡"，有 2000 多年的历史，北宋时始名"嵊"。剡溪穿越嵊州全境，由南来的澄潭江和西来的长乐江汇流而成。

剡溪至上虞与曹娥江相接，两岸青山，溪水逶迤，历史上早有"剡溪九曲"的胜景。沿剡溪一路古迹迭续，历代众多诗人学士或居或游，留下了无数咏剡名篇及趣闻逸事。

"水作青龙盘石堤，桃花夹岸鲁门西。若教月下乘舟去，何啻风流到剡溪。"（李白《东鲁门泛舟二首》）古人畅游南方以水路为主，水尽则登山而歌，而剡溪则是登天台山的必经之路。

嵊州的秀美山水，吸引了众多的文人墨客、贤士名流入剡览胜。王羲之、戴逵等人在此定居，终老剡地；李白、杜甫、陆游等诗人曾来嵊游历，留下了不少咏剡的佳作绝句。

"湖月照我影，送我至剡溪。谢公宿处今尚在，渌水荡漾清猿啼。"（李白《梦游天姥吟留别》）这首诗寄托了李白奇特的想象，亦真亦幻、亦虚亦实；"剡溪蕴秀异，欲罢不能忘。"（杜甫《壮游》）剡溪的秀丽景色非比寻常，让流连于此的杜甫也难以忘怀。

剡溪不但有许多迷人的水陆风光，也留下了许多人文景观、名胜古迹供人瞻仰，古代诗人对它尤为钟爱，难怪李白在《秋下荆门》中说"此行不为鲈鱼鲙，自爱名山入剡中"。

到以剡溪为名的嵊州走一走吧，这里不仅有滋养嵊州千年的山水，也有一条条逛不够的古街，更有婉转悠扬听不腻的越剧和一道道让人念念不忘的小吃……

天姥向天横

有人说，"一座天姥山，半部《全唐诗》"。在唐代以前，天姥山便是中国古代文人心中的朝圣地。

天姥山位于绍兴市新昌县，据说该山的得名与其形状有关，因其状如女子，古人便把它附会成天上的仙人，称之为"天姥"，即"王母"，传说中的西王母。西晋张勃所撰《吴录》中最早记载了天姥山："剡县有天姥山，传云：登者闻天姥歌谣之响。"

东晋谢灵运曾穿着被后人称作"谢公屐"的鞋履登上天姥山，天姥山也因此得到唐代诗人的推崇。"天姥连天向天横，势拔五岳掩赤城。天台四万八千丈，对此欲倒东南倾。""脚着谢公屐，身登青云梯。半壁见海日，空中闻天鸡。"李白在《梦游天姥吟留别》中写下了自己梦游天姥山的情景，更使天姥山声名大振、名扬天下，也奠定了天姥山和新昌在"浙东唐诗之路"中的显赫地位。因此，天姥山成为一座中国古代文人向往的文化名山，许多文人墨客在这里留下了传诵千古的诗句。据统计，《全唐诗》收录了 2200 多位诗人的诗作，其中约五分之一的诗人都曾寻访过天姥山。

"浙东唐诗之路"的创意灵感，就源自李白的《梦游天姥吟留别》。虽然我们在此次采访活动中未能登临天姥山，但来到新昌一直心向往之，也有了梦游天姥山的愿望。

伴随着李白的千古绝唱，天姥山仿佛在与诗人对话唱和，让诗歌文化在这片土地上跨越古今，绵延不绝。

在我心中，天姥山不仅是一座山，更是一个文化地标，是传承弘扬诗路文化的一块高地。

访绍兴，品古韵。千古流传的诗篇，仍在历史长河中回响。

（原载《石家庄日报》2024 年 4 月 17 日）

水乡千古事

王汉英

人们在亲近自然的时候，首选的是水。在谈及自然人文的话题时，常常会出现"发源""源头"这样的词汇。和水相关的事物，总是让人油然而生美妙之感。暮春时节，我有幸参加了在绍兴举办的中国报纸副刊研究会年会，"循迹溯源·运河文化绍兴行"这个活动恰以水为题。

对绍兴的第一印象，就是水！溪流河道，纵横交错。鲁迅先生笔下的乌篷船依旧在河道里穿梭来往。浙东运河是京杭大运河的延伸段，自古至今，这条大河上漂流而过的故事，都在这里做个消化、归入大海了。

水，曾让我产生许多的联想，唯独没有想到的，是禹！这位中国历史上第一个王朝——夏朝的建立者。自他开始，有夏，再有商周，之后的朝代更迭、文明进程，白叟黄童皆耳熟能详。原本对大禹的了解只是个概念，也近

似神话。来到绍兴，大禹让我始料不及，原来他也在这里。他曾在此治水，留下"三过家门而不入"的千古佳话，他曾在此聚会诸侯、论功行赏、祭天封禅。如今，大禹陵就坐落在苍松翠柏之间，瞻仰他的人们无不敛气屏声，不忍心打扰他的安宁。

历史车轮，4000 年！

绍兴，于越文化的发祥地。公元前 490 年，那个叫勾践的越王，在此演绎了反败为胜的完美大剧。"卧薪尝胆"就不消说了，在经历"十年生聚，十年教训"之后，他手里的那把越王剑斩获了胜利，越国曾经一度称霸。对了，还有那个辅佐越王勾践的大夫范蠡，完成功业隐身而退，驾一叶扁舟顺水而去，到东海做了一个财神，更浪漫的是，他是与西施同行的。

是的，美妙的故事往往发生在水乡，水至柔，至柔则美、则刚。这么说吧，这片水乡，出英雄、出才子，出师爷、出圣人，出仁人、出志士。怎能不令人向往？！

这里出的圣人，是指"书圣"——王羲之。他的书法，前无古人，恐怕之后也无人可及了；他的书法，分明是叠嶂的山岭、翻卷的云彩。这个人的亮相，是在一个"天朗气清，惠风和畅"的春日午后，他和 41 位文人好友临溪泛觞，饮酒赋诗，雅集于兰渚山下，他的才华自此永远地烙印在《兰亭集序》那页宣纸上了。

文化之乡，并非由几个或者少数人的努力建成，它背后是众多的、闻名遐迩的文化名人，不必一一列举。但有一个巨星般的人物，无法无视他的人文价值，此人乃王阳明也。按辈分算，他是王羲之堂伯父王导的第四十一代孙，明成化八年（1472 年）九月三十，他出生在浙江余姚，此时正逢人类文明史上的一个历史转折期，即西方文艺复兴时期。作为思想家、哲学家、军事家，以及诗人和美学家的王阳明，他的出现使得东方在与西方文艺复兴的媲美中，不失灿烂的光辉。

　　绍兴，王羲之的隐居地，王阳明的心学思想成熟之地。这两位都是大名鼎鼎、名垂千秋的重量级人物。有时我会这样想，九州大地，哪里都有名人、圣人，可为什么绍兴会名人迭出、人才辈出？因为山、因为水，还是别的什么缘故？来到绍兴，猛然顿悟：文脉、底蕴才是根。绍兴的古圣先贤、仁人志士是排着队、踩着点前赴后继簇拥着来的。历史长河中，他们就像一颗颗闪亮的珍珠，聚在一起形成了绍兴整个文化群体。这样，就不难理解为什么这里总和名人、圣人的故事连在一起了。

　　时间推移至大唐。绍兴嵊州剡溪——唐朝诗人的网红打卡地。"湖月照我影，送我至剡溪……"李白在《梦游天姥吟留别》后又数度入剡，"此行不为鲈鱼鲙，自爱名山入剡中"。他一生游历，常将所到之处与剡溪作比。白居易、元稹、孟浩然、刘禹锡、杜甫、王维、孟郊……《全唐诗》收录的2200多位诗人中，有近500人来过这里，且有诗为证。泛舟剡溪，在这条绵延200公里、星光灿烂的"浙东唐诗之路"上，无疑是赴一场跨越时空的风云诗会。

　　追赶着时光的脚步，感慨万千。不经意间，我们来到了越城区一个僻静处，青藤书屋，这是徐渭的故居。旁边，沈园、鲁迅祖居、蔡元培故居、周恩来祖居，相距不远。穿行于台门与台门之间的石板路上，长风拂面，仿佛瞬间穿越千年。

　　徐渭何人？这里要说一下，从明代中后期至清代，幕僚制度渐渐盛行。师爷，幕僚也。而师爷群体中绍兴人居多，总数达万人以上，遍及全国各地大大小小的衙门，故有"无绍不成衙"之说。而徐渭，堪称绍兴师爷的鼻祖，最大的"师爷"。做这般角色，他自然是有资格、有本钱的。师爷的意义，就是给人拿主意、出点子，可影响一个官府、一方土地。说到底，是会稽山水、文人家风哺育了足智多谋、治事审慎的绍兴师爷。

　　到了近代，许多影响力深远的人物，也在这里，他们影响了一城、一国，

乃至一个时代、数个时代。他们是谁，举世皆知。蔡元培和鲁迅这对绍兴同乡，就对中国现代文化的贡献而言，堪称并耀于世的双子星座。如果说蔡元培影响了教育、思想和社会，鲁迅则影响着人生和人性。他塑造的两个人物，阿Q和孔乙己，既有着各自的性格，又拥有着根植于本民族的共性，优劣长短都有，人们即使想刻意淡薄他们、想忘掉他们，都做不到。至今，我们还会不经意间在某个时间、某个地方突然就遇见了这两个人。

绍兴的桥多，桥为水而生。借问树下白叟翁，言说有桥万余座。这些桥，串联起了河道与街巷，也串联起了从古至今的人和事。

绍兴的桥多，水因桥纵横阡陌。眼前这座建于南宋的八字桥，因两座桥相对，形状如同"八"字而得名，堪称中国最早的立交桥。浙东运河在这座桥下千年流淌，源源不断。

我们从桥上走来，时光从桥下流去，彼此间微笑，招手致意。

一个地方，有多么厚重的人文历史，就有多么远阔的未来。这个地方，有延续数千年的文化赓续，有令世人惊叹的人文荟萃。水乡千古事，谁与问东流。绍兴，绍兴！现在的绍兴，正沿着历史的脉络走向未来。

（原载《邢台日报》2024年6月3日）

任何关键词都难以概括的绍兴

陈小玲

我常常想起江南水乡的一座古城——绍兴。

它是一座国家首批历史文化名城，有着近万年的人类活动史、2500 多年的建城史。在我眼里，它始终都是古雅而厚重的。秦汉时，会稽郡是江浙政治与文化中枢；隋唐时，重置越州；及至南宋，高宗取"绍奕世之宏休，兴百年之丕绪"之意，改越州为绍兴，沿用至今。河流永远是一道最祥静的风景。在每一座古城的生命里，都有一条河在天长地久地流淌。浙东运河——绍兴的母亲河，被鲜明地标示在中国地图上，携带着遥远的神秘飘逸而来，穿城而过，古城便依偎在它的逶迤与润泽之中。绍兴虽不大，不到 1 万平方公里，却是文化发达、人才辈出的地方。逡巡其中，不用刻意造访，随时可以发现文化的影子，感受斑斓的现代气息。

人文始祖：追溯古人迈向华夏文明的足迹

大禹治水可谓家喻户晓，这个典故出自《孟子·滕文公上》以及《史记·夏本纪》。大禹在治水的过程中，三次路过自己的家门口，但因全身心投入治水工作，每次都没有进门。这个"天下为公""公而忘私"的事迹，在一代一代人的传颂中反复被化用与抒写，对华夏文明以及价值观的形成产生了重要的影响。

史学家司马迁在《史记》开篇《五帝本纪》中记载，黄帝、颛顼、帝喾、尧、舜以及禹是华夏文明的开创者，其中影响最大的是黄帝和禹，被公认为"人文始祖"。不承想，大禹陵就在浙江绍兴。

暮春三月，前往大禹陵拜谒，以抒怀古之幽思。大禹陵坐落在绍兴越城

区东南的会稽山，是全国重点文物保护单位，由禹陵、禹祠、禹庙组成。穿过一段神道，眼前便是祭禹广场，自从 1995 年恢复大禹公祭典礼，每逢清明节，都可以看到祭祀的场面。早在 2006 年，这一祭典被国务院列入国家级非物质文化遗产名录。神道尽头是大禹陵碑亭，亭内立有由明代绍兴知府南大吉所书的"大禹陵"石碑。

走进大禹纪念馆，我边听讲解边记录，试图从大禹治水传说的图文史料中寻找大禹的足迹。大禹治水成功后，设置九州，建立军队，制定刑法，征收贡赋，完成了从原始部落社会到奴隶社会的跨跃，被誉为"立国始祖"。夏王朝建立之后，为了政治、军事、农事的需要，创立、颁布了夏历，即《夏小正》，又"尽力乎沟洫"，变水灾为水利，让后稷、伯益教民稼穑，极大地促进了灌溉技术、栽培技术以及农耕工具的进步，推动农业生产力的快速发展……馆内《禹迹图》《绍兴禹迹图》特别吸引眼球。

《禹迹图》最早问世于北宋时期，它是中国现存最早的石刻地图之一，标注了行政区、河流、山脉和湖泊等地理要素 500 多个，对当时各主要水系有着相当完整和准确的标示；《绍兴禹迹图》根据史料传说绘制，收录有关大禹的祭祀活动、纪念建筑设施、地物表征、碑刻题刻、地名遗存物等不可移动的自然和历史物质遗存、遗址、遗迹 127 处。这是一张完备、系统地编录大禹文化遗产的区域性分布图，驻足片刻，沉睡在血脉里的记忆一点一点被唤醒。

大禹是华夏文明的标志性符号，其治水英雄的形象早已深植人们的心中。《禹迹图》《绍兴禹迹图》溯源、挖掘了"尧舜禹"特别是"禹"的足迹，让更多的人得以从中追溯华夏文明之源。

漫步大禹陵，仿佛一步千年，亦真亦幻。山川、河流总是这样默默塑造人们的精神世界，无形的力量代代传承。

魏晋风骨：《广陵散》的回响

关于魏晋南北朝有一个"热词"——魏晋风骨，也称魏晋风流。它让人联想到放浪形骸、旷世豪爽的士人，它体现了独特的思想行为，它阐释了一种人格范式……它不仅是一种行为风格，更是一种审美理想。嵇康，可谓魏晋时代的标志性人物、魏晋风骨的代言人。

嵇康，字叔夜，是著名思想家、音乐家、文学家，以其独特的个性、高尚的气节和对自然的崇尚而闻名于世。作为"竹林七贤"的精神领袖，他与阮籍等人共倡玄学新风。嵇康出生于魏黄初五年（224 年），祖先本姓奚，会稽上虞（今浙江绍兴市上虞区）人氏，因躲避仇家迁徙至铚县，改姓嵇。据载，嵇康幼年丧父，由母亲兄长抚养成人。身长七尺八寸，风姿特秀，容貌甚伟，龙章凤姿。"为人也，岩岩若孤松之独立；其醉也，傀俄若玉山之将崩。"及冠，迎娶魏帝曹操之子沛王曹林的孙女长乐亭主为妻，拜官郎中，授中散大夫，世称"嵇中散"。嵇康幼年聪颖，精习多种技艺，崇尚老庄，主张"越名教而任自然"，狂放不羁，不愿出仕为官：当时朝中掌权的大将军司马昭想聘他为幕府属官，他跑到河东郡躲避征辟；司隶校尉钟会盛礼前去拜访，他不理睬。当钟会欲拂袖而去，嵇康忽曰："何所闻而来，何所见而去？"钟会答曰："闻所闻而来，见所见而去。"两人因之结下仇怨；好友山涛离任，举荐嵇康代替自己之职，嵇康写了《与山巨源绝交书》，列出自己"七不堪""二不可"，坚不出仕……魏景元四年（263 年），吕巽诬告吕安不孝一案，嵇康愤而为吕安鸣不平。司马氏听信谗言，一怒下令处死吕安、嵇康。临刑前，嵇康神形自若，顾日影索琴而鼓，一曲《广陵散》毕，喟然叹曰："袁孝尼尝请学此散，吾靳固不与，《广陵散》于今绝矣！"嵇康从容地引颈就戮，年仅三十九岁。真可谓"刺客之高义，名士之绝响"也。

《广陵散》是现存汉唐遗音中最为重要的一首古琴曲，中国文化的音乐符号。据北宋《琴书·止息序》称："其怨恨凄恻，即如幽冥鬼神之声；邕邕容

容，言语清冷，及其怫郁慷慨，又亦隐隐轰轰，风雨亭亭，纷披灿烂，戈矛纵横。"因为嵇康临刑前调轸击弦，以宣泄满腔愤世之情，而名扬天下。

《琴曲谱录》云："《广陵散》，嵇康作。"关于《广陵散》的作者，有多种记载和传说，莫衷一是，但人们似乎更相信一个比较诡异的说法。据南宋《会稽续志》记载，八仙冢在会稽县东，地名白塔。嵇叔夜过越，宿传舍，遇古伶官之魄而得《广陵散》。唐代诗人独孤及游白塔寺时留下这样的诗句："有人若问广陵散，叔夜曾经到此间。"

假借鬼神作《广陵散》，把对世道的不满、对自由的向往和对人生的思考谱入曲中，白塔寺给了嵇康创作灵感。

白塔寺地处陶堰东白塔山麓，始建于魏晋时期，院后山上有白塔，故以塔命名，历史悠久。北宋时期，白塔寺是浙东运河沿岸交通来往的重要节点，它的价值不仅仅在于佛教文化的传播，更在于与嵇康、《广陵散》的紧密联系。2024年1月，白塔寺重建项目（白塔寺本体修缮）启动，将还原古时"运河灯塔"的标识，打造以"古运情怀 闲云白塔"为主题的浙东运河文化空间……一曲《广陵散》正穿越时空而来，时而激烈如狂风暴雨，时而柔和如绵绵细雨，每一个音符都充满了情感的力量，给人意犹未尽、余音绕梁之感。岁月不居，经典永恒。

柔美大义：照亮人心的传奇

"鉴湖越台名士乡，忧忡为国痛断肠。剑南歌接秋风吟，一例氤氲入诗囊。"这是毛主席对绍兴名士的经典性概括。诗中"秋风吟"化用了秋瑾的诗《秋风曲》及被清政府杀害前的唯一供词"秋风秋雨愁煞人"。秋瑾是绍兴名士之一，近代民主革命志士，一位为推翻数千年封建统治而牺牲的革命女性先驱，一个"最热心去爱国、爱同胞的人"。

秋瑾的名字我早已耳熟能详，因为她的出生地就在我生活的城市福建漳州的一个县——云霄县。

漳州有秋瑾故居，坐落在云霄县云陵镇享堂村，又名"七先生祠"，为清嘉庆八年（1803年）云霄厅同知李承报所建。它最早是紫阳书院（文祠）学舍，后成为清代置厅云霄后的邑宰官邸，之后作为奉祀施邦曜、陈汝咸、汪绅文、江环、薛凝度、章辅廷、倪惟钦等七位先贤之所。浙江绍兴人、秋瑾的祖父秋嘉禾曾任云霄厅同知，父秋寿南、母单氏随寓。秋瑾就在这后堂左卧房出生，取名闺瑾，乳名玉姑。年幼的秋瑾在紫阳书院里随学子们读书习文、学诗写字，度过一段宝贵的童年时光。秋瑾故居被列为福建省第七批文物保护单位，全国人大常委会原副委员长彭珮云题匾。

后来秋嘉禾调离云霄，一家人回到绍兴。绍兴秋瑾故居在市区那栋乌瓦白墙的老屋——和畅堂35号，秋瑾随祖父回绍兴后就住在这儿，读书习文、练拳舞剑；从日本回国后，也依然在这儿生活。

故居正厅名"和畅堂"，"和畅"取自《兰亭序》中的"惠风和畅"之意。正厅左侧是会客室，秋瑾担任大通学堂督办时就在这个会客室召开秘密会议，与徐锡麟、陶成章、王金发等革命党人共商反清革命大计。事迹陈列室里，图文资料展示了秋瑾短暂而壮烈的一生。她目睹民族危机深重、清政府腐败无能，立志要挽救祖国于艰危之中。1907年，在上海创办《中国女报》，创刊号上发表了《敬告姊妹们》，文章开头道："我虽是个没有大学问的人，却是个最热心去爱国、爱同胞的人。"最热心爱国、爱同胞，这是秋瑾最闪亮的思想，也正是这种对祖国和民族的深厚感情，促使她从一个大家闺秀转变为杰出的民主革命家。秋瑾提倡男女平等，提出"自立—学艺—合群"等妇女解放主张，女子要"自拔""自立""自活"……时间定格在1907年7月15日凌晨，秋瑾在绍兴轩亭口从容就义。1939年，周恩来回故乡绍兴，为她题词："勿忘鉴湖女侠之遗风，望为我越东女儿争光！"

秋瑾可歌可泣的传奇故事照亮人心，成为绍兴重要的人文基因。

精神原乡：沉浸式体验"笔墨春秋"

文学总是与故土紧密相连。绍兴是鲁迅的故乡，更是他的精神原乡。那里有他笔下最真实感人的人与事，那里有他作品不可或缺的依托。

鲁迅故里是一个独具江南历史韵味的街区。一条窄窄的青石板路两边，有不少经过岁月浸润的建筑，粉墙黛瓦、翘角重檐，鲁迅祖居、鲁迅故居、百草园、三味书屋点缀其间。那些年久失修、斑驳的建筑都修葺好了，游人在每个地方都可以看到往日的风貌，不论是走马观花，还是细细品味，皆有妙趣。

鲁迅祖居建于清朝乾隆年间，古朴庄重，是鲁迅祖辈世居之地，由门厅、大厅、香火堂、座楼等组成，老台门坐北朝南，院里花草扶疏，是绍兴至今保存最好的清代台门建筑之一。一条小河从鲁迅故居门前蜿蜒而过，河上时有乌篷船晃晃悠悠穿行。走进故居，便似乎走进了鲁迅的童年：百草园里依稀还有鲁迅当年顽皮的身影；三味书屋是三开间的小花厅，坐东朝西，北临小河，隔河便是周家老台门；书房正中悬挂着"三味书屋"匾额，书桌上刻着的"早"字似镌刻着旧日的欢声笑语。相信很多人对咸亨酒店的最初记忆，源于鲁迅的短篇小说《孔乙己》。其实咸亨酒店并不是鲁迅虚构出来的，它有其生活原型。清光绪二十年（1894年），鲁迅堂叔周仲翔等在绍兴都昌坊口开设酒店，店名"品物咸亨"，取自《易经·坤卦》，寓意万物得以皆美，生意兴隆，万事亨通……一路走来，不能不让人联想起鲁迅作品里的一些场景，之前阅读过的那些文字，此时成了索引。

在绍兴的历史上，鲁镇是不存在的。现在的鲁镇是鲁迅笔下的鲁镇在现实中的具象。走进鲁镇，徜徉在鲁迅作品的字里行间，仿佛进入若干年前的绍兴。青石板铺成的街道、尘土飞扬的戏台、枕街临河的各色商铺、千姿百态的石坊、酒香弥漫的竹庐、带着绍兴乡土气息的茶馆……要是来得巧，说不定还能与"造反"的阿Q、找阿毛的祥林嫂、卖豆腐的杨二嫂、逗小孩的孔乙己邂逅。游人和鲁迅先生旧日足迹与作品跨越时空在此相遇。有人对鲁迅文学作品进行分析统计，其 25 篇小说中，有 13 篇取材绍兴或以绍兴社会生活为背景，其众多的散文中更是处处乡情乡景，流露出浓厚的地域文化特色。

鲁迅是绍兴一张重要的文化名片。鲁迅文学作品里的人物形象、意象，很多成为绍兴文化的象征符号。一步步沉浸式体验"春秋笔墨"，与"以文塑旅、以旅彰文"的理念不谋而合。而今的鲁迅故里、鲁镇，新与旧、快与慢、雅与俗在同一空间碰撞，成为曼妙的"城市切片"，释放着独有的魅力。

"诗与远方"从兰亭雅集到浙东诗路

"永和九年，岁在癸丑，暮春之初，会于会稽山阴之兰亭……"相信只要读过《兰亭集序》这篇千古传世之作，就会对兰亭心生向往。

《兰亭集序》又称《兰亭序》，是东晋书法家王羲之与友人谢安、孙绰等41 人在会稽山阴之兰亭雅集时所作的序文，记录了这一天雅集的盛况，抒发了对人生、自然和艺术的感悟，是一篇佳作。王羲之在书法方面有极高的造诣，将这篇序文书写得"飘若游云，矫若惊龙"，行笔流畅、结构严谨、气韵生动。全篇 324 字，每一字都被创造出一个生命形象，特别是 20 多个"之"字，无一雷同，各具独特的风韵，被誉为"天下第一行书"。唐太宗赞它"点曳之工，裁成之妙"。这不经意间的神来之笔，是书法奇迹，是中国书法的一座历史丰碑，王羲之被后人誉为"书圣"。

兰亭位于绍兴城西南的兰渚山下，汉时设驿亭时因春秋时期越王勾践曾植兰而得名。眼前的兰亭是明嘉靖二十七年（1548 年）时任郡守沈启重建的，而后几经改建，保留明清时期的园林建筑风格。

此前，我并不知道兰亭就在绍兴。进入景区，只见"四周崇山峻岭，茂林修竹"，美不胜收。四角碑亭、鹅池，人动景移。不远处便是兰亭最著名的景点——曲水流觞，一群人身着古装，沿小溪而坐，正在沉浸式体验古代文人墨

客的诗酒唱酬雅事。溪中竹林倒影尽收眼底,侍女把倒满黄酒的杯子放入小溪中,任其顺流而下。酒杯漂到谁面前,谁就把酒喝下,再吟诗一首。一阵和畅的惠风拂过,我边欣赏边凝思:《兰亭集序》是历史的,也是当代的。绍兴因为有兰亭、因为有王羲之,形成了独一无二的文化魅力、文化亲和力及影响力。

在浙东运河博物馆,我第一次听到"浙东唐诗之路"这个名词。早在 20 世纪 90 年代,学者已经提出"浙东唐诗之路"的概念。它指的是古代剡中一条唐代诗人往来频繁、对唐诗发展有着重大影响的旅游风景线。晋唐以来,文人墨客从钱塘江出发,经绍兴,自镜湖向南过曹娥江,溯源而上,入浙江剡溪,过剡中,至天台山石梁飞瀑,穿越浙东越州、明州、台州、温州、处州、婺州、衢州七州,绍兴是浙东唐诗之路上最精彩的段落。王安石写道:"越山长青水长白,越人长家山水国。"李白吟咏:"遥闻会稽美,一弄耶溪水。"杜甫吟道:"剡溪蕴秀异,欲罢不能忘。"白居易诵曰:"东南山水越为首。"……无数诗人吟唱出他们一生中最重要的诗作,氤氲成诗路的芬芳。至今,绍兴有可考、可观、可寻的唐诗之路遗存点 200 多处。

黑格尔说:"有生命的自然事物之所以美,既不是为它本身,也不是由它本身为着要显现美而创造出来的。自然美只是为其他对象而美,为我们,为审美意识而美。"如果说大自然以其鬼斧神工造就自然山水美的形貌,那么人类的历史文化造就了自然山水美的灵魂。浙东运河以其悠远的时间长度,壮阔的空间广度,造就了无数胜景和人文胜迹,在每一个时代、每一个流经的地方,留下众多诗性文化的痕迹,滋养着这一方人的精神世界,厚植了家国情怀。

人文始祖、魏晋风骨、柔美大义、精神原乡、"诗与远方"……虽然每一关键词都掷地有声,依然难以概括绍兴。在祖国这片土地上,绍兴是一个独特的存在。不进入绍兴,哪能领略熟悉的典故之外曼妙的江南;不进入绍兴,哪能拾掇浙东运河的诗性文化与家国情怀；不进入绍兴，哪能感受古代气象如何照见现实……

（原载《闽南日报》2024年6月17日）

绍兴美的展开

刘君

一

本地人问我："你对绍兴最深的印象是什么？"

好多名人啊。

从中学课文《从百草园到三味书屋》，便知道绍兴是鲁迅先生的故乡。那里有奇趣无穷的乐园，有"美女蛇"的传说，冬天可以在雪地捕鸟……如今站在园中，那"碧绿的菜畦，光滑的石井栏，高大的皂荚树"，还有伏在菜花上的"肥胖的黄蜂"，从字里行间一下子跳到眼前，给我熟悉又陌生的感觉。我忍不住望向蔚蓝的天空，寻找"轻捷的叫天子（云雀）忽然从草间直窜向云霄里去了"的身影。

书中的"泥墙根"早已不在，当年那个用手指按住斑蝥的脊梁、拔起何首乌的少年已不在，但从前来参观的孩子好奇而专注的神情中，又仿佛可以看见鲁迅先生当年的身影。

园中的油菜花在阳光下恣意地开着，成千上万朵小花随风摇曳，宛如波光粼粼的水面，翻滚着生机与活力。空气中弥漫着淡淡的、清新而甜美的花香，是春天特有的气息。三味书屋里，宁静的课桌上还有鲁迅先生当年刻下的小小的"早"字，一遍遍端详它，也是对自己阅读历史的回望。

从鲁迅先生书中的民间故事、迎神赛会、社戏到眼前绍兴的桥、鲁镇的街景、乌篷船，文字与现实的比对中，绍兴的样子越来越清晰。

这是一座水做的城市，大街小巷河道纵横。河道并不宽阔，但很直，游客站在桥上几乎可以望到河道的尽头。河道两旁的房子基本都是老民居，临水的地方都设有观景台和河埠头。房主人喜欢坐在阳台上看风景，而他们也成了河上的风景。

因为黄酒，整个绍兴都微醺着。当我啜着一瓶黄酒奶咖，轻松地走在鲁镇的街道上，居然偶遇"阿Q"，他还在和吴妈打趣，热烈地与来往行人交谈，活像一个社交达人。我猜想，若穿越至今，他肯开设一个账号，分享他如何从城市角落发现乐趣，如何用最简单的方法找到快乐，如何用"精神胜利法"面对生活中的小挫折、缓解压力，说不定真能成为网红。

对一个读着鲁迅先生的作品而学习写作的人，这样的旅行，才是奇妙而完整的旅行。

此刻，河道间悠悠荡来了乌篷船。老船工坐在船上，粗糙的手握着船桨，身体随着桨前后摇晃，船动起来，漾起一圈圈的波纹。我想起鲁迅先生于《故乡》中写道："我躺着，听船底潺潺的水声，知道我在走我的路。……然而我又不愿意他们因为要一气，都如我的辛苦展转而生活，也不愿意他们都如闰土的辛苦麻木而生活，也不愿意都如别人的辛苦恣睢而生活。"

在他眼里，如今的人们是不是已过上了自己想要的生活?

偶尔拐进一条弄堂的时候，一朵云的影子跟过来，阳光就变得玄黄而含糊了。

二

江南三月，通常是细雨绵绵的雨季，而353年上巳节这一天的兰亭却格外晴朗，崇山峻岭，茂林修竹，42位名士在此雅集"修禊"，用香薰草蘸水洒身上，感受春意，祈求消除病灾与不祥。

惠风和畅，溪中清流激湍。名士们列坐在蜿蜒曲折的溪水两旁，书童将斟酒的羽觞放入溪中，让其顺流而下，在谁的面前停滞了，谁就得赋诗，若吟不出诗，则要罚酒三杯。

有11人各成诗两首，15人成诗各一首，16人做不出诗各罚酒三杯，王羲之的小儿子王献之也被罚了酒。清代诗人曾作打油诗取笑王献之。"却笑乌衣王大令，兰亭会上竟无诗。"

大家把诗汇集起来，公推此次聚会的召集人，德高望重的王羲之写一篇序文，记录这次雅集。于是，王羲之乘着酒兴，用鼠须笔，在蚕茧纸上，即席挥洒，写下了被后人誉为"天下第一行书"的《兰亭集序》。

临《兰亭集序》时会发现，"之"字就有多种写法，但我并不觉得王羲之卖弄，反而能从每一种写法的转换中体味到他的欢欣。但天下没有不散的筵席，有聚合必有别离，相聚时有多乐，分别时或许就有多痛，所谓"兴尽悲来"是常有的心绪，尽管人们取舍不同，性情各异。

除了《兰亭集序》，王羲之还在脆弱的纸绢上给朋友写信，寥寥数语。而我一笔一画描摹时，横似乎还是原来的横，竖也似乎还是原来的竖，但中间隔着时间的苍凉，字再也不可能是原来的字。

信中，他最常重复"奈何"二字，虽有千变万化，但临得多了，我常常走神，字成了符号，或者声音，那种在空旷的山里大喊的声音，孤独的，伤痛的。

王羲之之"奈何"，是无助无力，是看到的，听到的，他无法承担，只能一遍遍重复奈何，奈何。

我之奈何，是惊叹书写的优雅，背后却是斑斑血泪，《姨母帖》报告姨母的死讯，《丧乱帖》讲故乡祖坟被荼毒，他的书信里记录了战乱中亲人的流亡离散。

在宣纸上，墨色洇开，同样笔力婉转，心境云泥有别。

可兰亭还是昔日的兰亭，看着游人兴致勃勃地再现"曲水流觞"的游戏。我多愿意把这个坐在溪边闲散的身体，当作是他的，而不是自己的。我多愿意自己这双触摸着碑刻的双手也是他的，而不是自己的。

午后的阳光，透过眼前重重树影，比其他任何时候，更能让我感受到"向之所欣，俯仰之间，已为陈迹，犹不能不以之兴怀……"

三

专家由族谱发现，被称为500年来第一完人的王阳明其实是王羲之堂伯父王导的第四十一代孙。观王羲之与王阳明的画像，均是细目美髯。王阳明书法极好，好到"大牛"徐渭等人认为"人掩其书"。

绍兴是王阳明成长和归葬之所，更是他思想发端与成熟之地。在遗址之上重建的阳明故居，以一轴、三进、六重再现伯府历史格局。500多年前的旧石槛，中轴线上的青石板，默默叙述着时光荏苒。而故居外，风吹着新生的叶子和花朵，在阳光下翻飞。

想起王阳明先生游览南镇的时候，一个朋友指着岩石间的花树问他："天下没有心外之物，那么，就像这棵花树，它在深山中自己盛开自己凋零，跟我们的心又有什么关系呢？"

他说："你没有看到这树花的时候，它是与你的心一同归于寂静的。而你来看这树花的时候，这花的颜色一下子就明白起来了。由此可知，这树花并非存在于你的心外。"

这花的颜色究竟怎么明白起来了？倘若你心情愉悦，这花的颜色自然鲜妍明媚；倘若你愁苦焦虑，这花的颜色也变得暗淡无光。或如《红楼梦》中黛玉所言，"比如那花开时令人爱慕，谢时则增惆怅，所以倒是不开的好"。

所见所感，皆由心生。心中唯有劳役与重负，外界美景便无法入心。只有放下心中的束缚，用心去感知，那山、那水、那风、那云，才成为你世界的一部分。心外无物，万物唯心造，当心境转变，世界也随之不同。

走在绍兴城中，一条寻常的巷子中可能就藏着一处名人故居，一条不起眼的街道上可能就有一个名人景点，那些在史书上大名鼎鼎的人物，那些文学作品中令人耳熟能详的故事，在这个城市中却是如此寻常地存在着。

"不远处，便是蔡元培先生的出生地，一直往前，是陆游的沈园，还有徐渭故里，然后，是治水英雄大禹去世的地方……"

绍兴吸引我的不只是"宏大"，还有各种对日常生活的庇护，慢下来的痕迹，脚踏实地的生活，那些常常无暇留意的"细枝末节"。

沿着桥边一路走下来，老人在河边聊天洗衣服，老街上随处可见人们种在门前的鲜花，这富有生活气息的古韵，是刻在绍兴骨子里的浪漫，也是养育出那么多名人的理由吧。

如果能遇到王阳明先生，我很想问一问他：为什么很多人在一个城市生活多年，却并不知道身边的一棵树，它从哪里来，会到哪里去。那些刷短视频而得到的二手信息，是在我们的心内还是心外？那些埋藏在心里的记忆，如三味书屋里的琅琅读书声，如兰亭边体会到的字形之美，如阳明故居外的那些花开花落，还有我童年时遥远的西北沙漠边缘的农场，那些再也回不到的过去，是在我们的心内还是心外？

（原载《大众日报》2024 年 5 月 12 日）

我要去一个叫作绍兴的地方

成岳

少年以来的梦想：我要去一个叫作绍兴的地方。那里站立着一个伟岸而庄严的人，他的名字叫鲁迅。

在课本里遇见鲁迅先生之前，我还不知道鲁迅和绍兴。

因为先对美术、音乐，后来对语文特别是作文的狂热，我的少年时代在激情里燃烧。一张静谧安然的脸孔后面，胸中却酝酿着地震，血管里流淌着无名火山的岩浆。

四年级迷上绘画，五年级迷上音乐，我的梦里只有依稀而零落的竹简与琴弦、纸张以及各式各样有锋芒的笔。

就是一个这样的少年，除了像别的伙伴那样贪玩，希望成为发明家，就再不能爱上任何一种事物。如果爱了，就肯定是个疯子。

就在这时候，我在课本里遇见一个名字：鲁迅。还有一个让我心心念念的少年，他的名字叫闰土，他的家乡遥远而陌生，在江南，在一个叫作绍兴的地方。但我发现，我们被一条河连着，我在运河的中间，他在靠近运河最南端的地方。

我读那课文的第一遍，就坠入它的活生生的字幕与动画里，恍若那些屋子、那片瓜地里的一个江南小孩。

那时的济宁像极了绍兴，我不知道更老的济宁什么样子，但自元朝运河开通济宁段以来，我童年、少年的济宁，就是一幅江南的画卷。

古运河穿城而过，城里城外亦是水网密布，老济宁的孩子都是水边长大的。那些粉墙青砖黛瓦，两层三层的玲珑的木楼，磨得像镜子一样的石板路，还处处留着江南的韵味。

　　说济宁就是江北的江南，不仅止于样貌，还流溢在基因和骨子里。这里四季分明，但雨量充沛，河湖安澜且丰盈，水产繁多且富足。最经典的江南景象，是无尽的竹子。

　　济宁身处运河腹地，密密匝匝融合了南北文化。自种自收的竹子，该是北方最多的了，何况那一条大河，每天帆樯林立，商贾云集。我的青年时代，从今天的运河秀水湾，到小闸口，到老洋桥，及至更南郊县的运河两岸，都是大船小船由江南运来的竹子。

　　老济宁的家家户户，必有竹制的躺椅、门帘，更不用说竹制的桌椅、杌凳、橱柜、床榻、筐篮……但凡木头、塑料、金属可造的物件，都有相应的竹器。

　　济宁当然不是盛产竹子的地方，却是古来竹器制造业最发达的城市之一。道理是极简单的，产地之外的地方，不必将竹器千里迢迢自江南运来，只将竹篁、竹竿、竹坯子顺河舶来济宁，由本土巧匠或江南客商打造，无不通衢中华。

　　但我例外，因为出生在部队，我们的家具是由军队配置供给的。两间平房，一张双人床，一张单人床，两张三屉桌，两只军绿色矮方凳，都是部队的产权。

　　几年后，父亲买了一只被全家称为"高板凳"的小木凳，也是我每天要骑的木马。再后来，父亲买来竹坯子做了躺椅，但这不是我家唯一的竹器，另一件是我们的传家宝，祖父留下的竹制的书箱。

　　那神秘的书箱很大很深，在父母卧室门后的东南墙角，只是父亲管着，我从来没有打开甚至靠近。在我6岁的时候，父亲牺牲了。每当我一个人在家，就远远地坐在高板凳上注视那只书箱，但若听到母亲的脚步声，就拎起板凳，若无其事去了外间屋。

　　我对书箱的觊觎，终于被母亲发现了。她对我说，这是你爷爷和爸爸留

下的，你现在不要打开这箱子。我不再窥探这竹箱，只是每天在两间屋子里朗读课文，课本里的课文我都能背诵，5 岁能背诵全本的《毛主席诗词》，唯一一次失利的语文考试考了 99 分。

那是四年级开学第一次语文默写测验，那之前我们班集体去郊外的后铺大队参加劳动，帮农民伯伯剥玉米。但我和父亲一样是过敏体质，劳动才刚开始，我就全身严重过敏。

我的一个同学笑我"太娇了"，剥几个玉米就"扎哭了"。我没哭，只是因为难受而面目狰狞，他报告了班主任、语文老师李书增。李老师见了，立即把我送进医院。真的很严重，那次差点就死了。

第二天我急着去上学，硬撑着做完默写，又被送了医院。这次更严重，儿科主任当着我说了两件事：过敏性紫癜，休学。我被勒令住院，绝对卧床，主任说现在紫癜在皮肤上，如果不听话，就会长满内脏。我说，知道了，那样还会死。

李老师来看我，带来了默写测验的作业本。"今日欢呼孙大圣"，我在极端的痛楚和昏眩中，把"今"下面多弄上了一个点儿，就成了"令"。老师开玩笑说："你看你，多写了一个点儿，扣了 1 分。"

我几乎被捆绑在小儿科的床上，四年级刚开始就结束了。但我幸运地做了两件事，一件是读完了能借到和买来的所有的小人书，读到滚瓜烂熟、过目成诵。那时的小人书，每一本都是浓缩的袖珍版经典著作。另一件是，读得实在是不能再读了，我坚韧而静默地打发炼狱般囚禁的寂寞，就捡了一张半透明的废纸，蒙在《奇袭白虎团》书上我觉得严伟才最英勇最帅气的那一页，用铅笔描摹完了，竟得意地睡了个好觉。

那纸片飘到床下，被小病友芳的妈妈捡起来，"哎哟，我的孩子！"芳的妈妈惊叫着，把我吵醒了。"我的孩子，"她惊叫着，"这是你画的？哎哟我的孩子！"她把"哎哟"和"孩——子"说得很响亮，拖着很长的弧线，"那你把这个画送给我行不？"我说："行。"

我第一次，也是最后一次，用半透明的纸描了无畏的人。从第二张，我开始临摹。也是从第二张，所有的画都被医生、护士和小病友家长们要走了。这是只在小儿科才有的喜好，倘若错过了，不知道哪个小孩就出院了，或再也不能回来。

小孩被隔开的时候，寂寞是最好的私人教师，而绝望中生与死的无声对决，就只能在人间无师自通，不然怎么活着。

那时的小人书，绘画和文字都出自天才艺术家的如椽巨笔，但他们不会知道，一个曾在小儿科养病的孩子，此后除了语文和美术，再也学不进别的科目了。

当然，从那以后直到高中，他参加任何语文考试、竞赛，每次都是第一名。

五年级是安稳的，虽然我被贴了身体有一点点弱的标签。那年唐山大地震，济宁有过震感，家家户户都住在空地上的窝棚里。我们东方红小学的五年级生，被临时安排在向东半公里多的青年体育场，还是二部制，只轮流上半天的课。我在这优哉游哉的课业里变得茁壮，很快长成了中学生，就地升入合并后的济宁市第十三中学。

那以后，我的作文都是范文，还要另写一些，参加校际演讲之类的活动。在学校和当时的济宁市，这就算"少年即有文名"了。初二年级的见面课上，我当了组长。不久，来了新任语文老师李志敏，几天后让我当了语文课代表。又几天后，班主任主持了班会，同学们选我当了班长。

开学后才来的李志敏老师，那个年代就很看重还未成为概念的"情景教学"，课间也总是和大家闲聊，亲切而轻松。

有一堂课，她用粉笔在黑板上边写着"推动"，边让大家举出反义词。"推行！""推广！""推荐！"同学们争先恐后抢答着，我有点看不惯地吼道："什

么推行推广，阻挡！"老师显然迟疑了一秒，猛地转过身，手握粉笔的那只胳膊用力一挥，脸上露出不可辩驳的神色，"对！"

我猜，当时老师心里的答案应该不是"阻挡"，只不过瞬间认可了我的答案。然后，她用特有的庄严而犀利的目光，寻找"阻挡"的声源。还有一件事我猜到了，老师让我在课后去办公室。没猜到的是，下一堂课，在"起立、敬礼、坐下"之后，老师宣布由我担任语文课代表。

这时我发现了李老师的特别，课上课下她都讲普通话，这在老济宁让师生们惊诧不已。而让我敬佩的是，她不是只教课文或讲课文，而是拿课文当剧本。她是编剧、导演、主角和配角，我们不是学生，而是为她而来的群众演员。

李老师讲的课文，不，自编自导自演并带我们一起演的情景剧，让教室成了剧场，成了真实的生活舞台。我一直记得她装扮成穷酸落魄的旧文人，拖着低沉、沙哑的嗓音，在讲桌模拟的柜台后面，讲着让人如临其境的台词："温一碗酒……要一碟……茴香豆……"

这个片段，在鲁迅先生的《孔乙己》中，男一号已经因为坚称窃书不算偷，被人打残了。但他还是做出"文人"的样子，半人半鬼地匍匐着向曾经穿着长衫站着喝酒的柜台，去死命地索回想要的生活与面子。

李志敏老师像父亲像母亲，陪伴了我初二的大半时光和整个初三年级。我的中考极其幸运，是按驻地分片就近录取。分数线 160 多，我也考了 160 多，以数学鸭蛋，政治及格，语文全市第一，其他科目弃考的怪异成绩，进入名校济宁二中。

这学校曾与著名的济宁一中同根同宗，后来分开了。但在历史上，二中曾是山东省立七中，在老济宁人的眼里，就是不折不扣的"大学"。进了这学校，我当了语文课代表，也开启了众多名师教诲下的课业。

语文孙士瑛老师，是我第一次见到的未及中年而满头白发的女老师，令人敬仰。

在孙老师的教鞭之下，我拿了学校语文竞赛、作文比赛的第一名，济宁市中学生作文竞赛一等奖。在我与老师分别的那个暑假，我参加了华东六省一市中学生作文比赛。高二开学后，老师拿着上海《青年报》来找我，说："喏，你的名字在这里。"这件事立刻上了远远地对着二中大门的那块西墙黑板报，以及学校的广播报道，都是学校的官媒。

高二的语文课上，我遇见了名师刘岳群先生。那年是鲁迅先生100周年诞辰，二中这样的学校，必然要开展相关的纪念活动。老师在课堂上说，学校成立鲁迅研究小组，让我担任组长。

我放学后和母亲说了这事。母亲说："你去看看里屋的那个箱子。"我终于成为那竹制的书箱的第三个主人。原来祖父是一位教师，后来参加革命，51岁那年牺牲了。父亲先是在家乡的县人民委员会工作，一年后参军，36岁那年牺牲了。

那箱子里面，是很多书和日记、笔记，记录了很多关于鲁迅的文字。母亲说，你有一位本家的大爷，叫成义存，他早先向你爸爸借走了箱子里的鲁迅写的书。

我找遍了我认识的所有姓成的人，我的叔伯大爷成杰，原名成义正，时任济宁一中教导主任，只有他知道义存大爷的下落。他老人家说，你义存大爷现在叫成健，在泰安地区宁阳县教书。我立即写了信，也很快收到回信："我借走了你爸爸（保存）的鲁迅先生的书，共计14本，一本不少，近期如数奉还。"

我每天在窗前徘徊几次，突然有一天，一个文质彬彬的人推着自行车，缓缓地向我家走来。他小心翼翼从褂褛里捧出14本书，整整齐齐放在桌上，你看，14本，一本不少，完好无损。说完，他告辞了，我再也没见过他。

我送走这位特殊的客人，立刻回来读这些书。但我在触摸它们之前，转

身跑到水龙头那里认真洗了手，确认手完全干了，才拿起最上面的一本《朝花夕拾》。

从那一天起，无论新书旧书，我只要读书或触碰书，都要先洗手。14 本书，都是繁体字，我不知道这样的字怎么去查字典，索性不用字典了，就这样读下去，读到读懂为止。就像我当年在医院小儿科画画一样，没有老师没有教材，就一直画下去，直到画的与被画的人和物体一模一样为止。

我把 14 本书的故事告诉了刘岳群老师，他沉默良久，注视着远方说："唉，好，好哇！"但是，作为一个中学生，一个年少的鲁迅研究小组组长，我不知道什么是研究，只是凡与先生有关的书和资料都看，看完了再去找。我知道了越来越多的关于鲁迅的事，搜集了所有师生都想不到的先生的 166 个笔名。

我翻遍了能去到的图书馆、图书室的书，终于借来一本《鲁迅传》。封三镶嵌的借阅卡片还是新的，我是第一个阅读者。那书皮是湖蓝色的，只有行书体"鲁迅传"三个大字，分明地竖排在右上角，下方就只有著书者的名字，没有任何图纹装饰。但我好生景仰，盼望什么时候我能写一本这样的书……

这样朴素的书，让我觉得厚重，一口气读完还觉得意犹未尽，就用蘸水笔，仿宋体，一笔一画抄在活页的卡片上。

我不在乎那抄写的漫长，因为我的爱一旦爱了就爱到刻骨。

我在抄写一个伟岸的人的平生，从他出生前一直抄到他生命的尽头。然而，他没有死，他永远地活着。

我在那些浩瀚的资料中，无数次地看见鲁迅路、鲁迅公园这样的字符，以及众多的鲁迅先生塑像的照片和无比熟悉的"绍兴""绍兴"。

我要去绍兴。

我少年以来的梦想，我要去一个名叫绍兴的地方。

那里站立着一个伟岸而庄严的人，他的名字叫鲁迅。

终于，这梦成真。

虽然，我读到鲁迅，读到绍兴，是在 1976 年；虽然，我来到绍兴，来到魂牵梦绕的故地，已是 2024 年。

这等待，我用了 20 世纪的 24 年，又用了 21 世纪的 24 年。我可以等，一直这样等下去。半生的梦，就算用完一生，又有什么呢！

绍兴，我来了。

（原载《济宁日报》2024 年 7 月 21 日）

烟雨绍兴

赵天然

来到绍兴，才见到真正的江南，这里处处氤氲着温婉柔和的气息。烟雨蒙蒙，空气中飘浮着四季桂的花香，溪水一路追随着行人，潺潺流淌。

天色放晴的傍晚，夕阳挂在远处的山头，将金色的余晖洒向鉴湖的水面。清风徐徐，水面上微波荡漾，映照着绚丽多彩的晚霞。人们三五成群，或乘船行在湖上观景，或在岸边的小店前闲坐聊天，怡然自得。

这里的村庄别具一格。偶然路过一座村庄，被它吸引，停下脚步。村庄坐落在一个小山谷里，谷中回荡着一声声鸟啼，清幽无比。整洁的街道两旁，随风摇曳着一丛丛翠竹。山坡上的茶园绿油油的，笼罩在薄薄的云雾里，如同仙境。

　　每个地方都有自己独特的地标，而绍兴的地标却多得数不清，每一处地标都悠悠地诉说着一段历史故事。去大禹陵了解大禹的功业，让人更加崇敬古圣先贤；去三江闸吹吹猎猎的江风，让人胸襟更加开阔；去浙东运河博物馆看看"通江达海，运济天下"的江南丝路，千年风物重现眼前，让人心潮激荡。

　　说起绍兴最具人文特色的地标，便是那些古今文化名人的故居和展览馆、博物馆。去徐渭故里欣赏"有明一人"的书画，陶冶情操；去阳明故里了解王阳明的哲学思想，感悟什么是"知行合一"；去蔡元培故居领略"学界泰斗，人世楷模"的成就，提升思想境界；去鲁迅故里走走，从"百草园"到"三味书屋"，寻找中学时代课本里的"叫天子"；还有当年"群贤毕至"的兰亭，见证陆游和唐琬那段凄美爱情故事的沈园……

　　如果你来绍兴，这些大约是必须打卡的地标。而我特别留意的，是绍兴的树木。香樟树最常见，它的树叶小巧玲珑，稀稀疏疏地长在枝头，轻风吹拂，散发着隐隐约约的香气。比起香樟树，桂花树的香气要浓郁得多，离很远就闻到了，走近看，它的花朵和树叶互相簇拥着，非常美。还有水杉，总以为只有北方的树高大挺拔，树冠像一把大伞，直到看见水杉。在绍兴看到水杉，就像看到一位老朋友，十分欣慰。

　　还有绍兴的戏曲。绍兴戏曲文化历史悠久，底蕴深厚，剧种、曲种多样，声腔唱调丰富，在稽山鉴水中，展现着婉转与悠扬的神韵，讲述着绵绵的家国情怀。站在戏楼前听越剧，妆容精致的演员表演投入，声腔婉转多情，悦耳动听，加上故事情节跌宕起伏，令人不禁沉浸其中，移不开脚步。"绍剧打天下，越剧讨老婆。"与清婉越剧同发源于水乡绍兴的绍剧，有着"打天下"的底气与豪气。绍剧演员的表演粗犷朴实、豪放洒脱，问了表演结束的演员才明白，绍剧源于秦腔，怪不得如此高亢激越。

　　绍兴黄酒和各种各样的美食也是不容错过的。黄酒不仅可以直接饮用，还可以用于烹饪，甚至可以制作成黄酒风味的冰激凌、奶茶等，颇受人们喜爱。一条街，从这头走到那头，可以品尝到不同风味的美食。泛舟鉴湖，品味着绍兴黄酒的醇香，聆听着绍兴黄酒"状元红""女儿红"的故事。此时此地，无论你是绍兴人，还是异地的过客，心里都会升腾起美好而温暖的感觉。酒香醉人，文化更醉人。

趁着美好的季节，总要来一趟绍兴吧，感受一番如置身梦里的烟雨江南。

（原载《兵团日报》2024 年 5 月 24 日）

水润绍兴

阮仲谋

江南水乡的季节变化，比别的地方要早一些。暮春时节，来到古城绍兴，一下子就感受到了水乡的温润与热情。

对于绍兴，印象最深的是鲁迅小说中的水乡、人物、故事。中国报纸副刊研究会、浙江日报报业集团联合主办的"循迹溯源·运河文化绍兴行"百名文化记者采访调研活动，让我有机会走进绍兴，在这座没有围墙的博物馆里，感受到了水乡泽国的历史文脉，触摸到了千年古城的肌理风骨，寻访到了袅袅越音的源头起点……

一

绍兴的街头巷尾，处处流淌着古韵诗意。

在青石铺就的巷子里徜徉，如同置身于一幅长长的水墨画卷中。正是春暖花开时节，树木葱茏，清香弥漫。民居、商铺、石桥、古树、行人，倒映在河水的微波里，真切又虚幻。一叶叶乌篷船，和着船工的桨声，在窄窄的河道上悠悠晃晃，从远处驶过来，又向远处驶过去。波光潋滟，荡漾出古城"三山万户巷盘曲，百桥千街水纵横"的壮阔画卷，浓郁的水乡气息里，氤氲出绍兴人文底蕴的厚重与雅致。

水是绍兴的血液，纵横的河流是绍兴身上稠密的毛细血管。在绍兴8279平方公里的土地上，交织着总长10887公里的大小河流6759条，它们是绍兴古城绵延生长的源泉，是绍兴源远流长的历史与文化的载体。

说绍兴是一座漂浮在水上的城市，一点也不夸张。而最值得绍兴人自豪的，是始建于春秋时期的浙东运河。穿越时光廊道，我们似乎听到了这条古运河的回音。公元前490年，在吴受尽屈辱的越王勾践回越后，卧薪尝胆、励精图治，先后筑起了勾践小城和山阴大城。其后，他采纳计倪"或水或塘，因熟积储，以备四方"的建议，命范蠡在水资源丰富的平原东部围堤筑塘，蓄淡拒咸，兴建了炼塘、富中大塘、石塘、山阴故水道等一批水利工程。其中，山阴故水道的开凿，贯通了越地东西向全境，形成了最原始的浙东运河绍兴段，成为中国最早的人工运河之一。《越绝书》卷八有载："山阴故水道，出东郭，从郡阳春亭，去县五十里。"

勾践开凿河道的初衷，是为了阻挡海水、消排内涝、灌溉农田和整备军事。到了两晋时期，故水道与鉴湖、姚江、甬江的自然水道相接，逐渐形成了一条横贯东西的航运通道。到了唐宋，随着农业、手工业、商业的快速发展，浙东运河成为重要的航运河道，也成为海上丝绸之路的重要节点。"堰限江河，津通漕输，航瓯舶闽，浮鄞达吴，浪桨风帆，千艘万舻。"浙东运河当时的繁华盛况，从南宋王十朋《会稽风俗赋并序》的描述中就可以得到答案。

时代更迭，浙东运河延伸开拓的脚步始终没有停止。东汉永和五年（140年），会稽太守马臻筑成长江以南最古老的大型蓄水灌溉工程鉴湖；西晋永嘉元年（307年），内史贺循疏凿西兴运河，浙东地区航运主干道形成；明嘉靖十五年（1536年），绍兴知府汤绍恩建造三江闸，构成了以三江闸为排蓄总枢纽的绍兴平原内河水系网新格局……

越地治水历史绵延数千年，华夏第一个王朝——夏朝的开国之君、上古时代的治水英雄大禹，就在古越大地留下过治水的足迹，他在会稽山封禅、娶亲、计功，最后归葬于此。

从绍兴城区出发，向东南行3公里即可到达会稽山。规模宏大的大禹陵庄重肃穆，陵园内古树参天，郁郁葱葱。

传说大禹曾两次来越治水，第一次来越，"毕功于了溪"，更名茅山为会稽。《越绝书》记载："禹始也，忧民救水，到大越，上茅山，大会计，爵有德，封有功，更名茅山曰会稽。"第二次到越，崩葬于会稽。《史记·夏本纪》有载："帝禹东巡狩，至于会稽而崩。"大禹之子启于是在会稽山下修建宗庙，每年遣人祭禹。此后世代奉守禹祀，绵延至今已有4000余年。

循迹溯源，绍兴治水兴水的历史一脉相承。从大禹古越治水，到勾践开凿山阴故水道，从东汉马臻筑鉴湖，至西晋贺循凿运河，从明朝汤绍恩建三江闸，到如今的曹娥江大闸的建造、曹娥江引水工程的贯通，再到绍兴人民以浙东运河为主线实施的系列治水工程，绍兴的文明发展史，其实就是一部世代水患治理的编年史，一部不断变水患为水利的奋斗史。

舳舻千里、渔火延绵。贯通古今2500多年的浙东运河，通江达海，日夜奔流，她向世人呈现的，是一幅幅物阜民丰、人水和谐、生机盎然的生动景象。如今，她正以柔韧的张力，承载着绍兴人新的梦想，书写着水乡绿色发展的新诗篇。

二

"霜落荆门江树空，布帆无恙挂秋风。此行不为鲈鱼鲙，自爱名山入剡中。"诗里提到的剡中，位于绍兴的会稽山、四明山和天台山脉之间，也就是现在绍兴的嵊州一带。李白20多岁时仗剑出川，沿长江而下，穿过三峡，来到峡尽天开的宜昌。船在水阔浪平的江面上行驶，李白迎着秋风立于船头，看到长江南岸绵延的荆门山后诗兴顿起，挥笔写下了《秋下荆门》。诗中，李白直抒胸臆，他第一次辞亲远游，就是为了到绍兴，游览剡中的风景。可见，古越之地的人文山水是何等地让身居古蜀的李白魂牵梦绕。

后来，李白渡钱塘江至杭州西兴，入浙东运河到越州，经曹娥江入剡溪，溯流登天姥山，一路直抵天台山，写下了《别储邕之剡中》："舟从广陵去，水入会稽长。竹色溪下绿，荷花镜里香。辞君向天姥，拂石卧秋霜。"李白曾先后4次入越，留下近50首传世诗篇涉及越乡剡中。不过，李白怎么也想不到，他沿长江而下，奔赴梦中之境剡中的行游线路，在一千多年后，会成为享誉江南水乡的一条诗意盎然的文化古道。

事实上，李白行走的这条诗歌之路，在魏晋时就已经初现端倪。"千岩竞秀，万壑争流，草木蒙笼其上，若云兴霞蔚。"这里魏晋遗风浓郁，许多文人雅士都热衷到此游览，并留下传世诗篇。

循着历史的脉络，李白、元稹、白居易、孟浩然、杜甫等文人墨客在这里寻幽访古、朝圣山水的遗迹随处可见，也正是他们铺就了绍兴的人文山水走廊——"浙东唐诗之路"。据相关研究统计，载入《全唐诗》的诗人中，就有450多位的足迹刻在了这条诗韵流淌的古道上，并留下1500多首诗作。如今，"浙东唐诗之路"成为继丝绸之路、茶马古道后的又一条文化古道，被誉为绍兴文化的金字名片。

行走绍兴，处处都能打开这座古城历史文脉的入口。

地处绍兴城西南兰渚山麓的兰亭，因传说越王勾践在这里种过兰草得名。

而兰亭能闻名于世，却缘于王羲之的《兰亭集序》。

东晋永和九年（353 年）的农历三月初三，因"修禊事"，时年 50 岁的王羲之、谢安、孙绰、支遁等 42 人，在兰渚山下兰亭雅集，大家坐在溪流两旁，饮酒赋诗 37 篇。汇诗成册后，王羲之应邀写序，于是就有了这篇传颂千古的《兰亭集序》。

兰亭园内，建筑古朴，溪流潺潺。游客们在"鹅池""曲水流觞""兰亭碑""御碑亭""右军祠"等景点前驻足拍照打卡，十分热闹。如今的兰亭已非彼兰亭，千年前的模样早已消失，但这并不影响一代代人前来朝圣。人们对书圣的膜拜，是对高山的仰望，也是对王羲之书法艺术探索求变精神的追随。

革新求变，历来就是绍兴人骨子里的基因，也是绍兴一脉山水滋养出的文心风骨。提出"知行合一""致良知"哲学思想的心学集大成者王阳明、近代民主革命志士鉴湖女侠秋瑾、致力于中国近代教育改革的蔡元培、引领新文化运动的鲁迅……绍兴名士的气韵风骨，如浙东运河之水经久不衰、绵延承续。

在鲁迅故居，百草园里的皂荚树枝繁叶茂。此刻，没有蝉鸣、没有肥胖的黄蜂。站在石井栏边，春风吹拂，鲁迅笔下的经典人物形象一一浮现：项戴银圈月下叉猹的少年闰土、咸亨酒店里唯一穿长衫又站着喝酒的孔乙己、脑后拖着长辫子的阿 Q、逢人就说"我们的阿毛"的祥林嫂……

在柯岩的"鲁镇"，我们倒是和现实版的阿 Q 有了一次亲密接触。

绍兴本无鲁镇，它只是存在于鲁迅的小说中。柯岩景区根据鲁迅笔下的"鲁镇"，在鉴湖边上还原了一座有着绍兴水乡风貌的小镇。粉墙黛瓦、小桥流水、杂货商铺，进入"鲁镇"，立刻就有了"人家尽枕河，楼台俯船楫"的真实感。

我们去的时候，正好碰上县太爷在镇公所堂审阿 Q。

身穿粗布衣、头戴破毡帽、拖着长辫子的阿 Q 被衙役带上堂来。惊堂木

响起，他被吓得一脸惊恐状。

扮演阿Q的张贤龙并不是专业演员，今年60岁的他曾是一名邮递员。21年前，"鲁镇"面向社会招聘演员，张贤龙因为崇拜鲁迅，便到"鲁镇"应聘。通过近20年的历练，张贤龙把阿Q奴性十足、欺软怕硬的形象演绎得惟妙惟肖，因此，他在"鲁镇"也成了名人。晚上的时候，在绍兴的一条特色小巷里，我们又碰到了"阿Q"，他被一家小酒馆请来当形象代言人，专门在酒馆门前招呼来往的游客。

张贤龙似乎一直沉浸在阿Q的形象中，即使没演戏，他的神态也极像阿Q。他说，在"鲁镇"演阿Q，他已经有不错的收入，晚上到这家酒馆客串，是希望通过阿Q的形象吸引更多人来打卡消费。身为绍兴人，他从骨子里喜欢鲁迅小说中的人物，想把鲁迅小说中的经典人物形象展现给更多的游客，让深受景仰的一代文学大师永远活在人们心中。

三

百年越剧源泉在，一曲剡溪天下闻。

沿着浙东运河追溯，我们听到了剡溪穿越嵊州山水的悠扬越音。

从嵊州城往西行驶约10公里，便到了越剧的发源地——甘霖镇东王村。绕村蜿蜒的溪流声，如清丽婉约的越音在风中弥漫。村口的一棵百年老樟树枝繁叶茂、绿意葱茏。文化广场上，建于水上的仿古戏台，雕梁画栋、古色古香，虽是重新修建，但仍有穿透历史的厚重感。老樟树、古戏台，共同见证着越剧起源、演变的过往。

村党支部书记李秋顺介绍说，嵊州一带农村自古就有说唱的传统，最初是"田头歌唱"。晚清时，一些艺人为了生计，便沿门卖唱挣钱养家，称为"落地唱书"。再后来，由"绍兴文戏"逐渐形成为优雅婉约的"女子越剧"。

1906年3月27日，东王村的李世泉、高炳火、钱景松等几位说唱艺人，在村香火堂前用 4 个稻桶垫底，铺上门板，搭起一个"草台"，首次在台上演出了《十件头》等曲目。这次简陋的演出，掀开了中国戏曲史新的一页，越剧从此诞生。

社班成员最初都是男性，女性是不被允许进入社班唱戏的。直到 20 世纪 20 年代初，第一个女子越剧社班才出现。开这个先河的人是施家岙村的王金水，当时在上海升平歌舞台当老板的他，深知上海是一个喜新厌旧的大洋场，若是由嵊州女子组成"小歌班"到上海唱戏，一定会产生不小的轰动效应，于是决定回乡办一个女社班。1923 年 5 月，王金水请男艺人金荣水回村，招收幼年女子创办了第一个女子科班（又称"绍兴女子文戏"）。次年 1 月，女班首次到上海升平歌舞台演出，女子越剧也由此兴起。

由剡溪水滋养出的越剧虽出生乡野，但因为有魏晋遗风、唐宋诗韵的浸染，自诞生起就有一股清雅之风，她从东王村发源，乘着乌篷船沿剡溪而下，穿曹娥，走钱塘，聚黄浦，最后扬名海内外。

正是因为嵊州人"敢为天下先"的精神，才使得历经"百年生聚"的越剧，不断脱胎变革，最终成为戏曲第五大剧种，2006 年被列入首批国家级非物质文化遗产名录，成为"浙东唐诗之路"上的又一颗璀璨明珠。

如今，香火祠堂犹在，稻桶门板依旧，作为中国越剧发源的参与者，它们用岁月沧桑留下的印痕，无声地讲述着越剧兴起、发展的百年历程。而剡溪边的施家岙村，已蝶变为令人惊艳的越剧小镇，吸引着各地越剧戏迷们前来探源。

创办越剧艺术学校、修建越剧博物馆、打造越剧小镇、举办越剧文化节……挖掘丰厚的越剧文化资源，推动越剧事业繁荣发展，做大做强文旅产业，越剧赋能乡村振兴，嵊州是下足了功夫的。

"越嵊州，越有戏。"目前，嵊州拥有各种戏迷组织 130 个，建成越剧文化示范村近 30 个、城市社区戏迷角 20 多个；拥有越剧团 100 多家、从业人

员近 8000 人，演出常年不断。

从嵊州到绍兴的网约车上，年轻的司机自豪地说，在嵊州，无论男女老少，人人都会哼唱一两段越剧。说着，就轻轻唱起了越剧《梁祝》。我想，嵊州人对越剧的天分，都是温婉的剡溪水滋养出来的。

水乡绍兴，嵊州越音。赓续"浙东运河"千年文脉，在新时代的"唐诗之路"上，我们还会听到更多悠扬清丽的时代之音。

（原载《三峡日报》2024 年 7 月 13 日）

悦读绍兴这部书

许彤

绍兴这部书，有内涵、有历史、有意思。借用《绍兴有意思》作者冯建荣先生的话说："绍兴这个地方，真是有意思。绍兴的山有意思，因为山有金木鸟兽之殷。绍兴的水有意思，因为水有鱼盐珠蚌之饶。绍兴的物有意思，因为物有种养工贸之丰。绍兴的人有意思，因为人有精一危微之德。绍兴的文有意思，因为文有辞章书艺之佳。绍兴的城有意思，因为城有山水人文之绝。"早在 1982 年，绍兴就获评首批国家历史文化名城。从此，有着 2500 多年建城史的绍兴，一直致力于保护和传承丰富的历史文化遗产，赢得了"东亚文化之都"的美誉，逐年提升着国际影响力。

最早打开绍兴这部书，是 20 世纪 80 年代中期，我在杭州大学中文系古典文献专业求学时。那次，和同学们一起去绍兴，戴毡帽，喝黄酒，吃臭豆腐，划乌篷船，逛百草园和三味书屋。近日，翻看那些黑白且泛黄的照片，我在想，当时尚无旅行、旅游这些时尚名词和产业，我们定当属于中国最早的一批"跟着课本游绍兴"的游客。白墙黛瓦、水道曲折、乌篷船悠悠的江南古城绍兴，从此印在心头。

今年阳春三月，受中国报纸副刊研究会和浙江日报报业集团的邀请，我自费参加了"寻迹溯源·运河文化绍兴行"采风活动。乘坐高铁不足 1.5 个小时，我第 N 次与绍兴重逢，第 N 次阅读绍兴这部书。惊奇地发现，从青年时代游绍兴，到再遇我终生仰慕的精神偶像王阳明、蔡元培、鲁迅、秋瑾等名士先辈，都与这座古城有着割不断的联系。

我们走过鲁迅的百草园、陆游的沈园、王羲之的兰亭，还有大禹在此治水以至"江淮湖汉思明德"的禹王庙——说绍兴是一座"集天下一半文气于己身，尽得天下文采风流"的历史文化名城，一点都不为过。绍兴我来过多次，但这样的深度游尚属首次。

绍兴这部巨著，早已深入我心，我会时常翻开看看，用心阅读。

一部名士辈出的书

绍兴是名副其实的"名士之乡"，这还是毛泽东主席命名的——源自其"鉴湖越台名士乡"之诗句。从《史记》到《清史稿》，被载入二十五史、有传的绍籍名人就有 227 位之多。科举时代，从绍兴走出了 2238 位进士，其中状元就有 27 位。商务印书馆 1921 年出版的《中国名人大辞典》中，收录了清代以前的绍籍名人有 500 多位。截至 2019 年，绍籍两院院士多达 74 位，人数之多超越了不少省、自治区、直辖市，荣膺"中国最聪明的五座城市之一"称号。绍兴没有清华、北大，也没有 985、211，但绍兴却是名牌大学校长的培育之地。当年蔡元培校长领导的北大，广揽人才，凝聚了独特的北大精神。

从何燮侯、蔡元培、蒋梦麟到马寅初，百年北大先后涌现了4位绍籍校长。

行走绍兴，士比鲫鱼多。我们走过路过，皆是名人故居，遍及城乡，大街小巷，目之所及，随处可遇。我们参观了大禹陵、青藤书屋、鲁迅故居、子民图书馆、蔡元培故居、阳明故里、书圣故里……绍兴的名人实在太多，几天时间哪够去一一拜谒？

那天，在子民图书馆一楼的蔡元培纪念馆，遇见了鲁迅、萧伯纳、蔡元培3位大咖构成的玻璃画，于是从百度上迅速找到了衢州江山籍摄影大师毛松友先生摄于1933年2月的三大咖的合影，放在一起遥想往事，多么有意义啊！

鲁迅先生是绍兴名人的代表、时代天空的明星、中华民族的脊梁。从"我以我血荐轩辕"的热血青年，到文笔犀利的巨匠，再到"骨头最硬的民族魂"，这是人们对先生最中肯、最贴切的评价。鲁迅虽然不曾到过衢州，但与衢州人毛松友、沃渣、华岗、叶洛有着许多关联，留下许多佳话。

想起20世纪90年代初，我毕业工作几年后，报社总编汪锡华偶然关注到了我在大学所写的万言入党申请书，便决意要培养我这个女流之辈做本报新闻评论员。吓得我咬咬牙，花费85元巨资，买了一套广西民族出版社出版的《鲁迅全集》，以期鲁迅先生之光照拂我。如今这套书保存完好，再读有种恍若隔世的感觉。书还在，我已退休，时代车轮滚滚向前，鲁迅精神不灭。

那天早上，我在景区文创中心购买了几枚竹制的书签，上面镌刻着鲁迅先生的那些耳熟能详的语录，放在手心里，仔细端详，沉甸甸的，像是穿越时空，与我崇敬的先生默默地对话："先生，您早啊！我买了几枚书签，带回去送给鼎鼎。今秋他要上小学了，我要让他向您学习，早早上学，天天向上。"

伫立于阳光明媚的百草园，我不由得忆起先生的《从百草园到三味书屋》："我家的后面有一个很大的园，相传叫作百草园……其中似乎确凿只有一些野草，但那时却是我的乐园……"再次身临其境，顿感童真充溢，趣味无限。

一部文商旅相融的书

工作以后，我多次去绍兴。

在人们还没有开启旅游意识的过去，绍兴早已着手发展旅游产业。早在 1953 年，绍兴就开始修缮、保护鲁迅故里。之后，不断挖掘、规划、推出多个名人故居和旅游景区。这些景区保护和延续古城的传统风貌，将绍兴打造成生态型的"文物森林"，体现了古城保护的完整性，被誉为"中国名人故居保护的范例"。

一直以来，绍兴人会经营旅游是出了名的，一招连着一招，招招出奇制胜。他们架构空中、山间、陆路、水上、云端五个维度的旅游线路，赋能全域旅游，创建了文商旅高度融合的"绍兴样板"：跟着课本游绍兴，面向全国招聘鲁镇镇长，情定沈园，环城河夜游，品着黄酒游绍兴，浙东唐诗之路，1985 年以来坚持每年一届的兰亭书法节……一系列的活动，吸引了众多的游人！2023 年，绍兴文旅魅力持续绽放，累计接待游客近 7000 万人次，实现旅游总收入 450 亿元。

市民们居住在仓桥直街、笔飞弄、戢山街、题扇桥、躲婆弄等有典故的老街巷里，有小桥流水相伴，卖着香喷喷的臭豆腐，过着令人羡慕的慢生活，绍兴十足是一座活着的千年古城。

游人们闻着臭豆腐浓浓的"香"味，穿越鲁迅故里景区长长的老街，边走边逛，边看边拍。望着绍兴游人如织的实景标配，我心生羡慕：绍兴这地方，人文底蕴实在是太深厚了，要是咱衢州也这样就完美了！

此番采风，又安排我们去柯岩，依旧相看两不厌。绍兴人在闹猛喧嚣的中国轻纺城边，建起这片展示中华石文化的风景区，为商旅们忙中小憩提供了几多优雅去处。

在鉴湖风景区核心景区，面对云骨的那一刻，我却在回忆 18 年前雨中游柯岩的情景。据说 20 世纪 90 年代此地还是荒郊野岭，从 1996 年初开始，当

时的绍兴县投资5个亿，经过2年时间的开发和建设便初具规模。特别是名士苑。入口处，毛泽东的著名诗句和周恩来"我是绍兴人"之语，便充分揭示了名士苑的主题。奇石陡壁、绿树青草之中，矗立着数十尊人物雕塑，有秋瑾、徐锡麟、陶成章三位近代英杰；更有一代文豪鲁迅，手执香烟，正凝神沉思，经过艺术夸张的鲁迅浮雕像个性更加突出；还有学界泰斗蔡元培，他的浮雕前摆着一副硕大无朋的眼镜，让人深深地感受到文明的力量……一代代名人雅士，在我们崇敬的目光中走来，又在我们不舍的目光中远逝。

2001年，我在浙江大学新闻与传播学院研究生班学习。同学鲁锡堂由绍兴县报副总编华丽转身为县旅游局副局长，从新闻圈跳到了旅游业。这年中秋，他带着一支浩浩荡荡的队伍来衢推销稽山越水，并豪迈地对我说："我们准备根据鲁迅的作品造一个鲁镇！"言者有意，听者无心，倏忽间3年过去了。2004年秋，我去绍兴开会。联系上鲁同学，他立即说："我要带你去看看鲁镇！"到了鲁镇，我才发现，他3年前说的话，可不是一句随随便便的戏言。

鲁镇也坐落在柯岩旅游度假区，以乌瓦粉墙、枕河临街的店铺和台门建筑，千姿百态的石桥，纵横交错的水巷小河，古色古香的青石板路，飞檐翘角的戏台，构成了一幅优美的江南水乡画卷，淋漓尽致地诠释了鲁迅作品中绍兴往昔的风情和历史的沧桑。鲁镇，其实是鲁迅虚构的一个有着特定时空界定和人文内涵的典型文学环境。自《孔乙己》中首次出现"鲁镇"以后，又先后在《明天》《风波》《社戏》和《祝福》中出现。《阿Q正传》中的未庄，就是鲁镇的一个村子。尽管随着岁月的流逝，鲁迅笔下的鲁镇早已离我们远去，但按当年风貌重建的鲁镇，把平面的文学作品变成了三维的形态，给予现时的人们以深深的启示和无尽的遐想。回衢之后，我按捺不住激动的心情，为绍兴写下一篇赞美之文，收入稽山鉴水旅游文化丛书《鲁迅故乡——鲁镇风俗》，感觉很是骄傲。

这次采风，我又走进鲁镇，品尝着用黄酒做的网红冰激凌，并不意外地又遇上了"祥林嫂"拄着讨饭棍迎面而来,"阿Q"喊着"造反了"擦肩而过。依照《祝福》中鲁四老爷府第而建的鲁府,生动真实地展现鲁迅笔下众多的鲁镇人物和大户人家祝福、祭祖的盛大场面。那些传统店铺作坊汇集了绍兴特色浓郁的锡箔店、毡帽店、越瓷店、小酒店等,让游人在购物的同时欣赏传统手工技艺表演,参与并感受旧时劳作的滋味。社戏、驴皮影、街头表演,更使人乐而忘返。

绍兴人建造鲁镇,与其说是造园,不如说是在著一本立体、固态、形象化的书。走进鲁镇大门,便像从序言开始,慢慢翻阅,细细品读,对"民族魂"鲁迅的思想和作品也就愈加理解。

在鲁镇,我和游人读懂了鲁迅。

一部香氛氤氲的书

行走绍兴,必须调动我们全身的感觉功能。视觉不用说,眼花缭乱,目不暇接。听觉,耳边尽是流转的越剧、高亢的绍剧、耿直铿锵的方言。嗅觉呢?书香、酒香、茶香、美食之香,哪一样不香?绍兴人对臭爱得深沉又执着,不仅到处飘散着臭豆腐的"香"味儿,而且老绍兴的餐桌上少不了苋菜梗、霉千张、臭冬瓜"臭三样",一日不食便觉无味。

我倒是忘不了"香林花雨"景区的桂香。2006年国庆期间,我和友人会聚绍兴,走在香林大道,钻进桂花树林,沐浴着阵阵如雨飘落的桂花,几多惬意,险些沉迷在大香林。

这回,正在降脂减重的我没得口福,但饱了眼福,特意留心着美食之香。其实,我初尝嵊州小吃,是在海拔4600米的西藏那曲。因为吃不惯藏餐,正在援藏的余风同志带我们找到嵊州老乡开的小吃店,尝到正宗的小笼包和小馄饨,那一刻,惬意无比。后来到"浙东唐诗之路精华地"新昌出差,春天里的草籽炒年糕,清新而鲜美,让我把春的滋味直接含入口中。再次抵达,方

知新昌号称"深藏不露的美食江湖""包邮区碳水王国""精品小吃之都",此地的美食连吃一月不重复,这像极了美食之城衢州。生煎包、蒸汤包、豆腐包、芋饺、榨面、春饼、镶拉头、米海茶,不胜枚举。

在嵊州越剧小镇,我感受了"越韵风华·剡溪雅宴"上淋漓尽致的美食:"剡溪一醉十年事",是越香糟饼;"芳草连天柳拂堤",是马兰头拌香干;"春江水暖鸭先知",是嵊州炖鸭;"何人不起故园情",是剡溪小炒;"莺飞燕舞弄春阳",听上去颇有诗意,其实是香椿煎鸡蛋……我至今保留着这份秀色可餐的菜单,菜品都普通,菜单却古韵诗意连绵,别出心裁,惊艳到舌尖。

4月2日上午,我们赴嵊州市厚土茶业有限公司调研。走进大楼一楼门厅,几位漂亮的新疆姑娘、英俊的新疆小伙走上前,为我们奉上了一盅盅以中国式茶艺冲泡的厚土热茶,一口下去,甘甜醇香。"咦,什么茶,这么好喝?"好奇心驱使我立即采访了总经理袁澎忠。我跟随袁总步入旁边那间既是茶文化展示、又是接待室的微型茶博物馆,他指着"让世界人民享用中国好茶"的醒目而豪迈的广告语说:"这是体现我们公司使命的宣传口号。"跻身出口茶行业,有30年历史的厚土公司始终在微利竞争中买卖原料,以瞄准世界市场为总体目标,喊响推广中国好茶的口号。文字很短,却意味深长,中国茶,世界品,让世界人民知道中国有好茶,让世界人民享用中国好茶,这篇茶文章值得好好做。

陈列馆中,展示了中国茶之起源,张贴着中国茶沿丝绸之路和海上丝绸之路输往世界各国的茶文明传播路线图,还有满满一墙的奖状、奖杯和荣誉证书。世界很大,但此刻都浓缩在这张世界地图中。厚土茶业,30多载秋与春,风雨兼程向前奔。尤其在出口艰难的复杂形势下,公司的年度出口金额呈现大幅增长的态势。崇敬之情油然而生,厚土茶业,你多像出口茶行业跑出的一匹巨大黑马!

在陈列室的一角,我看到两位姑娘说着外语在线上直播,沉着镇定,自信满满。她们相告,沿着"一带一路",厚土公司设有阿尔及利亚、马里、塞内加尔、摩洛哥等多个境外办事处，每年自营出口 20000 余吨中国绿茶（珠茶、眉茶、袋泡茶等），远销以撒哈拉沙漠为中心的周边国家，以及欧美、中亚、中东等主要国际绿茶消费市场。

在茶香和感动中，我回味着厚土如诗似画的创业卅载，展望着厚土志在高远的美好前程。

（原载《衢州日报》2024 年 8 月 12 日）

至柔至刚是绍兴

薛颖旦

一座城，好比一个人，有着自己独特的个性和面貌。而城市个性的养成，往往与所属地域的历史、人文、民风的长期浸润和生于斯，长于斯的人的个性和骨气有关。

不久前随中国报纸副刊研究会赴绍兴采风，近距离感受并触摸这座城市，对它有了更多情感的投射和发现。它仿佛有两张截然不同的面孔——至柔与至刚，时时交织于脑海和眼前，穿越历史与现实，扑面而来。

这座城市是柔软温润的，也是坚韧刚强的，更带着一份侠骨和义勇。一如那晚在坡塘村大礼堂观看的村晚，发端于绍兴的两大剧种——越剧和绍剧，你方唱罢我登场，越剧的缠绵软糯，如泣如诉，绍剧的高亢激越，朗然风骨，两种截然不同的气质，那么和谐、毫无违和感地展现于同一舞台之上。想起

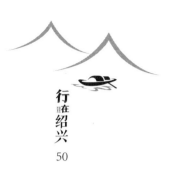

当地有"越剧讨老婆，绍剧打天下"的说法，不禁莞尔，它们，何尝不是代表了绍兴人骨子里的那份柔与刚呢。

绍兴这座城市名字的由来颇有渊源。1131 年，宋高宗赵构逃难于越州，遥望会稽山，立志"绍奕世之宏休，兴百年之丕绪"，意思是要继承帝业，中兴社稷，并取"绍祚中兴"之意，于是把年号与此城之名都改成了"绍兴"。

然而，人们对这片土地的深刻印象，还要前推到春秋后的那场持续多年的吴越争霸。这场战争，最终以吴王夫差在姑苏山蒙面自刎，强大的吴国宣告灭亡而结束。想当年，夫差破越败齐，逐鹿中原，何等意气风发，却因不听老臣伍子胥谏言，最终落得国破家亡。自刎前，他命人用白布蒙面，实因羞愧难当，无脸泉下见这位忠心辅臣。夫差究竟是刚愎自用的亡国之君，还是怀有赤子之心的性情中人，自另当别论，但勾践这个人物，却从这段历史中站了起来，成为 2000 年来一个民族发愤图强的精神榜样。

卧薪尝胆这个成语就诞生在这样一个重大历史事件中。春秋末期，吴越两国战争频仍，夫椒之战中，越王勾践及仅存五千越人被吴军逼退至会稽山，是慷慨赴死还是忍辱图强，勾践选择了后者。他携家眷"入臣于吴"，执役三年，给夫差喂马，为夫差他爹阖闾看坟，甚至为吴王尝溲辨疾，让夫差的征服感得到了极大满足。3 年后，夫差心有恻隐，放回了勾践。回越后，勾践立志雪耻，卧薪尝胆，励精图治，最终灭了吴国。

10 年卧薪尝胆，一刻没忘"会稽之耻"，"三千越甲可吞吴"，最终置之死地而后生，是为"至刚"；为复兴社稷，弯下君王之腰，为梦想忍辱负重，是为"至柔"。这大概是最初注入绍兴基因的柔与刚。绍兴的"胆剑精神"，就孕育于此。

历史扑面而来，又呼啸而去，在一帧帧画面、一个个人物身上，我们看到的绍兴，柔与刚两张面孔不断切换，如此鲜活生动。

"身不得，男儿列。心却比，男儿烈！"这是"鉴湖女侠"秋瑾。作为近代著名的女性民主革命志士，她以柔弱之肩担负起民族大义，最终一腔热血慷慨赴死，年仅 32 岁。她深信，"中国革命须经历流血才会成功"。在秋瑾身上，我们看到了一种舍生取义的烈和侠。

在绍兴城内东昌坊新台门鲁迅故居，我们遇见了那个"横眉冷对千夫指，俯首甘为孺子牛"的鲁迅，当年百草园里闰土的玩伴，被毛泽东称为"最硬骨头"的人。他的一辈子，铁骨铮铮，以笔为檄，始终在战斗。在鲁镇街头，游客们围拢着一位当地居民扮演的阿 Q，那一道愚昧、自得又不自知的眼神，把"阿贵"演绎得惟妙惟肖。作为当地文化旅游的一道风景，阿 Q 的"穿越"让鲁镇回到了文学经典中，那位扮演者很戏剧性地回头对我们冒出一句："哀其不幸，怒其不争啊！"

而那位坐在藤椅里抽着烟斗，有一张严峻面孔的中国新文化运动代表人物，也有万般柔情的时候，他对秋白、柔石、萧红，对儿子海婴，是何等柔情似水。他把秋白当作肝胆相照的朋友，曾以古人联句书赠秋白："人生得一知己足矣，斯世当以同怀视之。"瞿秋白遭遇国民党盯梢，他不顾个人安危，四次接纳秋白夫妇住到自己家里，甚至让出了主卧。

在绍兴沈园，我们在《钗头凤·红酥手》书法碑前重温了陆游、唐琬那段凄楚痴情的爱情故事，更认识了碑后那位叫赵士程的男人。

"红酥手，黄縢酒，满城春色宫墙柳。东风恶，欢情薄，一怀愁绪，几年离索。错，错，错！……"一首《钗头凤》，令闻者落泪。陆游与唐琬青春年少，郎才女貌，爱得热烈，却遭陆母当头棒喝，被迫分离。在古代，衡量一个女子是否贤德，恰恰不是情有多浓，而是爱要节制。陆母嫌儿子耽于情爱，不思功名，一纸休书，唐琬成了下堂妇。

山盟虽在，锦书难托，陆游为此写下了千古名篇，呜呼哀哉，但又奈何？而恰恰是那个叫赵士程的男人，身为皇亲国戚，又才华横溢，一表人才，却在那一刻挺身而出，不惧流言蜚语，"十里红妆"迎娶被休之女，十年深情

守护，立下"生前不纳妾，死后不复娶"的誓言，让我们读到了爱的另一种境界——守护、尊重、理解、信任。多年后夫妇俩在沈园游园时与陆游偶遇，赵士程"先行一步"，只为成全曾经一对爱人的重逢。唐琬28岁时郁郁而终，赵士程从此关上了自己的心灵之门。13年后，他义无反顾地请兵作战，一位谦谦君子驰骋沙场，最终为国捐躯。

陆游的爱在诗中流传千古，而赵士程的爱终成了凤凰涅槃。而在我心里，相比于陆游的"痛"，赵士程的"惜"更令人敬仰，他以一个男儿的宽厚与仁义，践行了爱不只是风花雪月，更是付出与成全。赵士程的爱，将绍兴人骨子里的那份柔与刚诠释到了极致。

此次采风的最后一站是嵊州。据说嵊州有两样东西最有名，一是越剧，二是"强盗"，前者至柔，后者至刚。在嵊州的大街小巷，我们时时能听到婉转悠扬的越剧腔调从小商铺里、居民家中流淌出来，让人恍入桃花源。而嵊州市越剧艺术学校的孩子们，在水榭边齐声吟唱"天上掉下个林妹妹"，让人深深陶醉于江南的婉约与柔美。"嵊州强盗"之说则体现了这片土地性格的另一面，彪悍好胜，民性刚烈。那天在嵊州市厚土茶业有限公司采风，大家细细品尝着这里主产的珠茶、眉茶，茶香扑鼻。这家从小作坊起步的茶企，历经30年拼搏，如今产品远销以撒哈拉沙漠为中心的周边国家，以及欧美、中亚等绿茶市场，年出口茶叶已达20000余吨。企业老总叫袁澎忠，一个精明能干的中年人，他说的绍兴普通话掷地有声：我们是白天做老板，晚上睡地板，开着宝马，裤腿一卷就下地。干任何事，就两个字：吃苦！

想起老子《道德经》有言："天下之至柔，驰骋天下之至坚。"柔软而坚韧，刚强却不折，柔与刚作为两种对立统一的力量，就这样刻在了绍兴人的基因里、血脉里，成为一种能量，一种智慧和格局。

（原载《新华日报》2024年7月18日）

绍兴行旅

绍兴之春

钱红莉

一

是午后抵达绍兴的。放下行李，走进一家"次坞打面"小店，见菜单上有叫"片儿川"的食物，颇为好奇，就点了它。

一碗面条配搭三样浇头，热气氤氲地上了桌，如一幅青绿山水画，眼睛为之一亮。是典型的江南人的细腻刀工——将茭白别具匠心地切成薄如蝉翼的菱形。肉丝粉红，西葫芦丝保持住了原有的浅绿。饮一口汤，正是江南之味。终于理解这碗面何以叫"片儿川"。颇有写意之美：菱形茭白为"片儿"，肉丝、西葫芦丝、面条同为细条状的三者，恰好合而为"川"。连这简单一碗面的名字，也起得诗意盎然，令人玩味良久，果真是江南人的含蓄婉转。

久居暗哑少水的江淮平原 20 余年，一落脚这处处流水的小城绍兴，整个人霎时鲜活过来，似也染了一身灵气。

不必说这粉墙黛瓦、天井石桥，是处处烟云霭霭的流水韵致，让人一下懂得至柔至媚的越剧注定要诞生于这样的地境。绍兴的夜，静谧安宁，连风也是糯糯的，一点点的清甜湿润，恍惚几声柳笛，遥遥的，不知被谁送去老远。那些墨一样油亮的石桥，宽窄有致，高低起伏，日夜陪着流水……这小城，尚不堵车，静气弥漫，像极一篇佳作，有着独特的语感，内在的节奏——这低低流水、高耸石桥，好比遍布其中的好句子，衬出一城的跌宕奇险，自成一格。

一日，我在沈园门口等车，一转身，花圃里竖一木牌，上书"李白有诗：今日赠予兰亭去，兴来洒笔会稽山"。而一旁流水幽幽、春花攘攘，真是一座诗意小城。

初来绍兴，是三年前的深秋，沿鲁迅故居、青藤书屋、兰亭……行脚一路。

甲辰暮春重来，将这一线路复习一遍。

二

鲁迅故居，人潮依旧，多为少年，小鹿一样灵动的身躯勃发着浩浩生命力，充盈着不可阻挡的朝气。百草园的景致，与三年前的深秋比，自是不同气质。那一段保留完好的泥墙上，爬山虎生出新叶，紫莹莹的，于暮春的熏风里梦一样虚幻。桑树皂荚树依旧，新叶初萌。园圃里种植的几畦芥菜、油菜，郁郁霏霏，黄花灼灼，无数细腰蜂、白蝶于花间翩翩，天蓝得清正……曾在这里度过美好童年的人，早已不在，何以一代代人，带着敬畏之心前来寻访他？不过是这个人，他有着知识分子所能具备的悲悯、热血以及伟大人格。他留下的无数文字，便是明证。

自百草园出，循着那些迷宫一样的屋子，一间一间看过去，在鲁迅先生自日本回国暂居两年的卧室门前，默默站了一会儿。明明窗外春阳潋滟，屋内却如此荒冷萧寒，不曾有勃发春气，近似先生凛冽文风。往前两步，一爿天井，透出几线微光，四壁相映——这过去的三年，我断断续续读完鲁迅全集，尤喜日记、书信，它们全方位呈现出一个立体的鲁迅，多维的鲁迅。

这些日记、书信，我常翻常新，曾写下四五万字阅读笔记。每当行文枯涩，便拿出他的书，一颗心瞬间沉潜。鲁迅先生的语感太好了，玉一般泛着幽光，适合苦夏摩挲，沁凉的底子化了烟云。也并非彻底的白话，偶尔向古文言借一点韵，簇新泥土里忽而探出的生机，与远古的高华默默相通。当年北上去教育部做一份金事的闲差，一夜夜抄的古碑，修复的典籍，都是他事先铺垫的苦功。

三年前的秋天，自绍兴回庐后，给鲁迅先生写了一封长信，六千余字。后来，又去博物院看他的遗物展，一点一滴了解着这个人，并折服于他伟大的人格力量。

深觉，不论是一个立志创作的人，还是普通的知识分子，不读鲁迅，是遗憾的。我每读鲁迅，便可以屏蔽掉一切伧俗的热闹，独自走向内心的明月深山。

近年，稍有余暇，便读《鲁迅日记》，魏碑一样简洁不芜，是学习白描的好范本。他一贯用情克制，纵然听闻知己瞿秋白就义，也只寥寥数语。为数不多的情感流露，一次是回故乡为母亲做寿，离越归京时，走的是水路，伫立船上，久望两岸风景，他写：深感寂寞……这短短四字，忽然把人打动。

我也是人到中年，才一点点悟出鲁迅文字的可贵。好文字皆具冰雪气质，茫茫皑皑一片，一如他的古体诗：

曾惊秋肃临天下，敢遣春温上笔端。
尘海茫茫浓百感，金风萧瑟走千官。
老归大泽菰蒲尽，梦坠空云齿发寒。
竦听荒鸡偏阒寂，起看星斗正阑干。

文学是不朽的，它打通了过去、现在以及未来。多少人前来小城参观先生故居——耄耋老人、青葱少年、懵懂幼童……尤其是少年们，一个个睁着好奇的眼睛，鸟一般蹿进蹿出。课本中的一篇篇文字，终于落到实处，似一根枯藤重发新芽，有了花的芬芳。

然而，到底有多少人真正懂得鲁迅？无数人皓首穷经研究鲁迅，产生书籍、文论无数，不过是冰冷的学术。鲁迅所需要的，是感受、接近、体恤。

为文之道，说到底，不过是真挚自然，始终捧着一颗心。所谓求真精神，大抵如此。

生命晚期的鲁迅，对萧红何等爱惜，不也同样出于一份人性的真吗？萧红的灵性、孤弱，一样样确乎值得作为长者的他所怜惜。对于萧红，他如父，如兄，复如友。

我们的少年时代，囿于眼界，乏于学识，频频围绕鲁迅文章应试，总是苦不堪言。故，很长一段生命里，是惧怕鲁迅的。彼时，鲁迅只能作为一种抽象的文化符号，存在于我们的生命中。唯有到了我们的中年，遥远而古董的"鲁迅"，方才逐渐鲜活立体起来，有了体温，一身清朗地活泛起来了。

倘文字有体温的话，鲁迅文章的体温一直在零摄氏度以下，字字清霜。我近年频繁读他的日记、书信，总有月映万川的寒凉。转而，再一想，这个人的血，又是何等的热着呢。

文字风格的形成，是有来历的。供职教育部数年，一个个孤独的夜，他将自己浸染于碑帖拓片中，年深日久，高古气息旁逸而出。

某夜，读他一封短笺："……我这一月以来，手头很窘，因为只有一点零星收入，数目较多的稿费，不是不付，就是支票，所以要到二十五日，才有到期可取的稿费。不知您能等到这时候否？但这之前，会有意外的付我的稿费，也料不定。那时当再通知。"

作为一个于文坛声誉日隆的长者，面对晚辈萧军的借钱，恰好手头也不宽裕，如实告知自己经济上的窘迫，但，又不将话说死，总给人希望。何等赤诚的人。他一次次提携萧军萧红，介绍编辑给他们认识，以便发表作品，甚至稿费，都需亲自操心过问。面对小友借钱，如此赤诚相待……

近年，我每多了解鲁迅一分，便替他委屈十分……

1935 年，在给友人书信里，他倾露心声，诸事烦难，心境颇苦，为养家糊口，接下翻译的枯燥活计……辛苦写出的文章总被删，书信被拆，末尾总添一句，"没有法子想"，一如独对孤星寒月，深叹一口气。

以往，教科书上说先生是"民族魂"。在我懵懂的幼年，不太懂得，觉着这是个大而无当的词，无法用来安放一位作家。

而今，中年的我到底懂得些，他真正当得起"国民作家"的称谓。他当真是一个民族的良心，有担当道义，有仁慈与爱……

倘将"伟大"这个词，安放于一名作家身上，唯有鲁迅担得起。这"伟大"里，涵容了他无限的人格魅力——年轻时看透国人不争的劣根性而弃医从文的悲悯，中年面对同行文人的攻讦诬陷而出离愤怒的决绝。

先生灵魂的烛照，将温暖着每一个人。

三

不比鲁迅故居，青藤书屋鲜有人来。一踏入大乘弄徐渭的寒瘦小院，我的胸腔间总是翻涌着苦涩，几欲哽咽。

大乘弄悠长逼仄，遇两人，须错肩，像极了徐渭一生的窘迫。恰恰是这样不能拥有俗世幸福的人，却拥有着如此奇异的才华，诗书画俱绝，让许多一生无忧之人，永远追不上他，所谓在地上失去的，终于在天上拥有了。徐渭的"天"，正是他的绘画才华。

布置青藤书屋的人，心性想必与徐渭相通，紫藤、女贞、芭蕉、蜡梅各一，葡萄、石榴三两，一爿竹园，四五天竺。均是他钟爱落笔的花木。此外，明亮的天，白皙的墙，酷似他画作的大片留白。

一株古藤，老根虬曲，古直苍老，枝蔓新发，攀缘而上，齐齐歇息于鱼鳞瓦上，紫花沉沉低垂，形容词一样华丽，被一墙之隔的邻居家一株泡桐呼应着，一样紫花累累。那一株芭蕉，气质近似僧侣，朝来夕往，冬去春来，虚静简素，只添两片新叶，像一个克制的人欲言又止。

这院里院外的景致，简直合了我的心意，反复盘桓，不舍离开。真想陪这一蕉、一藤、一梅坐一天。

三年前初来，闯入书房外逼仄天井，深感惊骇，无比压抑。这次来，又急急奔去，伫立良久，终于懂得这小而窄的一片天地，分明就是徐渭生命的丈量。这现实中的一线天，早已化为他艺术的册页长轴——这个人凭借奇异的才华，自小格局里，画出了大气象。

三年前，青藤书屋茕茕孑立。甲辰春日，徐渭艺术馆拔地而起。

在徐渭多姿绚烂的画作中，我最为欣赏他的冰雪册页系列——雪竹、雪蕉、雪兰……这样的冰雪气质，才是世间的唯一，无人可匹。于做人上，他一向不羁，何以表现在绘画上，他又收得那么紧？看他的册页长卷，如若一个人总是遮起自己的半边脸，用手蒙住，只留一眼半面口鼻，仿佛欲语还休，如此孤清地望着你。他的"梅花蕉叶图"，看得人实在心惊，蕉叶呈现大片虚白，只寥寥几枝茎脉，简直如铁画银钩，梅在墨的深处绽几朵白，大片大片的黑里，蕉叶犹如三两白狐突然自无边的黑夜蹿出……看这幅画，会有落泪的冲动。徐渭在旁边题写：芭蕉伴梅花，此是王维画。他将自己狂放的诗才收起，只肯低头写这一句平实白话，让人心酸。猜测这幅画的创作年份，可能是他身陷囹圄之时。一查资料，果不其然。

曾被他的"雪竹图"深深折服过，起了震动，急急涌动着一份与人交流的欲望。满纸的黑里，三两竿竹，披一身雪，寒瘦，清气，像故人，"最难风雨故人来"——我曾说过竹是雌雄同体的，以及雌雄同体的美是最高级的美，但，竹到了徐渭笔下，简直有了另一类化身，男性的，白发皤然，一个沉得住气的男人，在雪地里赶了一夜的路，瞬间老去，让人说不出的心痛……

综观徐渭的窄卷长轴系列，其笔下的荷、竹、兰、菊、梅、石头，一律癯瘦寒枯，似不曾见过他以水墨扬眉的时刻。最鲜亮的，莫过于画旁题的几句奇绝的诗，让后辈大学问家袁宏道惊才绝艳，大呼小叫地要认识他。陈洪绶、八大山人无不对他敬重膜拜。

徐渭命运多舛，坎坷一生，一向恶权贵厌攀附，晚年生活清苦，宁愿画

梅换米。

1593 年，72 岁的他郁郁而终，身边唯有一犬相伴。

绍兴这座小城，何以如此神奇？它作为徐渭、王阳明、蔡元培、鲁迅等伟大人物的故乡，仅此一项，足以不朽。

（原载《安徽商报》2024 年 4 月 21 日）

江南的敦煌
——游浙江新昌大佛寺

李子木

江南随处都有佳山水。可惜北人多不识，脑海中的印象大抵只有苏杭、富春等，笔下所记不是西湖的胜景，就是钓台的春昼，美则美矣，看多了也难免麻木。其实，美在这块天地间是无处不在的，即使在这浙东的小城，三山抱一城的新昌县，也有着"南国敦煌"的美誉，有缘至此的人，是不难体会到其独标一格且旷世独立的美的。

孟子说，充实谓之美。诚哉斯言！当汽车驶入新昌县的怀抱，各种美的元素：花香、鸟语、如黛的青山、沁人心脾的空气便透窗而来，负氧离子瞬间充满了整个车厢，充盈了每个人的心间。举目望向窗外，无论是山之巅还是溪之畔，均是一片树海，远近高低无不翠绿欲滴，车行其中，好像一叶小舟在绿海中游弋，这无边的绿意使人顿生祥和喜悦之感。

　　山有仙则名。我们眼前的山，就是诗仙李白笔下大名鼎鼎的天姥山。我们比诗仙幸运的是，我们可以目睹这山的云霞明灭，而他却只能在梦里神游。此时此刻，只见重峦叠嶂，峰谷交错，岗峦相连，错落有致，仿佛走入一幅浓墨重彩的国画长卷。难怪自古以来这里就被誉为"越中胜景""天地神明之境"。当然，其最为人熟知的还是"南国敦煌"的别号。因为这里有一座闻名1000多年的大佛寺。

　　"僧过不知山隐寺，客来方见洞开天。"大佛寺藏于新昌县城南 3 公里处的深山幽谷之中，其地群山环抱，林木苍郁。从山门到主体建筑，纵深百余米，山明水秀，空玄幽寂。黛瓦黄墙间有亭台池榭、竹树花鸟之胜，门前数亩见方的放生池，风来碧波荡漾，风去则澄平如镜，可以说，新昌大佛寺是寺庙与园林艺术的完美融合，一草一木都绵延了千年的禅意与诗意。秀丽的风景，也吸引了历史上无数的名人蜡屐扶筇而来，王羲之、米芾、颜真卿等都在这里留下珍贵的墨宝。进入现代，许多影视剧组又把这里选为外景地，人们在《射雕英雄传》《宝莲灯》等影视作品中均可窥见这座深山古刹的身影。

　　相传东晋永和初年，昙光高僧漫游江左，宿石城山下，见这里古木参天，环境清幽喜人，便披荆斩棘，草建"隐岳寺"。其时，佛教传入中国还不过100多年，禅宗祖庭少林寺的建成还要在百年之后。至于寺中闻名遐迩的弥勒大佛则建于南朝后梁时期，距今也已 1600 年了。《高僧传》详细记载了大佛开凿经历，僧人僧护来到石城山，他看到寺院的北端岩壁形状有如佛焰，遂擎炉发誓，愿博山镌造十丈石佛，以敬拟弥勒千尺之容，使凡厥有缘，同睹三会。很可惜，僧护在他有生之年只来得及成造佛像的面幞。之后，僧淑和尚感于僧护的事迹，对佛像进行了续凿，最终也没有成功。一直到南朝梁天监六年（507 年），梁建安王肃伟派僧祐主持续凿工程，经过整整三代人数十年的努力，大佛才终于在南朝梁天监十五年（516 年）大功告成，后世从此也将新昌大佛称为"江南第一大佛"。

　　《文心雕龙》的作者刘勰为了记载这件盛事，曾写下《梁建安王造剡山石城寺石像碑》，文中誉大佛为"不世之宝""命世之壮观，旷代之鸿作"。虽然如此，但大佛建成后长期暴露于荒野，饱受雨蚀风侵之苦，还是在中华人民共和国成立后，人民政府才为其建起重楼飞檐的殿宇，让大佛有了遮风挡雨的处所。步入大佛殿，迎面而来的巨大佛像坐落在莲花座上，高 20 米左右，微笑着凝视我们这些"凡夫俗子"，宝相庄严。凝目细观，可以清晰感受到汉传佛教早期造像所特有的古朴典雅的风格，大佛的两侧，遍布着摩崖石刻，其雕刻精美绝伦，给人一种历史的厚重感，一望而知是唐人刀法。如果不是身临其境，谁会想到，在这杏花春雨、小桥流水的江南，还藏着一派迥异其趣的北国壮美呢？

　　从大佛殿漫步出来，走过一条宛如仙境的小道，就到了千佛禅院。这禅院实际是一座洞窟，于南齐永明三年（485 年）开凿，略晚于敦煌莫高窟，却是江南地区迄今为止发现的最早的石窟造像。内有相通的大小两窟。大窟石壁东四西六分为 10 区，每区 10×11 格，每格一佛，中间九格合为一大格，雕一较大佛像，大小佛像共 1040 尊。两旁有护卫菩萨两尊，立于覆莲座上，宝缯垂肩，披帛交于胸腹之际，褒衣博带尽显曹衣出水之风。相传，千佛铸造之际，天神便曾派 1000 余名天兵天将下凡协助，这些天兵天将完成后，一起化成了一个个小佛，整整齐齐地坐在石窟内的岩壁上，后人就把这儿称为"千佛洞"。这虽然是后人想象附会之说，但也说明千佛造像在人们心目中的地位非同一般。

　　大佛寺可观之处甚多，说是一步一景也不为过。罗汉堂五百罗汉姿态各异，是极好的艺术品。今人开凿的卧佛姿态安详，佛像与自然山体融为一体，体长 37 米，号称亚洲第一卧佛。祈福亭中，红色的福牌比天边的晚霞还要动人。种植于宋代，历经 800 年风雨的蜡梅，诉说着宋韵的前世今生，木化石林中的 30 棵木化石，展现着亿万年地壳运动的奥秘……然而我却兀自不满足，因为李白笔下的新昌是"谢公宿处今尚在，渌水荡漾清猿啼"的新昌，李白笔下的天姥是"云青青兮欲雨，水澹澹兮生烟"的天姥，如果有山无水总是美中不足。好在这遗憾并没有延续太久，经过一段"千岩万转路不定，迷花倚石忽已暝"的路程，一阵叮咚的水声便涌入耳际，转过山脚，一道雪白色的风景断壁倾斜而下，虽没有"飞流直下三千尺"的逼人气势，却也能飞珠溅玉、云翻水倾，不失张九龄笔下"奔流下杂树、洒落出重云"潇洒磊落的风度。下泄成一个小湖，水清见底，湖中有一小岛，因上面培育了几棵桃树，当地人称小桃花岛，想必在春光明媚时节，凭栏眺望"湖面桃花别样红"的景致，又是一番别样的享受吧。

伴着僧人午炊的钟声，我们踟蹰着走出山门，本以为与这佛国圣地一日缘尽。没想到寺外竟还有惊喜，居停主人赠我们每人两罐此地独有的大佛龙井。元稹有诗："茶……慕诗客，爱僧家。"名山古刹多产好茶，如碧螺春就产于江苏水月禅寺，福建永乐寺外的大红袍更是海内知名。这大佛龙井没有西湖龙井的糯米茶香，入口略有兰花滋味，汤色翠绿明亮则过之。我携之返京，一罐放在办公室共享，同事喝了皆称美，连隔壁部门的人也闻香跑来要啜此佳茗。一罐自享，赠茶者曾告诫我，此茶不可多饮，喝多了易生出世之想。我不听，贪恋那独特的香气，果然不久就起了"别君去兮何时还"的念头。也许，有一天我真能放下眼前的一切，重到那碧水青山间，寻一位老僧煮茗夜话。

（原载《中国新闻出版广电报》2024 年 6 月 14 日）

路遇阿Q

冯秋红

　　春天里，漫步柯岩鲁镇，沿着石板"老街"行走，毡帽店、越瓷店、豆腐店、锡箔店、古玩店、贡品店、油烛店、茶漆店……整条街上弥漫着一股臭豆腐的味道，又臭又香。眼前突然闪过一条人影，黑色破毡帽、土黄色补丁短衫、拿着旱烟管、留长辫，难道是阿Q？

　　"阿Q！是阿Q呢！"路人兴奋起来。阿Q也不怯场，冲着大家表明正身："老子阿Q"，却见两个衙役冲出来，把阿Q押了进去。

　　"马上升堂了！"大家拥进一旁的"镇公所"，两边排好了凳子，供看客歇息观赏。堂内字正腔圆的画外音响起：请欣赏情景剧《阿Q受审》。

　　三通鼓响过，县太爷上来，未开言先一笑，站一侧对众人拱手：今日我乡民戏耍，供大伙一乐——原来都是草根演员。

　　堂上坐定，一句"升堂"念得很有腔调，衙役和声"威武——"

　　"来呀！把刁民给我带上堂来！"

　　于此，大家走入鲁迅笔下的《阿Q正传》……

　　阿Q被带上堂来，衣袖擦擦鼻子，偷觑一下四周，慢慢跪下，此时惊堂木响，他吓一跳，作惊惧状。

　　"下跪何人？报上名来！"

　　"我？我？哎我叫不知道！"阿Q眼睛眨巴着，使劲想也想不起来的样子。

　　"混账！"

　　"原来我姓赵，赵太爷不让我姓赵，他说我不配姓赵，打了我两巴掌哎。"阿Q用袖子擦脸上的汗……

　　衙役让他在一张纸上签名，阿Q不认字。人家就让他画圈。他平生第一次握笔，笔怎么握都握不好，想画一个圆圆的圈，但是手一抖，却画成了瓜子模样。他遗憾得不行。

看那阿Q，当真是形神兼备，一抖眉，一眯眼，一张嘴，倒霉欠揍的形象活灵活现。尤其那小眼神，卑微闪烁又透着不甘心。

"阿Q画押，就这么糊里糊涂丢掉了脑袋！"有人又恨又怜地大声叹息。

来到街上，正意犹未尽，却见阿Q又出现了，跟吴妈演了一出戏。

吴妈脸粉白粉白，蓝衣花围裙。她拿出一件衣衫给阿Q，说是给他做的。

阿Q感动得不行，憋了半天，蹦出一句话："吴妈，我要和你困觉。"

吴妈一听，惊得手上的箩筐都掉了，呼天抢地，骂阿Q不正经，拍打着腿离去了。

阿Q愣住了，隔了半晌，他说："有什么了不起的，我还嫌你脚板子大呢。"

游人道："对呢，你祖上阔着呢！"

阿Q立即接话："对！有什么了不起的，我们先前——比你阔得多啦！"

大家会心一笑，对于精神胜利法，都心领神会。阿Q经常盲目自大，可一碰到实际问题，他又自轻自贱、自欺欺人。挨了打，他说："我被儿子打了。现在的世界真不像样！"但转身他又去欺侮比他更弱小的小尼姑、女佣人等。鲁迅的笔真如刀刃一般，解剖出鲜血淋漓的劣根性。他笔下的"小人物"，是我们永远的镜子。

以为就此告别阿Q了。不料晚上在仓桥直街孔乙己酒店门口再遇阿Q。

这一回，大家兴奋热烈地跟他交流起来。

需要把鲁迅最经典的文章背下来吗？

他张开双手，"几乎全部要记下来的！"

大学毕业吗？"读完高中我就不读了。"

眼神怎么练的呢？他送上一波小眼神："时间长了嘛！"

演多长时间了？"21年！"

原来是演员吗？"不是的！我原来是邮政局投递员。"

工资多少？他脸一扭："你又不是我老婆！"

估计鲁迅先生也没有料到，《阿Q正传》创作百年后的今天，阿Q会生动地出现在鲁镇上，与游客对话，完美赋能地方文旅吧。这真是一次奇妙的碰撞。一个普通的乡镇邮递员，被一股力量牵引着，走进鲁迅的文学世界，从此，晨昏攻读，沉浸其中，最终与鲁迅笔下的人物灵肉合一，从平凡之中滋养出了不平凡。

被鲁迅的文学所改变的，又何止这一个人？还有这一座城，以及无数慕名而来的游客与学子。"人人都在嘲笑阿Q，我们人人都是阿Q"，这个时而卑躬屈膝、灰头土脸，时而得意扬扬、神气十足，让人"哀其不幸，怒其不争"的小人物，击中当下多少人的心灵？引多少人与鲁迅的灵魂对话？文学竟有如此改变一个人、一座城命运的能力，不能不令人惊叹鲁迅当年弃医从文的先见之明。

历史上绍兴本无鲁镇，它是从鲁迅书里走出来的。小镇包容了绍兴的水、桥、酒、石、建筑、民俗、戏曲等诸多文化元素，再现绍兴水乡特有的民俗风情。寂静的角落里，转弯的墙头上，一呼一吸间都是历史底蕴，一唱一和全是人间烟火气息。徜徉鲁镇，偶遇阿Q、祥林嫂、孔乙己，与鲁四老爷唠几句家常，确实是独一无二的纪念先生的方式，让今天的我们穿越百年的时空，感悟先生的精神风貌和思想力量。

风骨江南，绍兴文脉，致敬先生，览阅千年。

（原载《常州日报》2024年4月19日）

在绍兴回到文学的少年

兰世秋

一

"我冒了严寒，回到相隔二千余里，别了二十余年的故乡去。"

深冬的江南，吹进船舱的冷风，苍黄的天底下，横着几个萧索的荒村……

100多年前，鲁迅先生笔下的绍兴是苍凉的。彼时，38岁的先生最后一次回乡，此去经年，远离了熟识的老屋，永别了熟识的故乡，乡愁就成了先生笔下最撩人心伤的疤痕。

100多年后，我去绍兴，心情是雀跃的，因为可以跟着少年时读过的语文书，去和迅哥儿，和他的百草园，还有闰土相遇。

水巷阡陌，古桥如织，黄酒飘香……这是我对绍兴古城的最初印象。

明代袁宏道有诗："闻说山阴县，今来始一过。船方革履小，士比鲫鱼多。"诗句所说的正是山明水秀、人文灿烂的江南胜境——绍兴。

士比鲫鱼多，是说绍兴的名人比河里的鲫鱼还多。

曾经，越王勾践在这里演绎了卧薪尝胆、重整河山的壮歌。

曾经，书圣王羲之与一众文人雅士于此曲水流觞，写下"天下第一行书"《兰亭集序》。

曾经，诗人陆游在此留下"山盟虽在，锦书难托。莫，莫，莫！"的千古悲情……

绍兴是魏晋风骨，是钟灵毓秀，是诗情与浪漫，也是我们和迅哥儿共同的从百草园到三味书屋的儿时记忆。

这座千年古城，早已在语文书里与我们相遇数次。

生于 1970 年的我，彼时新学期开学的第一件事，就是把刚刚发下来的语文书一口气从头读到尾，那是我们这一代人共有的文学启蒙。

小小的乌篷船，街上不时冒出的"阿Q"、店招上写着的"茴"字的四种写法……大先生在绍兴留下的印记随处可见。

鲁迅故里位于绍兴市越城区鲁迅中路 241 号，其中的周家新台门，就是鲁迅诞生和青少年时期生活过的地方。

初到绍兴的远客，耳边常会听到"台门"这个词，不免感到新鲜。在绍兴，台门起初是对有身份之人住宅的尊称。随着时代的变化，人们现在把具有一定规模、封闭独立的宅院都称为台门。

明晃晃的阳光从绿树浓荫间透下来，周家新台门大院六进，坐北朝南，青瓦粉墙，有大小房屋 80 余间。

台门斗、大厅、香火堂、侧厢……走进这座古色古香的深宅大院，柳絮漫天，清风徐来，丝丝缕缕都在讲述着老宅的过往时光。

须臾间，我仿佛回到了刚刚拿到小学语文课本的少年时代。

二

光阴缱绻，岁月如歌，这里依然可见周家家学渊源。

德寿堂，是整个周氏房族公共活动的场所。厅堂正上方高悬着"德寿堂"大匾，堂前挂着"松鹤图"，并配有一副对联："品节详明德性坚定，事理通达心气和平。"

穿过德寿堂，经过一段长廊，便来到了天井处。两株大树长得苍翠挺拔，正努力地向着天空伸展。

这里原本种着两株茂盛的桂花，故名"桂花明堂"。眼前的一组小型雕塑别有情趣：小小的迅哥儿趴在小桌子上，坐在一旁的祖母正给他讲故事。

"那是一个我的幼时的夏夜,我躺在一株大桂树下的小板桌上乘凉,祖母摇着芭蕉扇坐在桌旁,给我猜谜,讲故事。"这是鲁迅在散文《狗·猫·鼠》中的一段文字。

鲁迅在作品中多次提及这位祖母。她疼爱孙辈,常给迅哥儿讲述一些诙谐有趣而又寓含人生哲理的故事。她讲白蛇传说"水漫金山",也讲老虎拜猫为师……

岁月更迭,长大成人的我们,谁的心里没有一个永远慈爱、永远会讲故事的祖母呢?

我们的少年时光,因为有祖母笑眯眯的眉眼、夏夜摇着的芭蕉扇和"毫无原则"的宠爱,变得无比温暖。这样的温暖,成为一代文豪鲁迅内心深处最难以忘怀的记忆;这样的温暖,也支撑着迅哥儿,以及现在的我们,去面对成人世界的艰辛和残酷。

岁月更迭,长大成人的我们,谁的心里又没有一个闰土一样的玩伴呢?

"紫色的圆脸,头戴一顶小毡帽,颈上套一个明晃晃的银项圈……"多少年了,少年闰土的形象一直萦绕在我的脑海里。时而清晰,时而模糊,恍惚之间,这个形象和我的表哥长生重叠在了一起。

所以,当我在鲁迅家的厨房,看到一乘三眼大灶,看到壁上挂着的竹编菜罩和墙角硕大的水缸时,才会如此心生感慨。

这里是少年鲁迅和他最好的玩伴章运水最初相识的地方。运水即短篇小说《故乡》中少年闰土的原型。

我 12 岁时在语文书里读到这个和我同龄的灵动少年。

夏天,猹在月夜下偷吃西瓜的时候,看瓜的他会手持一柄胡叉,猛地向皮毛油滑的猹刺去;冬天的雪地里,他会支起一个大竹匾,撒下秕谷,将鹁鸪、角鸡、稻鸡通通变成他的猎物。

我时常会把表哥长生和闰土联系在一起,同样是来自乡村的灵巧得不得

了的少年，他有一双如黑曜石般熠熠生辉的眼睛，一双黑黢黢的小手一会儿变出一个弹弓来，一会儿变出一艘有篷的小纸船来。

他会用不同的植物编织出各种形态的昆虫，他能在林间找到让小伙伴们解馋的不知名的野果，他甚至还能让最凶的土狗在他面前都变得温顺无比……这些技能让在城里生活的我羡慕极了。

三

我又去了三味书屋寻找迅哥儿刻有"早"字的课桌，去百草园寻找"光滑的石井栏，高大的皂荚树，紫红的桑椹"。

遗憾的是，课桌被圈起来保护，离得很远，"早"字是看不到了；百草园已成一片油菜地，不见"有莲房一般的果实"的木莲和"忽然从草间直窜向云霄"的轻捷的叫天子。

正如鲁迅在《从百草园到三味书屋》中写道的："Ade，我的蟋蟀们！Ade，我的覆盆子们和木莲们！"我们终将和过去告别。

可是，告别并不意味着遗忘。身边游人如织，阳光正好，多少人慕名而来。或许，我们来到这里，并不是为了看到什么，只是为了回到文学的少年。

我们想要追寻的，是在成为著名文学家、思想家、革命家、教育家、民主战士之前的迅哥儿的踪影。

那个文学的少年，曾经照亮了我贫乏的少年时光。来绍兴，是寻找文学的少年，也是寻找少年时就在心里埋下的希望的种子。

伟大的作家，往往也是伟大的预言家。

在《故乡》的最后，鲁迅发出了"地上本没有路，走的人多了，也便成了路"的预言和希望。

这个希望由闰土的孙辈实现了：章运水的孙子章贵，20 岁之前还目不识丁，1954 年调到绍兴鲁迅纪念馆工作，朴实而好学，1976 年出任绍兴鲁迅纪念馆副馆长，直到退休。

而我的表哥长生，也并未如闰土般木讷麻木地老去。他在青年时离家，打零工、学技术，吃苦耐劳，孜孜以求。辗转多年后，他在中年时回到故乡，拥有了自己的一片茶园。

我们再次相见时，他目光清澈，双眸仍如几十年前的那个少年般乌黑明亮……

（原载《重庆日报》2024 年 6 月 16 日）

清新坡塘

刘秀平

江南暮春，草木葳蕤。会稽山脉的浓稠的青绿之中，藏着一个坡塘村。

坡塘村隶属绍兴市越城区鉴湖街道。那日午后，跟随中国报纸副刊研究会"循迹溯源·运河文化绍兴行"百名文化记者，走进坡塘村时，路旁的梨花、桃花开得正盛，油绿的茶树、翠竹随风起舞，白墙黛瓦的民居在青枝绿树间若隐若现。

带我们参观的是罗国海，坡塘村党委书记、村委会主任。"我们村距今已有 2500 年历史，因'范蠡养鱼'的典故而得名。"他介绍，相传春秋时期，范蠡班师于此，挖塘池、筑沙城，聚土为坡，积水成塘，村子因此得名。

漫步坡塘村，步步是景。300 亩的天然茶园是打卡地之一。这里的茶树一

行行随山势升高，如铺陈在山上的谱线；树冠显然经过修剪，一个个圆滚滚的，在夕阳的照耀下，折射出红的、黄色、赭色的光芒，蒸腾出茶园特有的香气。茶园一隅，有一大型茶壶，以倾倒的姿态"悬浮"于半空，不断将"茶"注入"云雾"中的巨碗，形成云壶飞流景观。茶园由专业人员打理，去年5月，村委还引入有20多年经营史的"半舍堂"茶室，打造成"离城最近（静）的茶园"。

沿着茶山而行，是云松岭古道。古道以卵石为面、条石为阶，泛着青褐色的印痕，逶迤而上。据说，这条古道曾是一条兵马要道，后来演变为商贸通道。如今，昔日熙熙攘攘的肩挑客，已被手持登山杖的"驴友"所替代。

茶山脚下有个"云上舞台"。在这里，洁白色调的西式婚礼、大红装扮的腰鼓表演，以及各类民俗活动，都以蓝天白云和油绿茶园为背景，拍出来都是大片。

层层茶山梯田的对面，飘起一面茶舍幌子。草扎的围栏里是一片开阔的露营基地。月起时，正好观星品茶，也可以烧烤露营，来一场浪漫的露天电影。

村子里有一条老街，如同时空隧道一般，记述着村里的变化。墙上的老照片是过去的坡塘：老屋破旧歪斜，像是从泥汤里捞出来的一般；架空电线纠缠不清；泥土路坑坑洼洼，还有一小汪一小汪的泥汤。"那时，村的卫生环境在整个街道排名经常倒数第一、二，是越城区的后进村之一。"罗国海说，以前村子被戏称为"破塘"，人们调侃，"扑通一声响，进入坡塘乡"。因为没出路，村里的人走了一半多，他这样的小伙子找媳妇都困难。好在，他有一辆摩托车，那个时代，小伙子骑摩托车相亲"很加分"。可是，他带女孩回村"兜风"，人家差点和他分手。为啥？村路上的泥水，被飞速旋转的摩托车轮子扬起，溅了白裙女孩一身，害得她好一通哭。

罗国海后来用什么方法把女友娶进门的，他没说。但可以肯定的是，从那时起，他决心改变村子落后的面貌。

想改变的不只是罗国海。在坡塘村，有很多功德碑，上面记录着村庄改造提升期间村民的捐款。比如，其中的一个"云松晒谷场及村口至白果树下道路拓宽"项目，就有 150 多位村民捐款，捐得最多的是罗国海，有 7 万多元，少的也有 500 元，落款时间是 2016 年。村民自掏腰包，搭配"千万工程"政策资金，搭上山乡巨变的快车。

从 2015 年起，坡塘村下辖的坡塘、云松、应家潭、盛塘四个自然村开始进行整体人居环境整治，2018 年，村里紧紧抓住浙江省小城镇环境综合整治的契机，完善设施，提升村容村貌。经过一年的整治，坡塘老街上，8000 余平方米的破旧房屋和违章建筑被拆除，取而代之的是白墙黑瓦、古朴清新的老街风貌；曾经尘土飞扬的老土路也变成了宽敞干净的柏油路；臭气熏天的垃圾场不见了，漂亮的绿植越来越多……

罗国海邀请我们去村里的文化礼堂参观，那里有"戏曲进礼堂、欢乐乡村行"文艺巡演，越剧《天上掉下个林妹妹》、绍剧《一从大地起风雷》等，好多节目是绍兴市演艺集团、绍兴市歌舞剧院的名角表演的。大家赞叹，想不到山村里居然有这么高水平的文化演出。文化礼堂，是浙江乡村文化阵地的一块金字招牌，全省已建成 20511 家，实现了 500 人以上行政村全覆盖。坡塘村与其他村庄有什么不同？演出间隙，罗国海上台，很坦诚地答复大家的疑问。"2020 年村里的环境整治好了以后，就不再享受政策资金扶助。接下来，要靠我们自己探索出一条发展的路径，'千村一面'可不行。"

2020 年年底，坡塘村以"艺术赋能乡村，文化引领发展"为思路，探索乡村文旅深度融合发展。村里鼓励村民充分利用闲置农房零租金成本优势，围绕村庄发展主题，开展个性化经营。吸引 50 余名年轻村民回村，投资开设茶馆、露营基地等创业项目，实现"家门口赚钱"。启动村干部集中办公"阳光干"、24 小时服务热线"速度干"、重点项目挂图销号"质量干"等服务工

程，挖掘廉政文化、红色文化、茶文化、莲花落文化等文化资源，恢复金子定烈士故居、建设廉政文化主题公园莲园、乡村博物馆等，保留历史印记范蠡养鱼筑坝遗址，将范蠡泛舟隐退、唐茂盛拜师学艺等文化场景融入村庄布景，将莲花落这项技艺完整地传承下来，使其成为这个小村落田间地头总能听到的特色文化旋律……"风雅坡塘"渐有雏形。为了激发乡风活力，坡塘村还引入莲花落专家胡兆海工作室等名人工作室，邀请各地民间艺术家进驻乡村，对村内老台门、旧民居、破厂房实施"小规模、小尺度、渐进式"的艺术化改造，将其打造成乡村博物馆、乡村艺术馆、树兰书屋等文化艺术空间……坡塘村逐渐进入"产业旺带动百姓富，百姓富促进村庄兴"的良性循环。村子先后获评国家森林村庄、浙江省红色根脉强基示范村、浙江省级生态文化村、省级善治示范村、浙江省未来乡村等。

坡塘村村口，"有人来、有事干、有钱赚"几个红色大字，总结出了村子这几年的发展路径。

"2020 年以前，如果有人说开饭店，这个人脑子肯定有问题。现在我们一下子开了 6 家，今天全部爆满。"罗国海说，当天，有朋友请他帮忙在村里订餐，却到处都满员，只好临时在院子里加了一桌。

为了帮我们更直观地了解村里的业态，罗国海带我们去参观老台门。老台门类似于北方的四合院，其中不少是明清时期的建筑。在上台门，院子里站满了排队的游客，空气里飘着肉包的香气。"这个肉包爆火，其实是无心插柳。包子本来是老夫妻做了用来在自家招待客人的，被上海来村里长住的游客发现后火起来，现在 4 块钱一个的包子，每天包六七百个都不够卖。"罗国海说。

云上小馆是村里的网红餐厅，门前有潺潺溪水流过。餐厅包厢内外，热腾腾，闹盈盈。盐水河虾、白鲞扣鸡、咸肉炖笋、酱爆螺蛳、干菜焖肉、饭焐茄子、绍三鲜、烤番薯……一进门，老板娘乐呵呵介绍绍兴菜。"刚开始的时候，生意不好，有过放弃的念头，是罗书记叫我坚持，现在生意很好，忙不过来。"老板娘沈菊英说。

数据显示，去年的国庆中秋长假，坡塘云松人气"爆棚"，节假日单日客流量峰值超 3000 人次，做业态的村民每天收益累计近 6 万元，坡塘村集体年经济收入从 80 万元稳步增长到 190 万元。

村庄的发展找到了文旅深度融合的共同富裕之路，集体与个人变得默契。

村里的云松自然村内有棵千年银杏树，满枝的祈福红绸随风舞动。这些丝带最开始是村民自己系的，后来游客多了，村委便在树旁放置了透明塑料盒，里面装满了祈福红绸带，供游客取用。傍晚的银杏树下，更是热闹。树旁的木制凉亭里，常见村干部与村民们一起，商量村里的大事小情。

坡塘村的沥青路面，处处干净得像刚刚冲洗过一般。"并不是记者来了，才打扫得这么干净。"罗国海说，"你们可能不相信，村子干净了，我们花在保洁上的钱却变少了。为啥啊，环境影响人，住在干净的地方，大家都不乱丢垃圾了，需要的保洁员也少了。"

"绿水绕村花芬芳，山清水秀多明亮……莲花处处开，清新坡塘乡……"，这是坡塘村的村歌，名为《清新坡塘》，唱出的是宜居宜业和美乡村的美好图景。

（原载《农村大众报》2024 年 7 月 10 日）

桨声入梦，又归山阴

李沅哲

　　暮春初夏之交，最适宜在古朴的绍兴水乡悠游。无论是独行，还是与友结伴，都能从大自然滔滔不绝的抒情中，领略其温润内秀的儒雅之美。

　　绍兴，就像她的名字。小桥流水浸透一卷烟雨如画，枕水的人家晃荡在船桨的吱吱呀呀，一纸泛黄的信笺，不管念了多少遍，都流淌着最朴实的生动。绍兴，就是江南水乡的极致，船桨荡起的水声拂去岁月的愁云，予你归人的暖意。不必细嗅，那伫立千年的肃穆、一泻千里的风流，足以令任何初遇者将她捕捉。绍兴就是如此，低调从容且自励，一呼一吸中诉着柔情，一砖一瓦间昭示着文化火种的不息。

一

　　多年前，我第一次到绍兴，正值清明。这次参加的由中国报纸副刊研究会、浙江日报报业集团共同组织的绍兴文化行，也是在这样"新鲜"的时节，草木的叶子泛着嫩嫩的油光，樱花一簇簇云锦似的漫天舒展，高大的树木朝天空伸展着手臂，来来往往的行人、桥底摇近的航船，也像刚走进春天似的。

　　春天，是古代文人的偏爱。在浩瀚如烟的中国古诗词中，描写春天的作品最多。春天，是萌动，是饮饱冬日雪花后的苏醒。这时候，一些悄无声息的变化总能触动敏感的艺术嗅觉，增强人对生命的感知，激发情感的宣泄。所以，春天这个季节成了与古诗词最美的相遇，是文人墨客最高产的季节。光是"绍兴产"，就能办一场顶流诗会。

　　谢灵运说："萋萋春草生，王孙游有情。差池燕始飞，夭袅桃始荣。灼灼桃悦色，飞飞燕弄声。檐上云结阴，涧下风吹清。幽树虽改观，终始在初生。松茑欢蔓延，樛葛欣藟萦。"

陆游感慨："城上斜阳画角哀，沈园非复旧池台。伤心桥下春波绿，曾是惊鸿照影来。"

徐渭吟道："柳条搓线絮搓绵，搓够千寻放纸鸢。消得春风多少力，带将儿辈上青天。"

张岱回味着："每岁春老，破塘笋必道此，轻舠飞出，牙人择顶大笋一株掷水面，呼园中人曰：'捞笋！'鼓枻飞去。园丁划小舟拾之，形如象牙，白如雪，嫩如花藕，甜如蔗霜。煮食之，无可名言，但有惭愧。"

在绍兴这片土地上，俯拾即是大家贤士，从不缺少文化的碰撞。此番绍兴文化行的种种妙趣见闻，也经作家们之手变成文字、视觉图片，刊登在全国各地报纸副刊上。

倘若大文豪鲁迅见此状，想必也会情不自禁地写上一个朋友圈：目睹此类，我还是相信进化论的，将来确是胜于过去。城市和孩子一样，都是会生长的。我曾屡屡忆起故乡的祖屋，尤其是对着深蓝天空挂着的一轮圆月，我便觉着又回了绍兴去。众文友到百草园之时，正是草木丰茂的时节，许是触景而生，你们游园时脱口而出我写的文段，令我感到很是高兴，不必说为了找寻皂荚树、何首乌、覆盆子时的伶仃丁丁，也不必说簇拥在那张刻着"早"字课桌前的追忆，单是你们一再提起的茴香豆、霉千张、醉虾，就解了我纠葛的心绪，因为，我所有的快乐都在故乡了。此刻，我在园子里消夏乘凉，腿上留下两个包，一个是蚊子咬的，另一个也是蚊子咬的。此情此景，横竖是睡不着了。你们这个时代，大抵也会给旁边的孩子讲一个"美女蛇"的故事听罢。

鲁迅先生是现代文学的奠基人，其文学艺术成就涵盖了杂文、小说、散文、社会评论、旧体诗、外国名著译著、木刻版画艺术等领域，尤其是为中

国小说步入世界文学之林奠定了基础。他独树一帜的文学风格造就了在文坛的特殊地位，对于广大文学青年有着磁石般的吸引力。

他敢于用笔尖与时代斗争，简练的文字看似平实，却深刻富有力量："真的猛士，敢于直面惨淡的人生，敢于正视淋漓的鲜血。"他一针见血的文字，犹如一把冷静刻刀，正中体内的某处毒瘤，祛之醒爽。

他的文字语气犀利，如炬的目光始终坚毅冷峻，香烟在手里燃着烟圈，仿佛下一秒就能变成热血沸腾的词句。"俯首甘为孺子牛"的他，自始带着一种使命感，带着浓浓的人文关怀，刻画了阿Q、孔乙己、祥林嫂等一个个生动鲜活的人物形象。

走在鲁镇的街巷，每一个不经意闪现的书中人，都能将你拉回鲁迅的天空。或让你想起那节生动的文学赏析课，想起那位别人口中提起却未再见过的中学老师，想起全班人在黑黢黢的教室仰着脑袋看电影《祝福》的情景。鲁迅先生的有些文章确实不好背诵，但不影响我们去了解他的思想以及那个年代。

任何艺术形式的提及，都是缅怀，只有忘却才是遗忘。

在电影《黄金时代》中，能看到他对文学青年的关心。他常与萧军、萧红来往书信，邀请他们到家里做客，当他与二萧在家聊天，直到深夜12点才送客离开，即便屋外下着雨，患着伤风，也要撑伞送二人到铁门外。在收到萧红的信后，他一边抽着香烟、咳嗽，一边看萧红的《生死场》手稿，鲁迅回信，"不必问现在要什么，只要问自己能做什么"，一个饱受命运摧残的年轻人，在现实生活的苦痛与写作之间，看清了生死，产生迷茫。大文豪鲁迅的这一句宽慰，无疑是在无尽的暗夜燃起一线希望之光。所以，现代文学的魅力有一部分应归于鲁迅的人格魅力，二者是相辅相成的。

二

绍兴的水，涵盖了水的一切姿态。它可以是大禹治水的雄浑粗犷，可以是兰亭曲水的恣意风流，也可以是桥乡烟雨的柔美温婉。

进入沈园之前，隔花望见悠游而过的乌篷船，就像是一个故事的序曲，一些不易察觉的美，悄无声息地酝酿。也许陆游与唐琬凄美故事开始前，也经过这样一次平常的相遇。

雨中的沈园，尤为凄婉动人。正当我们在岩石间摸索，天空忽然洒下一阵急雨，不得已在廊下躲雨。这听雨赏景的情形，一下子有了古人诗词里的意境。

陆游，越州山阴人。一位爱国诗人，也是一位高产的诗人，一生留下9000 余首诗篇。其中，为青梅竹马的前妻唐琬写的就不下六首，最为著名的便是那阕《钗头凤·红酥手》。

那是二人被迫分离十年后，一个难得的春日，陆游在老家城南禹迹寺附近的沈园春游，与偕夫同游的唐琬不期而遇。唐琬遣致酒肴，相谈后洒泪而别。陆游怅然神伤，乘醉题《钗头凤·红酥手》于园壁之上：

红酥手，黄縢酒，满城春色宫墙柳。东风恶，欢情薄，一怀愁绪，几年离索。错，错，错！春如旧，人空瘦，泪痕红浥鲛绡透。桃花落，闲池阁，山盟虽在，锦书难托。莫，莫，莫！

唐琬看见后，也提笔和了《钗头凤·世情薄》词一首：

世情薄，人情恶，雨送黄昏花易落。晓风干，泪痕残，欲笺心事，独语斜阑。难，难，难！人成各，今非昨，病魂常似秋千索。角声寒，夜阑珊，怕人寻问，咽泪装欢。瞒，瞒，瞒！

唐琬不久便抑郁而亡。从此，沈园成了陆游的伤心地。

这两首词如今被雕刻在同一面墙上，当你驻足壁前，目光游移在黑白纹理之间，仿佛能听到它静静讲述着一份难以言说的心伤和眷恋深情。不远处的紫藤萝密密地从空中垂下，瀑布一样绵绵无绝期，好似在倾诉深深浅浅的柔情，疑似唐琬在提醒漫长忧思中的陆游，"忘了忧伤、忘了忧伤……"

绍兴是越剧的故乡，陆游与唐琬的爱情故事，引得剧作家们纷纷将其改编。在戏剧舞台的演绎中，尤以茅威涛版本的越剧改得最妙。剧中设计了一个特别的桥段：陆游给唐琬的信中写了一句"重圆莫绝望，待我三年"，被陆游的母亲改为"待我百年"。这一改，不仅彻底酿造了二人的悲剧，也将剧情推向高潮，成为多少人心中的意难平。茅威涛饰演的陆游，也将内心的悔恨与伤心演绎得淋漓尽致。

"90后"越剧女小生陈丽君也是演过陆游的，与茅师相比，胜在清秀英挺的扮相。2023年杭州亚运会期间，她凭借"玉面郎君"这个角色带火越剧，"站"在了更大的舞台上。《新龙门客栈》中，只见她轻松抱起另一位女演员连转好几圈，姿势很是潇洒。叹服之余，可以窥见陈丽君越剧表演功力之深厚。

越剧给人的滋养是身体上的，也是心灵上的。去年杭州亚运会，我在亚运村工作过一段时间，我们有位"战友"也是一朵"浙江越剧小百花"，她与陈丽君同属尹派小生。临近亚运会，亚运村的工作人员个个绷紧了弦，忙得不可开交。对于这位越剧演员出身的张淑娜老师，有同事佩服地说："你怎么状态还这么好！是不是童子功的关系？"说者无心，听者有意。为展现好窗口形象，工作之余，娜娜将越剧演员的基本功——身韵、气韵，教给"小青荷"们，使严谨紧张的工作变得灵动、有生气。中秋节那晚，技术官员村举行了"花好月圆 同爱同在"中秋联欢会，她着一身青花旗袍，用醇厚的唱腔，表演了一曲新版《梁祝·十八相送》，赢得一片掌声。就着月色，古今交错，轻松的氛围中，各国技术官员也相继大方上台献唱，用吉他声、用歌声传递内心的感情，亚洲各国多元文化在此刻交融。

娜娜参演过《浪子传奇》《步步惊心》《西厢记》《道观琴缘》《琵琶记》《汉宫怨》《梁祝》等多部经典剧目，她的越剧小生扮相也是相当俊朗提气。在跟娜娜的闲聊中，我了解到越剧是在不断的演变创新中发展而来的。越剧是比较年轻的剧种，曾称小歌班、的笃班、绍兴戏剧、绍兴文戏、髦儿小歌班、嵊剧、剡剧。在艺术上汲取了京剧、昆剧、话剧的营养，经历了由男子越剧到女子越剧为主的历史性演变。所以，越剧有它独特的艺术风格，越剧女小生的走红，也说明女性视角下的艺术审美正在崛起。

绍兴，是一坛被光阴封存的佳酿，经得起细细品味。当"霉""干""臭"端上餐桌，萧山与绍兴不分彼此。不论你何时来，都能被肆意弥漫的酒香醺醉，你甚至可以品哑永兴（萧山旧称）与绍兴那些共通的美食，就着这坛千年老酒，细细咀嚼，回味悠长。

（原载《萧山日报》2024 年 6 月 27 日）

绍兴，满眼是江南

杜京

说起绍兴，我心中充盈着鲁迅笔下那从百草园到三味书屋的儿时记忆；眼前浮现的是那颇有韵味的唐代古纤道；脑海里想到的是杏花、春雨、江南，水乡、桥乡、酒乡，一幅传说动人、古迹斑斓、经典瑰丽的人文画卷……

　　绍兴，对于我来说，是一个既熟悉又陌生的地方，多少次在书卷里与她相遇，在穿越时光的岁月中与她相拥，在历代名人墨客的浓浓笔墨中感受她涓涓流淌的诗意。

　　如果没有深厚文化的积淀，绍兴或许就是一座清秀而普通的江南小城，因为她有豆腐、腊肠、茴香豆，有小桥、流水、乌篷船。

　　然而，她却非同寻常。

　　浙江自古就是"南商北文"的福宝之地。浙南人善于经商，浙北人长于文采，而浙北文脉的典范莫过于绍兴。大禹曾在此会聚天下诸侯，勾践曾在此卧薪尝胆，智者大师在这里建立汉传佛教天台宗；陆游、唐琬曾在此浅吟低唱，王阳明在此养性修心，鉴湖游船曾渡过秋瑾；而三味书屋里，更回荡着鲁迅与儿时同学的琅琅读书声……

　　在漫长的等待中，我在花开烂漫、姹紫嫣红的春天，与绍兴撞个满怀。

一

　　绍兴的山水易于滋生斯文，历代名人的会聚使绍兴多了几分灵性。名人为江山添色，江山使名人增辉，山川秀美，人杰地灵。绍兴就是这样一座底蕴深厚的文化名城，孕育滋养了一代代出类拔萃的思想家、文学家、艺术家、科学家……群星璀璨夺目，照亮历史天空。

　　阳光灿烂的午后，我怀着崇敬的心情来到碧霞池畔，远望一池清泓。湛蓝的天空下，水如明镜，白墙黛瓦，青竹翠柏。眼前伫立着一尊庄严肃穆的雕像，他便是绍兴古城"伯府第"的主人——王阳明。王阳明是明代著名的思想家、哲学家、书法家兼军事家、教育家，心学集大成者，与孔子、孟子、朱熹并称为"孔孟朱王"。

　　"阳明学"绝非书斋里的空想，而是学以致用的利器，乃至曾国藩、梁启超、孙中山等名人都是其忠实的拥趸。"阳明学"是明朝中晚期的主流学说之一，后传于日本、朝鲜半岛等地，其哲学思想对东亚、东南亚国家都产生了重要而深远的影响。

王阳明与绍兴的渊源非常深厚。绍兴是他的故乡，是他居住时间最长的地方，绍兴兰亭为"先生所亲择"的墓址所在地。同时，绍兴也是"阳明心学"启蒙、成熟和传播之地。在此期间，王阳明发展完善了心学思想体系，提出"致良知"说。他体察民情、怜悯乡亲，与当地民众建立深厚的感情，引导民众，传授学术，这些为其后期施展雄才大略奠定了坚实基础。

漫步王阳明故居，空气中氤氲着淡雅的清芬，阳光倚着竹竿，洒下一片斑驳的光影。展厅陈列着他的书法作品和文章，字迹遒劲俊美。此刻，我眼前仿佛浮现出王阳明坐于灯下、展开书卷，挥毫写下洋洋大作的情景。

王阳明 27 岁中进士，步入仕途，一如既往，追求真理。有人认为只要学会了格物，他就离圣人近了一步。王阳明却在"龙场悟道"中提出了"知行合一"之说，独辟蹊径，这是他对国家的热爱与珍重，对百姓的关心与同情，更是对人生最透彻的诠释。彼时的他内心格外安静，感受到万物自由、千载寥廓，旷达高远的意境油然而生。

"此心光明，亦复何言"，作为史上完成立德、立功、立言"三不朽"的大家，王阳明被誉为"真三不朽者"。500 年后，一代宗师王阳明的卓然风范依然留存，"阳明心学"在绍兴处处留痕。

二

位于绍兴市东南的会稽山，不仅因其自然风光而闻名，还是一座历史文化名山。远眺崇山峻岭，近看茂林翠竹，清流湍急，绿荫葱茏，当年越王勾践种兰于此，汉代曾在此设立驿亭，故名"兰亭"。

东晋永和九年（353 年）农历三月初三，"书圣"王羲之邀请谢安等名人修禊于兰亭，临流泛觞饮酒赋诗。大家围坐在小溪边，从上游放进一只盛满了酒

的杯子，让其顺流而下。水流时缓时急，酒杯时起时伏。酒杯漂在谁的面前，那人便要么作诗一首，要么取饮一杯。于是有人低头沉吟，有人举杯畅饮。

这天，天气晴朗，和风习习，抬头纵观广阔天地，俯瞰大地万物，舒展眼力开阔胸怀，叙旧畅饮很是欢愉。尽兴之后，王羲之即兴写下被后人誉为"天下第一行书"的《兰亭集序》。

踏进"兰亭古迹"那道竹门，令人感到神清气爽。沿着小道前行，翠竹满眼，郁郁葱葱，不禁猜想：这是不是当年"书圣"用来做笔杆的竹子？朝前望去，眼前一座碑亭挺立，上面写着两个大字"鹅池"。"鹅"字银钩铁画，"池"字丰腴敦实，一瘦一肥，风格迥异。

王羲之一生爱鹅。相传有一天，他看到池中白鹅优美的姿态，即兴提笔写下"鹅"字，此时刚好听到接圣旨的呼声，他立即搁笔接旨。当时正在父亲身边观看书法的王献之，忍不住提笔续写了一个"池"字，"鹅""池"二字的差异由此而来。

碑亭旁一潭碧水间，只见几只白鹅在水中戏游，好不潇洒自在。顺着鹅池往前走，看到两座碑亭，一座是"兰亭"，立着康熙手书的御碑；另一座是"流觞亭"，潺潺流水，游人络绎不绝。

《兰亭集序》是一篇脍炙人口的优美散文，无论绘景抒情还是评史述志，都令人耳目一新。王羲之的书法艺术集山川之气势，自成一派，留下一帖《兰亭集序》，倾倒上至帝王下及布衣无数人。从古至今，"兰亭"因此被视为"书法艺术的拜谒之地"，人们在此怀念"书圣"的绝代风流……

三

在我的记忆中，绍兴的沈园是南宋时期一位富商的花园，一座名扬四方、有着凄美爱情记忆的园子。南宋著名诗人陆游年轻时与唐琬结为夫妻，两人青梅竹马，伉俪情深。但是因为封建家庭棒打鸳鸯，在母亲的不断逼迫之下，陆游只得写下一纸休书。分离 7 年后，二人在沈园不期而遇，陆游百感交集，遂提笔在墙上写下一首《钗头凤·红酥手》："红酥手，黄縢酒，满城春色宫墙柳。东风恶，欢情薄。一怀愁绪，几年离索。错，错，错！春如旧，人空瘦，泪痕红浥鲛绡透。桃花落，闲池阁。山盟虽在，锦书难托。莫，莫，莫！"

短短六十字，却让诗人的爱情故事传唱千年。

沈园早已在我的梦里百转千回，相见自然亲切。在沈园，我放慢脚步，细细品味，仔细打量。对面的年轻人牵手而来，在此留影，相信爱情，许下心愿，行走在沈园明媚的春光里，阅读着沈园书写的爱情与浪漫。

眼前斑驳的墙壁上，陆游的词依然存留，成为沈园不逝的风景，也永远定格在宋代恢宏优雅的诗卷里。

历史上曾经是越国古都的绍兴，素称"没有围墙的博物馆"。在这里，仿佛每走一步都能踩着一个典故。

烟雨蒙蒙，浮想联翩。眼前错落的粉墙黛瓦拉开了绍兴最美江南的画卷，不知是谁在运笔，画出了如此写意的山水。这里有阡陌小巷飘出的人间烟火，有小桥流水人家的梦里水乡，更有丹青笔墨画不完的风景、写不完的诗行。走过崭新农舍，聆听婉转越剧，品尝醇香老酒，我站在长长的石板桥上，感受绍兴的缠绵诗意与纯粹的江南韵味。

当你坐过乌篷船，喝过老黄酒，不知不觉中把读过的书变成走过的路；当你走过最美的梧桐大道，在阳光的斑驳里感受光阴荏苒、岁月如梭，这就是最忆江南的淡淡优雅。在我眼中，江南的风景不仅仅是眼前的美景，更是漫漫人生路上与时光和生命的共情。

绍兴，我灵魂深处思念的地方。

绍兴，满眼是江南。

（原载《中国民族报》2024 年 7 月 26 日）

剡水清清

赵美宁

第一次到嵊州就有种莫名的亲切感。

千年剡溪，穿城而过，溪水逶迤清澈。在溪畔徘徊，我不禁思绪翻跹。

许是早就温习过李白"湖月照我影，送我至剡溪"的豪爽；早就聆听过"天上掉下个林妹妹，似一朵轻云刚出岫"的温婉；早就领略过一代书圣"仰观宇宙之大，俯察品类之盛"的风度……嵊州，于我并不陌生。

这座拥有2100多年历史的古城，秦汉时建县，古称剡县。地处浙东、隶属绍兴，自古有"东南山水越为最，越地风光剡领先"之说。

剡溪是嵊州的母亲河。一条溪与一座城，就这么缠缠绕绕，相互依恋又相互成全。

据说，领略过名山大川的李白曾先后四入浙江三入剡中，对剡溪情有独钟。杜甫赞美"剡溪蕴秀异，欲罢不能忘"……据统计，《全唐诗》所收录的诗人有400多位到过剡溪一带，留下了1500多首诗作，流传至今。

仰望蓝天白云，俯瞰碧水青茵，仰俯间，仿佛穿越千年，与诗意相逢。

剡溪之水，不仅牵动千年唐诗路，还串起越剧动人的唱腔。音韵婉约，沁透着柔美浓酽的越乡风情；水袖翩然，舞不尽红尘情缘百转千回。到了嵊州，现场聆听一次越剧才算不虚此行。

作为百年越剧诞生地，这里的越剧文化根深蒂固。穿越东王村香火堂，施家岙的古戏台，剡溪之畔诞生了国内首家专业戏剧博物馆——越剧博物馆。

博物馆内设越剧厅、嵊州历史文化陈列厅、越剧艺术体验中心等展厅，各有侧重，共同呈现越剧与嵊州相依相伴的故事。潘法金唱书用的鳌鼓、越剧改革倡导者袁雪芬的麻布旗袍、越剧创始人之一马潮水的《越剧发展史》手稿……馆藏珍品将越剧的百年变迁具象化地展示出来。

从咿呀学语的孩童到步履蹒跚的老者，在嵊州街头巷尾，我发现很多人都能随口哼唱越曲，举手投足间，流露出优雅与灵动。

艺术的生活与生活的艺术，相得益彰。听越剧，饮清茶，时光一下子慢下来，生活便多了份潇洒从容。

穿过剡溪上的"访戴桥"，不由得想到王子猷"雪夜访戴"的故事。

据说，当年王子猷住在绍兴，一天夜里下大雪，他从睡梦中醒来，打开房门，见四下洁白一片，于是起身徘徊，吟诵左思的《招隐》，忽然想起在剡地的友人戴安道。王子猷连夜乘小船去拜访他，到了门口，不进去却转身而走。有人问其原因，他说：我本是乘着兴致而来，现在兴致尽了就回去，何必一定要见戴安道？

"乘兴而来，兴尽而返"，潇洒自适、性情豪放的魏晋风度，也是嵊州人的风度。

提到王子猷，自然绕不开其父王羲之。书圣王羲之晚年归隐嵊州，就住在闻名于世的金庭华堂，这里诉说着人文历史的风华，也记录了文人高士的情怀。

傍晚时分，我走进了金庭镇华堂村。夕晖照在王氏宗祠的屋顶，映射出历史深处一种神圣与威严。

嵊州市纪委监委的同志告诉我，南宋时，王羲之后人举族聚居此地。王氏子孙多擅书画，常悬于厅堂供人品赏，其宅有"画堂"之称。后因屋舍精丽，易名华堂，遂成村名。王羲之书法成就的取得，除了因为自身天赋和刻苦钻研外，还与王氏家风传承有密切关系。后人把王羲之的治家思想提炼为 24 个字："上治下治，敬宗睦族，执事有恪，厥功为懋，敦厚退让，积善余庆。"王氏家族走出过多位御史，且都留下了廉明、正直的口碑。

今日华堂村依然碧水照人，清风扑面。凭着千年不灭的一抹墨香、一股清气，华堂村被赞誉为"江南规矩第一村"。

在华堂村，我见到了王羲之第五十四代孙——耄耋之年的王伯江老人。从教师岗位退休后，老人便在家里利用双休日、假期免费教村里的孩子和书法爱好者们写字，几十年来从未间断。庭院便是老人的工作台，家中挂满了他和学生的书法作品。老人已步履蹒跚，下笔却依然稳健有力。

山水秀美，文化深厚，民风淳朴。嵊州之美不是寥寥数笔便能诠释的。

近年来，嵊州践行"绿水青山就是金山银山"发展理念，发展绿色富民产业，实现生态、经济、社会效益多赢。2023年底，第三批"长三角高铁旅游小城"名单出炉，嵊州名列其中。这里将会发生更多美丽的故事，等待去发现、去品味。

离开嵊州那天，我早早起床，来到剡溪畔欣赏晨曦。溪水清清，溪水悠悠，小城笼罩在温婉的七彩云霞之中，溪岸风光与水中倒影相映成趣，偶有清风拂面，像极了母亲细腻柔软的抚摸，让人久久无法忘怀……

（原载《中国纪检监察报》2024年8月16日）

与副刊人同行

吴丽蓉

今年春天，我去了一趟绍兴。与我同行的，是来自全国报纸副刊的一百多位同人。

会长说，中国报纸副刊研究会举办年会和采风活动，是为了让大家交朋友、出美文。作为一名加入副刊编辑阵营不到一年的"新人",我感到有些"社恐"。可因为我还在"中国副刊"做兼职编辑,很多人早有微信,就变成了网友见面,也不至于全然陌生。

最后一天,大家在微信群里纷纷发表临别感言,我红着脸说:"这是我工作至今最开心的一次出差,有最风雅的安排,和最有意思的一群人。"

我喜欢绍兴,一路上都在想:我怎么到现在才来?

"暮春三月,江南草长,杂花生树,群莺乱飞。"这是江南最好的时节,所见所闻,皆有春意。我也是南方人,但其他的南方,虽然也有春山有绿水,有细雨有微风,跟江南却还是不同。差别在哪呢?

"没有围墙的博物馆",说的就是绍兴。三味书屋、沈园、兰亭、青藤书屋、笔飞弄、鉴湖……对应的是鲁迅、陆游、唐琬、王羲之、徐渭、蔡元培、秋瑾……一个个从小就耳熟能详的名字,飘荡在绍兴的空气里。

我特别用心地参观了所有的博物馆和名人故居,有些信息甚至想要背下来。少年的求学时光,似乎与此时有了交错。一路上,还遇到一波波来研学游的中学生,真是好生羡慕。我都三十好几了,才第一次来绍兴,他们却是跟着书本去旅行。

噢,我还在百草园重新爱上了鲁迅。"不必说碧绿的菜畦,光滑的石井栏,高大的皂荚树,紫红的桑椹;也不必说鸣蝉在树叶里长吟,肥胖的黄蜂伏在菜花上,轻捷的叫天子(云雀)忽然从草间直窜向云霄里去了。单是周围的短短的泥墙根一带,就有无限趣味。"讲解员抑扬顿挫地背诵了一段《从百草园到三味书屋》,我当即搜出全文来阅读,竟有了与过去背诵课文时完全不一样的感受。那时读书囫囵吞枣,没有仔细品味,如今再看,只觉一字一句都如此精妙。回程在火车站候车时,我下单了一套《鲁迅全集》——这就是绍兴给我"带的货"。

也是在百草园,因为互相帮忙拍照的缘故,我开始和同行的副刊人交朋

友。我一直相信，一个群体里的人，是呈正态分布的。在"副刊人"这个群体里，我也会遇到跟自己相似的人、能惺惺相惜的人，甚至是彩虹般的人。

有一些前辈令我心生敬仰。他们的一言一行、学识修养和精神面貌，都给了我启发。那未必是特别具体的启发，却明明白白地震荡了我的心。

探讨工作业务时，我也能一窥他人的职业发展路径。很多副刊编辑也是优秀的写作者，有一位老师在大会发言时便说，编辑自己也要多写好文章才行。一次吃饭时，一位副刊界知名作家坐在我旁边，仗着年纪小一些，我大刺刺地问她："为什么您这么有名？"她认真地回答我："因为我写了很多年呀！"

还有一个姐姐，很好心地给我提出一些建议。下车时，她还追过来："我还没有说完呢！"当时我特别傲气地跟她说，我不屑于如何如何……她竟没有生气，最后对我说："你当然可以不这样，只要有足够的才华。"

我意识到，他人非俗物，甚至比我更坦诚。人可以在走出去的同时，也忠于自己。回去后，我便找出他们的文章来读。

当然还有工作之外的人生参照。有一位老师刚刚退休，准备耗费巨资买一张环游世界的船票。她跟我讲起工作的往事，讲起刚写完的一本书，又偶然间提起自己年轻时丧偶的经历，语气中却尽是通透和豁达。我很想说点什么来表达赞赏和钦佩，但当着面却是说不出口的。分开时，我把刚才在"剡溪春宴"上折来的一枝樱花送给她。

还有一位老师即将退休，未来他还有许多事情要忙。除了读书写作，他还有一个"能让自己忘记时间"的爱好。我想，不管何时何地，他一定是幸福的人。我想，等我老了也要做这样的人。

到某地旅行或出差，日后能想起来的，除了风景和美食，一定还有那时遇见的人。当我再回忆起江南，回忆起绍兴的时候，我会想起那些人。

（原载《工人日报》2024 年 7 月 7 日）

运河流淌

运河向海

晏朴（张彦甫）

1488 年的一个春日，崔溥等 43 名高丽人一行在浙东沿海沉船遇险。按大明律，他们须马上被驿站送往北京。

朝廷限定地方官在 47 天内送达，否则杖责。

因为从海边到绍兴走了水路，他们提前 4 天到达北京（等待被遣返高丽）。途中，他们甚至还在扬州"停留观赏"了 1 天。

这则故事源自中国社会科学出版社 2006 年 12 月版《剑桥中国明代史》（下卷）第 476 页。

从宁波、绍兴到杭州走水路，居然一路畅通至北京！这让我对"京杭大运河"的基本认知，骤然有了一次提升。

一

前不久——距 1488 年多了 536 年后的又一个春天，我有幸走马这段"浙东运河"。

中国大运河"申遗"文本上曾经写道："以其世所罕见的时间与空间尺度，证明了人类的智慧、决心与勇气。"

身临其境，我慨叹，智慧的浙江人竟可以如此"逆势"将大运河向东、向南、向海又拉长了两百多公里，经曹娥江、钱清江等向东汇入宁波甬江入海，融入"海上丝绸之路"。

这或许是地理、气候、文化与"人"持续交融、代代蕴积的结果。

绍兴从上古时期就是雨水充沛、河网交错的水乡——大禹治水的故事就发生在这里。

当传说中"大禹治水"凝固成会稽山麓的大禹陵，你就会明白"水"与绍兴的渊源；当"公祭大禹陵"活动演变为国家级的年度公祭，你就会明白绍兴人对"水"的领悟为什么如此执着而富有底蕴。

"从山阴道上行，山川自相映发，使人应接不暇。"东晋书法家王献之对浙东风貌情有独钟。

兰亭旧址，沈园，阳明故里（王阳明），徐渭故里、青藤书屋，蔡元培故居、子民图书馆，鲁迅故里、三味书屋……屋里有"文"，院外环水，无不洋溢着水墨香气。

"最是纤桥世罕有，悠悠千载运河情"，在连绵不绝、交相辉映的景致中，运河文化、大禹史迹传说穿越千年，在这里酝酿和传承。

优秀的文化传统和文化基因不断融入当下生活，收获的是更鲜活的生命力、更蓬勃的生长力——这也是文旅产业高质量发展的可持续之道。

黄酒小镇以及从鲁迅小说里飞来的"鲁镇"，"打造"与自然相得益彰，浑然天成，有"文"气更有"商"机。

黄酒小镇依托运河资源禀赋，打造宋韵水乡婚礼场景，创新推出黄酒咖啡、黄酒冰激凌、黄酒奶茶等衍生产品，让游客感受浓浓的水乡风情和黄酒文化。

"黄酒和冰激凌融合的口感很好，酒精浓度低，有淡淡的清香。"游人扫码支付完毕，还不忘给小镇的黄酒文化 IP 点赞。

据介绍，仅鲁迅故里景区，年游客接待量即达 300 余万人次，门票、文创等相关收入不少。

我越来越觉得，所谓"向海"，就是连通与传承的气度，开放和包容的胸襟，绵长与不息的坚定！

这就是面向大洋——也是我对"向海"的再理解。

二

嵊州，曾是书圣王羲之晚年的隐居之地。

作为"世界著名茶乡"，嵊州的茶叶品质优、"明星"多。目前，全市龙井茶年产量达 6000 多吨，产品远销欧洲、亚洲、非洲 70 多个国家和地区，走出了一条生产规模化、质量标准化、市场网络化的发展新路。

在三江街道的一间茶坊，两位"00 后"女孩正眉开眼笑，用不太流利的英语对着手机屏幕有说有笑、指指画画……原来是两位主播在直播平台叫卖自家的茶叶。

她们家开发的品牌绿茶（珠茶、眉茶、袋泡茶等）已走进撒哈拉沙漠周边国家，颇受欧洲、中亚、中东等主要国际绿茶消费市场的青睐。

"东南山水越为最，越地风光剡领先。"嵊州境内有 1000 多条溪流，如条条血脉，纵横交错。

小河执着向海，嵊州对发展"向海"经济的用心用情无所讳隐。

越剧发源于嵊州田间街巷，但当地人把这一文化精粹请进了大雅之堂。

嵊州越剧博物馆，珍藏有 3 万多件越剧文物和史料，是中国首家专业戏曲博物馆。

传统戏曲在当下如何真正走近年轻人，成为新的生活方式，而非博物馆的"非遗"展品？

该馆自向公众全面免费开放以来，利用诞生地优势，跨省、跨市举办了各种输出式推广活动。近年来更以创建中国越剧戏迷网为抓手，主动拥抱互联网，在全球创新建立爱越小站——目前累计建成 225 个，会员 1.3 万余人。

他们坚定推行越剧"走出去"计划，实施"越剧文化 + N"工程，推动越剧跨界合作，让传统戏曲留住老朋友、结交新朋友、"出圈"找朋友。

从古老到现代，从线下到线上——

依托东风 App 出海，通过 facebook、instagram 等境外网络平台积极传播越剧文化。

开发越剧人物城市 IP 形象"剡剡""越越""嵊嵊",推出微信表情包、美妆等 12 种越剧系列文创产品,连续举办 22 届中国民间越剧节、6 届全国越剧戏迷大会……

越山剡水清悠悠,回肠柔曲出嵊州。越剧文化生态越来越厚重,中国越剧的星星之火也燃到了美国、法国、西班牙、意大利等国家。

流动的浙东运河,涌动着向海而生的文脉。

这儿的"Z 世代"们跟潮、不怯,以"有产出的学习"的状态自在冲浪!

三

浙东运河划过"三江闸",进入宁波地界,便融入壮阔大海了。

宁波正好处于河海交汇的黄金地段,是中国最早的出海口之一,其海外贸易历史可追溯到战国时期,至宋代已经呈现"帆樯如林、舟楫如织"的繁荣景象。

东海之滨,岸线绵延。如今,宁波舟山港的 19 个港区星罗棋布,仅 2022 年便完成货物吞吐量 12.6 亿吨,已连续 14 年蝉联世界首位——名副其实的世界第一大港巍然屹立。

运河文化与海上丝路文化彼此交融,可谓气象万千。

就在这里,一侧的新型能源企业、气势磅礴的"绿能港"——中海浙江宁波液化天然气有限公司,清洁能源发展势头正劲。

曾经,这里还是一个位于穿山半岛峙北海岸线末端的小渔村,交通闭塞、人迹稀少,自 2012 年浙江 LNG 接收站一期项目投运以来,逐步显露出生机和活力。

12 年来,浙江 LNG 累计上缴税费 20.64 亿元,共完成 4000 万吨液化天然气外购与销售,可为浙江全省 6600 多万居民提供 8 年的生活用气,可发电

2800 亿度，给蓬勃发展的浙江经济搬来一座"海上气田"。

新能源催化着经济发展，它不仅融入万家灯火，也积淀着"富""绿"同行的底气。据了解，浙江 LNG 发展 10 余年，减少二氧化碳大气排放约 1.52 亿吨、二氧化硫大气排放约 124 万吨，其效果相当于植树 3.2 亿棵。

绿色、低碳，正实实在在地助力浙江交出"绿水青山越来越美、金山银山越来越大"的生态答卷。

向东是大海。宁波素来有航海梯山、视若户庭的敏锐和勇气。另一侧的中海石油宁波大榭石化有限公司（为中国海油旗下公司），正在瞄准大力提升新质生产力，方兴未艾。

近年来，他们以深度催化装置等亚洲领先的技术装备上马为标志，一批低能耗、低污染、高质量的石化产品远销海内外。

跨越山海，执手相行。20 余年前，中国海油已开始精心布局沿海发展规划，这家发轫于海上油气的"世界 500 强"企业，已经是华东地区能源保供的主力军。2023 年所属炼化公司驻浙江企业销售额达 500 亿元，上缴税费约 53.6 亿元。

时代大潮，滚滚而来。以保障国家能源安全为己任的中国海油，坚定拥抱世界、走向世界。

截至 2023 年底，中国海油在"一带一路"沿线等海外净产量占比 31.2%，海外油气产量连续三年稳步增长。海油方案、海油装备、海油技术、海油产品接续"出海"，中国海油正以建设世界一流企业的行动力助推全球能源可持续发展。

极目远眺，这条穿越历史之河蜿蜒不息，那浪拍堤岸之势，那千帆云动之景，何尝不是海上丝绸之路的魂与脉，又何尝不是古老而现代的中国与久远而弥新的世界相遇相融的纽带。

悠悠运河水，绵绵中华情。大运河携 5000 年之中华文明浩浩荡荡，必将经久不息融入大洋，必将持续壮大"一带一路"，壮大"人类命运共同体"。

（原载《中国海洋石油报》2024 年 5 月 8 日）

梦里水乡

骆东华　周璐彦

运河水潺潺地向前流淌，这是最初关于远方的想象。现在，人文经济在运河沿线"流淌"。

上下 2500 多年，蜿蜒 3200 多公里的中国大运河，是中华民族的文化血脉。今年是中国大运河申遗成功 10 周年。中国报纸副刊研究会"循迹溯源·运河文化绍兴行"采风团，走进历史与现代交相辉映的名城绍兴，品读这座千年古府因水而兴的文化史诗。

一

浙东运河穿城而过，勾勒出绍兴城市的生命线。运河支流如毛细血管般，把古城连成了一张水网。

鲁迅先生曾在文中写道："你在家乡平常总坐人力车，电车，或是汽车，但在我的故乡那里这些都没有，除了在城内或山上是用轿子以外，普通代步

都是用船。"

鲁迅生活的绍兴是一座"家家门外泊舟航"的水城。他多次写到在故乡坐船的经历:"我仿佛记得曾坐小船经过山阴道""这城离我的故乡不过三十里,坐了小船,小半天可到",小船说的是乌篷船。

今天,依然可见头尾尖尖翘起的乌篷船在古城水网中穿行。头戴乌毡帽的船夫陈国荣用手划楫,用脚蹭桨,手脚并用摇着船前行。船舷紧紧地贴着水面,人在摇摇晃晃中,感觉两岸的屋舍越来越密,头顶掠过的石桥越来越短,两岸的河道越来越窄。细细的船身却自如打了个弯,让人不得不赞叹,乌篷船的灵巧,船夫的高超技艺。

陈国荣说自己 15 岁起就在河里捕鱼,让我想起童年的那艘小渔船。它总是在傍晚的时候,从东边摇橹而来,停在巷口运河边的泡桐树下。船家掀开船舱,露出船肚子里活蹦乱跳的一舱鲜鱼,喉咙梆梆响地喊着:"渔船来了!"

我不知道它每天从哪里来,想它一定走了很远很远的路吧!船上有个小女孩,穿着碎花裙子,光着脚在舱板和驳石间跳来跳去。我常常在心里同她讲:住在船上真好呀,在水上,摇啊摇,每天去不同的地方……

运河水潺潺地向前流淌,这是最初关于远方的想象。

二

河是船的路,桥是横跨时光的路。

乌篷船停靠在城东的八字桥下。这座古桥始建于南宋,有着"中国最古老立交桥"的美名。据《嘉泰会稽志》载,"八字桥在府城东南,两桥相对而斜,状如八字,故得名"。

章伟静的家就在桥口,开门便见行人来往桥上。她在这里住了 50 多年,母亲也在屋里出生,住了 90 多年。"这 100 多年的老屋与门前 800 多年的古桥相比,还年轻着呢!"

屋檐下挂着的竹匾随风轻轻晃动，里头晒着章伟静自家煮的花生和笋干。"老酒咪咪，味道'随（很）好'！"绍兴人喜欢哑着黄酒吃这些咸口。

桥边有棵古香樟，正是开花时节，空气中弥漫着淡淡的清香。被无数乡人的脚底板打磨得油光锃亮的桥石，也印满了章伟静一家生活的痕迹。

早晨，老父亲章老伯提着煤炉到桥下。煤饼一点燃，赶忙把炉子罩一顶铁皮烟囱。青烟往外冒的时候，整条广宁桥直街弥漫着生炉子的烟气，这也是江南早晨特有的味道。

似乎这是街坊们一天中必不可少的仪式。老年人闻到这气味，晃晃悠悠地去上菜场。曾经住在这里的青年人闻到这气味，加快了上班的脚步；如今，搬出去的青年人又回来了，在这气味里，打开了一家家咖啡店、文创店……

比广宁桥直街更热闹的是仓桥直街。过了宝珠桥，沿街黄酒桂花拿铁的招牌，与梅干菜、茴香豆、木莲豆腐的叫卖声混搭着，空气中弥漫着酱肉串的香气。

整条街有40余处保存完好的各式台门，几乎走几步就逢着一处百年老台门。台门是老绍兴的特色建筑，依水而筑，临街而生，砌有台阶和石门框。在大门与仪门，以及厅堂间这两进十多平方米的空间里，一些住家摆着小吃摊。

卫荣贵退休后卖起了臭豆腐，一天能卖六七十碗。"虽然我才卖了两年，我这手艺可地道了，从九十多岁外婆手里'偷师'来的！"他指着仪门背后一排排瓷甏说，"陈年老卤是自家用苋菜梗放在臭卤甏里发酵的。"帘子后的天井种着含笑与石榴花，他在临河的后屋住了60多年。

卫荣贵娴熟地捞着炸得金黄酥脆的臭豆腐，章伟静在桥下掸掸灰尘收起了被子……

他们是游客眼中的风景，也在风景里过着变与不变的生活。

三

水是一座城市的灵魂。2500多年的绍兴城市史诗，起笔便离不开运河。

浙东运河最早可追溯至春秋战国时期开凿的山阴故水道。《越绝书》记载："山阴故水道，出东郭，从郡阳春亭，去县五十里。"当时，范蠡主持疏浚了山阴故水道，成为越国的交通命脉。及至南宋，更是达到"浪桨风帆，千艘万舻"的盛况。

浙东运河西起杭州西兴，向东经绍兴至宁波入海。它与京杭大运河、隋唐大运河一道，于2014年被列入《世界遗产名录》。

中国大运河以南北流向为主，位于大运河最南端的浙东运河则由西向东，注入茫茫东海，实现了大运河奔涌入海的梦想。

这样的通江达海，让浙东运河在历史上有了特殊的地位与功能——古代中国与外国交通贸易和文化交往的海上门户，海上丝绸之路的重要节点。

杭州西兴过塘行码头便是南北、东西水运中转的历史遗存。杭州的茶叶、丝绸，绍兴的黄酒、青瓷，随着纵横连接的运河水网，南来北往，"漂"向海外……

这是古时的"黄金水道"，今天运河的历史文化遗存，通过城市有机更新，展现历史与现代交相辉映的人文价值，人文经济在运河沿线"流淌"。

站在浙东运河博物馆的浙江省大运河国家文化公园规划展示图前，我们看到，江南运河浙江段、浙东运河及其故道等组成的中国大运河浙江段，连接杭嘉湖与宁绍平原，如藤蔓般穿起了沿线古镇与历史街区。

京杭运河南源杭州，大运河杭钢公园于今年"五一"假期正式对外开放，成为大城北文化集合体验的新地标。由小河油库改造而来的小河公园，前两年开放后"一夜之间"走红网络。

同样在绍兴，我们看到阳明故里、徐渭艺术馆等文化新地标，成为新晋网红打卡点。

在子民图书馆，一楼玻璃幕墙外，以蔡元培故居侧影为背景，黑瓦的人字形线条与白墙搭配成极简"水墨画"，青空苍水，几方太湖石点缀其间，引得同行者纷纷留影。

水乡的中式意境之美，成为人们感怀乡愁的独特文化体验。

四

有树的陪伴，日夜奔涌的运河并不孤独。

走在坡塘云松村，村口一棵银杏树，古韵悠悠。一问，此树已经 1500 多岁了！年轮里印满了千年光华啊。

去年深秋，身披满目金黄的古树，因美出圈的"银杏雨"短视频突然"走红"。"当时来拍照的无人机一天多达三十多架。"该村党委书记罗国海说。

清晨，树下时有祈福的村民；傍晚，常聚集着拉家常的人们。现在则多了很多拍照留影的游客。

村口树，是游子回乡第一眼看到的"亲人"。沈爱国在外打工多年，每次回来都会望一望这千年古树。深秋时节，她常常和乡亲一道在树下捡银杏果。

沿着银杏树往前走，有一片云松茶园。前两年，沈爱国决定回乡创业，把茶园附近的自家老房装修得颇为古朴，开了一家名为"云间食客"的饭店。捡来的银杏果煲的鸡汤，成为店里的特色菜。刚刚过去的"五一"假期，店里每天三十多桌客满。

近两年，这里有十多位创客回乡，开起了茶馆、露营基地、咖啡吧等。"天上掉下个林妹妹""我家有个小九妹"……小村庄里，还时时传来袅袅越音。

历史上有名的"归乡"诗，莫过于贺知章的《回乡偶书》。"少小离家老大回"的贺知章，面对故乡这一方镜湖水，不禁感慨"唯有门前镜湖水，春风不改旧时波"。

告别钱塘江边的西兴，李白、贺知章等诗人们沿着浙东运河，一路南下，

鉴湖推篷，耶溪泛舟，山阴道行，龙山远眺……走出了一条中国文学史上赫赫有名的浙东唐诗之路。

在人生的这条河流里，我们往往被命运推着前行。各人际遇不同，诗人们在浙东山水一方天地间，重获了内心的平静。

不知是否有诗人邂逅过云松村这棵千年古银杏？可以推测的是，它或许给村里的游子带来许多慰藉。

家乡巷口运河边的那棵泡桐树，有一年被雷劈倒了。从此，树上停着的鸟、爬着的蝉，以及如紫色云霞的满树花朵，一同没有了。后来，乡人补植了一棵香樟树，今已亭亭如盖。

那个曾经想坐船远行的孩子，走过万水千山以后，才发现，眼中最美的风景，还是家门口的小桥、流水、人家……

（原载《杭州日报》2024 年 5 月 10 日）

千年运河水长流　绍兴文脉贯古今

唐召怡

千年流淌的浙东运河穿城而过，勾勒出绍兴城市的生命线。这里的每一条街巷、每一座古桥、每一艘乌篷船，都留存着水乡人家难忘的记忆，无声地诉说着它厚重丰富的历史文化内涵。

3 月 30 日至 4 月 3 日，由中国报纸副刊研究会、浙江日报报业集团联合举办的"循迹溯源·运河文化绍兴行"百名文化记者采访调研活动举行。百名记者走进这座"没有围墙的博物馆",沿着千年运河,观览了绍兴的人文风光、历史遗存、文旅产业等诸多亮点,感受到这座江南水乡古城在新时代焕发的勃勃生机。

名人辈出：水脉与文脉交融

一部运河演变史,半部绍兴发展史。2500 年前,越王勾践修凿"山阴故水道",形成最原始的浙东运河绍兴段。

浙东运河是绍兴城市的大动脉,位于中国大运河的最南端,与京杭大运河、隋唐大运河一道,于 2014 年被联合国教科文组织列入《世界遗产名录》。

传承、保护、利用大运河是时代的使命。在浙东运河博物馆内,记者们沿着习近平总书记的足迹,细细了解浙东运河发展演变史和当地合理利用水资源、推进大运河保护等情况。随后,大家还实地走访了位于绍兴市越城区斗门街道的三江闸。

三江闸是古代大型挡潮排水闸,由明代绍兴知府汤绍恩于明嘉靖十六年（1537 年）主持修建。全闸 28 孔,长 108 米,闸墩和闸墙用大条石砌筑,闸底有石槛,闸上有石桥。2023 年被列入浙江省首批重要水利工程遗产资源名录。

江风拂面,江水滔滔。站在长长的古石桥上,一位记者不禁感叹:"没有水利,便没有绍兴的天平地成。"400 多年来,三江闸阻挡着海潮的侵袭,使绍兴不再受咸潮之害。同时,它又成功地泄蓄钱塘、曹娥、钱清三江之水,使得绍兴平原成为旱涝保收的鱼米之乡。直到 1979 年,在三江闸外 2500 米处另建新闸一座取而代之,古老的三江闸才结束了自己的历史使命。

水脉与文脉自古交融。贯通南北、穿越古今的大运河,滋养了独特的绍兴水乡风情,孕育了一大批杰出人物。400 多年前,明代文人袁宏道路过这里

时就曾感叹："士比鲫鱼多。"

勾践、范蠡、王羲之、贺知章、陆游、王阳明、徐渭、秋瑾、鲁迅……从古至今，绍兴名人辈出，不胜枚举。

位于绍兴古城西小河畔的阳明故里，以明代著名思想家、教育家王阳明的故居为核心，由阳明故居、阳明纪念馆、阳明广场等组成，展示了阳明心学的深厚底蕴和独特魅力。这里也是全国唯一经考古发掘确认的阳明先生宅邸遗址。据介绍，王阳明出生于浙江余姚，10 岁时随父迁居绍兴城。绍兴是王阳明成长之地和归葬之所。

阳明故居有着"一轴、四进、六重"的平面格局，主要建筑由门厅、明德堂、至善堂、传习堂四进院落构成。阳明广场上，阳明先生的铜像面对碧霞池屹立着。当年，池上有座天泉桥，桥边还有天泉楼，是王阳明先生居家时经常与门人讲学论道的主要场所。

"以前读过关于王阳明的书籍，这一次来到阳明故里，感到特别亲切。"南开大学新闻与传播学院教授、中国报纸副刊研究会副会长孙德宏说。

在沈园，记者们纷纷在《钗头凤》碑前拍照留影。这座宋代沈姓人家的私家花园能够保存至今，皆因一段凄婉的爱情故事。800 多年前的一个春天，著名诗人陆游与前妻唐琬在沈园邂逅，陆游百感交集，题写了《钗头凤》词一阕，成为千古绝唱。

记者们还走进徐渭艺术馆和青藤书屋，欣赏了这位明代大才子高超的书画技艺，也进一步了解到他跌宕起伏的一生。

著名教育家、革命家、政治家蔡元培，也是从绍兴走出的一位山阴才子。记者们走进蔡元培故居、孑民图书馆，跟随先生的人生足迹，感悟楷模风范。

花格门窗、乌瓦粉墙、青石板地……蔡元培故居是一处颇具绍兴特色的明清台门建筑。蔡元培 1868 年诞生于此，在这里度过了童年和青少年时期，之后历次返回绍兴都在这里居住。

新建的子民图书馆前，高大的照壁上刻着蔡元培的书法，"故乡尽有好湖山，八载常萦魂梦间。最羡卧游君有术，十篇妙绘若循环"，字里行间流露出先生对故乡深深的挚爱之情。

图书馆负一层是蔡元培生平事迹展陈。蔡元培一生致力于改革封建教育，坚持"思想自由、兼容并包"，主张"五育并举"，尊重人才，为官廉洁。透过子民图书馆一面宽大的落地玻璃，白墙黑瓦的蔡元培故居映入眼帘，仿若一幅清新素雅、浓淡相宜的中国画，极富韵味。

水乡新韵：从仓桥直街到坡塘村

粉墙黛瓦青石路、古朴的石拱桥，以及河道里缓缓而过的乌篷船……有着浓郁水乡风貌的仓桥直街，是绍兴古城的重要文化遗产之一，曾获联合国教科文组织亚太地区文化遗产保护优秀奖，被称作"中国遗产活生生的展示地"。

走在窄窄的街巷里，仿佛一脚踏进了从前的时光。一栋栋清末民初的老建筑沿河而立，推窗见船，好一幅"人家尽枕河"的水乡画卷！而店家门前迎风招展的布旗，更是彰显着浓郁的绍兴特色：黄酒奶茶、黄酒棒冰、木莲豆腐……

从仓桥直街步行 1 公里多，就是绍兴市区保存最完好、最具文化内涵和水城经典风貌的历史街区——鲁迅故里。作为 20 世纪伟大的文学家、思想家、革命家鲁迅的诞生地和成长地，这里保存了与他生活相关的多个文化遗迹，包括鲁迅故居、百草园、三味书屋、鲁迅祖居、土谷祠、长庆寺，还有始建于 1973 年的绍兴鲁迅纪念馆等。

鲁迅纪念馆里，展陈了鲁迅的生平事迹、文学成就和思想贡献，令人深深感佩于先生"横眉冷对千夫指，俯首甘为孺子牛"的精神品质。

"不必说碧绿的菜畦，光滑的石井栏，高大的皂荚树，紫红的桑椹；也不

必说鸣蝉在树叶里长吟……"顺着那短短的泥墙根前行，先生笔下充满童趣的百草园便呈现在眼前。

"出门向东，不上半里，走过一道石桥，便是我的先生的家了。"从百草园到三味书屋，很近。站在小石桥上，能听到桨声，三三两两的乌篷船在河里悠闲地晃荡。一切都还是老样子。"三味书屋"牌匾下的那幅画，依然"画着一只很肥大的梅花鹿伏在古树下"；就连课桌上那个"早"字，也依然清晰可辨。

一位记者感叹道："百年岁月，转瞬即逝。幸运的是，我们今天还可以在这里感受到当年鲁迅的生活情境，原汁原味地体验他笔下的风物人情。"

在绍兴，还有一个将鲁迅小说中虚构的平面故乡还原成建筑实体的地方——鲁镇。鉴湖之滨，小桥流水间，点缀着一座座白墙青瓦的仿古民居。贡品店、锡箔店、油烛店、茶漆店、钱庄、当铺……那些满是书中印记的店铺林立在主街两侧。

忽然，拖着长辫子、戴着乌毡帽的"阿Q"，晃悠着长烟杆，不知从何处冒了出来。接着，挂着棍子喃喃自语的"祥林嫂"从对面蹒跚着走来。"孔乙己"则在酒肆的柜台边"研究"着"茴"字的四种写法……眼前这一幕幕，生动地再现了鲁迅在《孔乙己》《社戏》《风波》《祝福》等小说中描绘的那个故乡。虽然绍兴历史上并无鲁镇这个小镇，但它却真真切切地存在于鲁迅的心中，也通过他的小说，存活于千百万读者的心中。

离开鲁镇，鉴湖畔的另一处网红打卡地——柯桥区柯岩街道的叶家堰居吸引了记者们的目光。此地水质清冽，酿出的酒特别甘美，故有"鉴湖第一曲·酒源叶家堰"之称。

在讲解员的引导下，大家参观了"鉴湖里"文创社区综合体，详细了解了叶家堰居从一个小渔村蜕变为"鉴湖渔歌风情带"上AAA级景区村的传奇故事。近年来，叶家堰居把"五水共治"与美丽景区、美丽乡村建设紧密结合，围绕"鉴湖、酒源、渔歌"等元素，致力打造以"鉴湖古韵、枕河村落、风情水街"等为特色的江南水乡古村落风貌，进一步改善了村庄形象，提升了村庄品质，叶家堰居散发出愈加迷人的魅力。

与叶家堰居一样，位于会稽山北麓的越城区鉴湖街道坡塘村也是近年来乡村振兴"旧貌换新颜"的一个典型。

说起靠"颜值和实力"频频出圈的坡塘村，就离不开它的"造梦师"——坡塘村党委书记、村委会主任罗国海。

谁承想眼前秀美如画的坡塘村，几年前还因"脏乱差"被戏称为"破塘村"，集体经济薄弱，环境卫生堪忧。2016 年，罗国海怀揣"一定要让村子好起来、富起来"的愿望，带领着由村"两委"班子、网格员、党员村民代表组成的工作专班，大刀阔斧地干起来。

首先整治环境。尘土飞扬的老土路变成了宽敞干净的柏油路；沿途民居粉墙黛瓦，绿植茶田郁郁葱葱……接下来，是以"艺术赋能乡村，文化引领发展"为思路，探索乡村文旅深度融合发展。

这个因"范蠡养鱼"的典故而得名的村子，一天天变得风雅起来。盘活的闲置土地和旧民房通过有机更新和改造摇身一变成了乡村博物馆、树兰书屋等艺术空间，并吸引了一批艺术家工作室进村落户。周末，越来越多的城里人来到这里，吹吹风、喝喝茶，享受一段闲适惬意的田园时光。

在罗国海看来，诗与远方，总要花些心思才能抵达。"艺术乡建"不是一阵风，而是一条持之以恒的路。

文艺之旅：从书圣故里到越剧之乡

绍兴市越城区戢山脚下，有一处叫戒珠寺的古寺。建寺之前，这里曾是书圣王羲之的住宅。如今，这一带被打造成书圣故里历史街区，建起王羲之陈列馆，专门展示陈列王羲之和历代受王羲之影响的书法家作品。

书圣故里历史街区，保留了许多年代久远的民居，还有造型各异的石桥。其中一座叫题扇桥，桥前的铜像定格了1700多年前的一瞬——书圣王羲之正在为卖扇老妪题扇。

在绍兴城西南10余公里的兰渚山下，兰亭更是因王羲之的名作《兰亭集序》而名闻海内外。

"此地有崇山峻岭，茂林修竹，又有清流激湍，映带左右，引以为流觞曲水，列坐其次。"东晋永和九年（353年）上巳日，王羲之邀约谢安、孙绰等41人聚会于此。是日，"天朗气清，惠风和畅"，"群贤毕至，少长咸集"，曲水流觞，饮酒赋诗，最终成就了被誉为"天下第一行书"的《兰亭集序》。

兰亭的鹅池里，几只大白鹅正在悠闲地划水。想当年，王羲之就特别痴迷于白鹅。他从白鹅优雅的体态中，体会到了字形之美，又从它们游动拨水的变化中，领悟到行笔的婉转流畅之态。

"鹅鹅鹅，曲项向天歌。白毛浮绿水，红掌拨清波。"第二天，当记者们来到距离绍兴市100公里外的嵊州市金庭镇华堂村时，90岁高龄的王伯江老人一边喃喃念着古诗，一边挥毫写下一个大大的"鹅"字。老人是王羲之的第五十四代孙。"老祖宗的东西不能丢。"他说，从小家里的父亲、叔叔都会写上几笔，他耳濡目染，也对书法感兴趣。退休后的几十年里，他还坚持义务教村里的孩子们书法。

安静的祠堂、雅致的民居、清幽的池塘，营造出华堂村古朴的韵味。村民大多数姓王，均为王羲之的后裔。800多年前，王羲之第二十六代孙王弘基率族人聚居此地，从此繁衍生息。王氏子孙多擅书画，书画悬于厅堂，供人品赏，故其宅有"画堂"之称，后因其屋舍精丽、山水清妙，"画堂"易名为"华堂"。

距华堂村仅1.5公里的金庭镇瀑布山，就是王羲之晚年归隐和葬身之地。记者们专程前往金庭镇王羲之墓园，在刻有"晋王右军墓"的墓碑前集体三鞠躬，表达对书圣深深的敬意。

作为绍兴市所辖县级市，嵊州风景秀美，人杰地灵。嵊州的母亲河剡溪，日夜奔流不息。它是贯穿浙东唐诗之路的"黄金水道"。李白吟"湖月照我影，送我至剡溪"；张籍唱"春云剡溪口，残月镜湖西"；杜甫叹"剡溪蕴秀异，欲罢不能忘"……历史上，曾有400多位唐代诗人在这片土地上留下了1500多首诗作。

诗意剡溪，还孕育出了水样柔情的越剧。

"欢迎大家来到我们美丽的越剧诞生地东王村。我是东王村当了16年村主任的李秋顺，现在是我们东王村的义务讲解员。"在甘霖镇东王村，两鬓已斑白的李秋顺精气神十足，带着记者们从村口的大戏台走到越剧最初诞生的那间四合院。

"1906年，他们用4只稻桶垫底、铺上门板，搭起草台，上演了《双金花》等戏。"李秋顺绘声绘色地讲述着当年几位唱书艺人在东王村香火堂前演戏的情景。然后，无比自豪地介绍起昔日脏乱差的村子如何在纪念越剧诞辰110周年之际，华丽转身，探索出以"越音、景美、富乐"为核心的乡村共富新路径。今天的东王村，乡村剧团周周有戏，环境优美，越音袅袅，早已成为游人众多的网红打卡地。

"从'田头歌唱''沿门唱书''走台书'一路走来，三代唱书人走了50多年，到这一天终于拥有了自己的剧本、角色、曲目、舞台。所以，1906年3月27日这一天，被后世称为越剧诞辰，东王村树立起了'越剧诞生地'的牌子。"在位于甘霖镇施家岙村的越剧博物馆里，年轻的讲解员更加详细地为大家介绍着关于越剧诞生的来龙去脉。她还饶有兴致地现场表演了"沿门唱书"，"勿要唱勿要唱偏要唱……"清丽婉转的唱腔，引来阵阵掌声。"我是越剧艺术学校毕业的。对，陈丽君就是我的校友！"她笑道。

"天上掉下个林妹妹……"循着温婉戏音，当一位50多岁的女记者看到

关于越剧《红楼梦》的展台时，惊喜地呼唤同伴："快帮我拍照，这里是一定要拍的，太有纪念意义了！"她感慨地说，"我们这代人是看着王文娟老师演绎的《红楼梦》成长的一代，她对我们的影响太大了。"

越剧之乡，是嵊州一张响当当的"名片"。当记者们走进如江南园林一般美丽雅致的嵊州市越剧艺术学校时，更是真切地感受到"越剧之乡"名不虚传，后继有人。琴房里，吹笛子、拉二胡的；练功房里，压腿、开肩的；操场上，甩水袖起舞的；亭子里，开嗓练唱的……孩子们一个个神情专注，让人不由得感叹：今后一定会有更多越剧新星、名角从这里走出！

（原载《四川政协报》2024 年 4 月 22 日）

古代大运河的法律治理

李绍华

6 月 22 日，是个值得记住的日子。10 年前的这一天，中国大运河获准列入《世界遗产名录》。大运河（包括隋唐大运河、京杭大运河和浙东运河）是中国古代水利工程，也是中国古代南北交通的大动脉。大运河促进了两岸经济繁荣和社会进步，这离不开法律的治理，在绍兴浙东运河博物馆，笔者看到山会水则碑、宁波奉宪勒石碑等，它们记载着古人依法治理大运河的历史。

漕运机构及规章制度

古代运河的发展与漕运息息相关。漕运是朝廷组织的将征收来的部分粮食，通过水路，运往都城或其他指定地点的一种运输方式。为保证漕粮运输的顺利完成，自隋代以来，历代都设立机构并制定法律，对漕粮的征收、运输、交仓和赋税进行严格的管理。

隋代以前，设职官主管河道修防。隋代以后，开始设立运河与漕运兼管的机构。唐代在工部下设水部，负责水利行政管理；另设都水监，负责水利工程建设。宋代设汴河堤岸司、都水使者，负责运河工程事务；设排岸司，负责漕粮入仓交卸事务。后又设提举司，专门管理杭州至瓜洲的运河船闸。最终形成排岸司与提举司共同负责漕运事务的局面。明永乐十五年（1417年），开始设漕运总兵官掌漕运河道之事，简称总理河道或总河。总河以下按运道各段设分司，分司一职多由工部都水司派遣。沿运河各省也分派地方官员参与河道管理，这种由朝廷与地方组成的运河行政管理体系沿袭至清代。

关于漕运管理的法律，清代最为完备，有专项法典、部门规章和地方政令等。

清康熙六年（1667年）十二月，康熙帝下令纂修《漕运议单》，清雍正十二年（1734年），《漕运全书》颁布，清乾隆三十一年（1766年）刊印《钦定户部漕运全书》，这些议单、全书对漕粮征收数额、交兑方式、漕粮运输、水工管理、运河屯田等作了较为全面的规定，涉及漕运各个方面。《大清会典》是清代的行政法典，清光绪年间《大清会典事例》中的《漕运篇》，有48项制度涉及漕运，如漕运仓库的清查、粮船事故的处理等。

清代的六部、大理寺、都察院等部院制定的则例，许多涉及漕运，如营建制造、物价、财务扣留支放、河闸开闭、奏报考成、官丁奖恤、通漕例禁、禁止偷漏等。除了部门管理规章外还有地方政令，如清咸丰元年（1851年）震泽县贴出的漕运执法告示："业主该田，赡家完赋；佃户选米，赶早交租。

如敢拖欠，自取灾祸，经业指告，立刻拘捕。……受此官刑，租仍追捕，不如完租，免得受苦。"

闸坝开闭及水源调配

大运河沿岸水闸众多，朝廷制定了多项措施，对船只过闸、漕船规格及货物税收等作了限制。《元史·河渠志》记载了会通河水闸限制船只的措施，在沽头闸（运河闸名）处放一个小闸，200料（料为衡量船只大小的计算单位）以上的船，不可在此处行运。明代对漕船的尺寸和运载量有严格的规定，如水闸的宽度为12英尺（约3.66米），漕船的标准宽度应为9.2英尺（约2.8米）；标准漕船的载重量为400石（约24吨）。

在闸卡收税，可防止偷税漏税，明代运河船只税收有五种：一是官钞税。载重100石的船只，每通过大运河的一段，缴纳100贯铜钱。二是通行税。根据船头的宽度和运载能力征收。三是抽分税。只对木材、竹子、铁、钉子等造船物品征收。四是货物税。除农具和教育用品外，其他所有在市场上出售的物品都必须交此税。五是土地税。即用漕粮来交土地税。

水资源调配涉及农田灌溉用水、湖泊补水等，对其进行合理配置，有利于运河的开发利用。明成化十二年（1476年），绍兴知府戴琥根据治水经验，立山会水则碑于河中，后人依此管理玉山斗门的启闭，调整山会平原河网高、中、低田的灌溉和航运。这是山会平原河网系统有效管理的标志，也是绍兴水利史上的一个杰作。清康熙三十年（1691年），朝廷制定运河用水总政策：每年三月初一至五月十五，三日放水济运，一日塞口灌田，即"放三堵一""大流济运，余水灌田"。清乾隆年间规定，漕运期间，民闸暂闭。

由于运河自南而北，经过不同的地区，降雨量差异大，河水流量不均，需要调配水量，维持通航。明代规定，杭州至无锡段，运河水源由太湖补给；常州至镇江段，由练湖补水，也靠江潮入运河接济；仪征瓜洲至扬州段，由扬州诸塘补水调蓄……临清至天津段，由卫漳两河济运。以此保证运河的通畅。

安全护卫及法律处罚

为了保证漕运安全，运河管理方法不断创新。

从唐代开始，治河与漕运职能分开，负责漕运的官员要制定跨区域漕运路线，并确保安全，其具体职责有：查验接收、保护管理、转运从全国各地征集来的粮食和朝贡物品；安排人员押运、护送；防止沿途村民随意截水灌溉农田等。

浙东运河的维护修理主要有官府组织和民间捐修两类。自汉至南宋各历史时期，官方均对浙东运河进行直接管理，各段运河有军队专事维护、疏浚，实行准军事化的运河航运管理制度。与此同时，士绅、作坊业主等民间力量广泛参与纤道堰桥的修建。

宋代漕运的基层单位是"纲"，每纲都有各自的船队、船员。据《宋史》记载："押汴河江南、荆湖纲运，七分差三班使臣，三分军大将、殿侍。"负责运输江南纲、荆湖纲运（即运输粮饷）的人，70%归三班使臣管理，30%归大将、殿侍管理，即70%为民夫，30%为兵夫。

明嘉靖时期，漕运总督下设的分支机构漕储道负责运河保卫事务。此外，在运河沿线城市安排了卫所军队驻扎，如德州卫、临清卫、杭州卫等。清代，漕运总督属下有7个水师营，每个营有兵卒4000人，其中左、中、右3营负责河道运输安全。

为加强对运河的保护，对在治运治漕中的违法人员，一旦察知，便采取"即行革职，交部议处""枷号河干，不准留工""革职拿办，籍没入官"等一系列惩治措施。

对怠修河堤的，明代规定："凡不修河防及修而失时者，提调官吏笞五十；

若毁害人家、漂失财物者，杖六十。"《清实录》载有河工挟伎饮酒一案，处理结果是："详晰严讯，务得确情，按律定议具奏，断不可因人数众多，稍涉含混。或意存瞻徇，致有不实不尽，必应彻底根究，以成信谳。"对私自启闸的，清代规定，闸官泄水失误者，革职；上级官员督察不力者，降一级留任。对贪污的，清代规定，"河工承修各员采办料物，如有奸民串保领银，侵分入己……傥有徇纵等情，亦即查参交部议处。"对收受贿赂的官员惩治亦严厉。如对河官严烺"收受各厅江封银两"之事，清道光十五年（1835 年）五月二十日宣宗下旨"查办"。

对破坏运河秩序的行为也有具体规定，对盗决堤防的，清代规定："若因盗决而致水势涨漫，毁害人家，及漂失财物，淹没田禾，计物价重于杖者，坐赃论，罪止杖一百、徒三年。"即淹没田禾的损失计算出来后，要按获赃标准追责。对阻绝水源的，明代规定："凡故决山东南旺湖、沛县昭阳湖堤岸，及阻绝山东泰山等处泉源者，为首之人并遣充军。军人犯者，徙于边卫。"平民犯者充军，军人犯者发配边疆。对在河道乱建的，清代规定："除现在已成房屋无碍堤工者免其迁移外，如再有违禁增盖者，即行驱逐治罪。"对私垦湖塘的，明代规定："苏州镇江等卫所地方，系官湖塘荡泊（运河储水处），多被奸顽之徒占为己业……事发勘问明白，依律议拟，审有力照例发落。"清雍正二年（1724 年），针对一些监生抗漕闹事现象，雍正帝颁布谕令："地丁漕米征收之时，劣生劣监迟延拖欠，不即输纳，大干法纪。该督抚立即严查，晓谕粮户，除去儒户官户名目。"

大运河流淌两千余年，始终在造福两岸人民，值得一代代人全力守护。

（原载《人民法院报》2024 年 6 月 28 日）

绍兴之约：水脉与文脉

晋文婧

　　走进嵊州越剧艺术学校，仿佛走进一座充满诗情画意的江南庭院。绿树掩映中，数位十四五岁的孩子，身着月白色戏袍，出袖、收袖、扬袖、绕袖，行云流水。

　　水袖如水般灵动，总能演绎角色的喜怒哀乐，呈现故事的跌宕起伏。2024 年度中国报纸副刊研究会年会在浙江绍兴召开，百余名文化记者相聚而来，发现属于绍兴的种种故事，发端于水系，也恰如水之绵长悠久。

一

　　浙东运河，这是一条连接众多水系的大河。

　　10 年前的 2014 年，浙东运河与京杭大运河、隋唐大运河共同组成"中国大运河"入选《世界遗产名录》。浙东运河绍兴段，则是浙东运河的初始段和核心段。

　　在绍兴感受浙东运河的往事，不得不提及"三江闸"。建于明朝的三江闸，位于绍兴东北的三江口，它是浙东运河水利设施千年传承的"记录者"，也是绍兴平原的"守护者"。驱车前往、登高俯瞰，三江闸作为砌石结构多孔水闸，全闸 28 孔，长 108 米。当地文物保护工作人员告诉我们，岩基峡口处的选址，开创了绍兴水利史上通过海塘和沿海大闸全控水利形势的先河，三江闸涉及钱塘江、曹娥江和钱清江，数百年来，三江闸及其堤坝阻挡着海潮的一次次侵袭。

　　当然，蓄水排涝仅仅是浙东运河的基础功能，为越地带来深远影响的是其航运功能。以船为车，以楫为马？没错，这是今日的开怀畅想，却是曾经

的真实写照。这条大河连接起杭州、绍兴与宁波，从而通江达海，成为勾连海上丝绸之路的内陆通道，给沿河两岸带来持久的繁华。

"山阴故水道，出东郭，从郡阳春亭，去县五十里。"据史料记载，大运河浙东运河绍兴段，在春秋越国便已经存在，也是由于运河和鉴湖带来的便利交通、环境等优势，绍兴在唐朝就有"会稽天下本无俦，任取苏杭作辈流"的美誉。那么，鉴湖，在绍兴又是怎样的一种存在呢？

二

游船画舫上的解说员说起鉴湖如数家珍，她告诉我们，鉴湖，就是绍兴的"母亲湖"。

据史载，鉴湖由东汉会稽太守马臻主持修建。鉴湖依山筑塘成湖，顺着自然地势开放湖水灌田，堪称一座集灌溉、防洪及供水功能于一体的大型水利工程，也是我国最古老的大型蓄水工程之一，更是后世浙东运河绍兴段的重要组成部分。

如今，鉴湖主要为古鉴湖西湖区残留湖泊，是一个河道式湖泊，西起柯桥区湖塘街道西跨湖桥，东至越城区亭山东跨湖桥。昔日壮阔的水利遗迹已淹没于茫茫湖水中，带给寻访者无尽的遐思。被镌刻于高耸石坊之上的陆游诗作，为到访者脑海中的"场景重构"提供了灵感；在鉴湖水的滋养之下，绍兴酒也逐渐走进人们的视野。鉴湖绵延不绝的千载春秋，又何尝不如那抛起的月白色水袖一般，令人感怀。

鉴湖之美，赏不完、写不尽。鉴湖原名镜湖，唐代李白和杜甫分别留有"镜湖水如月，耶溪女似雪"和"越女天下白，鉴湖五月凉"等脍炙人口的诗句。而绍兴人陆游，对于鉴湖的热爱，比任何一位诗人都更加深沉。"吾庐镜湖上，傍水开云扃。秋浅叶未丹，日落山更青。孤鹤从西来，长鸣掠沙汀。"在漫长的历史变迁之中，鉴湖，这一湖碧波，又何尝不是一个寄托越地情感、培育越地人文的"高地"呢?

三

运河也好，鉴湖也罢，都是绍兴的骄傲，更是中国著名的水利工程。大江大河，造就生命，孕育文明。任由泛滥或为一地水患，加以疏导则能泽被一方，不能为水所困而要因水制宜，这便是中华文明史中的重要篇章——治水。

来到绍兴，必然会走进绍兴大禹陵景区，重温安徽人熟知的大禹的故事。安徽蚌埠禹会村遗址发现的大型祭祀台基，与《左传》中所提到的"禹会诸侯于涂山，执玉帛者万国"相契合，推动了对夏代早期文明的探索与研究。而夏禹治水，足迹则遍及九州。中国历史上留存至今的宋《禹迹图》，范围北至长城内外，南至南海和中南半岛，图上约有 380 个地名，其中河流名 80 个，湖泊名 6 个，山脉名 70 余个。"禹迹"之意为大禹走过的地方，超越了"治水"的内涵，成为华夏疆域的体现。

作为大禹治水毕功之地和大禹陵所在地，绍兴一直致力于大禹文化的保护和传承。始于 4000 多年前的大禹治水精神，已经成为中华民族精神的重要内容。

四

千年时光如江河般奔涌向前，中华大地源远流长的治水智慧与实践，最终能给我们带来什么? 良好的水生态、宜居的水环境、发达的水经济，这些要素，在绍兴这个水乡得以体现。

如今的浙东运河，不只是黄金水道，更是赓续历史文脉、推动区域经济发展的文化之河、经济之河、生态之河。如今的鉴湖，不仅有深港浅湾，还有记录着水乡、桥乡、酒乡、书法之乡和名士之乡故事的一湖碧波。

走进绍兴老城，河道纵横交错，水路似乎可以通达城市的每个角落。可以想象鲁迅先生《社戏》里撑着乌篷船去看戏的场景，到今天已经成为游人们竞相体验的文旅节目。绍兴老台门外的小河道里，乌篷船头的船工轻快地摇着桨，他们为到访的游人连接起普通人傍水而居的生活和绍兴城绵延千年的历史。他们带领游客走过的每一段"水路"，是日常的，也是诗意的，有诗人的身影，也有越歌的声音。

所以，回到如水般清亮流畅的越剧曲调声中，听见越音袅袅，看见水袖翩翩，百年传承，又何尝不是源自水的滋养与塑造呢？从小桥流水走向大江大河、大海大洋，水乡的景是典雅而壮丽的，水乡的人是温婉而坚毅的。

（原载《安徽日报》2024 年 6 月 14 日）

文明之"运"

林雪娜

水是生存之本、文明之源。

古往今来，人类逐水而居，文明伴水而生。

绍兴，依水而生，因水而兴。一条浙东运河，润泽绍兴千年。

在中国大运河申遗成功 10 周年之际，全国百名文化记者深入绍兴，品味运河文明滋养的诗画江南。

运河的文脉，如绵延不绝的水流，在这里流淌了 2500 余年。

浙东运河最早可追溯至春秋战国时期的"山阴故水道",唐宋时期浙东运河进入通江达海的鼎盛时期,成为海上丝绸之路的重要节点。这条运河与京杭大运河、隋唐大运河共同组成的中国大运河,于2014年被列入《世界遗产名录》。作为中国大运河南端连接大海的关键节点,正是这条通江达海的浙东运河,使中国大运河从南北流向转入东西流向,实现了奔涌入海的梦想。

在当地人眼里,这是一条跨越时空的水利之河、水运之河,更是一条通汇古今的文化之河、文明之河。它承载着源远流长的中华文脉,滋养了江南名城一方水土一方人,激活了地方发展的大动脉。

这里,有古今文脉的传承。

沿着浙东运河走进绍兴,尽览江南底色上的人文风雅。犹如触摸千年文脉,感受古"运"新生。

"白玉长堤路,乌篷小画船。有山多抱墅,无水不连天。"这是绍兴运河沿线人文风情与自然风光的写照。古朴悠长的石街、青石铺就的巷弄、鳞次栉比的店铺……今天运河的历史文化遗存,通过新时代城市的保护与传承,彰显着历史与现代交相辉映的人文价值。

一条古运河,两岸皆人家。舟行画中,人在镜中。站在桥上,放眼望去,白墙黑瓦的民居错落有致,江南水乡的韵味尽收眼底。遥想在古代,文人墨客游历浙东时常走这条水路。李白、贺知章等诗人沿着这条运河,一路南下,鉴湖推篷,耶溪泛舟,山阴道行……走出了一条中国文学史上有名的浙东唐诗之路。

"会稽有佳山水,名士多居之。"运河文明滋养了绍兴的璀璨人文。唐代诗人慕名而来,驶经运河,留下了脍炙人口的佳作。李白曾诗"越水绕碧山,周回数千里。乃是天镜中,分明画相似";孟郊曾诗"碧嶂几千绕,清源万余流"……悠悠千载,这里孕育了王充、贺知章、陆游、王阳明、鲁迅、蔡元培等先贤名士,留下了大禹治水、卧薪尝胆、一钱太守、曹娥救父等典故

传说……

这里，有文旅融合的典范。

一部运河演变史，可谓半部绍兴人文史、发展史，人文经济在运河沿线流淌。绍兴的黄酒、青瓷，因这里的水土而生，又因运河畅达的水脉经络流向四面八方……这里积淀了绍兴黄酒、嵊州越剧、越窑青瓷等丰厚的文化印记，孕育了酒文化、船文化、名人文化、戏曲文化等，铸就了运河文化的深厚底蕴。

运河支撑了绍兴的历史，繁荣了绍兴的人文，兴旺了绍兴的经济。如今的浙东运河成了当地最大的 IP。当地通过文化解码、科学规划、系统推进，重塑文化多元的历史片区，打造运河文化品牌、创新产业集聚地，让古老运河焕发新的时代风貌。

随着历史文化街区、黄酒小镇等陆续建成，浙东运河两岸焕发出独特魅力。经过改造的历史文化街区，保留绍兴台门院落的空间美感、一河一街的城市记忆，人文气与烟火气并存，运河的文脉绵绵润泽两岸人们的生活。如今的名人故里、艺术馆等文化新地标成了网红打卡点……

为推动古城、运河双向赋能发展，当地实施古城基础设施更新项目，打造"水景＋街景"古运河风貌带。如今的绍兴，更是通过建设浙东运河文化园，系统展示运河沿线人文历史内涵，构建文博、文创、文商旅的"一廊三带"整体布局，让古运河和城市融合产生新的吸引力、发展力。

文化园作为大运河国家文化公园的重要组成部分，目前主体建筑已经建成，展示出绍兴河湖聚落之美、古桥纤道之秀、采石景观之奇。最新出炉的当地运河传承利用方案，勾勒出"河城共生"的新蓝图，既有自然风光节点，也有产业集聚区，以及历史文化街区、现代商圈等，由点及面，靶向发力，将历史气息与现代文明有机融合。

绍兴以运河的"水脉""文脉"串联城市的过去、现在和未来，以遗迹保护、文化挖掘、产业发展、城乡融合等举措，打造文商旅游融合带和新质产业集聚带……运河的文脉，流淌着融通古今的蓬勃生机。

这里，有跨越时空的对话。

古老运河没有想到，时隔千年之后，一条全新的世纪运河——平陆运河开启了通江达海的新篇章。

向南遥望，平陆运河就像镶嵌在八桂大地上的一条动脉，如深潜的巨龙逐梦奔向广阔北部湾，而运河文化就是其中血脉，与中国大运河一脉相承，更汲取新时代的养分，扬起江河文明融入海洋文明的新时代风帆。

中国大运河的文化符号和历史见证，给平陆运河的未来提供了参照坐标。江海联动、向海图强，平陆运河建成后，广西内陆及我国西南地区将拥有最便捷的出海水运通道，东盟货物也将由此进入中国。

从水乡之"运"到南国之"运"，赓续运河文明，书写运河新篇。运河文化、运河精神一脉相承，运河通，物产丰；运河盛，国家盛。它是绵延的文化根脉、涌动的经济动脉、鲜亮的生态绿脉。

我们知道，古老运河从古老流向年轻，新兴运河从当代流向未来，都从中国流向世界，流动的是中华文明的血脉。

从古老到年轻，秉承的是文脉的不断流。文化遗产的发掘保护、传承利用必不可少。浙东运河博物馆向公众展示了鱼米之乡溯河源、千古名河济天下、越风河运铸人文、因河筑梦兴浙东。平陆运河博物馆也正在筹备建设，或许可以借鉴浙东运河博物馆的经验，以深厚的文化内涵和先进的现代技术讲好运河文明的故事。

活态传承的最佳方式之一即文旅融合发展。地处平陆运河起点的横州市抢抓机遇，谋划"八朝盐埠古镇""平陆运河乡村休闲廊道"等文旅项目，构建平陆运河郁江风情带。各地也通过加强运河文化传承利用，谋划开发当地文旅资源，推动运河文化与城乡融合发展。

在江南水乡的古"运"新生中，系统性、整体性、适用性，是运河文旅开发路径的特征。谋划好平陆运河沿线特色文旅带，需要南宁、钦州、北海、防城港等北部湾城市群联合发力，夯实基础设施建设，联合打造好运河生态文旅带和特色观光旅游线路，结合运河三大航运枢纽、沿线生态河湖区、特色古镇古村，以及滨海城市发展规划等，精准定位特色文化公园、产业示范集群、江海特色文化和旅游休闲集聚区等。

从当代到未来，离不开广阔的视野。在水乡之"运"中，江南水乡与运河文明相融相生，当地因地制宜发展特色，更是流动出"何以中国"的时代风华。相比文化积淀深厚的古运河，平陆运河年轻而蕴含无限可能。地处生态优势金不换的八桂大地，生态文明就是平陆运河文化的底色，海上丝绸之路文化可谓其向海图强的亮色。倘若水乡之"运"好似一幅国画，精美处媲美工笔，我想，南国之"运"那似水彩画、国画、油画的包罗万象，潇洒处堪比写意泼墨。

可以想见，随着高站位的顶层设计，兼具世界眼光的开放视野，和着沿线人民对美好生活的向往，这条通江达海、向海图强的黄金水道，也会是文旅融合发展之道、产业创新发展之道、人民品质生活之道。

（原载《广西日报》2024 年 7 月 2 日）

行走绍兴，寻一段运河往事

张广英

说到绍兴，你会想起什么？是鲁迅笔下的乌篷船、鉴湖女侠秋瑾，还是婉约柔美的越剧、余味悠长的黄酒？当我从这水墨画般的江南水乡回到洛阳，脑海中挥之不去的，却是与洛阳颇有渊源的浙东运河与唐诗之路。

运河迢递到浙东

今年是中国大运河申遗成功 10 周年。中国大运河包括隋唐大运河、京杭大运河与浙东运河，其中，浙东运河位于中国大运河的最南端。它从杭州向东经绍兴至宁波入海，全长 239 公里。

浙东运河的开凿，是从绍兴开始的。绍兴地处杭州东南，春秋时为越国故地。它北临杭州湾，南接会稽山，古称会稽、山阴、越州等，春秋时已有山阴故水道。东汉永和五年（140 年），会稽太守马臻"纳三十六源之水"开挖三百里镜湖，使当地成为物产丰饶的鱼米之乡。镜湖被称为绍兴的"母亲湖"，宋代为避开国皇帝赵匡胤祖父赵敬之讳，改称鉴湖。

马臻开挖鉴湖，造福当地百姓，却因创湖之初"多淹冢宅"，被豪强诬告下狱，不久被杀。"越人思其功"，将马臻的遗骸从京师洛阳迁回山阴，葬于鉴湖之畔，立庙纪念，马太守墓至今仍在。

狭长的鉴湖以绍兴城为中心，分东西两段。西晋时，贺循任会稽内史，主持开挖西兴运河，以灌溉农田，这就是浙东运河的西段，即杭州西兴至绍兴段。西兴运河取代了西段鉴湖，东段鉴湖则作为浙东运河的一部分，一直沿用到现在。

贺循是会稽名士，曾被陆机推荐到洛阳任职。西晋末年，衣冠南渡，东

晋建都建康（今南京），会稽遂成南下的中州士族避乱聚居之地。如《晋书》记载："会稽有佳山水，名士多居之。"东晋永和年间，王羲之任会稽内史，与谢安等41人在山阴兰亭修禊，留下了著名的《兰亭集序》，时人将其与西晋石崇的《金谷诗序》并称"南兰亭，北金谷"。因会稽诸山被称为东山，后来谢安入仕，还留下了"东山再起"的典故。

隋大业年间，隋炀帝以洛阳为中心开凿隋唐大运河，南达余杭（今杭州），北抵涿郡（今北京），连起了陆上丝路和海上丝路。唐代时，明州（今宁波）成为重要港口。唐开元五年（717年），日本遣唐使阿倍仲麻吕一行从海路到明州，经浙东运河、隋唐大运河一路北上，抵达洛阳，受到唐玄宗的接见。他"慕中国之风，因留不去，改姓名为朝衡"，成了李白的好友。

绍兴的得名，则是在南宋初年。靖康之变后，宋室南渡，定都临安（今杭州）。建炎年间，宋高宗为避金兵，驻跸越州，改元绍兴，意为"绍祚中兴"，并升越州为绍兴府。只是由于筑湖垦田，城中的鉴湖已逐渐湮废。明嘉靖年间，绍兴知府汤绍恩又主持修建了三江闸，调整水系。

唐诗之路蕴风流

浙东运河西接钱塘江，东段过鉴湖至曹娥江，继续东流至宁波入海。曹娥江的上游称剡溪，其流经的地方称剡中、剡县（在绍兴东南，今嵊州、新昌一带），在唐诗中经常出现，这条路也被称为浙东唐诗之路。

剡溪之所以出名，除了风光秀美，还因为它连着浙东运河，是古人游浙东三山的必经之路。浙东三山，即绍兴东南的会稽山、天台山和四明山。会稽山相传为大禹葬地，天台山有刘阮遇仙的传说，令许多高人雅士心向往之。如王羲之辞官之后，就归隐剡县并终老于此。

南朝宋时，刘义庆在《世说新语》还记载了王子猷雪夜访戴的故事。戴即戴逵，是东晋时期的画家和雕刻家，品行高洁，一生不愿出仕。王子猷即王徽之，是王羲之的第五子，辞官后住在山阴。一个大雪之夜，他醒来后再也睡不着，忽然想起在剡县隐居的戴逵，便乘小舟前去拜访，结果一夜才到，却"造门不前而返"。有人问他何故，他说："吾本乘兴而行，兴尽而返，何必见戴？"

晋宋时期的浙东人文荟萃，至唐代仍令人津津乐道，洛阳人羊士谔就在《忆江南旧游二首》中说："山阴道上桂花初，王谢风流满晋书。"许多唐代诗人沿隋唐大运河南下，再走浙东运河到曹娥江折向南去，溯剡溪到浙东三山访古探幽，留下了大量诗歌。如李白"自爱名山入剡中"，在《梦游天姥吟留别》中说"湖月照我影，送我至剡溪"，并在《忆东山二首》中评价："东南山水越为最，越地风光剡领先。"

杜甫青年时从洛阳前往吴越一带游历，也对剡溪留下了深刻的印象。后来，他在《壮游》一诗中说："越女天下白，鉴湖五月凉。剡溪蕴秀异，欲罢不能忘。"

诗仙李白来了，诗圣杜甫来了，诗魔白居易怎么能不来呢？任杭州刺史时，他和时任越州刺史的好友元稹一唱一和，一个说"稽山镜水欢游地"，一个说"镜水稽山满眼来"，对浙东山水赞美有加。回到洛阳后，还应从侄白寂然之邀写了一篇《沃洲山禅院记》。

沃洲山北接四明山，南对天台山支脉天姥山，风光秀美。唐太和二年（828年）春，僧人白寂然来到这里，时任浙东廉使的元稹为他建了沃州山禅院。4年后，白寂然遣门徒"持书与图"前往洛阳，请从叔白居易为禅院作记。白居易列举了晋宋以来在浙东"或游或止"的几十位高僧、名贤，称"东南山水越为首，剡为面，沃洲、天姥为眉目"。

这样的唐诗之路，你是不是也想走一走？

（原载《洛阳晚报》2024 年 7 月 12 日）

在绍兴修建三江闸的四川人

曾洁

全长 3000 多公里、开凿至今已有 2500 多年的中国大运河，是世界上开凿时间最早、目前最长的人工河。2014 年 6 月 22 日，中国大运河成功申报世界文化遗产，成为我国第 46 个世界遗产项目。

在浙江绍兴钱塘、钱清、曹娥三江汇合处，有一座桥闸结合的明代建筑——三江闸。据介绍，三江闸是明代绍兴知府汤绍恩主持修建的。汤绍恩是四川安岳县陶海村人，他和苏轼一样，都是从蜀地走向全国的治水专家。汤绍恩在绍兴还主持修建了绍兴古纤道，提高了浙东运河（绍兴段）的航运能力，有着"绍兴恩公"的美誉。

早在 2021 年 2 月，三江闸被列入《绍兴市大运河世界文化遗产保护名录》。那么，汤绍恩如何建设三江闸？他和大运河之间有何联系？

绍兴治水
《明史·循吏传》中唯一的四川人

"如果你不了解这段历史，单看汤绍恩的名字，或许以为他是一个绍兴人。"绍兴市鉴湖研究会会长邱志荣开玩笑说："四川和绍兴是'生死之交'，因为大禹出生在四川，埋葬于绍兴。"在邱志荣看来，大禹是中华民族第一个水利工程师，他的治水工程发端于四川，在蜀地培育了一大批治水的专家，"四川就像是水利工程师发源地，前有大禹、李冰，后有苏轼、汤绍恩。"

汤绍恩是安岳历史上第一位进入正史（二十四史）《明史·循吏传》的官员，也是明代唯一进入《明史·循吏传》的四川人。

四川省地方志编纂委员会原副巡视员、四川省地方志学会原副会长汪毅多年来持续研究汤绍恩，撰有《汤绍恩述评》一书，记录了他"一人、两城、三江闸"的故事。

汪毅在书中高度评价三江闸的意义："是我国唯一以星宿名称建筑的大型挡潮排水闸，也是'现存我国古代最大的水闸工程'暨世界上最早的水利工程之一，又是创造性的水利科技杰作，即通过特殊水文设施——'五行'水则碑来实现定量调度水资源，代表了'我国传统水利工程建筑科技和管理的最高水平'，领先世界300多年，在中国水利史乃至世界水利史上有着重大影响。"

邱志荣对此多有研究，他说南宋时期，绍兴一带旱、涝、洪、潮灾害频发，浙东运河通过钱清江的航运状况堪忧。特别是沿海地带的海潮，涨潮之时对河道、土地都有极大的破坏。

明嘉靖十四年（1535年），汤绍恩移守绍兴。他遍察山会平原地理水道，"见波涛浩淼，水光接天，目击心悲，慨然有排决之志。"时隔一年，他毅然决定在钱塘、钱清、曹娥三江汇合处彩凤山与龙背山之间建造三江闸。从当年7月备料筑坝，到次年3月闸成竣工，历时不足9个月，而闸体实际施工仅"六易朔而告成"，共费银5000余两。大闸左右岸全长103.15米，28孔，净孔宽62.74米。孔名系应天上二十八星宿，此外，在闸上游三江城外和绍兴府城内各立一石制水则，自上而下刻有"金、木、水、火、土"五字，以作启闭标准。

海水潮起潮落，修建水闸颇不容易，背后充满艰辛。据传说，汤绍恩为修水闸，呕心沥血，甚至"乍闻树叶声，疑风雨骤至，即呕血"，对风雨欲来忧心忡忡。他还曾写了一篇文章给海神，躺在新筑的海堤上发愿，称如果大堤再次功亏一篑，愿意与大堤一起归于大海。这种身先士卒的精神，感动了海神，甚至还有海豚成群结队而来，阻挡滔天海水，终于风平浪静。

《郡守汤公新建塘闸实迹》这样记载汤绍恩的功绩：三江闸建成后，"潮患既息，闸以内无复望洋之叹"。邱志荣认为，三江闸以及在闸西建"新塘"，

至少发挥了五大作用：消除了海潮沿江上溯，给山会平原带来的潮洪咸渍灾祸，让山会萧平原河湖网成为内河用于泄洪和抗旱，改善了萧绍平原河湖网的蓄水状况，增加良田沙地用于耕种，极大改善了浙东运河绍兴段的航行条件。

特别是汤绍恩在前任知府的基础上，重新修建了部分海塘和绍兴古纤道，进一步提高了浙东运河的航运能力，使之成为大运河上的一大奇观。这一条古纤道被誉为"水上长城""天下文物孤本"，1988 年被列为全国重点文物保护单位。

公缵禹功
蜀地治水人才辈出

任绍兴知府期间，汤绍恩大兴水利，除了兴建三江闸，还主持了海塘修筑、新塘开掘、鉴湖改造、碛堰恢复、纤道维修、航道疏通等水利工程，首次完整地实现了绍兴古代水利工程"拒潮、抗旱、排涝、灌溉、供淡、交通"六位一体的价值体系。

为了纪念汤绍恩的功德，当地人建立了"汤公庙"，后改为"汤太守之庙"。明代著名书画家、绍兴人徐渭有感于汤绍恩的治水功绩，题写了一副对联："凿山振河海，千年遗泽在三江，缵禹之绪。炼石补星辰，两月新功当万历，于汤有光。"

"缵禹之绪""公缵禹功"，徐渭不是第一个将汤绍恩与大禹相提并论的人。这位让后人感念至今的汤太守，享有"功全禹迹""禹稷同功""公之恩泽，洵不在禹下"等美誉。绍兴有一座环城河治水广场，立有大禹、汤绍恩等人物的塑像。

在邱志荣看来，汤绍恩是大禹治水精神的传承者，他继承了其疏堵结合、创新发展的理念，是继大禹、苏轼之后，又一位在外省建立功勋的"四川水利人"。

蜀地治水的历史可以追溯到 2000 多年前，鳖灵因在蜀中治水有功，受到蜀中民众拥戴，建立开明王朝，一直到清代的丁宝桢还在治理水患。2019 年，水利部公布第一批"历史治水名人"，12 人名单之中有 3 位"四川老乡"，分别是大禹、李冰和苏轼。他们或出生于四川，或在蜀地任职，都因治水名载史册，万古流芳。

为何蜀地治水人才辈出？四川省作家协会副主席蒋蓝曾提到一个观点："历史上蜀地领导人如果不懂治水，几乎就不能当领导人。"治水，似乎成了蜀人刻进基因的使命。

四川省水利厅正高级工程师、水文化专家王晓沛认为，蜀地特殊的地貌、气候特点，让四川雨水丰沛的同时，也带来了洪涝灾害，于是，治水成为蜀地官员安身立命的关键，大家在前人的基础上不断创新发展治水理念，也把这些先进的治水经验带到任职的异地。

福泽千秋
三江闸发挥效益数百年

2014 年 5 月，中国大运河成功申报世界文化遗产前夕，中国水利学会水利史研究会，浙江省绍兴市水利局、绍兴市鉴湖研究会等有关单位，组织人员专程前往四川安岳陶海村，缅怀水利人汤绍恩。邱志荣和王晓沛都参与了这次活动，他们在陶海村找到了汤绍恩的墓地，见到了汤家后人，也阅读了《汤氏族谱》。

汤绍恩第十九代孙汤铨叙的家中，有十分醒目的几个大字"三江砥柱"，还贴有一副对联："书是天下英雄业，勤归人间富贵根"，相当于汤氏祖训。

不同的古籍对于汤绍恩去世时的年龄记载有一些差异，有 57 岁和 98 岁两种说法。大家怀着朴素的愿望，更倾向于相信这位老人晚年回到了家乡安

岳，活到接近期颐之年。

为何绍兴当地百姓对汤翁念念不忘？邱志荣和王晓沛都提到了"务实"精神。

在王晓沛看来，汤绍恩治水给绍兴带来了实实在在的好处，功绩福泽千秋，百姓自然铭记，"汤绍恩为老百姓办实事，这种水利人的精神值得发扬光大"。

绍兴市斗门街道文史顾问傅儒根对这一段历史如数家珍。他说，三江闸经历代维修，发挥效益 435 年。1972 年 7 月，随着其出海通道被筑堤封堵，当地在三江闸下游 2.5 公里处，修建了新三江闸，成为统领萧绍平原水网蓄泄的新枢纽工程。只要有客人远道而来，他都要把客人带到三江闸，不厌其烦地讲述汤翁克服重重阻碍兴修水利的故事。

邱志荣讲起一个小故事：汤绍恩擅长书法，兴修三江闸的时候，为了募集建闸资金，他甚至写书法作品送给地方乡绅。至今在绍兴运河园中，还能见到他为出资建闸的皇室移民题写的"南渡世家"匾额。邱志荣感慨道："我们要弘扬大禹、汤绍恩的治水精神，他们不仅仅是四川、绍兴的治水英雄，更是属于中华民族乃至全人类的精神财富。我们要把大运河保护好，把三江闸保护好，把古人的治水精神发扬光大。大运河在，三江闸在，汤绍恩也在！"

（原载《华西都市报》2024 年 7 月 10 日）

流淌千年的文化名片

潘月华

在江南大地上，有一条古老而神奇的水道，它宛如一条灵动的丝带蜿蜒流淌，穿越千年时光，这便是浙东运河。2014 年，浙东运河与京杭大运河、隋唐大运河共同组成"中国大运河"入选《世界遗产名录》。今年，是"中国大运河"申遗成功 10 周年。

行走在浙东运河的堤岸，河水悠悠，波光粼粼，似在轻声诉说着往昔的故事。它不仅是一条普通的河流，更是一张承载着无尽历史与文化的名片，熠熠生辉。

运河文脉滋养"名士之乡"

绍兴一直是一座人杰地灵、名人辈出的城市。上古时期的治水英雄大禹、春秋战国时期的越王勾践、东晋时期的"书圣"王羲之、宋代诗人陆游、近代民主革命志士秋瑾、学界泰斗蔡元培、文化巨匠鲁迅等都出自绍兴，可以说人文荟萃。

阳春时节，走进兰亭，茂林修竹，满眼翠绿。兰亭的布局以曲水流觞为中心，周围环绕着鹅池亭、流觞亭、玉碑亭、右军祠等。流觞亭是王羲之完成《兰亭集序》的地方，据史料载，东晋永和九年（353 年），王羲之与名士谢安、孙绰等当时的文人雅士在兰亭举行修禊之事，他们一边喝酒一边即兴写下了许多诗篇，并编成诗集《兰亭集》。王羲之为其作序，遂留下了《兰亭集序》这一书法艺术的登峰造极之作。《兰亭集序》在笔法、结构、章法等方面的精妙处理以及作品所展现的和谐之美、意境之深，对后世书法创作的审美产生了重要影响。

　　漫步在青石板路上，蔡元培的印记随处可见。蔡元培故居、孑民图书馆、蔡元培广场……在这里，人们以各种方式纪念他，传承他的教育思想。

　　蔡元培生长在绍兴这片土地，这里的每一处古迹、每一丝气息都在悄然间塑造着他的品格与情怀。绍兴的文化底蕴犹如肥沃的土壤，孕育出他对知识的渴望、对真理的追求，他汲取着传统的精华，又以开放的胸怀去拥抱新的思潮。他以其卓越的才能和先进的理念，为中国的教育、文化等事业作出了巨大贡献。他的精神和成就也成为绍兴的骄傲，激励着后来的绍兴人不断进取。

　　来绍兴，最想去的地方还有鲁迅先生的三味书屋和他在小说里描写的鲁镇。

　　当我怀着敬仰之心走进这座闻名遐迩的三味书屋时，仿佛穿越时空回到了那个充满书香与墨香的年代，所看到的一切与鲁迅先生笔下的描述悄然重合。古朴的建筑散发着岁月的韵味，黑瓦白墙，木窗雕花，一切都显得那么宁静而庄重。书屋不大，却布置得井井有条。正中上方悬挂着一块"三味书屋"的匾额，字迹苍劲有力，屋内摆放着几张陈旧的书桌。

　　站在鲁迅先生曾经的座位旁，那张桌子的右上角，一个小小的"早"字清晰地刻在那里。它仿佛在诉说着先生当年的故事，也激励着每一位到访的游客珍惜时光，努力奋进。

　　鲁镇，这个鲁迅笔下的虚构小镇，如今已成为一个真实存在的旅游景区，吸引着众多游客前来探寻鲁迅的文学世界。

　　鲁镇的街道两旁是各种传统的店铺，有酒馆、茶馆、杂货店等，让人感受到那个时代的生活气息。街道上，有许多穿着古装的演员，扮演着阿Q、祥林嫂、孔乙己等鲁迅笔下的各种角色。他们的表演生动有趣，让人仿佛置身于鲁迅的小说中。

　　鲁迅先生不仅用他的笔描绘了那个时代的社会风貌和人民的苦难生活，

也毫不掩饰地揭示了人性弱点和社会问题。而浙东的文化底蕴和人文精神，通过大运河的连接与传播，在鲁迅先生的成长环境中留下了印记。这种独特的地域文化滋养了他对人性、社会的深刻洞察和犀利批判的精神特质。从《社戏》中那热闹的水乡生活，到《孔乙己》中咸亨酒店的众生相，那些水乡的独特景致、市井的百态人生，都一一在他的笔下鲜活起来。

鲁迅的名字与绍兴紧紧相连，成为绍兴文化的璀璨标志。即便岁月流转，绍兴与鲁迅、与鲁迅的文学精神和他的忧国忧民情怀始终相互辉映。

运河上的"唐诗之路"

到达嵊州，这里的自然风光如同一幅精美的画卷，让我们赞叹连连。而这秀美的山水风景其实早在唐代诗人白居易的《沃洲山禅院记》中就提到过了："东南山水越为首，剡为面。"简单几字却表达出诗人对浙东山水的赞美。

浙东运河和鉴湖赋予的水利、交通、环境等优势，吸引了唐朝众多诗人到此一游，留下了许多脍炙人口的佳作，形成了一条绝无仅有的"唐诗之路"。据不完全统计，至少有450多位唐代诗人相继到过浙东，留下了1500多首诗歌。

在交通不够发达的古代，人们出行除了走陆路外，主要依靠水路。它始于钱塘江南岸的萧山，沿浙东运河从绍兴鉴湖、曹娥江、剡溪至天台石梁，水路总长约190公里，这是盛唐时期文人墨客游历浙东时常走的一条古道，故"浙东唐诗之路"实则运河水路也。

"浙东唐诗之路"是唐代诗人的重要创作源泉之一，许多诗人在这里留下了大量的诗歌作品。如杜甫在《壮游》中写道："越女天下白，鉴湖五月凉。剡溪蕴秀异，欲罢不能忘。"孟浩然在《渡浙江问舟中人》写道："潮落江平未有风，扁舟共济与君同。时时引领望天末，何处青山是越中。"这些诗词无不显现出诗人们对嵊州山水的偏爱。

"诗仙"李白也曾多次游历浙东地区，他三至剡溪，四登天台山，在"浙东唐诗之路"上留下了多首诗作。如他在《梦游天姥吟留别》中写道："我欲因之梦吴越，一夜飞度镜湖月。湖月照我影，送我至剡溪。"他第一次出蜀远游时创作了七言绝句《秋下荆门》，写下了"此行不为鲈鱼鲙，自爱名山入剡中"的诗句。剡中，就是今天的嵊州一带。李白的这些诗作，浪漫豁达，灵动脱俗，充满了对嵊州山水的赞美。

综观"浙东唐诗之路"留下的诗词，风格多样，有豪放派、婉约派、边塞派等。这些不同的风格对后世的文学创作产生了一定的影响，许多后世诗人都受到了"浙东唐诗之路"诗歌的启发和影响。

千年运河孕育百年越剧

中国戏曲自古有"水路传播"的说法，而大运河就是中国戏曲水路传播的"活化石"，它促进了古代戏曲的南北交融，奠定了运河两岸"百花齐放"的戏曲面貌。在浙东运河这方水土之上，越剧如同一朵绽放的艺术奇葩，从嵊州走向上海，然后传遍祖国大江南北。

越剧是中国主要戏曲剧种之一，它起源于清朝末年的嵊县（今嵊州），发祥于上海，繁荣于全国，流传于世界，在发展中汲取了昆曲、话剧、绍剧等特色剧种之大成，经历了由男子越剧到女子越剧为主的历史性演变。进入21世纪后，越剧发展已经逐渐成熟化，并开始走向国际舞台。

越剧以抒情见长，以演唱为核心，其声音优美动人，表演真挚感人，展现出独特的江南灵秀气息和唯美典雅的艺术风格。越剧以演绎才子佳人题材的剧目为主，众多艺术流派纷呈。在戏曲百花园中，越剧独树一帜，以其优美的表演和独特的艺术风格受到广泛关注，涌现出一大批优秀的表演艺术家以及如《梁山伯与祝英台》《红楼梦》《祥林嫂》等脍炙人口的经典剧目。

漫步在运河堤畔，越剧清丽悠扬的旋律萦绕在耳边。精湛的技艺、优美的身姿伴随着婉转的歌声，与运河的波光粼粼相映衬。浙东运河与越剧相辅相成，共同构成了浙东地区独特的文化景观，它们既是历史的沉淀，也是时代的瑰宝。

浙东运河，一条流淌千年的文化名片。它连接着过去与现在，那些古老传说、诗词歌赋、民俗风情，都在运河的流淌中得以延续和传承。它无比包容，欣然接纳着来自五湖四海的丰富文化元素；它顽强坚韧，历经无数风雨的洗礼却依然能够奔腾不息。它恰似一座无尽的文化宝库，静静地等待着我们不断去深入探索、去惊喜发现、去用心感受那无尽的魅力。让我们继续守护这张流淌的文化名片，让它在新时代焕发出更加绚烂的光彩，继续创造出属于它的文化奇迹。

（原载《中国移民管理报》2024 年 8 月 20 日）

风骨脊梁

绍兴风骨

杨惠珍 李滇敏 毛江凡

"一座没有围墙的博物馆",这是人们对绍兴这座城市的美誉,也是绍兴最有传播力、影响力和辨识度的文化符号。

把一座城市比喻成一个博物馆,这在全国恐怕也不多见。

绍兴是一座拥有 2500 多年历史的文化古城。从大越到山阴,从会稽郡到越州城,从绍兴府到如今的绍兴市,城市的名称在变化,而旷古久远的文脉,底蕴丰厚的文明,一直贯穿古今,传承不息。

千百年来,这座风景秀丽、士之渊薮的江南水乡,孕育了无数文化名人,不仅为中华文化留下了丰富的遗产,更以其卓越的风采和坚韧的风骨,展现了绍兴文化的独特魅力和一座城市的文化精神与品格。

三过家门而不入的大禹,魏晋风度的王羲之,狂狷不驯的徐渭,知行合一的王阳明,还有那横眉冷对、铁骨铮铮的鲁迅,外表儒雅、内心刚毅的蔡元培,侠义肝胆、慷慨赴死的秋瑾……这些名士的家国情怀,让绍兴这座城市,从血液里就散发出不屈的骨气。

一

从空中俯视,绍兴宛若一座漂浮于水上的城市。

"三山万户巷盘曲,百桥千街水纵横。"千百年来,一叶乌篷船,划开纵横交错的水道,一圈圈漾开的涟漪,荡出这座水城的前世今生,投映出这座古城的千年印记。

这一脉好水,既成就了绍兴的"鱼米之乡",更孕育出源远流长的绍兴水文化。

在会稽山大禹陵，在浙东运河博物馆，我们开启了一条河流、一方山水的回溯之旅。

大禹，是我国传说中远古时代的治水英雄和夏王朝的建立者，根据历史传说，大禹的足迹遍布全国。"盖九州之中，禹之迹无弗在也，禹之庙亦无弗有也"，而以传说之早、遗迹之多、记载之详、流传之久，则非绍兴莫属。

禹陵、禹祠、禹庙、禹穴等禹迹，静静地坐落于绍兴会稽山，向人们诉说着英雄大禹的事迹。据文献典籍记载，绍兴市范围内共有120余处禹迹，绍兴民间自然也流传着许多与大禹有关的故事。

据记载，大禹曾先后两次来绍兴治水，"毕功于了溪"，地平天成。宋代文人王十朋曾有《了溪》诗云："禹迹始壶口，禹功终了溪。余粮散幽谷，归去锡玄圭。"

《尚书益稷》中称，当禹治水经过今绍兴城西北面的涂山时，与一个仰慕他的姑娘一见钟情，结为夫妻。新婚才四天，禹就惜别娇妻，匆匆踏上治水之路，三次经过自己的家门，都没有进去。

第一次，大禹率众人路过离他家不远的地方。岳母赶过来告知他妻子生了病，大禹治水任务紧急，没进家中看望。第二次，妻子怀孕了，他仍然过家门而不进。第三次，妻子涂山氏生下了儿子启，婴儿正在哇哇大哭，禹在门外经过，听见哭声，又忍着没进去探望。

大禹三过家门而不入的故事，成为代代相传的美谈和夙夜在公、担当作为的典范。

一次大禹治水来到剡（今绍兴嵊州），见剡溪浊浪滔天，而水流被一座大山迎面挡住导致水位猛涨、洪水四溢，剡溪两岸遭灾。大禹登上山顶察看地形后，决定劈开大山一角，将洪流导入舜江，于是组织民众并带头掘土。

大禹治水功毕，民工弃余粮于此，当地人知道这是大禹的粮食，就将当地的一种石头称之为余粮石，而那座山，就是今天的"禹岭"。

经过 13 年的不懈努力，大禹终于把洪水引到了大海里，驯服了洪水，从此天下太平，百姓安居乐业。

治水成功后，大禹在今绍兴涂山会盟天下部落首领。唐朝诗人胡曾的《咏史诗·涂山》有云：大禹涂山御座开，诸侯玉帛走如雷。防风谩有专车骨，何事兹辰最后来。

《史记·封禅书》记载："禹封泰山，禅会稽。"说的就是大禹在涂山会集诸侯，计功行赏，祭诸神，明君位，示一体，创建了中国第一个王朝——夏。《史记》还记载了西汉时流行的说法：或言禹会诸侯江南，计功而崩，因葬焉，命曰会稽。会稽者，会计也。因大禹葬于此，涂山更名为会稽山。

那么，大禹为什么会在绍兴去世呢？《史记》记载："十年，帝禹东巡狩，至于会稽而崩。以天下授益。三年之丧毕，益让帝禹之子启，而辟居箕山之阳。禹子启贤，天下属意焉。……故诸侯皆去益而朝启，曰'吾君帝禹之子也'。于是启遂即天子之位，是为夏后帝启。"

会稽苍苍，若耶汤汤，祭奠崇隆，千秋享祀。如今，每年谷雨，绍兴大禹陵都会举行隆重的祭禹典礼。来自海内外的宾客，会聚于会稽山庄严肃穆的大禹陵祭祀广场，追念先祖的圣功伟业，这也是绍兴文化重要的组成部分。

2006 年 6 月，大禹祭典被列入国家级非物质文化遗产保护名录，成为两个国家级非物质文化遗产的祭典之一。

而我们也愿意相信，大禹作为古代绍兴传说中的治水英雄，人们纪念他，更多的是他身上拥有的那种朴素勤劳、大公无私的品德，以及舍小家为大家的强烈的家国情怀和责任感。

或者也可以说，大禹精神是绍兴人民勤劳、智慧、勇敢的象征，是千百年来绍兴文化的一个深邃截面。

二

如果大禹绍兴治水的故事因传说而美丽，那么，这座城市留给我们的另一个深刻印象，是那种看得见、摸得着，又绵绵不绝、生生不息的魏晋风度。

王羲之、王阳明、徐渭，就是魏晋风度的杰出代表。

与王羲之相差五个朝代、与王阳明同一时代却小49岁的明代文学家、书画家徐渭，曾经著文谈到过他的两位老乡王羲之、王阳明。他说："古人论右军（王羲之）以书掩其人，新建（王阳明）先生乃不然，以人掩其书。"这是他对两位同乡先贤艺术成就的高度评价。

王羲之，出身于魏晋名门琅玡王氏。351年被任命为右军将军、会稽内史，随后迁居至会稽郡，即现在的绍兴市，人称"王会稽""王右军"。他当年的居住地，位于绍兴越城区书圣故里历史街区。在这里，你不仅可以感受最朴实熨帖的老城生活，还可以追寻藏在其间动人的古城旧事。

走在街区里，那些悠长寂静的小径，一个个先贤的面孔像留影机一样一闪而过，似乎转个身就能邂逅一段历史。而小巷的尽头，一艘艘乌篷船荡过水面，年轻的游客穿着古装，在石桥上打卡拍照，河岸的人家在房前晾着衣服，生活的琐碎和诗意同框，船行一路，人生百味里的气息与景况一一浮现。

题扇桥前，一组铜像定格了千年之前书圣王羲之为卖扇老妪题扇的瞬间，而桥侧房舍洁白的外墙上，则写有其《快雪时晴帖》。其笔法圆劲古雅，无一笔掉以轻心，无一字不表现出极致的流利秀美。即使偶尔重心忽左忽右，全局依然匀整安稳，呈现出不失平衡的美感。

可以想见，1000多年前，在一个大雪纷飞、倏然而停的日子里，正于家中守着红泥火炉、手握绿蚁新酒、好不惬意的王羲之，写下了这封全文仅28个字，却被后世奉为"天下法书第一"的《快雪时晴帖》时，那是何等的快意。

而在离书圣故里15公里外的兰渚山下，那流传千古的曲水流觞故事，正在兰亭景区重现。

东晋永和九年（353年）三月初三上巳日，王羲之偕亲朋谢安、孙绰等41人，在兰亭举行修禊活动。祓禊仪式后，王羲之等人传承古俗，流觞赋诗，最后众人之诗汇成诗集，王羲之即兴挥毫作序，这便是有名的《兰亭集序》。

今日的流觞亭，位于绍兴市兰亭景区内。流觞亭匾额上书"曲水流觞处"五个大字，亭面阔三间，四面有围廊。流觞亭前有一弯弯曲曲的小溪，这就是《兰亭序》里有名的曲水。

王羲之的书法艺术，既有传统文化的精髓，又富有创新精神，这正是他的艺术风格和文人风骨所在，他的书法作品也成了后人研究和学习的典范。

兰亭雅集与兰亭文化因时相传。如今，每年农历三月初三，在曲水流觞处，绍兴当地都会举办隆重的兰亭书法节，至今已举办40届。这项活动不仅为参与者提供一次全面深入的兰亭文化体验，更是后人纪念王羲之最好的文化传习方式。

与王羲之一样，他的本家王阳明，其书法艺术造诣也很高，盖因阳明先生在思想领域的成就太过突出，反而让大家忽视了他的书法水平。正所谓悟道之人一通百通，王阳明的心学思想与书法造诣相得益彰。

因为触怒权贵，王阳明被贬贵州，在人生的绝境当中，他摆脱了程朱理学的束缚，主张"知行合一""心即理也"，万物之理只在内心。王阳明这段思想顿悟的经历被称为"龙场悟道"。

与王羲之不同，王阳明一生颠沛流离，大多在外为官，客居他乡。他立德、立功、立言及"文治武功"的实践之地，基本上都在江西。

然而，故乡永远是他心中最柔软、最牵挂的地方。

王阳明一生6次回到家乡，总计15个年头，占了他生命的近四分之一，其中最后一次，也是最长的一次，自50岁至56岁，足足住了7个年头。在家乡，王阳明修炼洞天、建造府第、收徒讲学、郊游祭祖，至少留下了13处遗迹。

因在江西平定宁王朱宸濠之乱立了功，王阳明被封为"新建伯"。于是，他在父亲王华原状元府第的基础上，扩建成了新建伯府，民间多称伯府。伯府建有大厅，多作讲学之用。另有天泉楼、碧霞池、观象台等建筑，也是王阳明讲学的重要地方，可惜后来为大火所毁。

2020 年夏，绍兴市启动了伯府遗址的考古发掘与保护修缮工作。如今，王阳明故居（新建伯府）和王阳明纪念馆已建成并开放，纪念馆外观从阳明心学的传统文化经典出发，借助中国画中散点透视的特点，沉浸式展现了阳明心学的发展历程和巨大成就。梁启超曾经说，中国历史上只有两个半圣人：一个是孔子，一个是王阳明，另外半个是曾国藩。王阳明当得起这个称号。

1529 年 1 月 9 日，当王阳明在江西大余青龙铺留下"此心光明，亦复何言"八字遗言，与世长辞之时，他的小老乡徐渭才 8 岁。徐渭虽然没有得到过王阳明的亲自教诲，但他的老师季本，却是王阳明的嫡传弟子。

或许，这就是冥冥中的最好安排。

徐渭 27 岁拜季本为师，相见恨晚。通过季本和王阳明的另一个弟子王畿，徐渭与王阳明之间建立了密切的"师生关系"，他不断学习和实践阳明心学，真正领悟到了阳明心学的精髓所在。

徐渭一生命途多舛，困厄重重，故而他的为文，是以现实人生为写照，"侘傺穷愁"、悲鸣自放乃其主要内容。到了晚年，他形单影只，老病缠身，瓶罄之状，可谓凄凉。但徐渭可能连自己都没有意识到，在艺术上，他就像一只从草丛里惊起的雀鸟，在经历了上升途中所有的狂风暴雨之后，终于升向了高空，并瞬即化为大鹏，翱翔于云端，他的书法、绘画、诗词乃至戏曲、军事成就，无不令后世的仰望者为之惊叹，他不仅是中国美术史乃至中国文化史上的奇人，更在斑斓多姿的中华文化史上留下浓重的一笔。

王羲之、王阳明、徐渭，高远正直也罢，光明磊落也罢，狂狷孤傲也罢，作为古代文人士大夫的典范，他们的名字，早已在古越大地上翰墨流芳。

三

宋代大儒张载曾写下著名的"横渠四句"：为天地立心，为生民立命，为往圣继绝学，为万世开太平。

在绍兴，历代文人士大夫亦以此为人生理想。而近代以来，一大批绍兴志士仁人，以品格高蹈、家国情怀为立身之本和人生追求，走上了革故鼎新、焕变时风的道路。最有名的，自然是一支笔杆救民心的民族脊梁——鲁迅。

地处绍兴越城区的鲁迅故居，是一栋清代老台门建筑。走进院内，扑面而来的是一张张充满稚气却又青春洋溢的脸，这些研学的孩子穿着统一的校服，从百草园到三味书屋，他们一边认真地听着、记着，一边回味着课本里的鲁迅那天真无邪的童年和少年时光。

少年鲁迅的欢乐并不长久。他曾经自述："但到我十三岁时，我家忽而遭受了一场很大的变故，几乎什么也没有了；我寄住在一个亲戚家，有时还被称为乞食者。我于是决心回家，而我的父亲又生了重病，约有三年多，死去了。"

可以说，这段生活对后来的鲁迅影响很大，他性格中的冷峻，他对世道人心的深刻洞察，都与此有关。

不久后，鲁迅远渡日本学习医学，本意悬壶济世，医救苍生。但在日本了解到日俄战争时期，国人面对在自己国土上为非作歹的强盗，不但表现得麻木不仁，有的还当起了汉奸，那一刻他如醍醐灌顶般彻悟：国人的身体固然还不够强壮，但精神上的问题更大。最终他弃医从文，以笔为戈，以"横眉冷对千夫指，俯首甘为孺子牛"的精神，用文字这味药，来唤醒那些还在沉睡的国民。

鲁迅所处的时代，恰逢文言文向白话文过渡的时期，文坛上能人辈出。但鲁迅的思想和精神境界却是其他文人难以企及的，作为中国现代文学的奠基人，他的文学作品深刻反映了当时社会的矛盾，他的文学才华和社会责任感，使他成为中国文学史上的巨匠。他的文人风骨和家国情怀，为绍兴文化注入了强烈的批判精神和正义感，他的伟大超越了时代。

蔡元培的故居也在绍兴越城区，离鲁迅故居不远，同样是一座清代老台门建筑。

蔡元培，字子民，生于1868年，长鲁迅13岁，童年与少年在绍兴长大，与鲁迅家有世谊。25岁的他高中进士点为翰林时，12岁的鲁迅刚走进"三味书屋"。作为同乡和师长，蔡元培对鲁迅有知遇之恩，提携扶持不遗余力，诚如郭沫若所说"对鲁迅始终是刮目相看的"。

1894年，蔡元培26岁时，甲午战争爆发，他开始接触西学，同情维新，并参加反清帝制的斗争。辛亥革命后，留欧归国的蔡元培已闻名中外，于1912年1月担任中华民国首任教育总长，主持制定了中国近代高等教育的第一个法令——《大学令》。1916年12月至1927年，任北京大学校长，革新北大，开"学术"与"自由"之风。

蔡元培的教育模式新颖，不拘一格，认为教育是国家兴旺之根本，是国家富强之根基。教育思想灵活，兼容并包，不因学术争议而排斥，广泛吸收各家所长。"教育者，养成人格之事业也。"他主张教育应注重学生，反对呆板僵化。他还提倡美育、健康教育、人格教育等新的教育观念。

美国学者杜威曾这样评价蔡元培：世界各国的名校校长中，在学科上有卓越贡献的不乏其人，但以一个校长身份能领导大学对一个民族和时代起到转折作用的，恐怕只有蔡元培一人。

可以说，蔡元培和鲁迅这对同乡，对中国现代文化贡献卓越，堪称并耀于世的双子星座。而更让人惊叹的是，绍兴为北大"贡献"了4位校长，在北大120多年的历史中，占了近七分之一。除了北大精神之父的蔡元培，其他三位分别是何燮侯、蒋梦麟、马寅初，这些绍兴籍校长，以不畏强权的风骨、宽容大度的胸怀、深厚的学养，为北大、为中国近现代的教育与文化发

展作出了独特的贡献。

民国时期，绍兴还涌现出以徐锡麟、秋瑾、陶成章为代表的一大批革命志士，这三人被并称为越城"辛亥三杰"。绍兴作为辛亥革命的重要发源地之一，是光复会的大本营。一大批革命志士发扬坚韧不屈的精神，以大无畏的气魄投身到国家与民族前途的斗争中，用血汗与生命，谱写了绍兴近代史上辉煌的一页。"辛亥三杰"也因此成为中国历史上顶天立地、铁骨铮铮的人物。

令人欣慰的是，近几年来，绍兴对名人故居、遗迹的文化发掘保护、活化利用，做了大量的工作，提升、修缮、新增开放名人故居 20 多处，并将其纳入重塑城市文化体系中。绍兴的名人故居不"孤居"，老故事被赋予了更多更精彩的新内容。

每座城市都有各自的专属符号，绍兴则始终和名人联系在一起。如果说名人文化是一个城市的灵魂，那么名人故居则是折射名人文化和铸造名人成就的载体，是城市的物化记忆和档案。作为触摸历史的"活化石"，名人故居具有独特的文化底蕴和精神魅力，对一个地方文化的构建与传承具有不可替代的作用。

老绍兴，今更兴。

弘扬名人文化，赓续名人风骨，传承名人精神，绍兴正借助名人的优秀品质和精神风尚，在挖掘城市历史和守护城市文脉中，推动文旅融合，为绍兴文化的传承和发展注入新的活力，让千年文化瑰宝在新时代散发出璀璨的光彩。

绍兴的柔美，因山水的氤氲而丰盈；绍兴的风骨，也必将因名士的浸润而升华。

（原载《江西日报》2024 年 5 月 10 日）

兰心剑气魏晋骨

周湛军

烟柳垂丝，乌篷听雨。

鉴湖潮平，山阴春深。

千年古城，文韵悠长；浙东明珠，灵山秀水。四月，各地副刊同人会聚绍兴，追随先贤足迹，体悟魏晋风骨，探寻运河文脉。

一

草木蔓发，春山可望。

东晋永和九年（353 年），暮春。山阴兰亭，东晋名流俊彦 42 人在此雅集，曲水流觞，临溪赋诗，畅叙幽情，抄录成集。

兰亭，因勾践植兰，汉设邮亭而得名。兰花，今绍兴市市花。

是日，王羲之受命作序，微醺挥笔，一气呵成，《兰亭集序》横空出世。这一文化史上的杰作，一举奠定王羲之"书圣"地位。

流觞亭建于清代，上书"曲水流觞处"，亭前一湾小溪，即为当年曲水。

为什么是王羲之，为什么《兰亭集序》是法帖之冠，为什么这一盛况绘景于绍兴？

此次雅集参与者，皆是硕彦名儒或书家圣手。比如谢安，既是朝廷重臣，也是文坛领袖。

因缘和合，风云际会，王羲之走向一生的高光时刻。

"旧时王谢堂前燕，飞入寻常百姓家。"六朝风流，半在王谢。

王氏子弟人才辈出，王羲之少时就脱颖而出。伯父王敦时为东晋权臣，称赞他是王氏"佳子弟"。"坦腹东床"，更是让王羲之美名远扬。

名臣庾亮去世前，向朝廷推荐王羲之出任江州刺史，当年王羲之三十八岁。

永嘉南渡，惊涛骇浪中的司马朝廷，迎来苟安中兴。刚从刀光剑影中喘息片刻，又开始吟风弄月。

有晋一朝，崇尚玄学。名士挥麈，追求逍遥超脱。士人在山水田园中，安顿精神，抚慰无常的生命惆怅。书法，成为最受推崇的艺途。

王氏一门，书艺几成家学，代有高手。王敦、王导，因政治掩没书名。王羲之承上启下，不仅是王家，也是时代书艺的集大成者。

此时，北方少数民族南下，中华民族深陷血腥时代。

王羲之手札中，时有"奈何"二字，常常"奈何、奈何"连用。丧乱是时代底色，看似优雅的背后，是斑斑血泪和惊惶忧愤。

兰亭绝唱，千古传奇。直到近代，关于《兰亭集序》真伪，仍是学界焦点。当年，盐城乡贤、草书大家高二适，与郭沫若据理力争，一时传为文坛佳话。

天朗气清，惠风和畅；茂林修竹，清流激湍。

兰亭，仍是旧时模样，可当年的群贤呢？

"向之所欣，俯仰之间，已为陈迹。"这独是王羲之的感慨吗？每一个诵读此文的人，虽世殊事异，莫不有感于斯文，千古共情，概莫能外，这是《兰亭集序》不朽的魅力。

两年后，王羲之辞去会稽内史官职。离开会稽后，沿剡溪而上，书圣归隐今天的嵊州市华堂村。

人生最后6年，王羲之修道之余，度过了最幸福的"果农"时光，《奉橘帖》等在此写就。

至华堂村时，已是午后。王羲之后人、九十岁老人王伯江挥毫写下"致远"两个大字，颇得二王神韵。

薄暮时分，山野风大。拾级而上，茂林深处，王羲之墓道，千松肃立，数株山茶花开正艳。

二

桃花灼灼，蝶穿柳岸。

沈园春天，因两首词惊艳千年。

陆游和唐琬，一对琴瑟和鸣的夫妻，本应白头偕老，却因陆母横加干涉，最终劳燕分飞。

夫妻情深，奈何母命难违。陆游把唐琬藏于别馆，没想到陆母仍不罢休，最终唐琬回了娘家，后嫁皇室后裔赵士程。

南宋绍兴二十五年（1155年）一个春日，陆游在山阴禹迹寺南沈园，与唐琬夫妇邂逅。赵士程知晓前因，竟大度地与陆游餐叙。

宴后，陆游徘徊林下，对景伤情。唐琬愁中欢颜，深深击打着他悲痛的心灵，千言万语涌上心头，题壁写下《钗头凤》一首。

红酥手，黄縢酒，哪一样皆是回忆。

春如旧，人空瘦，无一字不是遗恨。

陆游题词很快传开，唐琬读后痛彻心扉，写下和词一首。雨打梨花，弱骨支离。不久，二十八岁的唐琬香消玉殒。

"世情薄，人情恶，雨送黄昏花易落"，这是唐琬对残酷世道的愤懑谴责。"人成各，今非昨，病魂常似秋千索。"这是一位弱女子对薄情人间的无奈悲鸣！

七十五岁时，再游沈园，陆游写下《沈园二首》。"伤心桥下春波绿，曾是惊鸿照影来"，沈园留下陆游一生永远的痛悔。

沈园几易其主，无复旧池台，但惊鸿照影，陆游不堪幽梦太匆匆。

"每入城，必登寺眺望，不能胜情。"

岁月流转，依然不忘深情。如果时光倒流，陆游还会题那首词吗？

晚听越剧《梁山伯与祝英台》片段，缠绵的唱腔，听得多少同人肝肠寸断，这是虚构的故事，而《钗头凤》里的陆游和唐琬，可是活生生的悲剧。

"越民铸宝剑，出匣吐寒芒。"自古越地出豪杰，救国于存亡危急之秋。"上马击狂胡"，二十岁时陆游立下誓言，豪杰才是他的生命底色。

南宋偏安江南，时人已忘国恨，文坛琐细卑弱。陆游痛心疾首，作《平戎策》，呼号奔走，壮怀激烈。

"楼船夜雪瓜洲渡，铁马秋风大散关。"陆游一生渴望建功立业，实现南北统一，这样的剑气豪情，才是他本来的面目。可终其一生，出塞军旅，十分短暂，空留余恨。当然，英雄气短，儿女情长，又何尝不是他多彩人生的另一面呢！

八十五岁，临终之际，陆游留下绝笔《示儿》一首作为遗嘱。

死去元知万事空，但悲不见九州同。
王师北定中原日，家祭无忘告乃翁。

剑气柔情，豪放婉约，这就是真正的陆游。

三

布谷时鸣，庭木葳蕤。

正午，阳光正炽。绍兴王阳明故居前，碧霞池波平如鉴，映照天光云影。

王阳明曾赋诗《碧霞池夜坐》。圣人至心，碧霞池作证。

一雨秋凉入夜新，池边孤月倍精神。潜鱼水底传心诀，栖鸟枝头说道真。莫谓天机非嗜欲，须知万物是吾身。无端礼乐纷纷议，谁与青天扫宿尘？

三十一岁时，王阳明至绍兴建府邸，并于山中筑"阳明洞"以养身，自号"阳明子"，人称"阳明先生"。行导引术，以为得道，终因悟及"此簸弄精神，非道也"，弃之。

绍兴是王阳明修道的开始，是心学的发源地、完臻地、传播地。

四年后，因上疏为人辩冤，他遭宦奸刘瑾构陷，廷杖四十，被谪贵州，写出名篇《瘗旅文》，抒其不屈。

明正德三年（1508 年），王阳明至龙场，筑居东洞，日夜端居澄默，以求静一。忽一日开悟"心即理"，史称"龙场悟道"，心学真正建立。

再回绍兴时，王阳明已到"知天命"之年，被封为"新建伯"，声名大噪，门生日众。居绍兴六年，是他"真正的学术生涯"。首辅杨廷和倡议禁遏王学，可挡不住天下士人"求道心学"的步伐。

王门弟子中，就有盐城人王艮。"狂生"王艮，始初是以打擂之心，主动挑战王阳明。一方大员王阳明降阶相迎，就"致良知""反复论难"三日。王艮终为其折服，后随王问学八年。

明嘉靖八年（1529 年），王艮往会稽，会葬王阳明后，于故乡筑"东淘精舍"，开门授徒，史称"泰州学派"。

王阳明五十三岁时，门人续刻《传习录》。后建成稽山书院，绍兴成为他系统讲授心学理论的主阵地。

半月高悬，清辉泻地。明嘉靖元年（1522 年），重阳节前夜。王阳明两位弟子前来求教。师徒三人踏着月光，围绕核心问题，在碧霞池天泉桥上论学，著名的"心学四句教"诞生，史称"天泉证道"。

随后，王阳明离家赴任，再回已是停灵"新建伯府"。

明嘉靖七年（1528 年），平乱任上，王阳明沉疴在身，知时日无多，急归故里。门人侍疾，问遗言，答曰："此心光明，亦复何言。"言毕瞑目，逝于舟上。

王阳明归葬兰亭，书载为"先生亲择"，故乡这一方山水终成他心灵的安

放地。

专家从族谱中发现，王阳明是王羲之堂伯父王导第四十一代孙。王阳明书法深得二王法脉，徐渭认为"人掩其书"。

"立德立言立功真三不朽，明理明知明教乃万人师。"这是绍兴王阳明故居瑞云楼外对联，高度评价他对中国文化的贡献。

王阳明有诗："人人自有定盘针，万化根源总在心。却笑从前颠倒见，枝枝叶叶外头寻。"沉寂数百年后，阳明心学穿透岁月迷雾，烛照今人迷茫的心灵。

两米多高的旧石坊，突兀地立于王阳明故居前，染五百年风尘，一身沧桑，镌刻这里曾经的辉煌。

庭院深深，绿树婆娑，微风吹过，春花纷落。

四

苍藓盈阶，松影参差。

寂寞了几百年的青藤书屋，愈发喧闹起来，一批批追慕青藤的人，纷至沓来。

徐渭，字文长，号青藤老人。青藤书屋，前身是榴花书屋，徐渭二十岁前一直居住在这里。

一座小院，数间老屋。

"花香满庭客对酒，灯影隔帘人读书"，这是青藤书屋中的一副对联，这也许是青年徐渭少有的惬意生活。

《明史》载："渭天才超轶，诗文绝出伦辈，善草书，工写花草竹石。"

清文学家袁宏道，一夕读书，阅《阙编》，读未数首，不觉惊跃，急呼友人，灯影下，读复叫，叫复读，相识恨晚，极度推崇，遂作《徐文长传》，给予高度评价。

他是书家，"苍劲中姿媚跃出"；他是诗人，"文有卓识，气沉而法严"；

他深谙军事，助胡宗宪督边抗倭，运筹帷幄。

作为阳明心学发源地，徐渭幼受濡染，后入王阳明弟子门下。他苦研心学，阐幽发微，融于实践。"真我至上、本体自然"等理念，贯穿他一生的艺术创作。

徐渭问师多门，与一些志趣相投的友人结社，人称"越中十子"。这是心学的研学组织，也是诗文书画组织，大家谈道论学，诗酒酬唱，共同提升。

文长鄙视诗赋小道，想与先贤一样，建立盖世功业。然英雄失路，"不得志于有司"。徐渭又不想困于绍兴，就"放浪曲蘖，恣情山水"，胸中生起勃然不可磨灭之气，倾泻于诗，匠心独运，遂成一代大家。

命运多舛，寄食他人。徐渭客居异地，先后做胡宗宪、李春芳、张元忭等人幕僚。远客寂寥，耻屈人下，故乡绍兴仍是他最大的心灵归宿。

一生坎坷，一笔千秋。徐渭善于"墨戏"，常"醉抹醒涂"，以泄胸中不平，成就独特的大写意画风，成一代宗师。

心比天高，命如纸薄。"半生落魄已成翁，独立书斋啸晚风。笔底明珠无处卖，闲抛闲掷野藤中。"《水墨葡萄图》诗、书、画三绝。一事无成人渐老，这是他苦痛的悲声，也是生活状况的真实写照。

徐渭书法，取法二王，博采众长，个性张扬，线条奇崛恣肆，时见"不平之奇气"溢出笔端。

徐渭晚年贫病交加，常画梅花换米。这位"梅花换米翁"，偶有余钱，小饮一杯，听邻居竹林小鸟对语，算是一种无奈的心灵慰藉。

"几间东倒西歪屋，一个南腔北调人。"七十二岁时，在一间破旧的小屋中，徐渭凄凉离世，门外挂着这副自嘲联。

青藤书屋前，百年紫藤花开正盛。名不出于越的青藤老人，早已名满天下。

（原载《盐阜大众报》2024年6月16日）

心底恰似旧时友

——绍兴印象

谢雪梅

"你来看此花时"

得知中国报纸副刊研究会年会在绍兴举办，心中满是欢喜。因为绍兴，从 2021 年 5 月徐渭艺术馆开馆展览"畸人青藤——徐渭书画作品展"起，已经被我列入每年必至的文化修行目的地。

"你未看此花时，此花与汝心同归于寂；你来看此花时，则此花颜色一时明白起来。"明代著名哲学家、政治家、教育家和军事家王阳明这句广为流传的语录，我在心里喜滋滋地赠送给副刊同人——特别是相距遥远，从来没有机会抵达绍兴的同行，当他们来看这座人杰地灵的城市时，当绍兴在他们心中"颜色一时明白起来"时，她已经在我心里非常明艳，甚至绚烂无比了。绍兴的人文底蕴委实深厚，我觉得唯有一次次地抵达，一次次地探访，才能一次次地了悟。

比如王阳明，他出生在余姚，但他的祖上在绍兴住了 1000 多年，明成化辛丑年（1481 年），王阳明被高中状元的父亲王华带着，从余姚迁居至绍兴府城西迎恩门内的山阴县光相坊。

从 10 岁到 18 岁，王阳明生活在绍兴。明嘉靖七年（1528 年），王阳明病逝于江西南安（今大余县）。次年，王阳明灵柩被运回绍兴，归葬兰亭洪溪。

求学于斯，成长于斯，避难于斯，归葬于斯，绍兴有着阳明府第、阳明洞天、稽山书院、阳明书院、阳明墓等众多遗迹遗址。

明嘉靖元年（1522 年），王阳明开始在父亲的旧居上大范围扩建"伯府第"，坊间有言"吕府十三厅，不及伯府一个厅"。当然，这个超大的府邸早就消失在历史的滚滚洪流之中。2019 年，绍兴启动阳明故里项目建设，总投资约 8.5 亿元，占地面积约 40 公顷，最核心的工程便是重建伯府第。

省市两级文物考古专家进行了半年时间的挖掘，揭示出王阳明伯府第遗址的框架结构且保存较为完整。当年，这个发现获评浙江省年度十大考古新发现。

基于考古信息和历史资料重新修建的伯府第，遗址上搭建有保护罩，透过玻璃板，可以看到地下的柱础、石板、排水沟等明代建筑的遗迹。虽然只是走马观花，但我们多少窥见了些历史风貌，更重要的是在心中又埋下一条文化线索。

王阳明的鸿鹄之志和清逸之气让人敬佩不已，他的临终遗言"此心光明，亦复何言"，如今听来依然荡气回肠，值得反复咀嚼。这些年，时常萦绕在我耳畔的还有东坡大学士的临终遗言"着力即差"。"坡仙"两次上表乞居常州，终老于常州的藤花旧馆（即苏东坡纪念馆），主动选择"毗陵我里"的他，留下的云淡风轻、超越生死，意味无穷。

两个不同时代、不同际遇的伟大人物的诀别遗言，展开来就是两部浩瀚典籍，"不知更几百年，方有如此人物"。

"青藤门下牛马走"

绍兴拥有 2500 多年建城史，有着水乡、桥乡、酒乡、书法之乡、戏曲之乡、名士之乡等美称。我最心仪的则是她"一座没有围墙的博物馆"的美誉。

徐渭艺术馆开馆以来，接连办了两个现象级大展："畸人青藤——徐渭书画作品展"与"高古奇骇——陈洪绶书画作品展"，连同之后的"笔无常法 雅丽丰繁——任伯年绘画作品展"，我们一个都没有错过。2022 年观陈洪绶展，是疫情放开的第一天，到达展馆发现，观众总共不满 10 位，我们刚表

扬完自己的勇敢，同事就接到电话，说家人已经确诊，作为密接，他问："回程还敢坐我的车吗？"我们关切的则是："你有没有不舒服，还开得动车吗？"我们服用了一点维生素，认真观展，回程及之后均安然无恙——难道这就是文化的力量？我们不无得意，至少，这份淡定来自文化艺术。

知天命之年，早已明了不是什么营养都能消化，不是什么营养都能汲取，走近历史星空中一颗颗灿烂辉煌的明星，并不等于自己也可以成为星星，但是至少，我们可以常常接受星光的辉映，成为更加美好的自己。

比如徐渭，八法之散圣，字林之侠客，齐白石、郑板桥等对他极其服膺，愿做门下走狗。郑板桥刻了这么一方印章：青藤门下牛马走。他曾经说："郑所南、陈古白两先生善画兰竹，爕未尝学之；徐文长、高且园两先生不甚画兰竹，而爕时时学之弗辍，盖师其意不在迹象间也。文长、且园才横而笔豪，而爕亦有倔强不驯之气，所以不谋而合。彼陈郑二公，仙肌仙骨，藐姑冰雪，爕何足以学之哉。"他是选择性地对标学习的。畸人徐渭的艺术人生，肉眼凡胎如我，又能看懂几何，理解多少，汲取什么？或者，假以时日，也就止于欣赏人类中的怪异奇才吧……

"百无一用是书生"是乡贤黄仲则被传诵最深广的一句诗，说来可笑，我的毕生理想不过是成为一个真正的书生而已，"百无一用"的不堪我认，"千有一用"的信心我也有，况且，君子不器，无用之用方为大用。

"转益多师是汝师"，不一定愿为或者能为某一个圣贤大师门下走狗，但我想，自己余生一定是文化艺术之门下走狗无疑，无论多么渺小，多么卑微，"苔花如米小，也学牡丹开"。

徐渭艺术馆以现象级大展吸引了全世界的目光。相信，今后的展览仍将精彩无限，而得地理之便，更得文化心理认同的我以及师友，还会一次次来到这"青藤门下"，勤快如牛马，虔诚如仆役。

"几生修得住钱塘"

浙江文旅大手笔层出不穷。

近年来，浙江举办的一批盛大展事超有东方大国范儿，羡煞了周边师友。我们一次次到访，从开馆看到闭馆，唯觉浸染得还不够，于是，住下来心摹手追。一次，朋友感慨万千道："要准备移民了。"我一时没有反应过来，惊奇地问："移哪里？""浙江。杭州也好，绍兴也好……"我们相顾莞尔。

前不久，各地都在为稳定房地产市场贡献妙招，我还真代朋友查找了一下浙江几个山清水秀、人文荟萃之地的房价。是跌了，可是再跌，还不是天价？山水的好，气候的好，人文的好，老百姓的眼睛都是雪亮的，谁不希望住在人间天堂里？谁不希望住在文化高地上？

《杭州日报》编委骆东华老师说，大凡节假日，她们都不出门的，主动把杭州、把西湖让给外来游客们。

这次去绍兴，我提前一周订购返程火车票，无论从绍兴还是嵊州、新昌，居然已经售罄，不过是紧跟着一个清明小假期而已。我赶紧抢下第二天的票。多住一晚，或许是天意，谁让我那么钟爱绍兴。

浙江的文旅品质肉眼可见地提升着，访客深有体会。就比如这次年会，绍兴的号召力超出预期，不得不临时更换了入住酒店。采访点安排得非常密集，每个站点的接待衔接人员，不疾不徐，彬彬有礼；每一项具体事务安排得井井有条，温馨细致……重要的节假日，他们要做的已经是用流量报告限流劝返了。去杭州或者绍兴等地，如果你追求旅行品质，那么，攻略的第一要素，就是错峰。

刚从绍兴回来，就翻到黄仲则的诗句"几生修得住钱塘"，看来，我们的所谓心声也不过重复古人说过的话，或者说，我们和景仁先生在这一点上也算是异代知音了。一个人，一座城市，文化的积累绝对不是一时一事之功。

当然，如果真的有幸生在绍兴或者杭州，又从事着文化工作，走几步就

是名人故居，言谈间都是大师巨擘，作为一个普通人，那份压力也实在太大了。

绍兴，于国人而言，恐怕是没有不知道的。小学课本早就在我们心中播下了"百草园"和"三味书屋"，我们早就认识了"闰土""孔乙己"以及"民族脊梁"鲁迅，前些年热播的《觉醒年代》，又让我们重温了"学界泰斗，人世楷模"蔡元培的风采。三过家门而不入的大禹，书圣王羲之，知行合一的王阳明，爱国诗人陆游，鉴湖女侠秋瑾……历史的天幕繁星闪烁，当我们走在绍兴的阳光之下，心灵的内存便被一一激活，因着文化量子的相互纠缠，烟火气的绍兴也便有了诸多的亲切。

这些年频频去绍兴享受文化大餐，每一次，绍兴于我而言，都像极了贾宝玉初见林黛玉那一句百听不厌的越剧经典——

心底恰似旧时友。

（原载《常州日报》2024 年 6 月 29 日）

元培先生的培元之道

潘静新

一条大河波浪宽，奔流 2500 多年，仍然散发着勃勃生机——中国大运河，这条流淌千年的文明长河，是一部书写在华夏大地上的宏伟诗篇，是独特的活态文化遗产。它连通了南方与北方，也穿起了繁荣与生机，在历经千年的通航岁月里，孕育了一座座璀璨明珠般的名城古镇，积淀了深厚悠久的文化底蕴。

2023 年、2024 年中国报纸副刊研究会举办的年会，都安排在江浙运河之滨，让我们得以依循千年足迹，品味运河文脉。

纵有金山银山，如后代只坐享其成，也会坐吃山空。大运河在 2500 多年里，历经多少风云变幻、物是人非，水脉文脉为何千年不断？这个疑问，我们走进文化巨镇绍兴，走进蔡元培故居时，看到了一个大写的答案——"中国为一人，天下为一家"！

绍兴，一座从水里长出来的城。2500 多年前，越王勾践修凿"山阴故水道"，形成最原始的浙东运河绍兴段，千余年城址不变、文脉未断。运河不仅促进了绍兴"天下巨镇"的形成，更吸引了四方来客，历代文化名人如恒河沙数。王羲之、王阳明、陆游、徐渭、鲁迅……单是北京大学校长，就先后有四任是绍兴籍。其中最为人景仰的就是被誉为"北大之父"的蔡元培先生。

蔡元培故居隐于古城一角，是一个颇具绍兴特色的明清台门建筑，简朴，清静，似有一股静水流深的力量。生于运河之畔的蔡元培，深受千年文脉之熏陶，早年饱读诗书，博古通今，后赴海外求学，归国后，他深知教育乃国家"培元"之根本，遂立志于为中华培养英才，希望通过教育来唤起民族的觉醒，推动社会的进步。蔡元培任北京大学校长之时，力主改革，破旧立新。他提倡"思想自由，兼容并包"的办学方针，吸引了大批学贯中西的学者前来执教。一时之间，北大成为学术之殿堂，人才之摇篮。美国著名教育家杜威博士曾经这样评价蔡元培对北大的贡献：把一所大学办成世界一流大学的校长在世界上有很多，但通过办好一所大学影响一个国家乃至一个民族的大学校长，全世界只此一位。

蔡元培的气度如同大运河一般宽广而深邃。他胸怀天下，放眼世界，深知中华文化的博大精深，更明白文脉如水脉，只有通过与外界的交流与碰撞，

才能使中华文化之大运河源源不断奔腾不息。因此，他积极倡导并推动中华文化与国际文化的交流与合作，为中华文化的国际化进程作出了重要贡献。

踏进蔡元培故居，仿佛置身于一个时光的隧道，回到了那个风云激荡的年代。书架上整齐排列着各类典籍，那个梳着金钱鼠尾辫的少年正在油灯下埋头读书，他的双脚插在两个无酒的酒缸中以避免蚊虫的叮咬；青砖黛瓦间，回荡着青年蔡元培的谈笑风生，干练短发、西装革履的元培与志同道合之士在激烈地辩论着、欢笑着，新旧思想在这里碰撞、融合，运河文化的新华章在这里开启……

蔡元培是中国近代史上新旧过渡时期中一个成功的、典型的代表。他在少年时打下深厚的国学根基，如运河两岸坚固的河堤。1894 年中日甲午战争爆发，蔡元培受民族危机的刺激和变法维新思潮的影响，广泛涉猎西学书报，开始由一名翰林官员向新型知识分子转变。1898 年戊戌变法失败后，他决定走教育救国之路。自 1907 年 7 月起，蔡元培在德国留学四年，努力探究西方文化，成为中国近现代文化界一位学贯中西、熔冶中外新旧于一炉的大师，他是第一位提出"军国民教育、实利主义教育、公民道德教育、世界观教育、美感教育皆近日之教育所不可偏废"的教育思想家，主张五育并举，这新观念犹如五条澎湃的新支流汇入运河，令淤堵沉积多时犹如一潭死水的大运河有了畅通动力，重焕生机。

1936 年 9 月，蔡先生给邹韬奋主编的《生活星期刊》题词说："中国为一人，天下为一家，这两句是《礼记·礼运》篇成语，照现代中国人的立场看来，也是用得着的。若是中国四万万七千万人，都能休戚相关，为身使臂，臂使指的样子，就自然没有人敢来侵略，而立于与各国平等之地位。由是而参加国际团体，与维持和平的各国相提携，自然可以制裁侵略主义的国家，而造成天下一家的太平世了。"

用一个更通俗易懂的词语来解释先生的理想，就是：万众一心。

蔡元培先生的伟大志愿，就在于他一生想为中国造就人才，万众一心共同建设文明富裕之中国。他一生走的路就是教育爱国大道。他在教育、学术、思想以至政治等方面，都产生了巨大的影响，他一生勇于肩负知识分子的责任，常倾向于革新的、进取的事物，具有开创及领导之功。他教育不忘爱国，爱国不忘教育。用尽了毕生精力，去践行"天下一家，中国一人"的理想。

如今，"中国为一人，天下为一家"这十个大字镌刻在蔡元培先生雕像身后的红色屏风上，两边的柱子上则雕刻着周恩来总理写给这位"学界泰斗"的题联："从排满到抗日战争，先生之志在民族革命；从五四到人权同盟，先生之行在民主自由。"可谓高度概括了元培先生一生"培元"的光辉历程。

参观完蔡公故居，一场春雨留住了我们的脚步。窗外的小院中，一面黛瓦白墙下，几块石头组成了一幅枯山水图，与远方的文笔塔遥相呼应。丝丝春雨，让枯山水变得滋润灵动起来。"好雨知时节"，运河之畔，因这好雨春草漫野，大树擎天，飞鸟翔云，江河入海，生生不息。

绍兴，真可称得上"五步一名人，十步一大师"。绍兴对文化名人故居的保护与开放也颇有力度，虽然采风团成员对蔡元培、王阳明、王羲之、徐渭、鲁迅等名人的事迹早已有所了解，但真正身处他们的故居之中，仍然能感受其潜移默化、润物无声的教化之功。千百年来，江山代有才人出，无数才人如一人，这些灿若星辰的文化名人，虽身处不同时代，但他们的心却是相通的。他们都深爱着这条运河，都深知"文脉兴则水脉通"，为了唤醒人们的良知与思考，他们以笔为锹，以墨为源，以理想为基石，接力为大运河"培元固本"，开源拓流，让水脉与文脉千年不竭，长润中华大地。

（原载《玉林日报》2024 年 4 月 18 日）

说不尽的王羲之

辛元戎

绍兴，有"名士之乡"的美誉。自古以来，不知有多少绍兴文士，用他们的笔，写下了富有思想性和艺术性，洋溢着家国情怀的文章和诗句，灿烂了中华民族的思想星空，丰盈着我们的文化河流。而随着这些文章诗句的广为流传，绍兴之名一次次为天下人所熟知。

说到这里，就不能不提及王羲之和他被誉为"天下第一行书"的《兰亭集序》。随着历代倾心书道者对这一书法经典的心慕手追，反复临摹，东晋永和九年（353 年），暮春三月，会稽山阴的那场雅集一次次再现于人们的笔毫之下，兰亭一会，俨然未散。绍兴的古称"会稽山阴"也因之一回回烙印在人们心间。这可谓自古迄今，文化名人为地方形象做宣传和代言最为成功的案例之一。

随波逐流的羽觞

对王羲之来说，实在无意于代言，一切来得那样自然而然、水到渠成。

永和九年三月初三，担任会稽内史的王羲之，与名士谢安、孙绰、许询、支遁等 41 人，在兰亭举行消灾除凶、祈求平安的修禊活动，并曲水流觞，饮酒作诗。所谓曲水流觞，是一种古老的游戏，据说可以追溯到西周时期，南朝梁吴均《续齐谐记》中，就载有"昔周公卜城洛邑，因流水以泛酒，故逸《诗》云'羽觞随流波'"的语句。

沐着春风，王羲之诸人沿曲水而坐，盛酒的羽觞随波逐流，停滞在谁的面前，谁就要作诗一首。这天，王羲之、司徒谢安、左司马孙绰等 11 人均赋四言诗和五言诗各一首；散骑常侍郗昙、前参军王丰之、前上虞令华茂等 15

人各咏诗一首；而侍郎谢瑰、王献之等 16 人，羽觞漂到眼前，却"诗不成"，没能"完成作业"，被各罚酒三巨觥。

酒兴酣时，王羲之为集会者的诗集作序，他手执鼠须笔，一气呵成，写下了著名的《兰亭集序》。整篇作品虽有涂改，但"字势雄逸，如龙跳天门，虎卧凤阙"，王右军（王羲之担任过右军将军，人称"王右军"）酒醒后多次复写，也无法达到第一稿的水平。尤其为人所称道的是，全文有 20 个"之"字（因世传摹本不同，也有 21 个"之"字之说）和 7 个"不"字，均形态各异，无一雷同。《兰亭集序》因其高超的书法水平，被后世誉为"天下第一行书"，是中国书法史上的千古名篇。

随着《兰亭集序》的流传，曲水流觞中使用的羽觞也被后人所熟知。羽觞又叫羽杯、耳杯，是古代的一种盛酒器具，为椭圆形、浅腹、平底，两侧有半月形的双耳，就像鸟的双翼，故名"羽觞"。

在绍兴参观博物馆时，笔者有幸见到了两种羽觞，一种为青瓷制成，另一种为木胎漆器。青瓷太重，想来盛酒后不待漂流，便会没于水中；而木胎漆器以其质轻，很适于曲水流觞。事实上，从全国来看，出土的羽觞中最多的就是漆器类的。看着眼前展柜中的羽觞，我的思绪顿时飞回千里之外的家乡河湟谷地。西宁市的一座魏晋时期的古墓中曾出土过一件金扣蚌壳羽觞，与常见的木胎漆器羽觞不同，它的杯身为晶莹的蚌壳，光照之下，呈现迷幻的虹彩，蚌壳的边沿镶嵌着黄金装饰，以为杯耳，与杯身相映成趣，显得精巧华贵。在这座墓中，同时出土了一方刻有"凌江将军章"五字篆书的铜印，显示了墓主人的身份。

金扣蚌壳羽觞让我浮想联翩。1600 多年前，在远离汉文化中心地带的河湟谷地，天暖气清之时，这位凌江将军在军务繁忙之余，是否也会像王羲之一般，邀上好友，曲水流觞，吟诗作赋？他平时书写公文和家书的字体，为何种风格？是有刀砍斧凿的粗犷之气，还是更接近"二王"的潇洒流美之风？

没想到，小小的羽觞竟把绍兴，把王羲之与我的家乡连接在了一起，让人作了一番思接千载的畅想。

《兰亭集序》的乐与悲

衡量一个地方的"文化土壤"是否丰厚肥沃，有一个指标，那就是看这里"出产"了多少成语和广为流传的诗句。在绍兴，如果详加统计，这绝对是一个令人瞠目的数字。就拿《兰亭集序》来说，仅前两个自然段，就贡献了诸多耳熟能详的词语：群贤毕至、少长咸集、崇山峻岭、茂林修竹、天朗气清、惠风和畅、清流激湍、曲水流觞、畅叙幽情。这些词，勾勒出一幅春意融融的郊游图。它们的广为流传，给很多人留下了"和乐"是《兰亭集序》主基调的印象。然而，从文章的第三段开始，王羲之笔锋一转，情绪由"乐"转"悲"，他写道：虽然人们对于自己喜欢的东西，暂时感到快乐，甚至忘记衰老即将到来。但这一切，转瞬就会成为旧迹。况且寿命长短，听凭造化，最后都要归结于消灭。不仅如此，王羲之甚至发出了"岂不痛哉""悲夫"这样更为直接的感叹。

这种对生命无常的深切体会，实在与很多人印象中潇洒不羁的王羲之相去甚远。反观王羲之所处的时代，就能明白这种体会的来源。魏晋南北朝时期是动荡离乱的年代，八王之乱、衣冠南渡……战乱频仍，百姓流离，乱世之中，人的生命就像露水般朝不保夕，像草芥般随时可能被消灭。

再加上王羲之在官场上也不甚顺意。写完《兰亭集序》后两年，他便在父母坟前发下重誓，再不做官。见王羲之这般决绝，朝廷也就不再勉强。

《兰亭集序》中透露的无常感让我们明白，王羲之离官去职以后，为何会与道士许迈"共修服食"，不远千里地采集药石，遍游名山大川——勘破世间的无常，王羲之在以自己的方式，追求生命的解脱。

缘何独爱王右军

绍兴嵊州的金庭镇是书圣归隐处。王羲之的旧居金庭观前，古柏森森，香樟如盖。观后的瀑布山草木葳蕤，王羲之就葬在山上。一条鹅卵石铺就的小路，两旁苍柏葱葱，沿此攀爬，不久便到了王羲之墓前。那天，参加中国报纸副刊研究会年会，来自各地的近两百名副刊编辑，庄严地三鞠躬，向千古书圣致敬，向中国书法文化致敬。墓的右下方，有日本书法团体所立的石碑，镌刻着他们用隶书写成的《兰亭集序》。历史上，随着中国书法文化的传播，对王羲之的推崇，也从中国扩展到周边的朝鲜、日本、越南等国。

王羲之的书圣名衔并非自始就有的。晋末至梁代，其子王献之（小王）的书名超过了王羲之（大王），"献之冠世""比世皆尚子敬（王献之字子敬）书"，就是对这种现象的客观描述。但梁武帝萧衍十分喜爱大王书法，首先以帝王身份推动王羲之"书圣"地位的确立。

到了唐代，王羲之又有了一个超级崇拜者——唐太宗。李世民亲自撰写《王羲之传论》，这是他为《晋书·王羲之传》撰写的一篇赞辞。他评论了钟繇、王献之、萧子云等自三国以来最有影响力的几位书法家，一一指出了他们的缺点，得出结论："此数子者，皆誉过其实。""区区之类，何足论哉！"其中，论及王献之时，认为小王书法虽好，但不及其父，他还贬低小王的字"如隆冬之枯树""若严家之饿隶"。而对王羲之，唐太宗却毫不吝惜赞美之词："所以详察古今，研精篆素，尽善尽美，其惟王逸少（王羲之字逸少）乎！"

唐太宗派朝廷官员巧取豪夺，得到《兰亭集序》真本后，大为欢喜，将其置于座侧，朝夕观览，就像他自己所说，"玩之不觉为倦"，而且"心慕手追"，反复临摹。李世民的行书作品《温泉铭》《晋祠铭》等，都带有王羲之的笔意。在唐太宗推动下，全国兴起了学习王羲之书法的潮流，从达官贵族到普通读书人，无不以王羲之的书法为宗。

王羲之成为名冠千古的书圣，是因为他把汉魏质朴古拙的书风转为秀丽

俊逸的书风，实现了突破，也是他让书法成为表达心性与襟怀的艺术。

王羲之书法这样受人喜爱，是因为他与我们既有共同点，也有不同处。共同点在于，他的书法雄强与妍媚并存，"不激不励，风规自远"，符合中国人以中庸为美的审美观念。不同之处在于，随着魏晋风流时代的远去，王羲之体现在他书法中的洒脱不羁、萧然自得的性格和风度，后世之人虽然心向往之，却无法企及。正是"同质"与"异质"的并存，让"二王"书法具有无可比拟的吸引力。

后人孜孜不倦地学习《兰亭集序》，不仅出自对其线条美感的欣赏，更是对这种美感的来源——王羲之"飘若浮云，矫若惊龙"气质的崇拜、向往和追求。在临摹《兰亭集序》的时候，我们也在某种程度上切换到王羲之的人格状态，从而让自己的精神需求得到了些许满足。

不容忽视的高峰

自魏晋以来，"二王"一脉成为中国书法的主流，无数书家从这里汲取养分，成就了自己。对王羲之的书法虽然颂扬者居多，但也并非没有贬抑的声音。

李白在《草书歌行》中直言，王羲之"古来几许浪得名"；韩愈在《石鼓歌》中说，"羲之俗书趁姿媚，数纸尚可博白鹅"。我想，这倒不是他们真的认为王书不足为贵，而是为了褒扬其他书法家和书法作品采用的一种手段，李白通过抑王来突出怀素书法的高超；韩愈则贬王书为"俗""媚"，反衬石鼓文的古茂浑劲。

王羲之作为中国书法史上的参天古树，后来者既要从他那里汲取营养，又必须走出他投下的阴影，方能成就自己。于是，自出机杼，不写"奴书"，不做"书奴"，成为历代有见地者的书法追求。黄庭坚清醒地看到，"世人但学兰亭面，欲换凡骨无金丹"。苏轼则不无自豪地说："吾书虽不甚佳，然自出新意，不践古人，是一快也。"到了清朝，文字学兴盛，大量古代碑碣被发现，书法碑学兴而以"二王"为宗的帖学衰，人们开始崇尚学习魏碑。碑学大家金农诗曰："会稽内史负俗姿，字学荒疏笑驰骋。耻向书家作奴婢，华山片石是吾师。"可以看作清朝碑学兴起的宣言。

碑学兴，是对"二王"在书坛独领风骚一千几百年的"反动"，是在谋求书法的创新。实际上，王羲之的书法正来源于创新，他在广学古人的基础上加以融会变革，完成了中国书法从古质到今妍的书风转变，从而成为千古书圣。王献之在其父的显赫成就面前，保持独立之精神，创立了自己的书风，才能与之比肩而立，并称"二王"。而后世凡在书艺上有大成就者，也无不在学习前人的基础上有所创新和发展，方能书史留名。

对王羲之，有人尊其为"书圣"，也有人贬其书为"俗书""无丈夫气"，呈现两极分化之势。这种现象，让人想到了西方心理学领域的大宗师——弗洛伊德。奥地利心理学家弗洛伊德创立了精神分析学派，对西方的宗教、哲学、教育、文学、艺术以及其他社会科学的研究都产生了深远影响。在他之后，西方心理学领域，凡有欲开宗立派者，要么尊其为祖师爷，在弗氏精神分析理论的基础上有所增益，便能衍生为一派；要么对他持批评态度，先大力驳斥和否定精神分析理论，方能确立自己的学说。

对于王羲之和弗洛伊德这样的人物，无论你心怀崇敬还是极力否定，都无非在用不同的方式证明，在其领域，他们绝对是你无法绕开、不容忽视的一座高峰。

（原载《青海日报》2024 年 7 月 7 日）

大地风雷起绍兴

陈曦

绍兴是一座水城，街随河走，河随街流，在白墙黑瓦的倒影中，乌篷船往来穿梭，这正是想象中的江南味道。未到绍兴，就想着兰亭集会的书卷雅韵，想着李白笔下的镜湖水月，想着越剧的软语娇媚，想着黄酒的绵软甜意……

拜大禹，谒书圣，赴沈园，再至阳明故里、徐渭故里、蔡元培故居、鲁迅故里……绍兴就像一本厚重的大书缓缓展开。跟随中国报纸副刊研究会"寻迹溯源·运河文化绍兴行"百名文化记者采风团走读绍兴，越看越惊，越走越疑，开始不断问自己——绍兴是先前想象中的模样吗？

直到在坡塘村，聆听了绍剧唱段《一从大地起风雷》，心中才有了答案。"一从大地起风雷，便有精生白骨堆……金猴奋起千钧棒，玉宇澄清万里埃……"绍剧与秦腔颇有渊源，与越剧的细腻委婉迥然有别。国家一级演员施洁净的唱腔更是慷慨激越，一时剧场风滚雷动。离开绍兴后，我又找来录像反复聆听，引起无限遐思，不由得想起鲁迅的《自题小像》——"灵台无计逃神矢，风雨如磐暗故园。寄意寒星荃不察，我以我血荐轩辕。"剧里诗中，精神何其相似。

在如潮的喝彩声中，一个崭新的绍兴形象在我心中升起。"吾越乃报仇雪耻之国，非藏垢纳污之区也。""胆剑精神"已铭刻在绍兴的文化肌理中，塑造出绍兴人的硬脾气。这时我才明白"硬骨头"鲁迅并不孤单，在他的家乡绍兴，古往今来有一大批刚毅超拔的豪杰之士，这片柔媚的土地其实蕴藏着一种钢铁般坚韧的精神力量。

狂人呐喊

一条小河从鲁迅故居门前流过，乌篷船在河上晃晃悠悠。百草园绿意葱茏，何首乌、覆盆子还如鲁迅笔下那般生机勃勃。三味书屋一切似乎还如旧时模样，抱柱上挂着一联——至乐无声唯孝悌，太羹有味是诗书。鲁迅的座位在上首，桌上还刻着"早"字。如今的"故园"风光旖旎，只有回到历史才有鲁迅笔下"风雨如磐"的况味。

周家新老台门依然保存完好，1909年鲁迅留日归来，先后在杭州和绍兴做教员，大概就常住这里。鉴湖女侠秋瑾家离鲁迅家不过几百米，两人先后留学日本，但两年前秋瑾已为革命慷慨赴死。"纵死侠骨香，不惭世上英。"鲁迅多次去凭吊秋瑾，怀念这位特别的同乡和同窗。在秋瑾坟前，他也许还会想起另一个同乡徐锡麟，徐锡麟因刺杀安徽巡抚邓恩铭失败，被邓恩铭的亲兵剖腹挖心而食。如此"吃人"的现实，让鲁迅陷入了何等的悲哀。

"民元革命"曾为鲁迅带来短暂的光亮。1911年，革命党人王金发就任绍兴军政分府都督，与王金发在日本已相识的鲁迅，亲自带学生前去迎接。鲁迅认为"现在要为秋女侠报仇才好"，与秋瑾案有牵连的旧官僚章介眉被军政府逮捕后，却以"毁家纾难"的名义献上一笔财产，迅即被释放了。曾在秋瑾的掩护下逃生的王金发，在与当地乡绅的觥筹交错中，"渐渐变成老官僚一样，动手刮地皮"。这让鲁迅陷入了更深一层的悲哀，多年以后只能用曲笔，在小说《药》中为革命者的坟上"添了一个花环"。

同侪的鲜血，现实的苦闷，激发了鲁迅对乡邦先贤和文献的兴趣。他埋首于绍兴的碑文残垣，不仅钩稽材料，还到大禹陵、兰亭等地多次实地考察，曾作《会稽郡故书杂集》。他在《〈越铎〉出世辞》中推重古越文化：

于越故称无敌于天下，海岳精液，善生俊异，后先络绎，展其殊才；其民复存大禹卓苦勤劳之风，同勾践坚确慷慨之志，力作治生，绰然足以自理。

从今度古、以古观今，鲁迅所谓的"善生俊异""坚确慷慨"，不无现实的影子，也可看作某种程度的夫子自道。

在绍兴先贤中，鲁迅尤其醉心于嵇康。从 1913 年至 1931 年的 18 年间，鲁迅坚持不懈地整理《嵇康集》，参照校本 19 种，校勘凡 10 遍，工笔小楷抄写 3 遍，还撰写了《〈嵇康集〉考》《〈嵇康集〉序》《〈嵇康集〉跋》《〈嵇康集〉著录考》《〈嵇康集〉逸文考》等。

嵇康祖籍会稽，是一位"非汤武而薄周孔""越名教而任自然"的名士，终为当权者司马昭所不容，行刑前，嵇康风度依旧，索琴而弹，叹一声：《广陵散》于今绝矣！"便慨然赴死。南宋《会稽志》曾记载，嵇康夜过绍兴，在白塔山八仙冢遇古伶人之魄而得《广陵散》，这个民间故事足以说明绍兴人对嵇康的惋惜了。

"立俗迕流议……龙性谁能驯。"嵇康是一位真正的"狂人"，鲁迅也是一位真正的"猛士"，他们可谓知音。许寿裳先生曾说："鲁迅的性质，严气正性，宁愿覆折，憎恶权势，视若蔑如，皓皓焉坚贞如白玉，凛凛焉劲烈如秋霜，很有一部分和孔嵇二人相类似……"

1918 年，鲁迅在寂寞冷清的绍兴会馆中，写下中国第一部现代白话小说《狂人日记》，像嵇康批判虚伪的"礼教"一样，发出了"从来如此，便对么"的诘问，吼出"救救孩子"的呐喊。从此，周树人退居幕后，手持"投枪匕首"的鲁迅登上了历史舞台。

放浪兰亭

1913 年，鲁迅曾携弟友乘舟游兰亭，观看王羲之手书的"鹅池"石牌，游览右军祠、墨池、御碑亭、流觞亭，遥想晋朝的文人墨客，在这里吟诗作赋的闲情逸致。

兰亭位于兰渚山下，相传越王勾践在此种植了兰花，汉代在此设驿亭，因此得名"兰亭"。东晋永和九年（353年），书圣王羲之和群贤在此修禊，催生出《兰亭集序》，从此会稽山阴之兰亭走进了中华文化史。

走进兰亭，确有曲水流觞之雅意。作为生于、长于秦岭的人，兰亭四周的山算不上"崇山峻岭"，但"茂林修竹"确实珊珊可爱。在大家欣赏碑帖之时，我却对鹅池中嘎嘎而鸣的几只大白鹅情有独钟。我感觉从这几只"活物"身上才可见魏晋的真意。

王羲之爱鹅在历史上留下不少趣事。《世说新语》记载了一则发生于绍兴的逸事，王羲之在山阴碰见一群白鹅，十分惊喜，便想买下，养鹅的道士说："你只要给我写一篇《黄庭经》，就将这些鹅悉数相赠。"王羲之欣然写毕，笼鹅而归，欢喜异常。由于这个典故，便有人将这篇书法称作《换鹅帖》。王羲之不拘世俗的行止很多，譬如少时坦腹而卧，留下东床坦腹的成语。

《兰亭集序》云："放浪形骸之外。"放浪和佯狂是那个时代的文化特征，鲁迅在《魏晋风度及文章与药及酒之关系》中以"魏晋风度"概括之。鲁迅以为："魏晋时代所谓崇奉礼教，是用以自利……于是老实人以为如此利用，亵渎了礼教，不平之极，无计可施，激而变成不谈礼教，不信礼教，甚至于反对礼教。""魏晋的破坏礼教者，实在是相信礼教到固执之极的。"

确如鲁迅所说，放浪兰亭不仅只有表面的飘逸，更有深沉的生命忧患。魏晋处大乱之世，可真是一个"吃人"的时代，政治舞台变换大王旗，斗争极为残酷，若从孔融、嵇康算起，被以"礼法"的名义杀掉的名人才士可列一个长长的名单，连做个"高尚其事，不事王侯"的逸民也不被允许。到了王羲之时代，真是"乱也看惯了，篡也看惯了"，家国易代，生命如草，俯仰之间，已为陈迹，不得不让人感叹："死生亦大矣。岂不痛哉！"

"王与马，共天下。"王羲之是妥妥的上层贵族，早年"有骨鲠""风骨清举"，骨鲠应该是其性格底色，他辞官归隐绍兴金庭实为不堪与流俗为伍，有志难伸。东晋永和七年（351年），会稽内史王述遭母丧停职，王羲之代任

会稽内史，却迟迟不去王述家吊丧。后来去了，却看了一眼就离开，未按当时的丧礼执孝子手哭。王述大抵缺乏名士风度，早为王羲之所轻视。未料到王述守丧完毕后，竟然被任命为扬州刺史，会稽归扬州管辖，王述成了王羲之的顶头上司。王羲之的不忿之情可想而知。因不愿居于俗人之下，王羲之一度奏请将会稽划出扬州，后愤而辞去会稽内史之职，并且对着父母的坟墓，发下永不出仕的毒誓。

与时人看嵇康"龙章凤姿"一样，时人目王右军也是飘若游云、矫若惊龙。王羲之曾书写嵇康的作品，二人也算异代知音，毕竟他们的"龙性"是相同的。难怪明代刘基要为王羲之打抱不平：

王右军抱济世之才而不用，观其与桓温戒谢万之语，可以知其人矣。放浪山水，抑岂其本心哉？临文感痛，良有以也。而独以能书称于后世，悲夫！

圣门狂者

在兰亭的幽静丛林中，还隐藏着一代大儒王阳明之墓。绍兴是王阳明的少时成长之地。1521 年，王阳明回乡祭祖，并从这一年起长居绍兴。在家乡，王阳明修炼洞天、建造府第、收徒讲学、郊游祭祖，留下多处遗迹。

阳明心学有"三变"之说，最后一变即发生在绍兴。王阳明被封为新建伯后，在绍兴王家住宅原址扩建伯府，挖掘了一口碧霞池，池上架桥，名天泉桥。一夜王阳明与弟子在天泉桥上论学，将其毕生学问概括为："无善无恶是心之体，有善有恶是意之动，知善知恶是良知，为善去恶是格物。"史称"天泉证道"。如今，阳明故里伯府第修缮一新，府外广场亦新修一池，池上却无天泉桥，也是一大憾事。

在天泉桥上，王阳明还作了不少抒发心志的诗。有句云："老夫今夜狂歌发，化作钧天满太清。""铿然舍瑟春风里，点也虽狂得我情。"在诗中，他颇有些"狂"。其实，王阳明远不是大家想象中儒生那种温良恭俭让的形象，他打小便以狂者自居。

儿时读书，一次王阳明问塾师："什么是天下第一等事？"塾师回答："读书做状元。"王阳明却说："第一等事是学做圣人。"他的志向也可谓狂了。大约在十九岁时，他依朱子学说"格竹子"，神思劳顿以致吐血，他不怀疑自己的方法不对，却对当时权威的朱子格物学说产生了质疑，从此开启了心学探索之路。鲁迅所问"从来如此，便对么"，也颇有点王阳明的遗意了。

如果说王阳明早年的狂傲是出自洒脱不羁的天性，他晚年居越后对狂更有了深度的理论认同。据《论语》记载，孔子在陈，思鲁之狂士，并认为"狂者进取"。王阳明对此深有体认，"狂者志存古人，一切纷嚣俗染举不足以累其心"。在绍兴时他无不得意地对学生说：

> 我在南都以前，尚有些子乡愿的意思在，我今信得这良知真是真非，信手行去，更不著些覆藏，我今才做得个狂者的胸次，使天下之人都说我行不掩言也罢。

面对别人的诽谤，王阳明毫不掩藏，只以狂者胸次信手行去，就算天下人都来指责，也只是一句"依良知行"。

王阳明的"狂者胸次"，在其弟子王畿、王艮、颜钧、何心隐等人身上，深深地烙上了印记，他们将圣门之狂发挥到了极致。离阳明故里不远，就是王阳明再传弟子、明代画家徐渭的青藤书屋。书屋小而精，天池中仍长着一株老藤。徐渭深受阳明心学熏染，加之遭遇坎坷，性格变得狂野怪异，自作墓志铭称自己"贱而懒且直"。他的狂野使其艺术一改常态，他的字，他的画，他的戏，都是独一无二的，其笔下出现了众多"白眼望青天""不醉亦骂坐"

的狂人、奇人形象。"几间东倒西歪屋，一个南腔北调人。"这成了他一生的写照。

王阳明纪念馆挂有一联："起向高楼撞晓钟，不信人间耳尽聋。"取自王阳明的《睡起偶成》一诗。这可能也是王阳明一生志向的艺术概括。他像孔子一样，知其不可为而为之，宁愿做一位撞钟人，将被皇权垄断的天理是非还给每个人的内心，希望通过唤醒每个人的良知，来达成治天下的目的，开辟了儒学两千年未有之境。

举世困酣睡，而谁偶独醒？
疾呼未能起，瞪目相怪惊。
反谓醒者狂，群起环斗争。
……

游罢阳明故里，读到阳明先生这首《月夜》，感到颇为惊异。这让我想起鲁迅《〈呐喊〉自序》里的句子：

假如一间铁屋子，是绝无窗户而万难破毁的，里面有许多熟睡的人们……现在你大嚷起来，惊起了较为清醒的几个人，使这不幸的少数者来受无可挽救的临终的痛楚，你倒以为对得起他们么？

古今两位绍兴人，表达的意旨何其相似，这大概就是刻在绍兴人骨子里的文化基因吧。

嵇康、王羲之、王阳明、秋瑾、鲁迅……绍兴这片土地上孕育的豪杰还有很多，他们的狂者气象或染于老庄，或承自儒门，或激于革命，虽然文化渊源有所不同，但他们都成为时代的呐喊者、撞钟者、独醒者。他们始终以

"狂者进取"的姿态，不断推动着家国、文化的变革。时移世易，站在绍兴这个现代化的都市，回想起那些特立独行的"醒世钟"，耳际依然能听到铿然作响的风雷之声。

（原载《安康日报》2024 年 7 月 12 日）

在鲁迅故里精神还乡

金小林

甲辰龙年仲春，因参加中国报纸副刊研究会年会的机缘，我到了鲁迅故里绍兴。置身于这片记忆中似真亦幻的土地上，颇有些恍惚。绍兴，这个年少时遥不可及，却又那么熟悉的地方，这里曾经生长过鲁迅，以及那些滋养我少年时光的人与事。

一

我是午后抵达绍兴的。办理入住手续后，我没有径直去街上。

绍兴深深吸引我的，是那些与鲁迅有关的。而这一切，主办方已排在此后几天的采风行程里了。年会与采风明日伊始，我并不着急去寻迹。

这几年曾到过不少地方，总觉得在这些钢筋水泥构筑的现代城市，横平竖直的街道与无数格子排列而成的楼宇，是没有多少辨识度的。若不去看那些重复出现、带有地域特质的文字标牌，你很难察觉身在何处。

这便是我到一个陌生城市后，不太愿意毫无目的地去闲逛的缘由吧。

临近傍晚时分，一位参会的同行约我外出吃晚饭，地点是孔乙己酒家。我原以为，这亦不过是一家借了孔乙己名字的普通酒店罢了。不承想循着定位找过去，却走到了一条与现代城市风格迥异的老街。

这街道南北走向，名唤仓桥直街。后来我了解到，这一历史街区曾荣获"联合国教科文组织亚太地区文化遗产保护优秀奖"，亦有"中国遗产活生生的展示地"的称号。

匆匆如我的过客，对于这一份荣誉的分量，大抵不会有太多的感受吧。倒是对"活生生"几个字，大凡来到这里的人都深有感触。

那临街的房子，多为二层泥木结构，沧桑斑驳的白墙上方，覆着黛色瓦片的坡屋顶；街面是不知岁月的青石板路，向上三五米的空间里，凌空兀自伸出些五颜六色的招牌旗帜，以及点亮后特别喜庆的各式灯笼。

那灯笼有枣形的，或在两侧屋檐间一排排地飞线悬着，或在一侧屋檐下似冰糖葫芦一串串立着；至于那些个圆胖的南瓜状灯笼，则大多成双成对地分悬于门头左右。

我到老街已是华灯初上，街道两旁古色古香的店铺前，鲜亮多彩的各色灯光，在将黑未黑的夜空下显得格外璀璨多姿。游人、业者，或坐或立或慢行，熙熙攘攘……

这样的老街，或许在江南某个城市里便能遇到。而此刻，置身于绍兴的我，心底里却平添一丝激动。是的，茴香豆、绍兴老酒、孔乙己，这些曾经在年少时无数次畅想过的场景，如此真实地出现在眼前，怎能心绪无动呢？那一刻，我恍惚间又回到了过去。

正沉浸其间，朋友已在一旁唤我了。我们约定的孔乙己酒家就在眼前。

双层泥木的格局，白墙黑瓦，门庭上挂着"孔乙己酒家"大匾，两旁立柱上镶嵌着一副黑底金字楹联，上书："小店叵佢名气大，老酒惟醇醉人多。"

门口一侧，站着一位八字须、长辫子，头戴黑毡帽，身穿浅黄色对襟麻布衣，腰间斜别着长烟斗的"阿Q"，他时而双袖深拢双目空渺孤独站立，时而摆出手持烟斗作睥睨状的姿势与游人食客合影。

大约是在孔乙己酒家门口的缘故吧，来人第一反应总把门前迎客的"阿Q"误认为是孔乙己："孔乙己！""哪里是孔乙己啦，我是阿Q！"阿Q扮演者不厌其烦地纠正着。

时值用餐高峰期，店内宾客喧哗，觥筹交错。我们被引导到二楼靠窗临街的一个位置。那晚，我们喝黄酒，吃茴香豆，聊绍兴、聊鲁迅、聊鲁迅笔下的人物。在微醺之后，我已有些迫不及待地想要见到与鲁迅有关的一切了。

二

我对绍兴的向往，是藏进骨髓里的，这一情愫源于年少时读了鲁迅的文章。如我一样的人不在少数吧。毕竟，过去几十年里，一茬茬的孩子都是读着鲁迅的文章长大的。只是每个人的境遇不同，对绍兴、对鲁迅笔下世界的情感深浅不一罢了。

旅游是到一个陌生的地方生活几天，采风则是带着写作任务的旅游。这些年来，我去过不少地方，或旅游，或采风。我发现自己只喜欢看山看水、看自然奇观与异域风情；对于那些人文景观，尤其是当下城市里时兴的各色展馆，丝毫提不起兴致。乍一想大概是读书少，没多少文化吧，但往深里探究，又或许与我的成长经历有关联。

我生长的地方，即便在今天，称之为"山旮旯"也不为过。为此，我常与人举例佐证：村里至今只有"移动"这一种网络，假使你的手机用的不是移动卡，进村后便"与世隔绝"了；再有就是，哪家烧菜时发现盐没了，只能先向邻居借，因为村里至今没有商店。

那地方，在浙西南山区的腹地，被大山如卷心菜一般层层包裹着；40年

前通往外界的是翻山越岭的羊肠小道，30 年前夜晚照明用的是毛竹劈成片的"火篾灯"。这便是我童年和少年的整个物理世界，核心区域不过方圆六七里。一切都是那么的贫瘠，唯有大自然的山山水水与我是那么亲近。

离开家乡多年以后，即便置身于车水马龙的城市里，回想起那些年遥远的乡野时光，我仿佛仍然能感受到春天漫山遍野的小草与杂木嫩绿的味道，夏日阵雨过后大地上弥散开来的泥土气息，秋冬时节稻谷的金黄与草木的枯黄。是的，我曾经年复一年那么真切地感受过大地的呼吸与心跳。

童年的记忆似乎可以跟随人的一生，这或许便是我成年后依然爱看山水的缘故吧。至于面对人文景观总觉得索然寡味，成年后我曾不止一次地懊恼过：

我年少时处于那么一个封闭的时空里，没有今日种种的烦琐纷扰，本是阅读最好的时光；加之彼时大脑也正处于如海绵吸水一般渴求知识的阶段，却偏没有如今唾手可得的书籍可看。

记忆中，那些年唯一能接触到的可读物仅有三种：贴在板壁上的旧报纸，几本不知何处转来的残缺小人书，语文课本。年少时没有书籍，养成良好的阅读习惯便无从谈起；成年进城后，即便实现了阅读自由，却再难静心看书了。

一个阅读贫瘠的人，站在任何人文景观面前，或许都会无动于衷吧。

尽管可读物奇缺，但旧报纸与小人书这些零碎的阅读，并没给我留下多少记忆。唯有语文课本里的那些文章，在不停地塑造着我贫瘠的精神世界。无论是小学低年级时"电灯、电话、电视机，有了电，多方便"这样的打油诗，还是上中学后独立成篇的课文，都能让我着迷，产生无尽的遐想。

鲁迅与绍兴，一个人名、一个地名，就是在那时闯入我的精神世界的。中小学课文有那么多的作者，也涉及不少地方，我独对鲁迅与绍兴念念不忘，除了鲁迅作品独特的魅力外，还有地缘亲近性的缘故吧。虽然年少时的我，足迹甚至未踏出过一个乡镇的范围，但我的老师是确凿地说过这样的话：

鲁迅是浙江人，绍兴离我们不远。

三

我是先认识闰土、阿Q还是孔乙己？是先知道鲁镇还是百草园或三味书屋？如今，我已经无法清晰地梳理出脉络了。

但可以肯定的是，我曾非常渴求过闰土这样的一个少年玩伴，也曾打心底里同情阿Q、孔乙己，想起他们就有一种悲情感；我甚至无数次幻想过可以穿越时空，进入鲁迅的世界，到百草园和三味书屋去，到鲁镇去……这些是少年的我一个无比奢侈的梦。

大学三年级的那年秋天，学校组织我们班外出游学一周。那是我第一次到绍兴，第一次与鲁迅在物理距离上是如此的靠近。

只是彼时，我与一群神采飞扬的同学们一道，蹦蹦跳跳地跟着导游走过了鲁迅故居，走过了百草园和三味书屋。我们都觉得眼前的一切，与少年时读鲁迅的文章后留下的印象差距太大了。

尤其是当我们走进百草园时，都以为不过是一个破败杂芜的小园子，怎就值得鲁迅如此眷恋？我更打心底里觉得，鲁迅的百草园无趣得很，远不如我乡下四野无边的大自然。

彼时，我们都正值年轻气盛，意气风发，感觉不到岁月的沧桑。

人的精神世界，是一种捉摸不透的存在。彼一时此一时，我们的心境不停在随尘事变幻、伴岁月更替。在我们年轻的时候，习惯于外观，习惯向前看，探索我们身边的物理世界；等到了中年之后，便逐渐开始频繁回首，向内观，整理我们内心的精神世界。

《从百草园到三味书屋》写于1926年，彼时鲁迅已四十五岁，恰与我如今的年纪相仿。确切地说，我是在这一次到绍兴，才真正读懂百草园的；也

终于明白了 20 多年前，我与我那些正青春的同学们，在参观鲁迅故居、百草园和三味书屋时，为何如一群叽叽喳喳的麻雀，一掠而过。

《少年闰土》里有这样一段内容：

阿！闰土的心里有无穷无尽的希奇的事，都是我往常的朋友所不知道的。他们不知道一些事，闰土在海边时，他们都和我一样，只看见院子里高墙上的四角的天空。

虽然这是小说里的描写，但我们仍可从中窥知，生在大户人家里的少年鲁迅，大多时间只囿于大宅院内的一方小天空里，过着枯燥乏味的少爷生活。

在有限的空间里，对少年鲁迅来说，百草园就是他的整个自然世界，是一个无与伦比的乐园。童年的记忆是镌刻在一个人的骨髓里的，加之故土难离，鲁迅在经历世事沧桑后，笔下的百草园，自然是美轮美奂的……

此刻，当我再次走进鲁迅故居，闭上眼睛，甚至能听到 140 多年前的那个清晨，一个男婴撕破长空的啼哭；在三味书屋，我仿佛还看到戴着大眼镜、须发花白的寿镜吾在大声朗读："铁如意，指挥倜傥，一座皆惊呢……"

而眼前的百草园，与 20 多年前我第一次所见并无多大变化。但我却在这个仲春的午后里，在喧闹的游人中，分明听到了"鸣蝉在树叶里长吟"，看到了"肥胖的黄蜂伏在菜花上，轻捷的叫天子忽然从草间直窜向云霄里去了"。

这是我第一次如此用心地走读一个人文景观。或许，鲁迅与绍兴，都要到了中年后才能读懂吧。

四

再次到绍兴，最让我不能自已的是鲁镇。

鲁镇原是鲁迅笔下的一个虚构地，在绍兴历史上并无此小镇。我第一次到绍兴时，它还安静地躺在先生的文字里。不承想，几年后鲁镇便从虚幻来到现实。

不同的是，现实中的鲁镇位于柯岩景区东南角，并不是寻常百姓生活着的烟火升腾的小镇。这是一个反映鲁迅作品《祝福》《故乡》《阿Q正传》和《狂人日记》中典型人物的生活环境以及当时绍兴水乡的民俗风情、建筑风貌、自然风光的主题型景点。

这只不过是一个人造的景点，但我仍有些迫不及待了。

在去鲁镇的大巴上，我感觉自己就像一个离家多年的游子，胸腔里有一种莫名的激动。抵达鲁镇入口广场，我还没来得及寻见入口，就被眼前的一座石碑给吸引了。因为远远地，我便见着了那上面镌刻的字：

阿！这不是我二十年来时时记得的故乡？

我所记得的故乡全不如此。我的故乡好得多了。但要我记起他的美丽，说出他的佳处来，却又没有影像，没有言辞了。仿佛也就如此。于是我自己解释说：故乡本也如此。

被这些文字吸引过来的不止我一个，一位来自北京的同行，也站在面前，与我一样轻声地读念着。那一刻，我仿佛一个激动的孩子一般，久久不能自已。

转身走向鲁镇入口，迎面是一座高大的石牌坊，上书"鲁镇"两字，是鲁迅先生的手迹。当我穿过石牌坊，走进鲁镇的一刹那，我有些恍惚：少年时曾无数次幻想着进入过的鲁迅笔下的世界，居然在多年后如此活生生地呈现在了眼前……

还未来得及看一眼鲁镇的格局，前方突然锣鼓喧闹，我被夹杂在人流中往前涌去。

"八字须、长辫子，头戴黑毡帽，身穿浅黄色对襟麻布衣，腰间斜别着长烟斗……"哦，我又见到了抵达绍兴当晚在孔乙己酒家门前的那个"阿Q"。原来这才是他的"主场"，此刻，他正在为游客们演绎情景剧《阿Q受审》：

"我要造反！"阿Q刚对着游人叫喊，马上便有两个穿着"丁"字兵服的衙役从旁冲出，扭住阿Q，将他反剪着手推进了边上的镇公所。

三通鼓响过，县太爷堂上坐定，"啪"的一声惊堂木后，拿着腔调喊一句"升堂"，衙役们和声"威武"，阿Q腿一软便跪在了地上……

在鲁镇的街上，穿着戏服扮演鲁迅笔下角色的演员们，是一道独特的风景，阿Q油腔滑调地装各种怪相，祥林嫂挎着讨饭篮挂着竹竿在街上四处游荡……有那么一瞬间，我仿佛真的穿越到了鲁迅笔下的世界里。

"其实地上本没有路，走的人多了，也便成了路"，世上本没有鲁镇，喜爱鲁迅的人多了，便有了鲁镇！

人应该都有两个故乡吧，一个是现实地理的故乡，用来安放我们的身体；另一个则是精神上的故乡，用来抚慰我们的心灵。

在我贫瘠的少年时光里，是鲁迅笔下的人物与世界，构筑了我的精神故乡，濡养我的灵魂。

（原载《丽水日报》2024年7月5日）

山阴道上：骨做的江南

阎晋

光明论

此心光明，亦复何言。
——王阳明

一根青竹破岩而上
自有它朴素的辩证法作节
虚实之间，知行之畔
在褴褛与繁华的裂隙
一泓碧水，反复向内心流淌
状元之子，亦可跌落泥尘
山中贼壮、心中贼旺
何处，是人的故乡？
混沌、嚣张，愚昧、欲望，战争、洪荒
这些原始而坚硬的物件
该怎样一次次摆上人类的道场？

"只把山游做课程"
俯察草木鱼虫，仰望日月星光
一生与山川对坐，与万物考量

"吾去矣"。
只留人间真剂一味
他叫善良

会稽之巅

禹会诸侯江南，计功而崩，因葬焉，命日会稽。会稽者，会计也。
——司马迁《史记·夏本纪》

人类的清晨
禹，这个叫作虫的人
一生紧贴大地行走
是龙，最初飞翔的模样

江河万里，洪泽千顷
小家三舍，新国九鼎

该会谁于高山之巅呢
一路从蜀山的小径走来

凿疏引灌，伏洪安澜
他的身后
水与火沸腾。蒸煮熬煎了
多少粮食和白骨
黎民和英雄

庭院已扫除干净
"今与诸君别耳"
且葬我于茅山之巅吧
为民而牺，向海而生

兰亭的鸟鸣

后之视今，亦犹今之视昔。
——王羲之

午后的鸟鸣，是兰亭的琴声
春风不改，石碑上的晋字
一次次刻到白鹅的额头

人间，从来只有线条最美
方正的中国之字
涂抹的是墨痕，写出的是空白
这是中华文明
独有的哲学意味

用天下最柔弱的毫毛
写最有骨气的汉字
铁钩银画，横竖撇捺
可以刻入坚硬的石头
可以渗透柔软的薄纸，也可以

写进华丽的丝绸

鲁镇遇故人

其实地上本没有路，走的人多了，也便成了路。
——鲁迅

世上本没有鲁镇
读的人多了，便成了鲁镇
鲁镇是我的故乡呢

社戏、黑毡帽、乌篷船
金黄的圆月下项戴银圈的少年
阿Q、找阿毛的祥林嫂
还有那个会写茴字的破长衫

人到中年，沿着一条民族的河流溯游
我重新回到文学的乡村
与故人一一相见
他们，亲爱的如同我梦里的近邻

还有什么不可以宽恕的呢
地理意义的乡村
正在现代化的轰鸣中，土崩瓦解
文学的故乡，正反复聚积、塑造和悲悯

世上本没有鲁镇

因为鲁迅，便有了鲁镇

世上本没有鲁迅

他本名叫树人

如今，我们呼他为

一个"民族的灵魂"

剡溪有戏

湖月照我影，送我至剡溪。

——李白

作为诗歌的囚徒

行走在山阴道上，我更愿意

将安坐四山的小城嵊州

执拗不改地呼她尊名："剡溪"

就像我一一遇见的

谢康乐、王右军、杜少陵、陆放翁……

战争、灾祸、瘠薄

苦难和折磨

往往把历史的倒影和咏叹

留给了曲与戏，诗与歌

须知衣冠南渡，风骨亦南渡
剡溪诗满舟，百年起越剧
这是嵊州，婉转的明亮与福乐

依旧沉醉于江南新绿所迸发的真诚
这时，我们更应该坐在台下
或者去往舞台中央
聊一聊人生背面的底气和勇气
一杯草木之味即可入腹解虑

在石头击响石头的转弯
我们一再关心一条流水的曲线
我们反复考证一座戏楼的彩衣与庄严
三月三，古老的火种
点燃现代文明。而我们
正穿过春天，赶往回家的路上

不要回头！那棵千年的香樟树
正默默举起绿色的火把
像我们失散多年的
文学的父亲

如坐春风

面壁
——米芾题摩崖句

该独背于谁，再次趺坐下来
收拢草木、花香、寒凉和波浪
还有这时时浸入内心的春光

万绿皆是序章
一生的爱与美好，正在路上
巨大的礁石层层涌上来
海水，是他昨夜剪掉的翅膀

从柔软到坚硬，从歌声
到不断战栗的梦想
面壁，是多么寂静的叹息
又是多么深刻的赞美
哦，这只待开放的，失声的
欢颜与蓓蕾

不再去想象那些不可抗拒的力量
坐在春风里，笋尖在剥离土地
柳条在剥离碧水
黑天鹅在剥离白云

我面壁独对，正在剥离自己

石屑一层层落下来
像花朵的拓片，回到了母语

徐渭之味

笔底明珠无处卖，闲抛闲掷野藤中。
——徐渭自题句

没有谁的肉体
比他在这个世界还要悲摧
也没有谁的灵魂
比他在这个世界还要崔嵬
此刻，在江南的春色里
因为他，暮云好像都沉了几分

我从来不喜欢用"才子"去前缀一个人
"慧极必伤"
正如暗喻他命运多舛的齿轮

他一身风骨
诗文双绝、书画无比，却怀才不遇
他用《梁祝》《西厢》的狂泪
在戏文里寻找人间滋味

他击倭寇，平乱匪
却被朝廷忽视和打压
被同僚忌妒和陷害
被亲友背叛和抛弃

鉴湖水清，一想起他
所有的读书人
仿佛都能突然从镜中看见自己

他是一池中国墨
最酣畅淋漓时
洒向俗尘的一滴热泪

绍兴：北纬 30 度的春中国

山阴道上行，如在镜中游。
——刘义庆《世说新语》

搅动坡塘一山春意的，是一声
慷慨激越的绍腔
平民的夜晚，因之朴素而有了重量
"一从大地起风雷"
亮出了北纬 30 度春中国乡村的胸膛

醉倒绍兴一城灯火的，是一坛

酝酿春秋的黄酒
恰如不烈不淡，醇厚敦朴的"中庸"品格
桨声欸乃，乌篷悠悠
摇出了北纬 30 度春中国江南的风度

有茶搓香、有桥沟通、有花织锦
山阴道中，何处不春风

有山筑鼎、有湖磨镜、有碑为证
唐诗路上，文枯日夜思绍兴

山与水集结、拥抱、揖别
从古老走向现代
像从一群人中找到自然的回声
像从自然中找到一群人的前程

时间正在跑一场开放的马拉松
桂花在不远处
准备了满枝浓烈的盛宴
魂聚的绍兴，骨做的江南
中国的春天
正从北纬 30 度，扬起时代的笑脸

（原载《西安晚报》2024 年 4 月 18 日）

别样的修禊事

——绍兴笔记

郑千山

终于来到了绍兴，那个慕名已久的会稽故郡。

会稽郡因会稽山而得名，司马迁记载："或言禹会诸侯江南，计功而崩，因葬焉，命曰会稽。会稽者，会计也。"更早的《越绝书·外传记地传》则写道："禹始也，忧民救水，到大越，上茅山，大会计，爵有德，封有功，更名茅山曰会稽。"作为沿革，2000 多年来，会稽郡分分合合，疆域在不同历史时期其面貌是不同的，而今约定俗成，它已经是绍兴的别称。

翻开青史，会稽的风云激荡，在中华五千年的文明史中，曾浮现过一张张鲜活的面孔、一帧帧鲜活的画面……那遥远的吴越春秋、卧薪尝胆，"会稽乃报仇雪耻之乡"（鲁迅语）的故事；来到绍兴，来到会稽，到处飘扬着晋风唐韵："永和九年，岁在癸丑，暮春之初……""湖月照我影，送我至剡溪"；宋代的沈园旧事，陆游与唐琬的爱情入声吟诵"错错错""莫莫莫"；明代的绝世天才徐文长在青藤书屋中呼号"笔底明珠无处卖，闲抛闲掷野藤中"；瞻仰王阳明故居，自幼立志"做圣贤"的心学泰斗，从"格竹子"最终开悟"我心澹然"和"我心光明"，做到了"立德、立功、立言"的"三不朽"；"从百草园到三味书屋"以及蔡元培故居的漫步，令人想起近现代中国新文化运动中的鲁迅与蔡元培，想起"没有伟大的人物出现的民族，是世界上最可怜的生物之群；有了伟大的人物，而不知拥护，爱戴，崇仰的国家，是没有希望的奴隶之邦"的那样的话；还有黄酒、越剧、乌篷船……5000 年来谁著史？诸多会稽元素令人目不暇接，耳不暇听。

但无论如何，会稽传奇的开篇当属于上古时期那位叫大禹的英雄，治洪

水，定九州，建立夏朝，死后归葬于会稽山，这大约就是会稽得名并敷衍成史的真正开端。我来自离此地颇远的三迤大地云南，对会稽山充满神往，其实是因为那块在中华碑刻史上占据重要地位的禹碑。禹碑的母碑据记载位于湖南衡阳岣嵝山，故亦称岣嵝碑。据说它是大禹时代的遗物，是神州现存最早的碑刻，记录的正是大禹治水的事迹，碑上文字形如蝌蚪，既非甲骨文，亦非古篆，宋代被巴蜀文人何贤良发现并翻刻于岳麓书院后山岩壁（现已不存），明代嘉靖年间被在湖南做官的云南安宁人张素拓回故乡，经充军云南的好友杨升庵释读并复翻刻于安宁法华寺后山岩壁（现全文转刻于温泉环云洞石壁）得以保留至今并传播天下，是今存禹碑的母碑。我从千里之外的云南来到会稽山拜祭禹陵、瞻读禹碑，追慕会稽风骨，寄情追远，实在是一种文化的遥相呼应。

其实这种文化的呼应，更准确的说法应该是文化血脉的联系，它更广泛，更深远，它是一种文化共同体，由中华民族的各族群来共同打造，共同皈依。我们这次来绍兴，正是孔子所谓"莫春者，春服既成，冠者五六人，童子六七人，浴乎沂，风乎舞雩，咏而归"的时节，春光明媚，"天朗气清，惠风和畅"。欣然来到"会稽山阴之兰亭"，进行一种文化的"朝圣"。遥想 1671 年前，王羲之、谢安、孙绰等 42 位门阀士子、政治名流、一时俊彦雅集于此，"修禊事也。群贤毕至，少长咸集。此地有崇山峻岭，茂林修竹，又有清流激湍，映带左右，引以为流觞曲水，列坐其次。虽无丝竹管弦之盛，一觞一咏，亦足以畅叙幽情"。修禊，乃古代人们于阴历三月上旬的巳日聚于水滨洗濯、祭祀、饮酒，以祓除不祥、祈求多福的一种习俗。集于兰亭的这次修禊，因贵宾云集，"群贤毕至"，算得上一次真风雅事！于是群贤们亦觞亦咏，吟风弄月，得诗 37 首，集为《兰亭集》。主其事者王羲之，集后赋诗云："仰望碧天际，俯瞰渌水滨。寥朗无涯观，寓目理自陈。大矣造化工，万殊莫不均。群籁虽参差，适我无非新。"酒后微醒又挥毫写下一纸序，成就了"天下第一行书"《兰亭集序》以及一代书圣风流。

其实，从我们居于大山怀抱中的三迤人的眼中看来，这次兰亭雅集的地点兰亭，其实也就是会稽风物中一个普普通通的小亭子，此地绝对称不上"崇山峻岭"或有"茂林修竹"，只是文化的放大镜将其放大和升华了。当年"知天命"的王羲之从诗到书到文，一纸《兰亭集序》，方寸天地，却宛然点染了魏晋风度，名士风流，其人"飘如游云，矫若惊龙"，风骨清举，"高爽有风气，不类常流"（《世说新语》），这是实实在在的。故《兰亭集序》中他独抒异旨说："夫人之相与，俯仰一世。或取诸怀抱，悟言一室之内；或因寄所托，放浪形骸之外。虽趣舍万殊，静躁不同，当其欣于所遇，暂得于己，快然自足，不知老之将至；及其所之既倦，情随事迁，感慨系之矣。向之所欣，俯仰之间，已为陈迹，犹不能不以之兴怀，况修短随化，终期于尽！古人云：'死生亦大矣。'岂不痛哉！"

这是王羲之的思考。本质上只是平常的"修禊事"中，一班门阀士子当然也吟咏着风雅之句，但半醒半醉之间的"书圣"与他们不同，他早已"超然物外，得其圜中"。是真名士自风流，出身琅琊王氏富族的王羲之已直觉地感悟到一个门阀时代的消融瓦解之声，"旧时王谢堂前燕"，已须"飞入寻常百姓家"了。晋朝是中国历史上政治最荒谬的时代之一，分裂，战争，充满忧患和悲苦，政权交替频繁、政治迫害残酷……士子们的饮酒服药、扪虱清谈、挥麈自牧和纵情山水是不得已而选择的生命方式，表面上是不为物累、任性自恣、风流潇洒的人生态度，内心深处却是深深的无奈和无声的抗议。身处这样的时代，言行上升华为"魏晋风度"与"世说新语"也许就是一种必然。

一场惊艳千年的"兰亭雅集"修禊事仅仅过去两年，王羲之便"遂称病去郡，于父母墓前自誓"去官归隐到剡溪之畔的金庭，在这里过起了"建书楼，植桑果，教子弟，赋诗文，作书画，以放鹅弋钓为娱"的生活，他采药于"云深不知处"，泛舟于剡溪之中，更重要的是启蒙童，建画堂，开一代书风，传家风

家教……完成了另一种"修禊事"。归隐金庭时，王羲之椿萱见背，膝下有七子一女，但他重视并树立起来的良好家风传承，让今天的金庭王氏家族已然传承了 59 代，子孙逾万，金庭因画堂书房骈列，已为"华堂村"，村中三分之二的村民系书圣子孙，民风淳朴，"衣冠简朴古风存"，王氏祠堂中的"上治下治，敬宗睦族。执事有恪，厥功为懋。敦厚退让，积善余庆"就是子孙们恪守自律的王氏家训。

晚年王羲之对人生之路的选择是智慧的，政坛上右军之上或许是迷途，而弃右军入琅嬛反而成就了书圣之尊和氏族的昌衍，这是兰亭雅集后最令人赞叹的，一种别样的"修禊事"！在剡溪畔的书圣墓前，当代书法家唐云先生撰有一联云："一管擎天笔，千秋誓墓文。"我以为是比较准确地道出了这一点。

从兰亭到华堂一路看来，当我站在书圣墓前时，不禁在想：那长达一个世纪的门阀制度，是导致"五胡乱华"的重要原因之一，当门阀制度雪崩，天下大乱，不幸生活在那个乱世的颜之推大半生深受其害，他经历了梁、北齐、北周、隋四朝，目睹了侯景之乱、西魏攻陷江陵、隋灭陈等重大历史事件，三次沦为亡国之奴，多次虎口余生……晚年终于安定于隋的他痛定思痛，其抉择一事与晚年王羲之的选择可谓殊途同归：启蒙童，建画堂，开一代书风，传家风家教……是否也完成了颜氏家族一次别样的"修禊事"呢？晚年颜之推毅然写下并推出了中国古代第一部家族家训著作《颜氏家训》，开家训著作之风气，从此，家风家教成为家族昌盛的"法宝"之一。唐代，颜氏家风熏沐出的著名子孙之一颜真卿，耿直刚毅，也几乎像注定了一样，成为中国书法史上可以与书圣王羲之齐名的另外一位"书圣"，他用生命和血泪写下《祭侄帖》，被后世誉为"天下第二行书"，这是历史的巧合还是必然呢？

（原载《云南日报》2024 年 7 月 13 日）

走出兰亭

常唐（栗振宇）

生命中有些地方，是知道自己早晚要去一趟的。对我而言，绍兴就是如此。

小时候临《兰亭集序》，对会稽山阴就有了很多想象。后来因为读鲁迅的作品，又了解了黄酒、茴香豆、梅干菜、乌篷船……老实说，在我抵达绍兴前，此地在我心里已然是鲜活的，甚至是有声音、有颜色、有味道的，如同熟悉的故乡。

眼前的兰亭经过几番迁建、扩建而成，但那青山、竹林、鹅池碑、兰亭碑、曲水流觞……整体环境基本符合我的想象。这让我的神思也不时飘向1600多年前的那次雅集。

兰亭雅集之所以令人心驰神往，首先是因为被称为"天下第一行书"的《兰亭集序》。这幅冠绝古今的作品，把变幻莫测的王氏笔法展现得淋漓尽致，成为后人难以企及的巅峰，并由此衍生出一条绵延至今的书法艺术传承脉络。智永、张旭、颜真卿、怀素、苏东坡、赵孟頫、董其昌、文征明……一位位耀眼的书坛巨匠沿着王氏脉络翩翩走来，无数文人仕子醉心兰亭，乃至耗其一生而不悔。

然而，《兰亭集序》一如它那神秘莫测的传世版本，让无数人只能不断模仿它，终究无法超越它。为什么？"走进兰亭"难，"走出兰亭"则是难上加难。翻开书法史，"走出兰亭"者，千百年来可谓凤毛麟角。

在书法艺术上"走出兰亭"，固然不易，而在我看来，更为不易的是从生命情感上"走出兰亭"。

《兰亭集序》是我儿时拥有的第一本字帖。曾经在很长一段时间里，我的

注意力都停留在其中的笔法、结字、章法上。直到有一回，当我又一次通临《兰亭集序》，才陡然被它抒发的情感所击中。"古人云：死生亦大矣。岂不痛哉！"临到此处，一种悲凉不由得沉入笔端。书圣当年应不会想到《兰亭集序》后来的书坛地位，但他一定希望后人理解他的这种悲叹，所谓"后之视今，亦犹今之视昔""后之览者，亦将有感于斯文"。我顿感惭愧，书圣最希望传递的内容，竟然被我长期遮掩在笔墨之外。细思之，离开了关于生死的思考，兰亭何以兰亭？一句"死生亦大矣"，正是一个自古以来就直击人心的哲学命题。

怎样面对生死？如何超越生死？这样的问题，在王羲之之前就有了很多经典表述。"捐躯赴国难，视死忽如归""人固有一死，或重于泰山，或轻如鸿毛"……对此，王羲之自然是了然于胸的。但在一片生机盎然的暮春之初，在曲水流觞、游目骋怀的兰亭，他依然摆脱不了内心的茫然，终究发出"固知一死生为虚诞，齐彭殇为妄作"的悲叹，并且再没有往下说。

"未知生，焉知死""子在川上曰，逝者如斯夫""人生忽如寄，寿无金石固""譬如朝露，去日苦多"……对人生苦短的悲叹，对世事无常的感慨，是中国古典文学作品中极为常见的情绪，也往往能引起读者的共鸣。毕竟，生死问题总是一个横亘在每个人面前的悲剧性难题。"兰亭之悲"，其实是一个颇具代表性的文学现象。

离兰亭不远处，长眠着另一位让绍兴引以为傲的文化巨人——王阳明。这位被誉为中国古典哲学巅峰代表人物的智者，亦曾深受生死问题的困扰。在龙场悟道前，他感慨："自计得失荣辱皆能超脱，惟生死一念尚觉未化。"而且他认为："人于生死念头，本从生身命根上带来，故不易去。若于此处见得破，透得过，此心全体方是流行无碍，方是尽性至命之学。"

是的，生死问题是人生哲学问题，也是衡量人生境界的重要标尺。值得注意的是，在浩如烟海的中国传统典籍里，类似"兰亭之悲"对人生苦短的悲叹，同直面生死、超越生死的达观，几乎是同时并存的。我以为，这是非常自然的事情。它让人们看到，我们民族文化传统中很早就种下了生命自觉的基因，又始终高扬着超越于自然生命的精神追求。难道不是吗？回想古往今来那些慷慨赴死的英雄人物，他们何尝不知人生苦短、生命可贵，但他们最终都超越了生死之悲。此时，他们是无所畏惧的，是大义凛然的，是"视死忽如归"的。

那么，究竟是什么让他们超越了生死之悲？

一生践行"知行合一"的王阳明，曾在晚年为在平叛中牺牲的士兵写下《祭永顺保靖土兵文》："人孰无死……今尔等之死，乃因驱驰国事，捍患御侮而死，盖得其死所矣……真无愧于马革裹尸之言矣，呜呼壮士，尔死何憾乎！"

死得其所，则死而无憾，可谓一语中的。真正的英雄，心中自有比自然生命更为珍贵的道德、情感和价值选择。而这些，正是一个国家民族之所以能创造璀璨文明的动力，也是让个体超越小我的人间大爱。由此，他们才能在生死抉择前，就像鲁迅先生说的那样"真的猛士，敢于直面惨淡的人生，敢于正视淋漓的鲜血……"

当年，王阳明临终前，学生问他，有什么遗言吗？他微笑回答："此心光明，亦复何言。"随后，瞑目而逝。亦复何言，是啊，当一个人心中装着人间大爱，自然坦坦荡荡立于天地，自然有力量微笑地面对生死。

绍兴在中国文化版图上的地位是独特的。王羲之离开后，陆游、王阳明、秋瑾、鲁迅……一大批与绍兴有关的历史名人，虽处不同时代，但总让人感觉他们在精神上又有着某种密切关联。我以为，其中很大程度上还是因为那种超越自然生命的人间大爱。他们或许都曾有过"兰亭之悲"，但因为有了这种人间大爱，最终在生命境界上走出了"兰亭之悲"。他们对生命价值的追求，影响了绍兴这方水土，也深深影响着一代代中国人，成为中华文化品格的缩影。

　　崇山峻岭，茂林修竹；先生之风，山高水长。那天清晨，与我同行的一位诗人从镜湖边散步回来，冷不丁来了一句："走在湖边，心里突然涌起一种爱的情绪。"我望着窗外隐约可见的会稽山，对他报以会心一笑。

（原载《解放军报》2024 年 7 月 14 日）

古迹文脉

绍兴光阴故事

胡俊杰

绍兴的光阴里，是说不尽的故事、道不完的典故、品咂不绝的情致与韵味。

魏晋雪夜

380 年前后，东晋，山阴。夜，忽降大雪。王徽之一觉醒来，感到室内异常明亮。打开窗户，见大雪纷飞，陡然来了兴致，命仆人上酒，独自一人，对着雪夜小酌。作为书圣王羲之的第五子，王徽之继承了父亲的浪漫因子，雪夜，万千种情愫涌上心头。他一面起身徘徊，一面吟咏着左思的《招隐》，忽然间想起了好友戴逵，想见他。当时戴逵远在曹娥江上游的剡县，王徽之不顾路途遥远，即刻起身，连夜乘小船前往。一夜旅途，终于到了戴逵家门前，却突然变了主意，转身返回。旁人询问原因，王徽之说："我本来是乘着兴致前往，兴致已尽，自然返回，为何一定要见戴逵呢？"这便是雪夜访戴的典故。

时空的画面切回来。此刻，我身在绍兴嵊州，居住在酒店的 29 楼，从落地窗向下望去，一条碧绿的河流揽着岸边的绿树楼宇向前蜿蜒，直至视线尽头。我打开手机上的地图定位，发现这条绿色的河流，俨然标注着"剡溪"二字。难以想象，1600 多年前的雪夜，王徽之很可能就是沿着这条溪水，坐着小船，兴致勃勃，一点点靠近好友戴逵。与常人不同的是，他的真正目的，并不是访友，而是追随着内心的兴致。

魏晋名士的极度浪漫，我在幼年的时候还无法读懂。随着阅历增长，40岁之后开始为人生做减法，减掉烦琐，减掉无味的应酬，留下最核心的——自己的兴致，这才开始理解了王徽之，进而仰慕他的性情。

魏晋名士的故事，遍布绍兴。两天前，在中国报纸副刊研究会的组织下，我们"循迹溯源·运河文化绍兴行"的百名文化记者参访兰亭。文化史上最灿烂的永和九年，王羲之、谢安等人在兰亭这个地方，举行修禊活动。那个惠风和畅的日子，大家放下心头的忧虑，顾盼着溪水里漂来的杯盏，酝酿心中的诗文。如若迟疑，便要受罚。既是交流，又带有游戏的性质。那一天，微醺之后的王羲之心情极好，透明和暖的阳光照在他身上，如此真实，又如梦如幻。这令他产生了生命流逝的淡淡忧伤。他为此次雅集撰序，笔随心走——"向之所欣，俯仰之间，已为陈迹，犹不能不以之兴怀，况修短随化，终期于尽"。这永不停息的时光啊，俯仰之间便带走了一切。尽管这种感慨已不新鲜，但他仍忍不住由此抒怀。并且，他预言："后之览者，亦将有感于斯文。"果然，1600多年过去，我们的心跳，跟永和九年那个春日的心跳，依然在同一脉搏。我们的欢喜，我们的忧虑，都被王羲之在春日的阳光里看透。悠悠荡荡的杯盏，顺水流淌，是对"逝者如斯夫"的婉转注脚。

我们参访兰亭的那天，正是农历三月的最后一天。工作人员装扮成魏晋时代女子的模样，将木制的杯盏放入兰亭的水流。那杯酒，真的顺着流水，悠悠荡荡，漂动起来。那是我第一次近距离体验曲水流觞。哗啦哗啦，潺潺的溪水流动的声音，同时也是生命流逝的声音啊。《兰亭集序》的况味，绵延至今。

随后，我们参访了王羲之隐居地——嵊州华堂村。王羲之第五十四代孙、现年90岁高龄的王伯江老人，就居住在王氏宗祠的隔壁。进门，厅堂十分简陋，一张画案占据正中央的位置，满壁展示孩子们的书法作品。挥毫书写，是老人家的日常，此外，王老先生还免费教授村里的小朋友书法。书圣故里，墨韵飘香已千年。

唐诗之路

话题再次切换到剡溪。744年，唐玄宗天宝三载，大诗人李白在长安受到权贵的排挤，被放出京。第二年，李白由东鲁（今山东）南游吴越，途中，他梦见了天姥山。夸张，既是李白的性情也是创作手段。诗中，与天台山相对的天姥山，峰峦峭峙，仰望如在天表。李白梦游天姥山，气概直冲云天。

1000多年过去，《梦游天姥吟留别》这首诗至今仍被嵊州人时常吟咏，读到那句"湖月照我影，送我至剡溪"的时候，尤其自豪。

"谢公宿处今尚在，渌水荡漾清猿啼。脚著谢公屐，身登青云梯。半壁见海日，空中闻天鸡……"能把梦游诗写得如此波澜壮阔的，恐怕只有李白了。

谢灵运的一双登山鞋，开启了浙东唐诗之路。东汉时期，中原大地纷争不断，百姓饱受流离之苦，四处寻找一个安宁的避难之地。当时位于会稽山腹地的古剡地区，还是一片荒莽。民间流传着"两火一刀可以逃"的说法，"两火一刀"即"剡"字。后来谢灵运带领数百门客到天姥山"伐木开径，直至临海"，开辟了由剡入台（浙江台州）的通道，将人们的注意力引到了古剡地区。至唐代，政局稳定，经济发展，文化繁荣，文人墨客出于对前贤的追慕和剡中山水的向往，纷纷来到剡中。杜甫云："剡溪蕴秀异，欲罢不能忘。归帆拂天姥，中岁贡旧乡。"孟郊曰："镜浪洗手绿，剡花入心春。"贾岛写："何当折松叶，拂石剡溪阴。"温庭筠也有："茶炉天姥客，棋席剡溪僧。"大唐300年间，诗人们以剡溪为中心点，纵览剡中山水风光，留下了无数名篇。

浙东唐诗之路，指的就是古代剡中一条唐代诗人往来频繁、对唐诗发展有着重大影响的古代旅游风景线。它始自钱塘江边的西兴渡口，经萧山到鉴湖，沿浙东运河至曹娥江，然后沿江而行入嵊州剡溪，经天姥山，最后抵天台石梁飞瀑，全长近200公里。

我眼前的这段剡溪，嵊州大桥横跨其上，车辆来来往往，周边花坛中，以清新的碧绿为底色，杜鹃与山茶争艳，壮观之中蕴藏着江南的灵秀。我试着从车水马龙之中感受唐诗气象，最后，我的探寻终于在高铁站找到了权威诠释。

嵊州新昌站，检票口通往站台的大厅，"浙东唐诗之路"壮丽全景的紫铜浮雕壁画吸引了我。这幅壁画长 108 米、高 3 米，由中国工艺美术大师、铜雕技艺国家级非遗代表性传承人朱炳仁团队设计制作，在中国高铁站中算是宏伟巨制。唐诗文化与高铁文化结合，艺术与技术交织，古典与现代交融，令人震撼。

宋词婉约

绍兴市越城区鲁迅中路 318 号，坐落着沈园。进入沈园之前，导游给我们介绍了门前的一小方造景。普通一方水池，中央横卧一椭圆巨石，苔藓覆盖其上，意味沧桑。令人意外的是，巨石从中间裂开，上面书写的行草书"断云"二字，被裂口分作两边。云，断了，意味着，缘，断了。

沈园是诗人陆游的伤心地。南宋绍兴二十五年（1155 年），30 岁的陆游春游沈园，未承想，与前妻唐婉再次相见。这时，他与唐婉已分手 6 年。他们曾青梅竹马，暗生情愫，婚后相当恩爱，经常吟诗作对，是琴瑟和鸣的神仙眷侣。但唐婉的婆婆希望陆游娶妻后能收敛玩心，静心读书。她觉得陆游过于沉湎于婚后和唐婉郎情妾意而忘了在功名上努力，一腔怒气，逼迫陆游休妻，陆游坚决不肯。最后，陆母以死相逼。在母亲的压力下，陆游含泪休妻。

此番在沈园偶遇，唐婉已有新夫君。两人相见，百感交集。上一次两人一同游览沈园的时候，还是新婚燕尔你侬我侬。眼下，物是人非。陆游感慨万千，挥笔在沈园墙上题下《钗头凤·红酥手》："红酥手，黄縢酒，满城春色宫墙柳。东风恶，欢情薄，一怀愁绪，几年离索。错，错，错！春如旧，人空瘦，泪痕红浥鲛绡透。桃花落，闲池阁，山盟虽在，锦书难托。莫，莫，莫！"唐婉看到这首词后，忧伤郁积于心。几年后，她又来到沈园，也写下了

一首《钗头凤·世情薄》，不久便抑郁而亡。

如今，在沈园的孤鹤亭对面，这两首《钗头凤》雕刻在一起，分左右两边，像是两颗心的呼应。导游为我们讲述这个凄美爱情故事的时候，语气中尽是忧伤。众人沉默。远处柳絮纷飞，在太阳光下发出轻柔的光，像无数古代女子的命运，美好却轻飘。仿佛在说，人世间，最令人难以平复的，便是一个"情"字。

笔底明珠

明正德十六年（1521年），徐渭出生于绍兴府山阴县观桥大乘庵东，也就是如今的青藤书屋所在地。

徐渭是谁？他是明代中期文学家、书画家、戏曲家、军事家。他将这么多头衔集于一身，但被人记住的，还是那大写意的《墨葡萄图》和两次将长钉刺入自己耳朵的艺术家。徐渭，因此被比作"中国的凡·高"。齐白石曾说："恨不生三百年前，为青藤磨墨理纸。"北京大学美学教授朱良志先生评价徐渭是"高明的看戏人""困顿的演出者"。

"半生落魄已成翁，独立书斋啸晚风。笔底明珠无处卖，闲抛闲掷野藤中。"徐渭画中，一串墨葡萄，既是耀眼明珠，又是野藤中的杂草。一串墨葡萄，颗颗闪耀璀璨才华，滴滴是不屈的眼泪。

青藤书屋是我向往已久的地方。书屋地方不大，朴素，荒率，完全符合我的想象。野草、青藤、杂树、芭蕉，四方的小院子，呼应着徐渭狂放不羁的灵魂。徐渭晚年将自己定位为一个彻头彻尾的失败者，贫困潦倒，只拿画作换几斗米、几杯酒。若有达官贵人上门，便喊着"徐渭不在——"闭门谢客，骨气仍在。

徐渭之后的几十年，又一个伟大的画家陈洪绶在青藤书屋居住。青藤书屋原本叫榴花书屋，因徐渭的父亲栽种的石榴花而得名。或许是冥冥之中注定，陈洪绶有着与徐渭相似的坎坷命运。或许是气质相投，陈洪绶来到徐渭的旧居，接通文脉。有感于徐渭的才华与气节，陈洪绶将榴花书屋改名青藤书屋。

绍兴人为了纪念才子徐渭，在青藤书屋旁修建了建筑面积约9000平方米的徐渭艺术馆，建筑整体风格低调而典雅，设计师借鉴徐渭的《山水图》，掀角筑屋，白墙黛瓦，既有现代艺术之美，又与周边古朴环境相衬。在徐渭艺术馆，每一次举起相机，取景框中都是好风景。

文学故土

在绍兴鲁迅故居，我重温了中学课文里的《从百草园到三味书屋》。童年的鲁迅，还未成长为"横眉冷对千夫指，俯首甘为孺子牛"的战士，故乡的一方土地，留下了无数的童趣童真。绍兴的风土人情，是鲁迅作品中不可或缺的依托，也是最真实感人的背景。

"不必说碧绿的菜畦，光滑的石井栏，高大的皂荚树，紫红的桑椹；也不必说鸣蝉在树叶里长吟，肥胖的黄蜂伏在菜花上，轻捷的叫天子（云雀）忽然从草间直窜向云霄里去了。单是周围的短短的泥墙根一带，就有无限趣味……"这一段课文，我曾背得滚瓜烂熟。

眼前的百草园，未经人工修整，油菜花盛开，还有杂花杂草自由生长，欣欣向荣。想起鲁迅先生，想起他笔下的雪天里捕鸟、长妈妈绘声绘色讲"美女蛇"传说的场景，便觉得眼前这个小园子了不起，给少年鲁迅带来了无数的欢乐和灵感。

与之相对应的，三味书屋便是一副"板起面孔"的模样。鲁迅先生在作品中说它是"全城中称为最严厉的书塾"，孩子们在那里受到规矩的束缚。如今的三味书屋，还完好保留着鲁迅先生当年读书的课桌。因为迟到被先生训斥，少年鲁迅便在课桌上刻了一个"早"字，是自律和自省。

文学总是与故土紧密联结。绍兴，不仅是鲁迅先生的故乡，也是精神原乡。一条窄窄的青石板路两边，一排粉墙黛瓦，竹丝台门、鲁迅祖居、鲁迅故居、百草园、三味书屋等穿插其间，一条小河从鲁迅故居门前流过，乌篷船在河上悠荡。在鲁迅诞生和青少年时期生活过的故土，我们一行各自体会着"民族脊梁"四字的内涵，默默致敬。

不来绍兴，不知绍兴之美。绍兴的光阴里，是说不尽的故事、道不完的典故、品咂不绝的情致与韵味。

（原载《人民铁道》2024 年 4 月 20 日）

枕水千年看越地悠长文脉

李娇俨　苗丽娜

"时时引领望天末，何处青山是越中？"

绍兴，一座千年古城，在大运河的滋养下，孕育出深厚的历史、秀丽的风光，成为中国大运河南端的一颗明珠。

暮春之际，中国报纸副刊研究会和浙江日报报业集团联合举办了"循迹溯源·运河文化绍兴行"全国百名文化记者采访调研活动。来自天南海北的媒体人，一路沿河而行，似有一幅水墨长卷，在面前缓缓铺开……

其中，我们看到了绍兴的悠长文脉，一株小草，一栋房屋，一块石刻，更别提遇到的各种各样的人物，都充满了故事。

看见小草

它看起来与路边的杂草无异，白色或淡紫色的小花点缀其间，带波状粗齿的叶子随风摇曳，上面还覆盖着白色的长柔毛。

它们被叫作筋骨草，在江南村落的田野间，在路旁、河岸、山脚都随处可见。但眼前这株长在百草园，鲁迅先生笔下的百草园。它长在碧绿的菜畦与光滑的石井栏之间，在高大的皂荚树下陪油蛉低唱。

筋骨两字当然让我想起鲁迅的风骨。这个颇有意味的巧合，促使我继续查找这种小草的资料。

原来它的正式称呼是"金疮小草"，有着不一般的"治病救人"的功效。最早在唐代的《本草拾遗》中，就记录了金疮小草的治疗功能："味甘平，无毒，主金疮止血，长肌，断鼻中衄血……"

将这种小草捣碎外敷，不仅能够止刀枪伤口的出血，还有利于肌肉生长，止鼻出血。金庸把它写进了《倚天屠龙记》。"蝶谷医仙"胡青牛服用了金疮小草制成的药后，立刻元气满满，功力大增。

是的，南方固然是婉约的，却不缺筋骨，绍兴人尤其不缺，听绍兴戏可以体会，读鲁迅著作更可以体会。

时至今日，金疮小草仍是一味重要的中草药材料，《从百草园到三味书屋》依然被穿着校服的学生们诵读。小草和文字，一遍遍刷新着少年们的想象。

我轻轻触摸了筋骨草的叶子，仿佛触摸到了一段充满质感的历史。

行程中打动我的另一片草，是在嵊州市金庭镇。

华堂，别看这是小小一村，实则卧虎藏龙——1600多年前，"书圣"王羲之辞官，携妻子隐退到这里。去世后，王羲之即被安葬在金庭瀑布山麓。千百年过去，我们依然能感受到王羲之钟情的这片山水之美。

始建于唐朝的王羲之墓道坊，早已损毁，眼下这座牌坊由王氏后裔在清朝道光年间重建，"晋王右军墓道"刻于上。周遭青苔遍布，灌木丛生，古柏

森森，宛若一片植物秘境。沿一条弯曲的鹅卵石墓道拾级而上，尽头就是王羲之墓。

墓旁的小坡上，野草肆意生长，一簇簇低矮的淡紫色小花格外醒目，吸引了我的注意力。它的叶片很薄，边缘有粗而不规则的齿，花的形状如一只展翅的鸟儿。然而如此有特点的花朵，却是陪衬，这株植物名为通泉草。

传说通泉草摘下经年不槁，根入地至泉，故名通泉。通泉草，意思是通向泉水之草，常常出现在湿润的草坡、沟边、路旁和林缘。它渺小常被忽略，但仔细观察，在到达清泉的途中，总有通泉草铺就的美丽小径。潮湿往往意味着水源就在附近，这可能是"通泉草"名字的由来。

依山傍水，难怪这块风水宝地会吸引书圣的目光。"一管擎天笔，千秋誓墓文。"墓碑旁的石亭上，一副对联，道出了王羲之为金庭带来的熠熠光辉。之后，多少文人墨客远涉山水，歌叹金庭，朝圣逸少。在华堂村王氏宗祠，有满壁诗墙，从晋许玄度到唐李白、杜甫、孟浩然；从宋苏轼到元赵孟頫、倪瓒；从明徐渭到清王国维、康有为，历经千年而不绝。

附近的华堂村居住着 5000 余位王羲之后裔。华堂村一侧，由历史建筑改造而来的王羲之艺术馆带来了艺术的氛围。为引流、留人，金庭合力让小小乡村不负历史之名：保护修缮中国重点文保单位——王氏宗祠，修建王羲之家训综合馆，打造村里首家民宿"华堂·墨问"。

因有王羲之的存在，因有后人的努力，金庭又笼罩着一片悠远的文香，一种辽阔的放达，直达身心。

看见屋宇

"绍兴城里五万人，十庙百庵八桥亭，台门足有三千零。"

在绍兴，"台门"起初是对有身份之人住宅的"尊称"。后来，绍兴人把具有一定规模、封闭独立的院落都称为"台门"。这句民间谚语虽不免夸张，从中却可窥见绍兴的台门数量之多，蔡元培故居便是其中的一座。

笔飞弄 13 号，翰林台门白墙黑瓦，与江南水乡的风情相呼应，静谧素雅，低调内敛。1868 年，蔡元培诞生于笔飞弄中。

这是一座富有绍兴特色的明清台门院落，坐北朝南，平面结构呈东西对称、砖木结构、青石板地、乌瓦粉墙、花格门窗，古色古香。院落共三进，第一进门厅坐西朝东，保留着明代建筑的岁月沧桑，上悬刘海粟手书"蔡元培故居"匾额，显示出主人的地位。

蔡元培故居也是中国唯一专门介绍蔡元培一生事迹的名人纪念馆，得到了精心的照顾。当地专门为蔡元培故居安装了变形监测、压力监测等物理传感器，还用上了室内激光点云，监测精确度达到 5 毫米，"窗户开一条缝也能在屏幕上被实时'看'到"。

大约是百年前，蔡元培先生到北京大学任校长，他如一股清风，给北大带来了彻底的变化。蔡元培"循思想自由原则，取兼容并包主义"，对北大进行了卓有成效的民主主义改革，北大思想的活跃、新思潮的传播和学术的繁荣，离不开蔡元培先生的改革。

蔡元培《北京大学校长任命状》悬挂于笔飞弄 13 号的白墙上，黑字红章仿佛刚刚书印于纸上，从这一刻开始，受益者无数，我也在其中。

与保存完好的蔡元培故居不同，另外一座吸引我的建筑，是再生的王阳明府邸，它在新建伯府原址上拔地而起。

这也是全国唯一经考古发掘确认的阳明先生宅邸遗址，"一轴、四进、六重"的平面格局，由门厅、明德堂、至善堂、传习堂四进院落构成。考古工作者揭示了这里曾经存在的两重两进式主体院落建筑。布局呈中轴线对称，不过，它的中轴线不是准确的南北走向，而是北偏东 11 度。

一眼望去，刻着"新建伯"的石坊赫然挺立，铜铸的王阳明雕像矗立于广场上，他头戴冠冕，身着长袍，腰佩长剑，气宇不凡，眼睛凝望着眼前的碧

霞池，给了晚生千年的访客一个深思的神情。王阳明在此居住了 6 年，这里见证过这位大思想家的学术活动。

当年，碧霞池上有座天泉桥，著名的"天泉证道"就发生在这里——

56 岁的王阳明即将受命出征广西，夜晚，他的两位得意门生王畿与钱德洪，围绕对他的善恶"四句宗旨"的不同理解，请教于他。王阳明移步到天泉桥上，耐心地听取了两人的说法，然后高兴地对两位弟子说："你们的理解'正好相取，不可相病'。""相取为益，吾学更无遗念矣。"

此时的王阳明，已经达到了大彻大悟的圆融境界。

思及此，我才发现王阳明当年所用的观象台尚存，这是阳明先生生前所筑，用来占卜星象、观察天体的高台，人称"王假山"，也是用碧霞池之土垒起的。当考古实物结合现代化的多媒体互动演示屏，我们看见那座已经消失的老宅，穿越回了阳明先生的时空。

看见人们

在嵊州市三江街道，我看到了满溢的活力。

"让世界人民享用中国好茶"，厚土茶业的口号，充满了陆游"千载谁堪伯仲间"的雄浑气魄。眼前位于三江街道的厚土茶业，已从山间地头飞向全球市场。

一杯杯新沏的眉茶被端了上来，我们在热情的招呼声中，接过这凝聚着淡淡香气的茶汤，茶微甜可口，沁人心脾。

厚土茶业在公司成立之初，就将目光放到了遥远的非洲、中东、中亚、欧洲等海外地区。

"我没想到，属于传统行业的茶叶去年居然能逆势增长，今年出口订单还在增加。"总经理袁澎忠欣喜地说。茶叶是刚需品。再抿一口新茶，品味到的是嵊州茶人的探索与创新，是传统茶业的逆势生长。

继续穿行于三江街道，不一会便看到流淌的剡溪，从古至今，这里都充满诗意。

李白说"湖月照我影，送我至剡溪"；"剡溪蕴秀异"让杜甫"欲罢不能忘"。剡溪边上的三江街道，用创新的方式，让古诗中的美好与当下融合。

在江南未来社区邻里中心，"邻舍+"志愿者们正在开展书画交流、手工教学等志愿活动，时尚的空间中洋溢着欢声笑语。一群身穿斑斓戏服的孩子，像模像样地唱起了越剧。

这里已成为承载社区文化的"心灵驿站"，也是一个贴心的民情疏解中心。人与人之间的互助、体谅，在小小的邻里中心体现出来。

在三江街道江南社区的"满江红"民情哨岗，墙上的"民情二维码"格外醒目。我看到，一位居民通过扫码，及时地向社区反馈自己的意见。这些民情民意，会有专人每天接收，并及时推送给相应的网格民情服务人员负责跟进落实、跟踪反馈。

借由"民情日记"开启新篇章的未来社区，正变得越来越完善。小小的社区治理，让我们看到一种智慧，自下而上地改变生活的状态。

这就是一条文化之河，它承载着记忆，也不断注入新的生命力延续价值、创造价值，改变后人的生活。

看见刻石

我对石头也充满了兴趣，尤其是有字的石头。

步入大禹陵碑廊，仿佛穿越千年，来到了那个英雄辈出的时代。每一块石碑上都承载着一段历史，或歌颂大禹的丰功伟绩，或记载古人的情感。

其中，最大的一块石碑是会稽石刻。

当年秦始皇出巡至会稽，"上会稽，祭大禹，望于南海，而立石刻颂秦德"。相传，这块石碑曾立于鹅鼻山顶，与会稽山脉另一名山秦望山遥遥

相望。

数了数，碑上正文共 289 字，小篆阴刻，我们现在看到的是乾隆年间，由绍兴知府李亨特复刻后的碑文。字与石以极其规整的方式，构成了一种繁复之美。一眼望去，字形皆为长方形，结构匀称。笔画委婉却藏刚劲，虽然字字独立，整体却互相依附，行列有序。有趣的是，因为李斯在《会稽石刻》上的笔画如玉箸一般，这种字体又称"玉箸篆"。

唐代书画家李嗣真在《书后品》里说："李斯小篆之精，古今妙绝。秦望诸山及皇帝玉玺，犹夫千钧强弩，万石洪钟。岂徒学者之宗匠，亦是传国之遗宝。"

去年，大禹陵景区三处碑刻刻石被列入国家文物局公布的《第一批古代名碑名刻文物名录》，这三处分别为会稽刻石、禹陵窆石题记、岣嵝碑。众望所归，也彰显了会稽山大禹陵丰厚的文化内涵。

这次行程中，我还看见另一方知名度也很高的石刻。沈园的石壁上，一边是陆游的《钗头凤·红酥手》，字迹苍劲有力，节奏急促；一边是唐琬的《钗头凤·世情薄》，字迹秀丽隽永，凄凉苦涩。

两首《钗头凤》，在此浸润了近 900 年。虽千万遍咀嚼，我们仍能从中找到新鲜体悟。现在，网上对陆唐之恋有很多种声音。比如，有人觉得陆游是个"渣男"：当年为什么没能顶住压力要和唐琬离婚？离就离了，为什么又要写词再去打扰人家？

我觉得，《钗头凤·红酥手》还有另一种读法。

1142 年，岳飞被害。这个时期，秦桧当权，主张抗金无疑是危险的，而陆游恰恰是一位坚定的主战派。面对这样的时局，作为一名书生，陆游在 16 岁和 19 岁时两次入临安应试，皆不第，不是因为才学不够，究其原因，还是在文章中直白地坚持抗金立场。

我们还可以留意这样一个时间点。1153 年，已与唐琬离婚的陆游参加锁厅试，考官陈之茂欣赏陆游的才情，擢为第一，秦桧之孙秦埙第二。秦桧大怒，次年礼部考试，陆游直接被除名。

了解了这些事情的前前后后，再读这首《钗头凤·红酥手》，分明能感受到，词中耿耿于怀的，不只是儿女情长的伤情离别，更有生不逢时的不遂人愿。

在这样的沉重里，他迈入沈园，失魂落魄。仿佛前缘已定，多年不见的唐婉正好出现在他面前。也许唐婉从陆游的词中看到了难以割舍的爱，读懂了他的身不由己。她也写下了一首《钗头凤·世情薄》，留下"世情薄，人情恶"残句。至少在唐婉的词中，陆游与她的劳燕分飞是被世事所迫的。

世间如果有轮回，那么今时陆唐何在？以沈园的一片绿意为水，濯洗满身的叹息。

看见展馆

来到青藤书屋，很难不被这里的典雅打动。青藤书屋是明代著名书画家徐渭的出生地，竹园、假山、书屋、天井，小中见长，清幽不俗。

不过，现在，我的视线更多地投向了书屋之外，这里成了保护性开发的徐渭故里。

2020 年初，总投资约 8.7 亿元的青藤书屋周边综合保护项目落地开工，新建徐渭艺术馆、绍兴师爷馆、青藤广场等，改建青藤书屋周边老台门，改造提升前后观巷历史街区老旧民居……一个文化艺术展示与居民生活融合的新空间。

这个宝藏艺术馆，藏在古色古香的绍兴老城区，在仓桥直街、人民西路、解放南路和后观巷合围的空间里。以黑白灰色调融入周围历史街区的徐渭艺术馆，给出了一个融合"新与旧"的解法。

以徐渭艺术馆为源头，徐渭故里正成为一个年轻、活跃、充满文化味的

文艺空间。

青藤书屋边修葺一新的 3 个老台门脱胎换骨。陈家台门布置了布衣青藤展，让徐渭生活场景重现；大乘弄 12 号台门开辟成茶空间；开元弄 50 号台门打造独特的咖啡与简餐空间。附近的张家台门成了古城会客厅；后观巷 33 号榴花斋成了古色古香的饭店，既保留老台门特色，也带来了人气；榴花斋对面老县府宿舍正在改建成青藤别苑特色民宿……

在越剧诞生地，嵊州市甘霖镇施家岙村，我们遇见了另外一座崭新的展馆——越剧博物馆新馆。

走进这优雅的建筑，以嵊州市市花白玉兰为主题的纹饰在自然采光下显出别样气派，越剧厅的序厅一位花旦舞动着水袖，清丽婉约、仪态万方，她特意向观众展现着越剧表演服装上灵动的设计。

这里也是中国首家专业戏曲博物馆。一步一景，馆内越剧厅有越剧文物、史料 30000 多件，历史的厚重感扑面而来。

花衫鼻祖施银花的光片龙纹蟒、越剧改革倡导者袁雪芬的麻布旗袍，越剧创始人之一马潮水的《越剧发展史》手稿静静地躺在展柜中，供观众品鉴。看到这些，我们确信，越剧的百年变迁，一路摇曳，尽绽芳华。

（原载《浙江日报》2024 年 5 月 19 日）

文章堂里有所思

章学锋

喧嚣如潮水般退去，四周瞬息安静了下来。

没有紧随向导和大部队去下一处，我调慢时间的节奏，让身心舒缓下来，流连于这方文化的静地，深深地吸了一口气，努力着试图打开全身的每一个毛孔，向堂中央的画像鞠了一躬。庄重而慈祥的老先生，头戴万字巾，身着长袍，装束简单舒适，神情闲逸自然，眼神深邃明亮，仿佛穿透时光的壁垒，与后来者进行心灵的交流。

没错，他就是书圣王羲之，一个神一样的存在。

这座名曰文章堂的明代建筑，坐落于绍兴市嵊州市金庭镇华堂村。顶梁正中，高挂"文章堂"的大匾，历经风霜雨雪，尽显斑驳沧桑，落款已漫漶不可辨。大匾的周遭，众星拱月般挂着"曲江世系""风同渭水""仰止风云""椿萱并茂""甲茂长春""文元"等数十块不同朝代的匾额，昭示着不绝的文脉在延绵永续。

一

日月高悬，乾坤朗朗。

在浩如烟海的历史长河中，老先生出身的山东琅琊王氏家族，可谓权倾一时，炽盛隆贵。唐人刘禹锡曾写过"旧时王谢堂前燕，飞入寻常百姓家"，诗中的"王"便指琅琊王氏。翻开泛黄的《二十四史》，从汉至清的 1700 多年间，他们家族出过三十六位皇后、三十六位驸马、九十二名宰相，另有文人名士六百余人。显然，琅琊王氏是古代中国一个绝对显赫的豪门望族。

那些从历史中、从典籍内、从传说里，我所读到、所看过、所听过的关

于老先生的往事，这会儿如风一样刮到我的眼前，让那些原本散落在脑际的片羽，迅速集结成队，并且无比丰富生动。

恍惚之中，我好像看到他年幼时随家族南渡略显疲惫但眼珠里释放着光和神；我好像听到他少年时在烟雨中挖春笋时的欢笑声；我好像见证到他青年时从秘书郎官至右军将军的一路前行；我好像感受到他中年时率子女在父母墓前立誓不仕时的心高气傲……

金锣响过三声，幕布徐缓轻启，那篇引天下无数士人吟诵之后竟折腰的雄文，如一出常看常新的大戏，面对着文章堂老先生的画像，隆重开场了——

原著/导演/编剧/主演：王羲之。

时间：永和九年，暮春之初。

地点：会稽山阴之兰亭。

人物：群贤毕至，少长咸集。

背景：崇山峻岭，茂林修竹。

音乐：清流激湍，流觞曲水。

故事：修禊事也。

情节：三百二十四个汉字次第登场，演绎千古东晋风流。

高潮：二十一个"之"字全部亮相后，一如川剧变脸绝活的惊艳，赢得来自历史深处的喝彩声，裂帛般传来，穿越千年，回荡至今。

二

兰亭一序，名传千古。

自少时诵过《兰亭集序》后，诸多疑惑便郁结心头难以释怀，我曾不止一次地问天问地，也问自己：为什么一次"浴乎沂，风乎舞雩，咏而归"的修禊活动，会成为中国文人精神后花园里最温煦的春色？为什么千年来其他所有的雅集，都没能超越永和九年的那次？为什么《兰亭集序》明明收诗三十七首，却没有一首传诵至今？为什么那篇即兴遣怀涂抹删改的序言，会成为万世尊崇的不朽？

随着年纪的日增和阅历的渐长，我以为自己似乎找到了答案：一是从作品本身来看，无论从造型、表意、抒情、书写、传习等维度来看，《兰亭集序》不仅将汉字之美全面展示得无以复加，而且难能可贵的是，全篇以中华传统文化"道优于器"和"得意忘言"的理念作为底色；二是绕不开唐太宗的极力推崇，李世民绝对是老先生的隔空真爱，不仅对骗到手的真迹"朝夕观览"，还动用皇权令赵模、韩道正、冯承素、诸葛贞等拓印数本赐皇太子、诸王和近臣，又令虞世南、褚遂良、欧阳询、陈柬之等书法大家纷纷拿出临本，并将那些临摹之作当国礼赠送给来华的遣唐使和僧人，甚至临终前还要求太子用真迹来给自己陪葬，他这番高起高落的神操作，用王权的绝对力量确立了老先生宗师级人物不可动摇的基础；三是要感谢后世的王公贵族及文人墨客，他们在岁月的舞台上或喜爱，或抢夺，或临摹，或赞誉，或神化它，前仆后继地接力上演着《兰亭集序》的各种各样的历史活剧，有意无意间合力巩固了老先生在书法艺术殿堂的地位；四是梁武帝曾下令用王羲之的字集成《千字文》，作为全国通用的启蒙必读书目，引领举国民众反复临摹，以领悟书法之趣味，开悟人生之道理。

当然，这些都是我个人眼里看到的一些粗放的外因。决定事情成败的，最关键还得看内因。换句话说，作为兰亭宴集的发起人和召集人，老先生本身就是当时文艺界的顶流，凭其在书法、文学、思想等领域的深厚造诣，他早就有着能创造出经典的绝对实力。至于什么时候拿出来，则是一个该由时间来回答的问题。

激动人心的时刻，就这么着来了——

东晋永和九年（353年）三月初三上巳日，五十岁的王羲之，偕亲朋好友谢安、孙绰等四十一人，到幽雅静谧的兰亭举办祓禊活动。仪式过后，身在兰亭的名士俊彦们心系苍茫，效仿古人仰望远眺呼啸山林，曲水流觞开怀畅饮，放喉歌吟互相唱和，这般快活好不风流。末了，还将与会二十六名诗人的三十七首诗作编成一卷，名曰《兰亭集》。那一天，或许是作为东道主的缘故，或许是架不住文朋诗友的劝说，或许是受不了绍兴黄酒的诱惑吧，老先生情不自禁举杯轻酌细品慢饮，三盏两杯后吐气若兰，略带酒意然神色自若，微醺之际仍飘逸淡定，灵感翩翩且文思滔滔，思接千载又视通万里，瞬间开启我手写我心模式，传诵千古的《兰亭集序》，就这样诞生了！

《太平御览》中有段有趣的记载，酒醒后的老先生"他日更书数十百千本"，结果却连一件满意的都挑不出。这本书是宋代奉敕编纂而成的，所以可信度应该相当高，这虽有憾事，但没准也是一桩幸事。

今日思来，或许，我们要感谢那让老先生微醺的绍兴老酒，帮我们定格住宽衣博袖的魏晋风流，为世界留存下翰逸神飞的汉字气象。这种由江南稻米发酵酿制的琥珀色老酒，散发着诱人的馥郁芳香，是地方人消解困乏的心头好。在弄堂的屋檐下，上一碟茴香豆，煎两尾小鱼，享受"咪咪老酒"带来的微醺，至今仍是很多老绍兴觉着日子"味道随好"的传统保留项目。谁能料到，老绍兴们这惬意的烟火日常，反倒成了游客眼里的风景。

三

江河飞奔，万古千秋。

为什么老先生会在知天命时，如神助般书就旷世奇作，这恐怕是世界上一道永远无解的人文历史难题了。其实，探究历史的真相永远都像盲人摸象。真正的真相，也许就是没有真相。这世上有很多事，不会有明晰的答案。也许，上苍早把答案藏在了生命的褶皱处。只是，我们还没有找到而已。难道不是这样吗？那天，在良辰美景行将罢了之际，面对自然万物的运化流转，老先生大抵听到了喧哗中的静穆，在欣然中升起莫名的惆怅，什么千山竞秀万壑争流呀，什么光阴斗转时序交错呀，甚至他还想到了爱恨聚散、生死局促和古今转圜等哲学层面的问题。最终，老先生将放飞的思绪倏地控制住，聚焦到我们人类自身上来。那一刻，天地通透融为一体，想来老先生的内心波澜如春潮拍岸，微醺着却异常欢快异常清醒。一挥而就间，便将万千感受，全部融进笔下那浓淡相宜的墨迹之中。信手而成的《兰亭集序》，传颂千古却依然腾芳飞誉，成为中国书法艺术图腾般的巅峰。1671年后的暮春之初，一个天朗气清惠风和畅的日子，我来到了久违的兰亭：在南来北往的游人的摩肩接踵中，走过传说中碧天清水的鹅池，领略了康熙和乾隆双子碑上的题字，看见古装的窈窕女子在"之"字形的流觞曲水处弄姿拍照……

我知道，这一切，全都不是当年的了。当年的这里，想来应该是清新幽静的。但是，这一切，都极大地满足了少年诵读时全部的想象，丝毫不影响我对老先生的崇高敬意。

我曾向多位当地的朋友讨教，请他们说说各自眼中的王羲之和《兰亭集序》。没想到，得到的答案竟然如春色般万紫千红。摇乌篷船的大哥喉咙响亮地喊，戒珠寺、题扇桥、躲婆弄、越酿工坊、笔飞弄等地名，流传着千年不衰、妇孺皆知的王羲之故事。一名戴眼镜的干部拉我到一旁悄声道，老先生一辈子爱鹅，鹅便成了绍兴菜的招牌。老绍兴请客吃酒，必须点一道与鹅相关的菜品，什么一掌兰亭序呀，什么戒珠明心志呀，什么一泓香台香呀，什么妙笔绘秋韵呀，就是用不同烹饪方式对鹅的不同部位进行加工，让人在果腹之乐中破解文化的密码。几个着校服的女孩儿朗声作答，通过"入木三分""东床快婿"等与老先生有关的成语，我们感受到老人家时而勤学苦练，时而放诞不拘的真实立体的人生片段。一位身修似竹的文史研究者，竖起大拇指为老先生跨时空的影响力点赞，理由是：意大利航天员萨曼莎·克里斯

托福雷蒂，在推特上发布其从太空拍摄的照片时，配的文字就是《兰亭集序》的名句："仰观宇宙之大，俯察品类之盛，所以游目骋怀，足以极视听之娱，信可乐也。"

一千个人眼中，有一千个王羲之。一千个人眼中，也有一千个《兰亭集序》。

四

山色长青，碧水长白。

兰亭宴集的两年后，辞了官的老先生带着家人，布衣竹杖来到剡溪畔金庭，过起了桃源般的退隐生活。6年后，老先生溘然长逝，安葬于瀑布山下。

距华堂古村三里地开外，就是老先生的长眠处。来华堂之前，我随团专程祭拜过。穿过村旁一道古朴的石坊门，循着鹅卵石铺成的古墓道，向北行十多分钟，越过数十级的石梯，在森森松柏的幽径深处，有一个青石铺成的平台，就是闻名遐迩的书圣墓。

老先生的墓为圆形，规制并不大，由青石板砌成。顶有柳幡摇曳，显然是王氏后裔新近祭拜过。墓前建有一单檐挑角的墓庐，为方形石亭，翘角如振翼，内立有一块高大的青石墓碑，正面书"晋王右军墓"五个大字，背面为阴刻的"大明弘治十五年三月二十五日吉旦，浙江等处承宣布政使司右参议吴口口重立。"亭前石柱上，刻有行草的楹联："一管擎天笔，千秋誓墓文。"向导说，因为这是书圣的墓，长期以来没有一个书法家敢撰联。20世纪80年代中期，嵊县南桥通车时，当代海派美术大家唐云前来观礼。顺道拜谒书圣墓时，受到县里的诚挚邀请。盛情难却，唐云便撰了此联。有同游者悄声细语，书圣墓由美术家来撰联，果然书画不分家。清明节就要到了，我们一行人鞠躬后绕墓缓行，生怕惊扰了老先生的幽梦。

墓道的两旁，二十多株樱花烂漫在山野的春光中，引得很多同游者留影拍照。当地的向导说，这些樱花树是日本帝京大学著名书法家永保秋光教授和日本西宫市女书法家宫原敏子，特意从日本国内漂洋过海带来，又专程来金庭拜谒王羲之墓时亲手栽种的。

艺术从来没有国界。

曾经，有过这样一种比较流行的学术观点，说日本文字"平假名"的字形，是从老先生书法演化发明而来的。因为在平假名发明前，日本用的是借汉字来记日本语的"万叶假名"。后来，"万叶假名"演化成草书化的"草假名"、更简化的草书"平假名"和省略汉字一部分的"片假名"三种。日本书道美术院创始人饭岛春敬就坚持认为，王羲之的《十七帖》或为日本创造平假名的源头。

尽管没有考证过上述说法的真伪，但我却知道：老先生的书法传入奈良时代的日本后，立即被日本皇室和士僧奉为正宗。日本最著名的书法家空海和尚，更是一辈子深受老先生书法的影响。

在老先生墓亭的左下方，还立有一块显彰碑，是日本民间书法组织天溪会20多年前所立。碑文中，有"伟大书圣王羲之大人影响之大，举世无双。右军之人品名声足证明书乃人格。且先生以酷爱山水之精神，创自然美之王书体，我等后辈瞻仰绝世书人墨宝，叹为观止，永大欣慕"等语，以及立碑者发的"以王书体为源流""敬中国文字，尊文化，毕生钻研兰亭集叙（序）"宏愿。

向导还透露，这些年，常有日本、朝鲜的书法团体以及学者、爱好者，前来拜谒书圣墓。老先生影响之深广，可窥一斑。

五

诗书继世，弦歌不辍。

历史是最好的见证。当年归隐时，老先生膝下有七子一女。如今，金庭

王氏已有五十九世，子孙绵延万余人。王氏子孙中，多擅长书法丹青之事。因他们常将作品悬于厅堂供人品赏，所以外人就称之为"画堂"。"画堂""画堂"地叫着叫着，不知哪天开始就叫成了"华堂"，如今居然还成了正儿八经的村名。

出身琅琊王氏的老先生，延续了大家族的优良作风，把家风家训的传承当成一件亲自抓的大事。一次，他和好友许玄度外出采草药，途中碰见两兄弟为争夺家产互殴，弟弟竟然将哥哥打死了。忧心忡忡的老先生，当即向朋友道出了自己的担忧："此二子残忍如此，不知你我后辈如何？"回到家后，他不仅将这番见闻讲给孩子们听，还亲笔写下"敦、厚、退、让"四个大字，命他们临摹践行，世代恪守。在华堂村附近，王氏后人曾建过一座"悔过亭"，家族中有哪个犯了错，就将其劣迹贴在亭内，敦促其在族人监督下悔过和限时改正，改过后改好了，才允许揭去布告。可惜，我却没能找到一星半点的遗迹。

自南北朝以来，王氏后人中有二十多人官至御史，但人人高远正直，个个光明磊落，没有一人给家族丢脸。

直到清乾隆年间，王氏后人形成了"上治下治，敬宗睦族。执事有恪，厥功为懋。敦厚退让，积善余庆"的家训家规。

依此这简短有力的家训，华堂村进行了优化，形成了"国治家治，上下和谐；孝敬长辈，互敬互爱；遵纪守规，处事得体；树立榜样，学做真人；品行忠厚，讲究礼让；多做善事，造福后代"的村规民约。有六千多人口的华堂村，四千多人都是王羲之的后裔。村民们自觉秉承祖上遗留的这股清正之风，至今民风淳朴和谐向善，华堂村成了让人羡慕嫉妒的"江南规矩第一村"。

六

歌以咏志，星汉灿烂。

独坐文章堂，头脑中的思绪，如蒙太奇镜头，穿越千年时空，不停地闪回切换。作为家族始祖，老先生深刻影响了后世子孙；作为一代宗师，老先生深刻影响了书法艺术；作为名士风流，老先生深刻影响了脚下的土地。

在千百年走过的漫漫长路上，老先生的人格力量和文化影响，如文明的光，似文化的灯，清晰地照亮了这片土地，也清晰地照亮了这片土地的儿女，幻化成后来者不辍前行的炽热血脉。

在老先生的身后，这片人文荟萃的土地上，先后涌现出了以"破心中贼"而影响中国思想界的王明阳，以"本色"论影响中国绘画艺术的徐渭，以"藉权倾虏廷"而影响中国辛亥革命的徐锡麟，以"思想自由，兼容并包"影响中国高等教育的蔡元培，以"我以我血荐轩辕"影响中国新文学的鲁迅……

这么信马由缰地想着，文章堂的看护人进来告诉我，得知全国各地近两百位文化记者来村里采风，王羲之的第五十四代孙、九十岁的王伯江老人很是高兴，这会儿正在弄堂的老台门里泼墨挥毫给大家题字相赠咧。向着老先生的画像，我郑重地再次深鞠了一躬。

谢过看护者的提醒，踏着光亮的鹅卵石小巷，我大步流星地向前走去。

一旁的粉墙里，谁家的老妪在做饭，油正在锅里嗞嗞啦啦地响，香味很快飘荡到整条巷子。

（原载《西安晚报》2024 年 7 月 1 日）

游啊游，游到绍兴古桥头

曾红雨

绍兴是名副其实的水上城市，依托于浙东大运河，城内城外水道纵横。自古水桥相依，千桥万姿，是中国古桥技术集大成者，有"古桥博物馆"之称。

借到绍兴参加中国报纸副刊研究会举办的"循迹溯源·运河文化绍兴行"采访调研活动的机会，用三个清晨去看了几座古桥。

一

第一天，去了市内最著名的八字桥、题扇桥等处。10年前来过绍兴，当时也是特意到名气最大的八字桥参观，10年的时间里桥两边基本没有变化，还是那些古宅，还是操着浓重吴侬软语早起的老人们在轻声聊天。桥横古樟，水静鸟鸣，这样的情景可能已经持续了几百年。该桥始建于南宋，距今逾800年，因"两桥相对而斜，状如八字"而得名。八字桥展现了古代高超的桥梁筑造技艺，也成为世界文化遗产中国大运河的遗产点之一。清朝和民国都对之进行过修缮，最后一次修缮是在1982年。在八字桥前后500米河道上，共有5座载于南宋《嘉泰会稽志》的古桥，称得上是古桥天然展览馆。

当年，我在桥边遇到一位坐在家门口读《参考消息》的伯伯，试图与他聊聊这桥的历史，河水从哪里流来，又流到哪里去。伯伯明白我的意思，滔滔讲解，我丈二和尚摸不着头脑，一句听不懂，不过留下了两人聊天的照片。故地重游，我还记得伯伯住宅的大致位置，好巧不巧，一位老阿姨从门里走出，边走边与门内的老先生搭话。我站在旁边犹豫几秒离开了，主要是语言不通，没办法沟通，挺遗憾的。

题扇桥的典故见于《晋书·王羲之传》：炎炎夏日，王羲之在桥上遇到一位老妇人卖扇子，无人问津，书圣怜悯老人家，就帮她在扇子上题了几个字，扇子很快都卖出了好价钱。后人便将这座石拱桥称为"题扇桥"。

清早的题扇桥空无一人，运河水默默流淌，岸边老宅古旧斑驳，韵味悠长。刚刚参观完王羲之晚年隐居地金庭，山谷之中，两山夹峙，确是隐居好去处。在隐居的数年中，也许，偶进绍兴城时，书圣还会走过题扇桥，忆起前尘往事，会不会暗自一笑？最近，我在跟随老师听王阳明讲座，站在桥上，想起前日拜谒王阳明故居"伯府第"，这座大宅院是王阳明以文臣之身因军功封爵"新建伯"后的居住地。故居毁于晚清战火，据工作人员介绍，故居大门口的三柱石门框经考古鉴定，是王阳明当年住宅的遗留之物。绍兴盛产石头，门框与题扇桥用的都是同一种叫凝灰岩的石材。

2024 年是王羲之诞辰 1721 年，王阳明诞辰 552 年。王羲之并非王阳明先祖，虽然一直存在争议，但史学界似乎已有定论。无论怎样，在中华文化诸多粲然的文脉赓续中，此二人分占两席。绍兴承载了两位先哲的成就与传奇，尤其是对王阳明学术及其后学传承的影响很大。在绍兴求学、成长、避难、讲学、完成心学体系，并最后归葬于兰亭的王阳明，想必一定也踏上过此桥。

二

第二天，冒雨去了古纤道，纤道又称纤道桥。唐代中叶以后，绍兴的瓷器、丝绸、茶叶、黄酒被大量运销外地，急切需要发展水路运输。唐元和十年（815 年），绍兴依岸筑起纤道，主要为行舟纤夫拉纤所用，此外也可用于风浪大时船只避风。古纤道初为泥塘，明弘治年间改青石板铺砌，清同治年间重修。此桥型为国内仅存，故被列为全国文物保护单位。

这一段纤道有 3500 米长，卧在长河之中，一眼望不到尽头。它无疑是极强的江南符号，在仲春雨雾迷蒙中令人怦然心动。除了一个晨跑的人匆匆而

过，始终只有我一人，来来回回踱步，良久不舍离去。雨越下越大，衣服已湿透。

又想到王阳明。因为纤道始于唐，王羲之自然与它无缘，但是古纤道曾经全长近40公里，穿起绍兴无数水域，王阳明想必一定曾坐在船上驶过纤道，或者走过它的青石板。先生病逝于归乡途中，临终时说"此心光明，亦复何言"，无杂念，无芥蒂，无须多言，倒是很契合此时此地的心境。

三

第三天晨，绍兴嵊州市，大雨倾盆，感觉去遥溪村看三座古桥的计划可能要泡汤。5时20分，网约车师傅准时来接我，不管怎样，我千里迢迢地来到绍兴，一定得去看看。汽车很快驶出县城，在黑夜暴雨中穿过一条条越来越幽闭的狭窄乡路。天，慢慢放出亮光，雨势，迅速变小，然后停了。

车进遥溪村后，第一次来此地的司机师傅下去两次，操着当地方言向已经起床做家务的老人们问路。在异常逼仄的村巷里拐了几个弯后，车停在马路边的田埂上，踩着泥泞的土地，满心欢喜地走到砥流桥边。

砥流桥是一座半圆形石拱桥。据资料介绍，遥溪村的三座古桥均为半圆形石拱桥，其中砥流桥最大，也不过长18米，宽3.44米，拱高3.6米，跨径5.8米。桥正在修缮，边上立着几块古建筑保护的牌匾。桥下静静流淌的小河叫遥溪。石桥缝隙中长着好多野草，四周满是绿色的庄稼、树木和各色野花，均被雨水冲刷得干净透彻，不远处岚烟氤氲。桥北斜斜柳垂绿，岸南细细草生茸，新生般愉悦。

另两座桥在哪个方向我们并不知道，时间上也不允许我们再在泥路上摸索行进，只能放飞无人机。顺河向东飞了近500米后，看到一块似桥非桥的石板铺在水面上，我和师傅都认为不像古桥，于是掉头向西飞行，在砥流桥西200多米处发现了另一座古桥。按网上提示应该是招隐桥，形制与砥流桥一样，只是小了一些。回来后查找资料得知，第三座古桥洗履桥就在砥流桥东面 500 米左右，是最小的一座，因下游筑水库，现在桥面与路面平齐，桥洞几乎看不见。那么，我们在空中看到的石板应该就是洗履桥，相传，戴逵在此桥下洗过满是泥土的鞋子。

按照民国《嵊县志》记载，洗履、招隐二桥应在东晋时期就有雏形，现在的桥分别重建于清康熙年间。它们初建时是因戴逵隐居在此，且逵溪村村名及溪名皆因戴逵而来。戴逵，字安道，东晋时期隐士，史上著名的雕塑家、画家，终身不仕。《晋书》将其列于《隐逸传》中，称其："性高洁，常以礼度自处，深以放达为非道。"著有《戴逵集》9 卷，今已散佚。东晋的书法和绘画在中国文化史中占据极高地位，书法派代表人物是王羲之、王献之，绘画派的翘楚就是顾恺之、戴逵。顾恺之在后世名气很大，戴逵却鲜有提及，可能与他的作品全部散佚有关。

不过，很多人熟知"雪夜访戴"逸事。王羲之的第五子王徽之（字子猷）雪夜吟咏《招隐》诗，忽然想念起正在隐居的好友戴逵，于是连夜坐小船去拜访。船整整走了一夜，快到戴逵家门口时，王徽之却命掉转船头，原路返回了。人问其故，王曰："吾本乘兴而行，兴尽而返，何必见安道邪！"据说，戴逵听闻此事，深以为然。国宝《剡溪访戴图》就是元代黄公望据此故事所作画作，笔墨间尽显对魏晋风度的推崇。

四

在绍兴期间，随会去三江闸桥调研。它位于钱塘江、钱清江、曹娥江汇合处，是一座下闸上桥形式的大型挡潮排水闸，修建于明嘉靖年间（1537年）。三江闸桥的桥墩也即闸墩，全是两头尖的梭子墩，每一墩全部采用千余斤的大石块，块石之间用榫卯结构衔接，并以秫灰胶住。三江闸桥气势雄伟，全长 108 米，为古代少见的特大型水利工程设施。

　　站在桥下探看，巨大的桥墩令人震撼不已。今天看来，大桥整体布局依然严整美观，充满巧妙构思。想一想，快 500 年了，那时需要多少人力物力，要多么高超的造桥技术才能完成这样宏大的工程！此桥又称汤公桥，以纪念为修闸桥亲力亲为、殚精竭虑的绍兴知府汤绍恩。有一种说法，如果没有三江闸，绍兴几百年的富庶历史恐怕得重写。

　　1981 年，新三江闸建成，老三江闸彻底完成了泄洪蓄水和防海潮的功能，单纯作为一座石桥通行。为保护它的文物价值，现在，三江闸桥两侧均有石墩阻隔，禁止大型车辆通过。

　　三江闸桥所在地正是浙东唐诗之路的重要关节点。浙东唐诗之路始于晋，盛于唐，流播于宋明，这一路山水殊胜，文化积淀深厚。杜甫、李白、白居易、贺知章、王维、孟浩然等 450 多位诗人，都曾在这条线路上多次寻幽访古、诗词唱和，用 1500 首诗歌铺就了一条人文山水走廊。而三江闸桥的修建，不仅恩泽了宁绍平原上世世代代的人民，同时也为三江交汇处旖旎风光，再添震古烁今的壮观一笔。

　　绍兴，千年古城，择其一隅，就能触发幽思。2011 年，绍兴全市通过第三次全国文物普查登录的各类古桥共有 698 座，我匆匆游历的，一斑都算不上。有朝一日，希望有机会在这里住段时间，慢慢走，细细看。所有古桥，都长久地见证了人间的悲欢离合，它们兴衰不语，能量及韵味却随着岁月增长越发浓重。

（原载《吉林日报》2024 年 6 月 15 日）

华堂幽思沐古风

杨光洲

村，不大，但有崇山峻岭护佑，清湍激流映带。置身其中，仿佛时间的脚步放慢，岁月的时针回拨，处处可见自然而然的率真。

村，古老，800 余年聚族而居的历史，尚不足以说清缘起，探寻血脉要追溯到 1600 多年前，其先祖对名利的抛弃，与对生活本真的追求。

村，文静，因先人隐居肇始，淡泊无争便成了村的 DNA 因子；而祖上在中国艺术史上矗起的巅峰，又使后代钟情于丹青，村便得名画堂。

然而，蕴在骨子里的文化，又岂止毫素纸墨？画堂，画堂，叫着叫着，又有了灵魂的飞跃——华堂。

2024 年 4 月，一个天朗气清、惠风和畅的日子，我参加中国报纸副刊研究会和浙江日报报业集团组织的"循迹溯源·运河文化绍兴行"百余名文化记者采访调研活动，走进嵊州市金庭镇华堂村采风。

不到半天的采风，很难使我对华堂全貌有详尽的了解。然而，在这里，我分明感到一股清俊通脱之风。此风足以吹散尘世的喧嚣，让人心宁气静。虽然只是短暂的停留，但这股清风带给我心灵按摩的舒爽，却令我难忘。

翻阅古籍，探索这股清风的历史轨迹，补记在华堂村一鳞片爪的感觉，确实是一种精神享受。

话得从王羲之说起。

东晋永和十一年（355 年）三月，即在兰亭与少长群贤一觞一咏，写下"天下第一行书"之后两年，王羲之终因不堪忍受官场明争暗斗，于父母墓前发誓不仕，辞官归隐山林，落脚在剡东金庭瀑布山（今嵊州市金庭镇）。

对于在此的生活，王羲之颇感惬意。他在给好友谢万的信中写道："顷东

游还，修植桑果，今盛敷荣，率诸子，抱弱孙，游观其间，有一味之甘，割而分之，以娱目前。虽植德无殊邈，犹欲教养子孙以敦厚退让。或以轻薄，庶令举策数马，仿佛万石之风。君谓此何如？"

寄情山水，教子持家，含饴弄孙，昔日公务缠身的右军将军、会稽内史，如今无官一身轻，咂摸着生活的本味，何等闲适悠然！

6 年后，书圣驾鹤仙去。王羲之第二十六代孙王弘基，始率族人聚居于距金庭约一公里的华堂，至今已 800 余年。子子孙孙繁衍，书艺与思想代代相传，绵延不绝。

与许多文化名村一样，华堂文化遗存丰富。以全国重点文物保护单位王氏宗祠为代表的"十庙十庵十祠堂"，无声地展示着华堂的文脉；古宅、牌坊、老铺、池塘、水井、台门，以及穿村而过的潺潺平溪，黑色鹅卵石街巷，让人穿越时空，浸润在历史文化与古朴悠远的民间烟火气息中。游人在此驻足，学者在此思考，文化记者们在此凝眸传统，审视现代……此华堂之"有"也。

与许多"文化搭台，经济唱戏"的村子不同，华堂村没有旅游热点的喧嚣。在这里，听不到商贩"王婆卖瓜，自卖自夸"的吵，闻不到弥漫大江南北景区"油炸臭豆腐"的臭，也看不到"争创"哪级先进的标语口号。华堂人于名利似乎不大"开窍"。全国 170 多名记者集体走进华堂，这在其他热衷于宣传造势的地方，岂不是求之不得的"机遇"？然而，当记者们走进华堂时，既没有看到"热烈欢迎"之类的大红横幅，也没有村干部挤在身边聒噪"政绩"，见到的只是几位老人闲坐在书圣牌坊下享受着春光暖阳，听到的只是导游专业的讲解。不偏执于名，不偏执于利，此华堂之"无"也。

因有底蕴而淡泊，因无偏执而从容，华堂的文化气质，无矫揉造作的掩饰，有自然而然的性情流露，这不正是东床快婿怡然自若的赓续吗？

水因落差而流，气因压差而风。他处的追名逐利，让华堂的淡泊从容更如一股冲破浮躁的清风，令人神清气爽。这股清风，来自其祖上的魏晋气度，当然，早已去除了当初求索时的种种怪诞糟粕，而保留了崇尚本真的性情精华。

淡泊从容、无争的处世态度，会不会让村中事务难以管理呢？汩汩流淌的平溪，讲述着令人信服的故事：

500 多年前，王羲之第三十六代孙王琼之妻石氏，为方便村人用水，变卖嫁妆，从村外引平溪江清水入村，筑起长 357 米穿村而过的水圳。这条水圳至今仍滋润着华堂人的生活。一股清流数百年不腐，奥秘在于大家都根据生活规律安排用水。《水圳公约》规定早上 6 点前后在此淘米洗菜，中午可以洗汰衣服，而下街头一潭（最后一个埠头）专供洗马桶。从古至今，村民们自觉按规矩在自家门前屋后取用清水，恪守公德，决不损公肥私，损人利己。

听着平溪水流的吟唱，踏着泛着幽光的黑色鹅卵石，记者们来到一处老房子前。老房子的主人王伯江是王羲之的第五十四代孙，年届九旬，是位退休教师，平日以辅导孩子们习字为乐。

记者们的到来让老人高兴。得知一位女记者来自四川，他欣然为之题写"致远"。一位记者用他的笔墨写了一个"惠"字，老人不禁叫好。当这位记者又写一个"风"字时，老人又如教导晚辈般关照道："左边要写小一点。"求字者不断，老人翰墨待客，来者不拒，用笔纯正，结体巧妙而自然，尽现右军笔意，毫无世俗丑书"大师"故弄玄虚的做作之态。

文明是一种血脉的延续。华堂的文明村风，不就包含着淡泊、从容、求真的魏晋气度吗？

华堂，我吹过你吹过的风，这算不算相拥？期待着与你再相逢。

（原载《义乌商报》2024 年 7 月 12 日）

一颗文心耀绍兴

范春荣

厅堂前，再现"兰亭雅集"

农历三月初三，王羲之隐居之地——绍兴嵊州华堂村。

一座 300 年老宅的堂前，王羲之第五十四代孙、现年 90 岁的王伯江老先生正应游客之请挥毫书写"龙马精神"。厅堂十分简朴，一张画案，占据正中央的位置，满壁展示着各种书法作品。只见老先生提笔之态神采奕奕，颇有古人的风骨遗韵，字字有态，笔笔生情，墨色浓郁，从容不迫。收笔之际，赢得众人齐声喝彩。

有技痒者，随即向前一步，拱手致意，征得主人同意，当场提笔落墨，文字大气俊雅，笔笔谨守法度，体现了极深的书法功力。书罢，技痒者继而求点拨，老先生亦直言相告，一问一答间，"亦足以畅叙幽情"。随行的当地人说，笔墨自娱是老先生的日常，周末的时候，他还会在这间厅堂前免费教村里的小朋友学习书法。彼时，这里"群贤毕至，少长咸集"。

东晋永和九年（353 年）三月初三，风和日丽，王羲之、谢安、孙绰等 42 位名士列坐曲水之畔，"会于会稽山阴之兰亭"，雅集"修禊"。酒杯随流而至，诸名士临流赋诗。那日的王羲之怡然自足，那日的兰亭诗酒横溢，中国书法史上的巅峰之作——《兰亭集序》应运而生。

遥想，那日的兰亭可能与今日的厅堂一样，沁润墨香，惠风和畅。

华堂村古址叫桐柏庄，自东晋王羲之定居金庭后，王氏一族兴起，擅书画，作品挂满厅堂、书房，人称"画堂"，后人便定村名为"华堂"，沿袭至今。

村里有个世代口传的故事：大约 500 多年前，王羲之第三十六代孙王琼与石氏女成婚，家境富裕的石氏不但在前街与后街的街口建成了两座城楼与土墙，还出资将村中所有的道路铺上鹅卵石，当然，她最大的功劳是建造了那条穿村而过的水圳。这条约 2000 米长的水圳将平溪江水引入村中，并在家家户户的门前砌起了埠头，供村民饮用和洗涤。如今，尽管市政自来水早就入户，但许多村民仍习惯用这里的水洗衣洗菜。这是习惯，也是村民对先辈遗泽的恭敬与传承。

站在平溪江的古石桥上，一座飞檐翘角的门坊映入眼帘，这就是华堂王氏宗祠。王氏宗祠是王羲之后裔的宗祠，正殿里供奉着王琼和石氏的坐像。王羲之作为金庭始祖，被供奉在王氏宗祠正上方。这位本性率真而又倜傥雅致的先祖，于曲水流觞间写下《兰亭集序》的两年后，称病辞官来到嵊州，筑室隐居。

他在这里留下了什么?

1600 多年后的三月三，漫步在后街的街口，脚步轻叩着光洁的鹅卵石，街巷幽深，两旁是清一色的青砖灰瓦、烟黑色马头墙及白色墙壁，房舍错落有致，墨宝俯首即拾。眼前是一间小食铺，一条大黄狗懒懒地趴在门槛边，不吠也不走。小食铺柜台上手工制作的麦芽糖和姜糖吸引了我的注意。扫码付款后，扯开没有包装和宣传语的纸包，捏一粒入口，淡淡的薄荷味随即在口中化开，不粘牙，也不厚重，只有旧时光的味道，亦如王家后人安于耕读，闲时将气息凝于纸上，于笔墨中体味始祖闲雅、从容的气质。

这就是王羲之留下的财富，没有什么比这更有价值了。

沈园里，品爱情的味道

南宋绍兴二十五年（1155 年），30 岁的陆游春游沈园，未承想，偶遇前妻唐琬。这时，他与唐琬已分手 6 年。他们曾是琴瑟和鸣的神仙眷侣，却在陆母的逼迫下含泪分手，男另娶，女再嫁。

此番在沈园偶遇，陆游感慨万千，挥笔在沈园墙上题下《钗头凤·红酥手》："红酥手，黄縢酒，满城春色宫墙柳。东风恶，欢情薄，一怀愁绪，几年离索。错，错，错！春如旧，人空瘦，泪痕红浥鲛绡透。桃花落，闲池阁，山盟虽在，锦书难托。莫，莫，莫！"后来，唐琬再次来到沈园瞥见陆游的题词，不由感慨万千，于是和了一阕《钗头凤·世情薄》，不久便抑郁而终。

曹明纲先生在《中国园林文化》中说："园能出名，或以非常之景，或以非常之事，或以非常之人，或以非常之情。"沈园，就是一座"景事人情"四者兼备的中国第一爱情园林。

绕过冷翠亭，没多久就能走到沈园最著名的景点——《钗头凤》题词壁，其由两块大青石组成，长约 10 米，高约 5 米，一块刻着陆游的词，另一块则刻着唐琬的词，彼此呼应。驻足粉墙前，导游语气中尽是忧伤，朗诵两首《钗头凤》后，又讲述了一遍陆唐二人的爱情悲歌。莫名的酸涩郁结于心，模糊了双眼。

为了将自己从这种氛围中抽离出来，我便悄悄离开大部队，独自坐在长廊里享受起一根黄酒冰棒来。冰棒闻起来有股清甜的黄酒香气，咬上一口柔软绵密，没有冰碴。长廊尽头，不时会响起清脆的叮咚声，廊上的风铃挂满了有情人的绵绵絮语。

去年秋冬，一杯"酱香拿铁"火遍全网。到了绍兴，便会发现，原来"万物皆可黄酒"，黄酒咖啡、黄酒布丁、黄酒奶茶、黄酒冰激凌等，在绍兴的街头巷尾都可以轻易找到。绍兴黄酒讲究冬酿，江南冬天绵长而不剧烈的冷，是酒曲最喜欢的温度。几十道工序、上百次工活，先后要历经 280 天，而后还要陈贮于陶坛中 3 至 5 年，方能圆润、成熟。

友人说，细品黄酒，它集"甜、酸、苦、辛、鲜、涩"六味于一体，却平衡得很好。米酒太淡，白酒太烈，一杯温润黄酒既可暖胃，又给爱情留下书写的空间。

是的。红酥手，黄滕酒，是陆游一生的想念，是爱情的味道。

鲁镇上，偶遇阿Q

阿Q？阿Q。阿Q来了！

暮春三月，漫步在柯岩鲁镇，原本平缓行进的人群兴奋了起来。

一个头戴黑色破毡帽，身着土黄色补丁短衫，留着长辫，卷起一条裤腿的阿Q穿越时空，回到了这里……

面对围观，阿Q也不怯场，左手叉腰，身子向后倾八度，右手食指一指鼻尖，冲着游人表明正身："老子阿Q！"语未毕，却见两个衙役冲出来，就把阿Q押进了一旁的"镇公所"。

"升堂了！"游人刚一拥进，堂内字正腔圆的画外音响起："请欣赏情景剧《阿Q受审》。"于此，大家走进鲁迅笔下的《阿Q正传》……

鼓响三下，县太爷走上前来，双手作揖，对着众人朗声道："今日我乡民戏耍，供大伙一乐。"这幕由草根演员挑大梁的情景短剧伴着一句很有腔调的"升堂"拉开帷幕。

"来呀！把刁民给我带上堂来！"

只见阿Q被两个衙役推上堂来，抬起衣袖擦擦鼻子，顺势再提提裤子，不情不愿，此时惊堂木响，他吓一跳，惊惧而卑微，顺势跪下。"下跪何人？报上名来！""我？我？哎，我叫不知道！"阿Q眨巴着眼睛，一副想也想不起来的样子。"混账！""原来我姓赵，赵太爷不让我姓赵，他说我不配姓赵，打了我两巴掌哎。"阿Q用袖子在脸上蹭了蹭灰，衙役让他画押，阿Q不认字，只好让他画圈。

于是一名衙役将一支笔塞到他手里。阿Q很吃惊，几乎"魂飞魄散"了。只见他伏在地上，想画一个圆圆的圈，但是手一抖，却画成了瓜子模样，遗憾得不行……

正当众人意犹未尽，阿 Q 又出现在了街上。

只见吴妈身着蓝衣花围裙，挎着箩筐。手里正拿出一件衣衫给阿 Q，说是给他做的。阿 Q 感动得不行，憋了半天，蹦出一句"吴妈，我要和你困觉"。吴妈一听，惊得手上的箩筐都掉了，呼天抢地，拍打着大腿钻入了人群。阿 Q 愣住了，隔了半晌，一扶破毡帽说："有什么了不起的，我还嫌你脚板子大呢。"游人立即接口道："是呢，你祖上阔着呢！"

阿 Q 亦不含糊："对！有什么了不起，我们先前——比你阔得多啦！"

众人心领神会，在鲁镇大街上相视大笑。

历史上本无鲁镇，它是从鲁迅书里走出来的。依傍鉴湖的一河两街的传统建筑风格，小镇青石板路的两侧林立着旧时绍兴贡品店、锡箔店、毡帽店、越瓷店、油烛店等众多店铺，尽显先生笔下"人家尽枕河"的水乡风貌。

估计先生也没有料到，百年后的今天，阿 Q 会走出《阿 Q 正传》，生活在鲁镇，完美赋能地方文旅。当然，徜徉鲁镇，偶遇阿 Q、吴妈，甚至是孔乙己，唠几句家常，嚼几粒茴香豆，何尝不是对先生的纪念？

（原载《中国财经报》2024 年 5 月 11 日）

文种墓前的慨叹

侯军

甲辰阳春，赴浙江绍兴参加中国报纸副刊研究会年会。临行前，心头掠过一丝期冀：这次赴绍，争取再去看看文种大夫，一晃，30 年啦！

上次探访文种大夫墓，应该是在 1994 年春天，我以茶文化研究者的身份，应邀参加杭州西湖茶会。会后，抽出一天时间乘早班车赶往绍兴。先把最著名的景点，如鲁迅故居、青藤书屋、沈园等处浏览过，便直奔越王台。看过越王台，意犹未尽，又沿着石径登上后面的小山。当时，旅游业不如今天这般发达，山上并无明显的路标提示。我信马由缰，沿路而行，左拐右绕，就走到了一块石碑跟前，定睛看去，碑上赫然写着"越大夫文种墓"几个大字，心下暗忖：今天能"撞见"文种大夫，不啻中了头彩。

之所以会作如是想，是因为我的游走偏好：大凡人人皆去、游人如织的景点，往往排位靠后，反倒是那些冷清寂寥且另有一番故事的所在，常被我优先选择。此前参观越王台，虽然是高台大殿，建筑恢宏，且游人也相对较多，我却匆匆而过，并未停留。眼下，偶遇文种大夫遗迹，我却怦然心动，绕墓三匝，流连许久。并不是这个小小的墓冢有什么特异之处，而是由这抔黄土，想到了 2000 多年前的吴越春秋……

转眼 30 年过去。如果说，当年与文种大夫的"不期而遇"，只是在我的心底刻下一道凹痕，那么，如今的这次绍兴之行，把这道凹痕化成了一个心结。

然而，当我拿到这次年会的日程表时，却发现本次行程中，主办方并未安排越王台，也就是说，如果随团队而行，很可能会与文种大夫"失之交臂"。这，不免有些遗憾。我快速把全部日程扫描一遍，发现有一天的行程，正是

众人皆知的那些景点，我都已去过了。当下心动：要不，就把这一天宝贵时光"挪用"到越王台上，不，是"挪用"到文种大夫的身上？对，就这么办！

向领队请假，并告知 2 号车长，均是一路绿灯，顺利放行。是日也，天朗气清，惠风和畅，我如愿以偿，奔向了心念所系的文种大夫。

依旧是石径清冷，依旧是游人寥落，依旧是匆匆掠过越王台，直奔后山而去。独步石阶，我的思绪又萦回到吴越年间的那些旧事。几天前，刚刚在央视戏曲频道看过新编京剧《西施》；再往前推，在某档"活化"史籍的节目中，看到当下走红的几位学人解说 2000 多年前的吴越争锋，诸如越王勾践的"卧薪尝胆"、美女西施的"献身救国"、范蠡大夫的"智斗夫差"，等等。这些都是国人耳熟能详的故事。然而，文种大夫又在哪里呢？须知在勾践被掳，越国危亡之际，是范蠡和文种两位重臣如中流砥柱，匡扶社稷，挽狂澜于既倒。二人相约，范蠡随勾践入吴为奴，蹈危履难，巧为周旋；文种则镇守国内，安民兴业，韬晦自强。应当说，两位大夫功高勋重，足可比肩。何以千年以降，勾践成为发愤自强的励志模范，范蠡、西施成为历经磨难修成正果的爱情主角，而文种却被抛掷在越王台的阴山背后，几乎被人遗忘了呢？

我尤其不解的是，单论向夫差贡献美女这一招数，原本就是文种向勾践郑重提出的"伐吴九术"中的第四招——原文出自东汉会稽人袁康等编纂的《越绝书》："一曰尊天地，事鬼神；二曰重财币，以遗其君；三曰贵籴粟槁，以空其邦；四曰遗之好美，以为劳其志；五曰遗之巧匠，使起宫室高台，尽其财，疲其力；六曰遗其谀臣，使之易伐；七曰疆其谏臣，使之自杀；八曰邦家富而备器；九曰坚厉甲兵，以承其弊。"可以说，这些谋略是导致吴王夫差沉迷酒色，丧失警觉，误判大局，终致败亡之关键所在。何以在今人的意念中，在舞台上传说里，这献美之计却被"移植"到范蠡身上，对文种竟只字不提呢？

当然，我对现今的编剧大咖们也深表理解。演戏当然要有情爱故事，将

"献美"安在范蠡身上，正可集中笔墨，展开戏剧冲突，这对表现他与西施的旷古情缘，自然是最为有戏的。反正，文种大夫早已湮灭于荒丘野岭，既无人也无法为之鸣不平了……

如果说，我的这种感受在30年前"偶遇"文种大夫之时，便已隐然萌生，那么此后这些年，这种不平之念更随着阅世渐深和读史渐多，越发强烈了。我并非漠视乃至轻视范蠡与西施的丰功伟绩，也无意抬高文种的历史地位。我只是一再反思：范蠡和文种，这两位情同手足的好兄弟，何以会在一路同行多年之后，最终却走出了各不相同的人生轨迹？

据史载，范文二人同为楚国老乡，文种比范蠡大1岁。公元前516年，他在就职楚国宛令时与范蠡相识，时年文种21岁，范蠡20岁。从此，两人风雨同舟，甘苦共尝。尤其是在越国危如累卵之时，辅佐越王勾践，经磨历劫，蛰伏自保，从匍匐于吴王脚下为奴，直至向死而生，励精图治，重振朝纲，最终复仇灭吴。他二人始终是同心同德，各骋才智，砥砺前行。他们的友情和勋业，本应成为一段青史佳话，为何最终他俩的结局却形同天壤呢？说到底，人生的选择，往往是成败系于一念之间，这在他们的身上体现得尤为明显。

记得10多年前，我曾写过一篇短文，题为《范蠡的规劝》，试图破解范文二人的命运密码——我在文中引用了范蠡在越国成功灭吴、朝野欢腾之际，写给文种的一封信，即《遗大夫种书》，信中写道："吾闻天有四时，春生冬伐；人有盛衰，泰终必否。知进退存亡而不失其正，惟贤人乎？蠡虽不才，明知进退。高鸟已散，良弓将藏；狡兔已尽，良犬就烹。夫越王为人，长颈鸟喙，鹰视狼步，可与共患难，而不可共处乐；可与履危，不可与安。子若不去，将害于子，明矣！"

作为挚友，范蠡在信中规劝文种赶紧离开勾践，"子若不去，将害于子，明矣！"范蠡的理由层层递进，先说"人有盛衰，泰终必否。"你我已经达到

了人生的鼎盛之点，再往后走，只会一路下坡了；再论"鸟尽弓藏，兔死狗烹"之理，我们对越国已竭尽全力，对于掌权者而言，你已用处不大了，不如急流勇退；接着，讲到勾践其人："越王为人，长颈鸟喙，鹰视狼步，可与共患难，而不可共处乐；可与履危，不可与安。"范蠡凭着长期与勾践共事的切身体会，深知此人绝非善主。照理说，你我都是功高盖主之臣，没有你我，何来他的今天？他理应尊于高位，礼敬终身。可是，凭勾践的心胸和气度，他又岂能让你我与他分享荣耀和权力？言外之旨，已是再明白不过了——走吧，走吧，再不走就来不及啦！

应当说，这是好友范蠡在人生的十字路口，剖心沥胆，痛陈利弊，苦心孤诣，劝导文种的一段实录。遗憾的是，收信人文种并没有接受范蠡的忠告，他并不认同范蠡的警世危言。文种的一念之差，就拐上了人生的岔路……

文种大夫未能悟到，此时的越王早已今非昔比，他一心只想称霸群雄，已无意于兴业富民。而文种在他面前，却总是强调要"养民""富民""亲民"。这是文种与勾践在治国方略上的原则冲突，既不可调和，更无从化解。于是，结局就只剩一途了——"越王乃赐种剑曰：'子教寡人伐吴九术，寡人用其三而败吴。其六在子，子为我从先王试之。'"这是何等狡黠的说辞：当初你教给我九条计谋，我只用了三条就把吴国打败了，剩下的六条还在你那里，浪费了多可惜呀！这样吧，拜托你去阴间教教我的先王，让他们打败阴间的敌手吧。

文种受剑，自刎而死。一代名臣就这样殒命于毕生忠心辅佐的君王，千古慨叹，无过于此矣！

文种死后，勾践将其葬于西山。后来，人们为纪念文种，将西山改名为"种山"。

反观抢先一步抽身而退的范蠡，结局却相当圆满——相传他携美女西施游走于烟波深处，从此杳无踪影。后来范蠡经商，成为巨贾，被后世尊为"陶朱公"，乐享人间的世代钦敬。

此刻，时值正午，我走出一身微汗，终于来到久违的文种墓前。蓦然发现，墓亭前已有人祭献了数捧鲜花，顿时醒悟：哦，清明节快到了，越国的后人们并未忘记这位因亲民富民而死于非命的先贤。这数捧鲜花分明昭示着：公道自古在民心，斯言至矣！

（原载《天津日报》2024 年 5 月 17 日）

绍兴二章

彭程

一

暮春三月，江南草长。在浙东这片山簇海拥的土地上，树木花卉生长得繁茂茁壮，如同青春洋溢的少年。宽阔的庭院内，多株玉兰树绽放出白色和紫色的硕大花瓣，在和暖明丽的阳光下鲜亮夺目，让人感受到扑上眉梢的春意。

我置身的这个地方，是位于浙江省绍兴市越城区的王阳明故居"伯府第"。

这是一处白墙黛瓦的大型建筑群落，一轴四进，宽阔幽深，庄严端肃，有着明代公侯府邸的恢宏气派。它是结合考古发掘和史料记载，在数百年前的王阳明故居遗址上复原重建的，其中伯府大埠头、石碑坊残迹、碧霞池、石门框、饮酒亭和后花园是当年的遗存。

  站在 5 个世纪前王阳明曾掬水洗眼的碧霞池、感悟心学的观象台旁，我根据对其著作和传记的印象，想象主人的音容笑貌、起居行止，但脑海里浮现的只是一些零碎模糊的影子，就好像几排稀疏的树木，无法遮掩住大片的荒地。好在新建的王阳明纪念馆弥补了这一不足。它借助光影展示等数字技术手段，完整重现了王阳明的生平，展示了阳明心学萌生、发展和传播的过程，为其生命履历和思想脉络描绘出一张清晰的图画。

  在历史上的大儒中，王阳明是一个传奇人物。南宋以来的几百年间，程朱理学成为主流思想，但大多数儒士只会"无事袖手谈心性"，作玄学式的谈论。王阳明则不同，作为一位杰出的政治家、军事家，他有着实干家的才能和强悍的行动力。他多次受命统军征战，维护边疆地区平安，并一举平定明宗室宁王叛乱，一次次为衰朽不堪的朱明王朝"续命"。

  但王阳明更大的影响，还是他作为思想家的贡献。他的心学是对传统儒学的一次革命性发展。他倡导"心即是理"，认为明心即可见性，不假外求，摆脱了程朱理学的桎梏，开辟了一条追求个体价值实现的新路，为儒学思想注入一股活水。他的"致良知""知行合一"之说，更是具有鲜明实践色彩的行动哲学。王阳明的临终遗言很有名：此心光明，亦复何言。

  用那个时代的价值标准来衡量，他的道德事功都堪称冠绝一代，王阳明的确做到了呕心沥血、死而后已。但创建一个更好、更合理、更符合人性的现代社会，需要一种全新的眼光、胸怀和气魄，这些并不是他能够具备的，我们当然也不能越过时代来苛求他。

  领受这项使命的先驱者之一，是蔡元培。他也诞生在这片土地上。

  蔡元培故居位于绍兴老城区的一条窄巷内。这是一座明清台门院落，砖木结构的三进院落，花格门窗，乌瓦粉墙，青石板地，有着鲜明的绍兴民居特色。大厅及厢房多处，辟有"蔡元培生平事迹陈列室"，通过大量图片、实物、手迹、资料等，展示这位近代著名民主革命家、教育家、思想家为发展中国教育、文化、科学事业，为争取民主和自由，作出的巨大贡献。

这座小院落，没有王阳明故居那般气势恢宏，但从这里走出的人物，却携带着改天换地般的巨大思想能量。蔡元培既深受传统文化熏陶，又汲取西方先进思想，视野宏阔，目光深邃，清楚什么才是疗治旧中国痼疾的药方。他与陈独秀、李大钊、鲁迅等一同发起新文化运动，提出以人为本的教育理念，倡导以科学和美育救国，旨在重铸民众的精神和灵魂。他担任北京大学校长时，强调"循思想自由原则，取兼容并包主义"，使北大成为新文化运动的堡垒。中国第一个学习和研究马克思主义的团体——马克思学说研究会，就是在北大成立的。他的毕生努力，为羸弱不堪的旧中国，注入了新生的希望。

思想催生行动，观念影响存在。由他作为启蒙者之一而开启的一场新文化运动，深刻地改变了一个国家的面貌。这是一个过于宏大的题目，这里我只想说，此刻在我的身边和周围，那些活力丰沛的生活，那些真实生动的笑脸，如果追溯起来，都与会稽山水养育的这一位杰出人物，与同他并辔齐驱的先驱者有关。

故居第二进一堂两厅，已辟为陈列室，正中位置摆放着蔡元培半身塑像。塑像后面墙壁上方的匾额上，是沙孟海手书的"学界泰斗"四个大字。我与两位同行的北大学弟学妹，在老校长的塑像前合影留念。相机快门的咔嚓声响起时，我眼前闪现出燕园未名湖畔草坪上，被茂盛的苍松翠柏环绕着的那一座蔡元培半身雕像。那座塑像的头部微微扬起，望向远方的目光坚毅沉静。

因为气温差异，北方的花卉绽开得要迟一些。故居门外街巷边几株紫藤已经怒放，而前一天离京时，小区里的那一棵紫藤才刚刚生出微小的蓓蕾。但燕园中的那一座塑像，常年被松柏青翠的枝条掩映，黑色大理石底座上，也一定会有拜谒者敬献的花束，就像我每次去时都会看到的那样。

那是一瓣心香，致敬和祭奠一个伟大的灵魂。

二

走出古旧宅院，一脚踏进江南的田野，便如同走进一个盛大的节日。阳光明亮，春风骀荡，天地间一派姹紫嫣红，内心的欢悦也骤然提升了几档。

眼前一大片辽阔的水面，就是鉴湖。最早知道这个地方，缘于当年读的中学语文课文——许钦文的《鉴湖风景如画》。乘船在湖上游览，稽山鉴水的风光徐徐展开，美不胜收。看到散文中描绘的魁星阁、三眼桥、柏树和松树，看到"五步一小变，十步一大变"的风景，虽是初见，恍若重逢。文学与地理在此刻发生奇妙碰撞，出色的描绘仿佛画龙点睛，赋予山水活力、韵味和情致。

游船停靠在柯岩风景区码头。登岸前行不远，便是一个古朴的镇子，粉墙黛瓦的明清民居，纵横交叉的水巷，姿态各异的石拱桥，枕河临街的店铺，飞檐翘角的古戏台，次第出现在眼前。小镇入口位置，矗立着一座高大的石牌坊，上书"鲁镇"二字。它是仿照鲁迅作品里的鲁镇打造的，是一片被文学作品催生出的天地，街道布局、风情民俗，都来自鲁迅在绍兴东浦、东关、皇甫庄、安桥头外婆家等地的生活经历。一代文学大师在纸上营造出的虚幻之地，变成了一个真切的实体。

一条热闹的街巷是贯穿小镇的中轴线，曲折悠长。街两旁依次是锡箔店、毡帽店、油漆店、木器店等传统店铺，小吃店旁弥漫出臭豆腐的浓郁气味。走下去，又看到鲁迅小说写到的众多场景：当铺、酒馆、戏台、奎文阁、赵府、鲁家祠堂、阿Q栖身的土谷祠……这些出现在《阿Q正传》《祝福》《孔乙己》《社戏》《风波》等多篇小说里的建筑和场景，让人恍惚间跌入了旧时氛围。

不仅如此，这里还有动态的情景再现——头戴毡帽、脑后拖着长辫子的阿Q出现了，面对围过来的游客，一脸浑不吝的表情，说着小说中那些经典的台词。身着蓝衣花围裙的吴妈端着箩筐走过来了，他麻利地凑近搭话，脸上挂着轻薄的嬉笑。前面不远，身着破旧长衫的孔乙己，靠着一间小酒馆的柜台，模样颓唐，乞求小伙计赊一杯酒。继续朝前走，挂着拐杖、拿着破碗的祥林嫂迎面走来了，目光呆滞，拦着人问死后到底有无灵魂……

我忽然想到，当有一天自己连同身边所有认识不认识的人都已辞别人世，鲁迅笔下这些虚构的人物，仍然会活着，永远活着，被一代代后人阅读、想象和认识。那些隔代知音会生发出怎样的感受和思考，获得对人性、生活怎样的认识？这是文学艺术的力量。它具有活水一般永不枯竭的生命力，足以抵抗时间的侵蚀。

关于这一点，凭借书圣王羲之的《兰亭集序》而闻名于世的兰亭，是又一个有力的佐证。

与东晋永和九年（353 年）那个暮春的日子一样，今天的兰亭也是天朗气清，惠风和畅，茂林修竹葳蕤青翠，轻盈鲜亮的绿色仿佛要从枝叶间一直沁入肺腑中。自入口步入景区，穿过一条修篁夹道的石径，迎面便是鹅池，一泓碧水中，几只白鹅悠然游弋。游客很多，摩肩接踵，笑语喧哗，当年的清静幽僻只能诉诸想象了。王羲之和友人们流觞赋诗的那一条清溪，依旧水流潺潺，几位身着古风服饰的年轻女子，正摆出姿态照相，倩影巧笑，楚楚动人。

文人天性敏感多情，品酒赋诗，一咏一觞之际，意识到时光的无情，人生的倏忽，一切赏心乐事都会稍纵即逝，于是乐极生悲，发出生命短促、世事空幻的慨叹。王羲之在《兰亭集序》里的感叹，也是当时一并修禊的亲朋的心声："向之所欣，俯仰之间，已为陈迹""况修短随化，终期于尽"……然而正是由于这篇即兴泼墨挥毫之作，让这一次雅集战胜和超越时光，成为后世人们永恒的记忆。宣纸松软易碎，但书写其上的文章，这些精神的创造物，却获得了比金石还要长久的生命。这样的悖论中，蕴含着深刻的启示。

1600 多年过去了，大自然陵谷变迁，兰亭也不复当年面貌。据说曲水流

觞之处，其实与原址有较远的距离。但一篇《兰亭集序》，让这个原本毫不起眼的地方驻留下来，在文字中，也在人们灵魂中，一直存续下去。而多少曾经显赫一时的所在，高官贵胄的奢华府第，豪富巨商的精美园林，却早已踪影全无，湮没于荒烟衰草之间。

来兰亭之前，东道主幽默地提醒，不要将王羲之笔下的"崇山峻岭"当真，那样会失望的，这山丘不过是比别处的略高一些。但我想到的是，那一次文人雅集所诞生的被誉为"天下第一行书"的《兰亭集序》，确是艺术作品的峰巅，书法和文章都有令人炫目的高度。这一点毋庸置疑，绝非夸张。

想到西方医学鼻祖、古希腊人希波克拉底的那句名言：生命短暂，艺术长存。

（原载《人民日报海外版》2024 年 5 月 25 日）

书圣墓前

陈桥生

一

暮春三月，草长莺飞，万物竞发，最是江南令人沉醉的时节。

车驶入浙江绍兴嵊州市境内。车窗外，一江碧水宽且广，流缓，温润，水天一色。沿岸芦苇丛生，不时有水鸟惊飞起。同行者说，这是剡溪。精神为之一振。剡溪，这便是那条在唐诗中流淌不息的剡溪，李白、杜甫、孟浩然走过的"欲罢不能忘"的剡溪，如今就在阳光下泛着白光，打着漩，在眼前静静地流淌……

一条剡溪孕育了灿烂而辉煌的浙东唐诗之路。此行本不为此而来，追寻的是书圣王羲之。可循迹溯源，唐诗之路不正是从遥远的魏晋一路逶迤而来？

东晋永和九年（353年）农历三月初三，王羲之邀集挚友41人，在会稽山阴兰亭（位于今绍兴市柯桥区）修禊，临流泛觞，饮酒赋诗，并即兴写下被后人誉为"天下第一行书"的《兰亭集序》，兰亭由此闻名。可仅仅两年后，他便称病辞去会稽内史一职，顺剡溪而下，隐居于金庭。

我们走进兰亭时，和1600多年前的那个日子一样，天朗气清，惠风和畅。一路修篁夹道，清流激湍，游人如织，喧闹异常。而来到嵊州，周遭游客稀少，顿感静谧安然。遥想当年，迎接王羲之的，大概也就只有剡溪秀异的山水吧。

好在，他就是为幽静而来。

二

一座高大的石坊最先映入眼帘，坊梁上刻有"晋王右军墓道"六个字。走在墓道上，细碎的鹅卵石铺就，曲径通幽，仿佛在走向历史的深处。两旁松柏肃立，一种静穆的气息逼近。拾级而上，树木掩映处，就是书圣的墓地了。

单檐挑角的方形小石亭，亭中矗立着青色墓碑，碑面刻着"晋王右军墓"几个字。转至背面，也有两行阴刻字："大明弘治十五年三月二十五日吉旦，浙江等处承宣布政使司右参议吴口口重立。"探其源流，这里曾出土梁大同年间的墓砖，明弘治十五年（1502年）乃立墓碑，后倒塌。清道光二十九年（1849年），时任浙江等处承宣布政使司右参议的吴钟骏，重新修缮了墓址、

墓道坊，把倒塌的墓碑又立了起来。

墓园规模不大，墓呈圆形，由青石条叠砌而成。时值清明，可见新祭祀留下的痕迹。坟头青草被清理过，裸露的泥土上新添了枯枝落叶。

不免有些感慨，比起很多陵墓，千古书圣的墓地如此朴实无华！可转念一想，怎样的规制，才能与书圣地位相埒？千古书圣还需要后人怎样踵事增华？

关于王羲之墓的真实所在，有四种说法。一说在诸暨苎萝山，一说在山阴兰渚山，一说在会稽云门山，一说在嵊州金庭山。从文献记载看，诸暨苎萝山最早、最详细，首见于南朝宋孔灵符的《会稽记》，距王羲之去世仅百年左右。从墓地实物看，则只有金庭有墓地标识。尽管金庭墓在明朝弘治年间才建立，至今不过500余年，但毕竟"墓"是实物存在，不是空穴来风。

在绍兴，会稽山下，有大禹陵，最早见载于《史记》，古称禹穴。2000多年过去，禹穴安在，这地底之下何所有？其中蕴藏的历史谜题，也只能一直存疑下去。但这并不妨碍人们不停地踏足，不断地叩问。

司马迁二十岁南游江淮，上会稽，探禹穴。在他的笔下，夏朝成为信史。中国最古老的治水篇章，从浓郁的神话色彩里进入历史的视野。在史书记载中，绍兴成为大禹最重要的活动地。一是禹禅会稽。通过召集诸侯共同祭祀会稽山，从而建立统一的国家政权，开春秋战国时代"诸侯会盟"之先河。二是禹疏了溪。改堵为疏，"三过家门而不入"，终于治水成功。了溪，后称剡溪。三是禹娶会稽。大禹娶涂山氏女后，不以私害公，新婚四日复往治水；最终，大禹选择了会稽山作为自己的安葬地。

大禹陵的屹立，让大禹的形象如山一般稳固。在中国历史的源头，需要有这样一位英雄人物作为榜样，他的敢于担当、克己奉公、坚韧不拔，深深地渗透在中华民族精神的文化基因中。

三

碑亭的正上方，镶嵌着一块长条形的青石匾，匾周雕镂花纹，却不著一字！像试卷里无从落笔的填空题，空白得如此刺目；又仿若书圣射出的一道目光，日夜注视着这里的一草一木，人来人往。

千古书圣的墓，谁能去题写？于是，它就这样孤傲地留白着。

好在，石柱上有一副楹联，让人有所依傍、揣想："一管擎天笔，千秋誓墓文。"上联赞叹其书艺，下联叹赏其书德，对仗精巧，用典熨帖。那场著名的兰亭集会后不多年，王羲之便不愿再苟且混迹于官场，率子孙到父母墓前自誓不仕，明其心志："止足之分，定之于今……自今之后，敢渝此心，贪冒苟进，是有无尊之心而不子也。子而不子，天地所不覆载，名教所不得容。信誓之诚，有如皦日！"文如其人，书如其人，是中国传统文艺精神。一位书法家要名垂于世，只会写字是远远不够的，其一言一行，须堪为后世师表。

这副楹联，出自"杭人唐云"之手。唐云，杭州人，当代海派书画大师，与岭南画派的关山月、赖少其等人都有君子之交。因名字与唐寅音近，人称"杭州唐伯虎"。如今，唐云纪念馆也已坐落在美丽的西子湖畔。

1986 年 10 月，嵊县（今嵊州市）南桥举行通车典礼，唐云为桥题字，被邀前往观礼。到了自然要拜谒书圣墓，于是，主办方便趁机提出要求，说这墓亭两侧的石柱上是空的，需要有一副与书圣身份相称的对联，希望他能出手相助。唐云答应了。于是有了这副楹联。

楹联的字体为行草，而非一般墓文所用楷体或碑体，反倒显出几分别致率性。一缕阳光，穿越午后的树梢，斜斜地打在墓柱上，树影摇晃，仿如一双神奇的手，在轻轻地擦拭。又似书圣显灵，在给我们一分启迪，如来拈花，只看来者有无会心的慧根。

微风拂过，飘来淡淡的花香。墓道两侧一大片樱花林开得正盛，有早樱，有晚樱，早樱已经开谢，晚樱正值烂漫。粉红、粉白、浅粉、淡红，在夕阳

的余晖中明灭闪耀，轻盈优雅，清新怡人。

樱花林中，竖有高大的《兰亭集序》碑，青石镌刻，是日本书法团体天溪会所立。他们仰慕王派书法，远涉重洋，来金庭拜谒书圣之墓，并带来日本樱花树种，栽植于此。年年岁岁，樱花盛开，在枝头，为落英，以诸花香而散其处。一如书圣笔下的文字，"飘若浮云，矫若惊龙"，在天地山谷间漫舞。不是风动，不是花动，每一次风动，都是念诵；每一次临摹，都在朝圣……

樱花，以其绚丽易凋而动人情怀。著名日本画家东山魁夷在《一片树叶》中曾说："无论何时，偶遇美景只会有一次……如果樱花常开，我们的生命常在，那么两相邂逅就不会动人情怀了。花用自己的凋落闪现出生命的光辉，花是美的，人类在心灵的深处珍惜自己的生命，也热爱自然的生命。人和花的生存，在世界上都是短暂的，可他们萍水相逢了，不知不觉中我们会感到一种欣喜。"这样的敏感，与《兰亭集序》如出一辙。宇宙万物生生不息，无穷无尽，而韶华易逝生命无常，"修短随化，终期于尽"，所兴发的种种无可奈何的人生感喟，挥之不去，推之还来。

王羲之是幸运的，剡中山水是幸运的，他们萍水相逢，生出这天地间无限的欣喜。隐居金庭的王羲之，"尽山水之游，弋钓为娱"，最终，又把金庭给予他的一切都羽化在这里的一山一水中。

四

午后的华堂村，游人寥寥。徽派建筑的屋檐飞翘，青砖灰瓦，庄重素雅。曲折幽深的卵石小道，呈"井"字形散布，将我们引向一个个牌坊、祠堂、戏台、水井。或明或暗的光亮，将历史一寸一寸揭开，呈现于眼前。

据说，王羲之离世后，六子操之在金庭繁衍生息，形成了一个庞大的王氏家族。王氏后代多擅书画，喜欢将书画悬于厅堂供人品赏，故其宅有"画堂"之称。后来，由于屋舍精丽且山水清妙，便将"画堂"改为村名"华堂"。如今，华堂村已是嵊州市最大的行政村，里面居住着王氏数代后裔共4000余人。建于明代的王氏宗祠，和王羲之墓一起成为浙江省文物保护单位。

一条黝黑的水圳格外引人注目。玉带似的水圳顺墙根而行，沿街绕户入室。当年正是参考曲水流觞的设计，将这条水圳贯穿全村。因其曲曲折折，故得名"九曲水圳"。

此前，在绍兴兰亭，曾在王羲之一行人"曲水流觞"处闲坐多时。一条曲曲弯弯"之"字形的水圳，清浅流淌，两侧用石块砌筑，可坐可立。一拨一拨的游客在拍照，在嬉戏。相形之下，华堂村的水圳更显自然而特别。一觞一咏，何止于畅叙幽情，更兼具实用之美。历五个多世纪，其仍是全村生活、灌溉、消防的重要设施。

水圳自平溪河流入，河上有平溪桥，将华堂新村与华堂古村连为一体。桥建于清乾隆五十年（1785年），桥下溪流潺潺，不急不躁，浅吟低唱，似在轻轻诉说着金庭的千年风流。

王羲之之后，有多少高人沿着剡溪而来，不得而知。但历代文人墨客远涉山水，踏访剡溪，一半是为了两岸山水，一半便是为了金庭隐士。金庭是这条诗路上绕不开的一个结。据考证，在唐朝，有400余位诗人到过剡溪，留下1500余首诗歌。

多次来到金庭的李白，有诗纪行曰："人游月边去，舟在空中行。此中久延伫，入剡寻王许。"我们不再是舟行，却怀着同样的心志——入剡寻王许。当年，王羲之隐居金庭后，他的好友许询、支遁相继而来，比邻而居，放情于山水，纵浪于大化。

在华堂村穿街过巷，家家户户可见文房四宝。我们走进一间屋子，甚是简陋，居中两排书桌，铺开的宣纸墨迹未干，四周贴满了各式书画作品，大体都是临摹右军体。主人自称王氏第五十四代孙，九十老叟。他说，这些都

是村民们的习作，语气中颇有几分自豪。又应大家之邀，现场书写，一个飘逸洒脱的"鹅"字，瞬间让人联想到兰亭景区内"鹅池"碑上王羲之所书的"鹅"字。

王羲之爱鹅，有说不尽的传说，以至被称为"鹅书"。所书"鹅"字，自然流畅的线条，历风雨千年而新鲜如斯，依稀可辨其挥笔时灵动从容的身姿与气息。这气息，流转千年，如村巷里迎面而来的清风，自由地流淌穿梭……

（原载《羊城晚报》2024 年 6 月 13 日）

送"边关"到边关

聂虹影

2024 年 7 月 28 日，国家移民管理局新闻中心的同事们，奔赴海拔 5100 多米的红其拉甫边检站前哨班，将装裱好的"边关"书法牌匾，郑重交到戍边战友手中。这幅出自书圣王羲之后人之手、浸润了江南气息的墨宝，从浙江到北京再到新疆，历经 3 省，历时 4 个月，跨越 5700 多公里的山山水水，从此，在离天最近的国门安家，与离家最远的战友相伴。

草长莺飞的早春时节，为追怀书圣王羲之的风范和足迹，"循迹溯源·运河文化绍兴行"百名文化记者采访调研活动走进浙江嵊州的金庭镇华堂村。1600 多年前，王羲之称病辞官，隐居于此。这里是他生命最后时光的栖息地，也是他长眠的栖息地。书圣离世后，他的后裔依旧在这块土地上开枝散叶、繁衍生息。

这是一个小小的村落，在浙江省的地图上也要凑近看、用力找，小小的村落因王羲之成为书法爱好者的朝圣之地，成为千年光阴积淀的一脉相传，也成为嵊州鲜明的文化符号。

说起华堂村的村名，还有一段渊源。据传，王羲之后裔多擅书画，家家户户都会将书画悬于厅堂，供人品赏，人称画堂村。后因屋舍精丽、山水清妙，"画堂"易名为"华堂"。雨后的华堂，空气中弥漫着一股清新，一条平溪缓缓流淌，蓝天青山、黑瓦白墙倒映其中，江南的清丽典雅扑面而来，如一幅充满诗意的山水画。

跨过古朴的五孔石桥，映入眼帘的是一座高大的石牌坊，上面镌刻的"书圣"二字苍劲有力，透着千年不灭的隽永书香。鹅卵石铺地的街巷宛转蔓延，穿行其中，有时光倒流的感觉，祠堂、庵堂、店铺、池塘、水井、台门，飞檐翘角、牌楼斗拱，每一根雕梁、每一个台门，角角落落、点点滴滴，仿佛都承载着一段历史、一段时光，都铭刻着前世今生古老而年轻、沧桑而美好的印记。

小巷深处，我们遇到一个拄着拐杖的老人，满头白发，步履蹒跚，腰微弯，穿着深灰打底、浅灰竖条纹点缀的毛线衣和有些旧了的军裤。看到我们，他微笑着点点头。当地同人介绍，老人叫王伯江，是王羲之的第五十四代孙，退休前在当地学校教书法，退休后仍在家里为书法爱好者，尤其是中小学生免费培训指导书法，几十年从未间断。

跟随老人来到家中。那是一个小小的台门老宅，墙壁的涂料剥落了许多，露出了砖石，敞开式的厅堂占据了大半个院子，厅堂的每一根雕梁、每一处纹理，经过岁月洗礼和时间沉淀，都变成了黑褐色，透着岁月的痕迹，斑驳而沧桑。厅堂的墙壁贴满书法习作，地面、条凳上散落着笔墨纸砚。

廊前木柱上挂着一支支做着标记的毛笔，当地同人介绍说这都是学生们的，周末这里所有桌案和条凳都坐满了学书法的孩子，场面令人感动。

厅堂的另一侧紧挨着老屋，窗户用透明的塑料布罩了起来，门框被风雨侵蚀得残破不堪，但门框上方正中处，却醒目地悬挂着一块写有"军属光荣"的红色木牌，门框右侧，也钉着一块刻着"光荣人家"的黄铜色牌子，门框左侧，张贴着一幅以天安门和国旗护卫队为背景的年历图片，图片上写着"不忘初心 牢记使命"，下方落款是嵊州市人民政府2020年春节"祝：全市烈军属、军队离退休干部、退役军人及现役军人家属 恭贺新禧 吉祥如意"。

这些元素引起了我的好奇，进而萌生了采访老人的念头。但当地同人悄悄告诉我，老人的儿子参军了，后来去世了，没人敢触及这个话题。我心头猛地一震，放弃了采访的想法。

堂前台案上面铺着写字的毛毡，还有笔墨纸砚。老人立于案前，用布满皱纹的手缓缓铺纸，研墨、抬腕、凝神运笔，继而潇洒挥毫。他臂膀手腕的有力和干练，很难与一个耄耋老人联系到一起。书法是王氏家族的根，是凝聚和传承王氏风骨的魂，代代相传的书法文化和书圣精神，穿越千年时空与现在的我们相遇。感叹书法艺术的同时，我们也体味着最纯粹的书法精神。老人写下的第一幅作品被随行同人抢去了，第二幅作品是写给作家王蒙先生的，由王蒙先生的夫人单三娅老师转交。

我鼓起勇气上前说，自己当了32年兵，现在是移民管理警察，想求老人墨宝送给红其拉甫戍边的战友，他们离天很近，离家太远。我向老人简要介绍了位于帕米尔高原、被称作"生命禁区"的红其拉甫恶劣的自然环境，以及边关战友战严寒、耐寂寞，守护全国也是世界上海拔最高国门的事迹。

老人听着，点着头，神情凝重地铺好纸张，研墨挥毫，写下"边关"两个字，郑重签上名字盖上印章。老人说他送字很少盖章，一旦盖章字就值钱了，怕流入市场有人乱来。老人说他一辈子生活在江南，没有去过新疆，也不知道红其拉甫，但知道，能够几十年太太平平给这些孩子指导书法，是因为有远在边疆那些孩子的守护，所以他写了"边关"二字送给那里的孩子。

捧在手中的"边关"，笔墨苍劲有力，既大气磅礴又浑厚静穆，充满力量感，每笔每画都蕴含着对战友们守护边关的关爱和牵系。我向老人敬礼，又深深鞠了一躬。

此后的采访，我一直将"边关"带在身上，小心翼翼呵护着，尽管叠好装在纸袋中又夹在杂志里，但还是时不时拿出来看下，生怕烂了皱了。

在吴越大地上，我认真采访，努力记录，我把边关的故事带到了江南，也要把华堂的故事带去边关，与战友们一起分享负重前行换来国泰民安的幸福快乐。

回到北京后，立即进行装裱，等待着赴红其拉甫参加活动时，将"边关"送到边关。

在遥远的帕米尔高原，还有一个与红其拉甫边检站齐名的红其拉甫边境派出所，两者名称相近但职责不同，前者负责守国门，后者负责守民心，共同守卫着祖国神经末梢的平安，曾被并称为"双红"，是戍边战友们的精神高地。两个单位无论是现役部队时期，还是转隶为移民管理警察后，都涌现出很多典型模范，始终是我们这支队伍的旗帜。

很多年前，我曾参与策划一期节目，讲述的就是红其拉甫边检站前哨班的故事，结识了当时的教导员范永勇。10年之后我再上高原采访，发现他还坚守在红其拉甫，他说戍边18年，这里已成为生命中最重要的一部分，割舍不下。如今，他已成长为红其拉甫边检站政委。

还有攻克高寒地区蔬菜种植难题，创造绿色奇迹的全国移民管理机构首届"十大国门卫士"孙超，转改时放弃300余万元的转业费，放弃与家人团聚的机会，选择继续留在红其拉甫。他的儿子告诉我："长大了我就去替换爸爸守国门，让他回家陪妈妈。"一番话让我泪湿双眼。

新闻中心的报纸杂志多次报道关于红其拉甫的先进事迹，我也多次用文字表达对"红站"和"红所"的感动与敬意。更加期待能再上高原看望这支英雄的队伍，前方的战友对我们的高原之行，尤其是这份来自江南的特殊礼物也充满期待。部队改革那年，我曾采访过的红其拉甫边境派出所原所长范川川，如今已经调到支队工作。得知我们要去高原的消息，他专门申请回到派出所等我们。还有我采访过的、曾在反恐战斗中屡立战功的于金勇，也结束休假提前归队……

不料准备出发时，我却因临时受领其他任务无法前往，只好带着深深的遗憾，委托新闻中心参加"家国安危事，边关冷暖情"采访活动的同事，把这块沐浴过江南秀山丽水、浸润着书圣血脉墨香、饱含着军属深情、凝聚着一份心意与牵系的珍贵礼物带往高原。

在海拔5100多米的红其拉甫边检站前哨班，在记者们传递的托举中，杂志编辑部于雷主任郑重地将"边关"书法牌匾，交到副队长管仁校手中。蓝天白云、积雪尚存的山脉、肃穆的营房、鲜艳的五星红旗、庄严的警徽、"生命禁区扎下根，天界红哨守国门，丝路建功正青春"标语，以及前哨班战友与采访组记者，共同与"边关"同框，定格为红其拉甫独特的风景，映衬着国门的壮美与宁静，也见证着戍边人的忠诚与坚守。

（原载《中国移民管理报》2024年8月20日）

人文风情

醉在风雅绍兴

杨雅娟　傅为正

悠悠江南，青石白墙，水巷阡陌，古桥如织，山水缠绵。

一叶乌篷，漂过千年的诗意。绍兴，这座江南小城，似一颗璀璨的明珠，静静地镶嵌在浙东的锦绣大地上。

提及绍兴，绕不开一位光映世界的文学巨匠——鲁迅，对先生的崇敬，对三味书屋的憧憬，对百草园的向往，都在推开那扇斑驳的木门后得到印证。咫尺间承载着先生的故事，诉说着岁月的静谧。时空隧道里，先生仿佛在庭院里矗立着，慈祥地微笑，透过岁月的尘埃，凝视着这片他深爱着的土地。轻步走在从三味书屋到百草园的青石板上，我们仿佛看到那个年幼的孩子为了给父亲抓药而来迟了学堂被先生戒训，然后，他在课桌上默默地刻下那个"早"字；仿佛看见一位先生，身着蓝布长褂，以笔作枪，犀利而深刻，直指人心。他的思想如泉水，深邃而灵动，滋润着无数人的心田。

兰亭因书法名作《兰亭集序》而名震天下，为绍兴增添多少水墨香气。东晋永和九年（353年），王羲之邀友饮酒赋诗、"曲水流觞"，兴之所至、挥毫泼墨，便是"天下第一行书"。如今，兰亭融秀美的山水风光、雅致的园林景观，与独享的书坛盛名、丰厚的历史文化积淀于一体，吸引游客与书法爱好者接踵而来，领略书圣遗风。

踏入沈园，仿佛看见了陆游与唐琬那段凄美的爱情故事。初见时的惊鸿一瞥，"红酥手，黄滕酒，满城春色宫墙柳"的美好还历历在目，却未料到"晓风干，泪痕残，欲笺心事，独语斜阑"。重逢时始料未及，但终是有缘无分，最美好的夙愿抵不过"错，错，错！"，有情人的声声叹息在耳边回响"难，难，难！"。伴着风吹过竹叶的低语，心中不免涌起一股淡淡的忧伤，让人为之动容。站在亭台楼阁之间，古朴的建筑、精美的园林有恍若初见的美好，见证往昔夫妻共同生活时的美好，也感叹最终的凄楚与无奈。

绍兴历史悠久、人文荟萃，文化之邦、名士如鲫。上古时代治水英雄大禹手持耜锸、三过家门而不入，为百姓带来了安宁与繁荣；前观巷大乘弄内，布满青苔的青石板路、粉墙黛瓦的竹丝台门，一座粉墙黛瓦、整齐干净、坐北朝南的青藤书屋便是闻名遐迩的徐渭故居；"浙东唐诗之路"上李白、杜甫、王维等为代表的 400 余位文人墨客留下诗篇无数，半个盛唐的丰神余韵在他们笔下尽数展开；宛委山麓，阳明洞天，"阳明心学"在这里萌芽、发源，江南文化与魏晋风骨在这里交融，毓秀钟灵的古越之城，承载着王阳明一生的成就与传奇；越王勾践，唐代贺知章，中国女性革命的象征、"辛亥三杰"之一的秋瑾，北大"永远的校长"蔡元培……无数历史名人、名士的风骨，在岁月长河中绵延承续，经久不衰。

时光缱绻，岁月缓了脚步。

游走在这片土地，漫步在大街小巷，处处萦流文化，有阳光，有清风，有茶香，有酒气，更有文气……仿佛置身于一幅流动的江南水墨画中，青石板间跃动的灵气，呼吸间氤氲的古韵，每一处都充满了画意。

"啊，官人啊！官人你好比天上月，为妻可比是月边星。"一缕清悠婉丽、优美动听的吴侬软语在耳边响起，循声细索，身着精致服饰的演员们在戏台上水袖轻扬，正表演越剧经典剧目《盘夫索夫》。越剧的起源可追溯到清朝末年，它发源于浙江嵊州，并逐渐发展成为一个独立的戏曲剧种。越剧以唱为主，通过精妙的唱腔和细腻的表演，展现江南水乡的灵秀之气和中华文化的博大精深。

"温两碗酒，要一碟茴香豆"，孔乙己在穷困潦倒时也不放弃对绍兴黄酒的执着。实地漫游，让人忍不住品上一杯用糯米和鉴湖水酿制的黄酒，透明澄澈、酒香醇厚，轻抿一口，醇香在舌尖上跳跃。品着黄酒，尝着色香味俱

佳的地道绍兴菜，看着戏台上越剧演员们的精彩演绎，伴着清风明月，枕着烟雨江南，便在稽山镜水中，醉了……

（原载《招生考试报》2024 年 4 月 28 日）

一座江南古城的气质

庄居湘

未曾去过，也未曾认真研究过绍兴。提到绍兴联想最多的便是鲁迅故乡和他笔下的江南水镇。今年，正是"四月江南暑尚微，虚堂初换葛衣时"，我参加由中国报纸副刊研究会、浙江日报报业集团联合主办的"循迹溯源·运河文化绍兴行"百名文化记者采访调研活动。短短几天，随着循迹溯源采访的深入，我仿佛走进历史深处，穿越了绍兴上下几千年。再回首，眼中的绍兴不再只有小桥流水的别致，不再只是吴侬软语的小家碧玉，更不再是那不起眼的邻家小妹，而是令我敬仰的集古气、文气、骨气于一身的大咖！

一

城市是有生命的，也是有个性和气质的。城市气质是独特的历史与人文地理长期交融积淀的结晶，无形而又无处不在。绍兴是充满现代气息的城市，但是当你走近它时，却发现它具有另一种内在气质，那就是古气。何谓古气，《梁书·文学传上·吴均》中有"均文体清拔有古气"，古气指文体之气，这里将其借用为城市之气。

绍兴的古气来自它悠久的文明史和 2500 多年的建城史。我国长江流域下游以南地区的河姆渡文化是距今约 7000 年的新石器时代文化,而绍兴离河姆渡遗址不到 100 公里。大禹是我国历史上第一个统一王朝夏朝的奠基人,更是历代传颂、家喻户晓的治水英雄,这位大英雄与绍兴有着很深的渊源。绍兴境内的会稽山早先叫茅山,大禹治水告成后在这里召集诸侯论功行赏更名为会稽山,会稽即“会计”,这也成了我国会计制度的发端。大禹早年在绍兴娶涂山氏为妻,晚年东巡驾崩又归葬于会稽山。4000 多年后的这个 4 月,在绍兴会稽山麓古木参天的大禹陵全国重点文物保护区,我们一行到此无限景仰地祭拜了这位先祖。古书记载:“禹帝姓姒,名文命。”而绍兴大禹陵外有个禹陵村(现为社区),那里人多姓“姒”。上古八大姓都带有一个“女”,如“姬”“嬴”,而“姒”就是其中之一。据说,全国只有 2000 多人姓姒,基本集中在绍兴。一个“姒”姓禹陵村的存在,顷刻让人觉得绍兴格外古朴厚重。

越王勾践卧薪尝胆的故事尽人皆知。它就发生在春秋战国时期的绍兴。其实,越王勾践还干了一件大事。公元前 490 年,勾践命辅佐大臣范蠡依地势、交通等优势建立了越国都城,绍兴的城市建设自此开始。而这一故事中的范蠡,后弃官经商致富,世传为陶朱公,被后人誉为“中华商圣”。“中国古代四大美女”之一的越国美女西施,就是越王勾践对吴王夫差实施美人计的女主。

从越国建都至今,绍兴历经 2500 多年风雨,城址不变。而绍兴地名的出现也将近 900 年了。1129 年 10 月,在金兵的追击下,宋高宗赵构南逃至越州,12 月,复由越州出奔台州、温州等地,次年 4 月,重返越州,越州两次成为南宋临时首都。1131 年,赵构取“绍奕世之宏休,兴百年之丕绪”之意,改越州为绍兴,并升格为绍兴府。

二

绍兴充满文气。文气本指文章的气韵风格，亦指文脉，有时也形容某人文雅。这里用来形容城市的一种气质。

绍兴是一座文化浸润 2000 多年的城市。行走其中，你就会发现它其实是一座没有围墙的博物馆，全市各级文保单位达 197 处之多，仿佛每一座石拱桥、每一块青石板都在述说历史。在越城区，只需步行，你就可以轻松地从鲁迅读书的三味书屋走到明朝徐渭的青藤书屋，再步行至南宋诗人陆游为前妻唐琬题写《钗头凤》的沈园游览。随便走走，一座不起眼的小桥旁竟立着一块石碑：晋王右军题扇桥。据说，王右军即大书法家王羲之当年路过此桥，见卖六角扇的老婆婆因扇子无人问津满脸愁容，顿生恻隐之心，便提笔在她的扇子上题字，扇子身价倍增，老婆婆大赚了一笔。再看看小巷深处，那泛着油光的青石板路两侧，粉墙黛瓦的屋宇内外，到处印有王羲之的帖、贺知章的诗、陆游的词、徐渭的书画……徜徉大街小巷，书香幽幽，文气习习。

这里文源渊远，文脉流长，以历史时间为轴来看，绍兴大地有新石器文化、大禹文化、古越文化、名士文化、书画文化、唐诗文化、宋韵文化、阳明文化、鲁迅文化等。这些文化像一座座高峰矗立在人们心中。东晋王羲之虽原籍山东琅玡，但定居山阴（今绍兴）。在书法方面，他一变魏晋以来波挑用笔，独创圆转流利之体，与钟繇并称"钟王"。东晋永和九年（353 年）三月上巳，与谢安、孙绰等 41 人，在绍兴兰亭雅集，流觞曲水，饮酒赋诗，乘兴写就了被誉为"天下第一行书"的《兰亭集序》，王羲之因此被后世尊为"书圣"，而兰亭也因这场曲水流觞的风雅，成为书法圣地，每年农历三月初三的兰亭书法节，吸引无数文人墨客竞相前来。而作为中国泼墨大写意绘画的开山鼻祖，明朝的徐渭，生于绍兴长于绍兴，却没有王羲之这样潇洒，他一生坎坷，9 次自杀未遂，自嘲为"几间东倒西歪屋，一个南腔北调人"。在绘画方面，冲破前人因袭的种种樊篱，彻底摒弃传统工笔技法的约束，将花鸟画的抽象境界提升到前所未有的高度，开辟了文人画的新天地。徐渭别号青藤道士，石涛曾言："青藤笔墨人间宝，数十年来无此道。"齐白石则有句："青藤、雪个、大涤子之画，能横涂纵抹，余心极服之，恨不生前三百年，为诸君磨墨理纸。"郑板桥则自刻一方印章："青藤门下牛马走。"

比徐渭大49岁，同为明朝著名思想家的王阳明的故里也在绍兴。王阳明又叫王守仁，自号阳明子，世称阳明先生。10岁迁居山阴。他提出"知行合一"观，创立了"致良知"学说，又称"心学"。他是我国哲学史上的一座里程碑和高峰，其思想流传至日本、朝鲜，以及东南亚地区，至今仍受重视。

三

绍兴人杰地灵，在秀山柔水、吴侬软语中竟透着至柔至刚之气——骨气。何为骨气？骨气，指人刚强不屈的气概，指书法笔力的雄健气势。如果指城市，应是文化鲜明的以敢于开拓与担当、敢于斗争与牺牲、忧国爱民与坚贞不屈为主的公共精神。

这种精神基因可以从大禹治水开始追溯。远古时期，天地茫茫，宇宙洪荒，人民饱受海浸水淹之苦。尧帝让禹父鲧治水。鲧逢洪筑坝，遇水建堤，采用"堙"的办法，9年而水不息。鲧死后，禹受命继续治水，来到绍兴之地，他反其父道凿山疏流，将水引入东海，使这片浅海沼泽之地重新成为平原。大禹治水亲力亲为，《韩非子·五蠹》记述大禹"手执耒臿以为民先"。新婚四天便离家治水。而后8年"三过家门而不入"，他这种身先士卒、坚韧不拔，与洪水抗击的斗争精神，公而忘私不怕牺牲的担当精神，不拘旧法敢于开拓的创新精神被传为千古佳话，成为中华民族精神的重要组成部分，当然也更深地注入绍兴人民的精神基因之中。

千百年来，人们传颂勾践卧薪尝胆的故事，其实推崇的是刻苦自励、发愤图强的精神。《史记·越王勾践世家》称其有"禹之遗烈"。无论是大禹治

水的精神，还是勾践卧薪尝胆的精神，都是中华民族不屈精神的象征，也无声无息地影响着历朝历代的绍兴人。绍兴文化名人中那种不媚流俗、天马行空、我行我素、奋笔状世的思想境界就体现了这种精神。王羲之创造了"飘若浮云、矫若惊龙"的书体，谢灵运开创了山水诗派，杨维桢独创"铁崖诗体"，徐渭创建了大写意青藤画派，张岱的散文自成一体，赵之谦的篆刻独步艺苑……在思想理论上，王充的"求实诚""疾虚妄"，王阳明的"致良知"与"知行合一"，张岱的"物性自遂"说，赵之谦的"野拙"等等，其实都体现了不屈精神。

在忧国爱民方面，每逢国难都有绍兴人挺身而出，为民请命、为国牺牲，充当脊梁式人物。毛泽东曾写道："鉴湖越台名士乡，忧忡为国痛断肠。"徐锡麟、秋瑾、陶成章史称"绍兴辛亥三杰"。陶成章从小以越王勾践为偶像，曾言："会稽乃报仇雪耻之邦……宁能无卧薪尝胆沼吴复越之志乎。"秋瑾曾写《宝剑歌》："死生一事付鸿毛，人生到此方英杰。"面对敌人枪口，他们坚贞不屈，从容就义。"学界泰斗，人世楷模"蔡元培、"民族脊梁"鲁迅、"人民的好总理"周恩来等绍兴籍人士，也纷立潮头，追求独立、自由、民主、科学、爱国、进步。

（原载《长沙晚报》2024 年 6 月 5 日）

碧水清波忆流年

曹雯

"摇啊摇，摇到外婆桥。"童谣里的水乡原来是绍兴。

2024 年春，我因参加中国报纸副刊研究会年会再次来到了母亲的故乡绍兴，印象最深刻的便是那满眼的碧水清波。

绍兴老城河网密布，时至今日水路依旧可以通达城市的任意角落。从古至今，乌篷船是日常交通工具，这种船身狭小、船篷低矮的小船，由划船人手脚并用，轻快前行。不到绍兴你大概无法想象鲁迅先生《社戏》里撑着乌篷船去看戏的场面，今天已经成为游人竞相体验的文旅项目。

"摇啊摇，摇到外婆桥。"乌篷船吱吱向前，河道上，一座座石桥架起两岸居民的生活往来。河道不宽，为了桥下行船方便，绍兴的石桥大多陡峭，形成江南水乡小桥流水的独特景致。

母亲说，绍兴老城里桥的密度很大，几乎每隔百米就有一座。其中最为出名的十座桥，被编成了带谐音的"数字"童谣，它们是：一大木桥、二凰仪桥、三三脚桥、四螺蛳桥、五鲤鱼桥、六福禄桥、七戴坊桥、八八字桥、九酒务桥、十日晖桥。今天随着城市发展变化，部分古桥已经消失或改建，变成马路或留下地名。如同母亲的人生在绍兴、上海、贵阳三地多次辗转后，只留下对故乡深深的想念。

雨落屋檐，炊烟袅袅，屋后河畔高高低低的捣衣声与乌篷船的桨声曾穿起母亲儿时的梦。如今江南草长，杂花生树，时光蹉跎辗转，昔年在石桥上走过的足迹又在哪里？

此前，我与母亲一同回过绍兴。她说，古轩亭口荣禄春老字号饭店隔壁，民国时曾有一栋四层楼的民居，是我的外婆家。外公则住在今天荣禄春马路

斜对面县前街的鲁迅电影院附近。

小时候，母亲住在外公家的老房子里，由她的爷爷奶奶养育，我的外婆每每从上海回乡，只住在荣禄春边上的四层楼房子里。母亲听闻便跑去看她，遥见一个女人凝脂雪肤，好看极了。再大一点，母亲每天去劳动路小学上课，都会途经周恩来祖居。夏天的时候，河水倒灌淹没街面，足足有同学们的大腿那么深。

因河而生的城市，防汛是头等大事。杭州湾潮水来势凶猛，从大禹治水的神话传说到浙东运河上各个时期的水利设施，记录了千百年来人们与水共生的故事。

在浙东运河博物馆，我们了解到运河最初开凿的部分位于绍兴的山阴故水道，始建于春秋时期。到西晋时，开挖西兴运河，此后与曹娥江以东运河形成西起钱塘江、东到东海的完整运河。南宋建都临安后，浙东运河成为当时重要的航运河道。

李白、杜甫、贺知章、王维、陆游、范成大、秦观、鲁迅……历史上，多少文人墨客取道浙东运河，又留下多少传世作品。这些都与运河上的碶闸和堰坝，以及运河所连接自然河流上的桥梁一起成为今天重要的运河遗产。

除了汹涌的潮水，绍兴更有一池让人心泛涟漪的"镜水"。

唐朝大诗人贺知章《回乡偶书》二首其二中那句"唯有门前镜湖水，春风不改旧时波"，写的便是今天的绍兴鉴湖。那一年，86 岁的贺知章告老还乡。归家路上被孩童笑问客从何处来，这让离开家乡 50 多年的贺知章感慨万千。人生易老，世事沧桑，除了眼前这一池春水，昔日的人事几乎已经变化净尽了。

这次绍兴行，我第一次见到了贺知章笔下的镜湖水。春风中，湖水碧绿，两岸烟柳弄晴，船行湖面，徐徐而进，似在画中。确如王羲之所言："山阴道上行，如在镜中游。"

镜湖，又称鉴湖，位于绍兴市柯桥区。今天已成为内含东跨湖桥、快阁、三山、清水闸、柯岩、湖塘等景区的国家级旅游度假区，想要好好游览需花费一整天时间。到鉴湖游玩，少不了购买绍兴特产，其中最具代表性的便是用鉴湖水酿造的绍兴黄酒。

出生于贵州，对于酒多少有些了解，我明白好酒的酿造必须有一个适合酿酒微生物综合协调生长的环境与气候。

绍兴黄酒属于低度酒，不但水分占80%，而且在糖化发酵等过程中都需要水，所以水质好坏直接影响酒的酿造质量。而贵州冠绝天下的美酒——茅台，其酿造同样与贵州赤水河流域的农业生产紧密结合，要顺应季节变换，经历端午踩曲、重阳下沙、长期贮存等工艺环节的淬炼。

鉴湖之于绍兴黄酒，恰如赤水河之于贵州茅台。

如此一想，母亲的绍兴、我的贵州，尽管相隔1700多公里，竟然因这味蕾上的甘醇有了微妙的联结。"摇啊摇，摇到外婆桥。"眼前这一池镜湖水，亦在我心中泛起阵阵涟漪。

（原载《贵州日报》2024年5月24日）

绍兴：历史与现代交融之美

党雪梅

阳春时节，绍兴大地暖风徐吹，中国报纸副刊研究会2023年年会启幕后，"循迹溯源·运河文化绍兴行"百名文化记者采访调研活动随后展开。在数天

时间里，记者们打卡绍兴文化场所，赏美景，品文韵，尝小吃，听越剧，多角度体验绍兴的人文之美，感受绍兴新时代人文经济的变化。

一程山水一程文韵，王阳明故里、大禹陵、书圣故里、浙东运河博物馆、黄酒小镇、兰亭、柯岩鲁镇、鲁迅故里、徐渭故里、越剧小镇……绍兴深厚的文化底蕴令人击节赞叹，人文之歌令人陶醉。

一座没有围墙的博物馆

"绍兴，一座没有围墙的博物馆。"在书圣故里，记者购买了一本绍兴古城博物馆群"护照"，打开"护照"，这句话赫然在目。跟随"护照"打卡绍兴古城博物馆群，有两条路线。其中路线一为"重走红色革命之路"，包含周恩来纪念馆、蔡元培故居、鲁迅故里、秋瑾故居等；路线二为"追寻文人墨客脚步"，包含阳明故里、徐渭艺术馆、书圣故里、鲁迅故里、沈园等。绍兴历史文化之丰富多样、灿烂辉煌，从"护照"上可见一斑。

一座江南老城，无数名人故事。重视教育的绍兴，充满浓浓的书卷气。在这块盛产文人墨客的热土上，孕育了王羲之、王阳明、徐渭、蔡元培、鲁迅等文化名人，绍兴的千古底蕴培育了他们高雅不屈的气节。

百草园内，依然有肥胖的黄蜂伏在菜花上；祖屋旁，一条条乌篷船静静地停泊在河面上；步行街两边，茴香豆的香气在空气中飘散……漫步在鲁迅故里，仿佛行走在鲁迅的精神世界里。在此流连的不仅有来自全国各地的游客，还有众多参与研学的学生，他们在百草堂、三味书屋、鲁迅祖居等地参观，聆听鲁迅的成长经历，在耳濡目染中增进对鲁迅的了解。"横眉冷对千夫指，俯首甘为孺子牛"，鲁迅，这位中华现代文学的巨匠，他如同一座丰碑，永远屹立在人们心中，给予人们丰厚的文学滋养。

一股酒香旺经济

一杯黄酒，如何喝出新滋味？黄酒奶茶、黄酒棒冰、黄酒冰激凌、黄酒咖啡……在绍兴，黄酒衍生品已经成为旅游消费的一大热点。当古老的黄酒与年轻人的时尚消费相结合，传统文化在现代消费理念中焕发出了新的生机。

黄酒是绍兴的经典产业，有着悠久的历史与丰富的文化积淀。近年来，在与白酒、葡萄酒、啤酒的激烈竞争中，绍兴黄酒深挖历史文化内涵，进行消费文化创新，通过新产品、新传播手段吸引年轻人等多元消费群体。主动创新，让绍兴的黄酒之香飘得更远。

浸米、蒸饭、落缸、开耙、压榨、煎酒、封坛、储存，在黄酒小镇，记者们了解了黄酒制作的每一道工序与黄酒的分类。融合了江南水乡之韵和黄酒文化之核的特色小镇，说不清是风景醉人，还是酒香醉人，抑或是绍兴人对于黄酒的守正创新、文化自信更醉人？

一袭水袖舞动文化力量

"在东王村，每个老百姓都能唱上几嗓子。"越剧诞生于绍兴嵊州，嵊州的青山绿水滋养了它的柔和婉转。在越剧的发源地甘霖镇东王村，300多年历史的香樟树见证了越剧的发展。而今，古老的香樟树依然静静地屹立在村里，清风徐来，树叶轻轻摇晃，仿佛向人们诉说着越剧的发展历史。

越剧的发展史就是嵊州人努力奋进的写照。为了谋生，乡村艺人勇闯上海等大城市，众多女班涌入上海后，通过吸收、改革与创新，与都市文化相融合，以其抒情柔美的唱腔和典雅灵秀的表演深受人们喜爱而名扬海外。中华人民共和国成立后，进入鼎盛期的越剧遍布大江南北，成为影响最大的剧种之一，并为世界了解中国戏曲打开了一扇窗。

而今，越剧博物馆、越剧小镇、越剧艺术学校等成为嵊州传承越剧文化的有力载体。青砖灰瓦、小桥流水，悠扬的越剧曲调弥漫在古巷中。漫步在

越剧小镇，我们深深地感受到，越剧不仅活跃在嵊州人日常生活的一个个角落，也深深烙印在嵊州人的精神血脉之中。

嵊州归来看玉林。在三月三期间，玉林十字街再次举办丰富多彩的文艺活动，成为全城关注的焦点。近期，"潮起三月三·桂作家居 风云际鬱"玉林传统铁力木文化暨非遗硬木制作技艺交流活动，掀起了玉林市民对于铁力木文化的自信。作为千年古城，玉林也有着深厚的文化底蕴。近年来，从城市到乡村，玉林上演了一场场文化盛宴，进行文化塑城。与绍兴一样，文化已经成为玉林城市发展的重要推动力之一。

（原载《玉林日报》2024 年 4 月 18 日）

绍兴，在历史的延长线上

吴勇

绍兴为何如此的人文荟萃，群星璀璨？跟随中国报纸副刊研究会"循迹溯源·运河文化绍兴行"采风团到达绍兴，自然而然产生了这样的疑问。

对此，蔡元培先生在为第一版《鲁迅全集》写序言时，就曾给出了一种解释，序言开篇蔡元培先生即引用王献之的一句"行山阴道上，千岩竞秀，万壑争流，令人应接不暇"描绘故乡绍兴得天独厚的自然环境，随后接着说，有了这种环境，于是便有了王逸少的书，陆放翁的诗，直至有了为新文学开山的鲁迅先生。

行走在绍兴老城

如果从地理与历史两个角度去看绍兴，就会发现它与众不同之处。地图上的绍兴有着鲜明的辨识度，北部平原临杭州湾，东西南三面群山连绵。整个市域水系四通八达，密如蛛网，一些地方河流、湖泊的密集程度甚至超过了道路。说到历史，如果从大禹算起，直至近代，用人文与经济两把尺子来丈量，全国范围内，绍兴也是数得着的"优等生"。一些昔日名城或已在历史洪流中失去荣光，而一些今日名城，相比绍兴，在漫长的时间赛道上也只能算作是后起之秀。

绍兴是江南水乡的代名词，某种程度上，贯穿山地、平原中的水网可以看成绍兴文化的底色，错综复杂的水网犹如一条条交织的文化线索，每一条单独拿出来都可以在历史中独立成章——王羲之之于中国书法，王阳明之于中国哲学，徐渭之于绘画，蔡元培之于中国教育，鲁迅之于中国文学和精神……而这些线索在历史的拉力中凝聚起来，最终造就了绍兴的文化面貌。

城市化步伐太快，古典的绍兴需要放慢脚步去感受，行于仓桥直街的石板路上，小巷商铺鳞次栉比，炸臭豆腐摊生意不错，黄酒铺泛着丝丝酒香，桥头几个孩子在嬉闹，循声望去，仿佛瞥见了古城一抹远去的身影。如果将视角拉回清光绪年间至民国初年，从老城西北角迎恩门沿水路进入绍兴老城，将会看到水乡的日常——7.4 平方公里的城中，229 座小桥将河道与街巷连成一体。乌篷船在密集的河道里穿梭，社戏的日子乌篷船在桥下挤作一团，船头脑们正面红耳赤地理论，桥上的人探着头看热闹。途经王羲之、王阳明、徐渭旧宅，路一转，在桥头或许就会与青年蔡元培和从三味书屋放学的少年鲁迅不期而遇，甚至在狭窄街巷里转个身又与阿 Q、孔乙己撞个满怀。说实话，绍兴名人故居密度之高可以冠绝全国，要是在其他地方，每个故居都能"理直气壮"地成为当地名片。在蔡元培故居门前的笔飞弄问当地人，绍兴有多少名人故居？"太多了。"答者用手指着鲁迅故里方向说，一副波澜不惊的

样子。对于绍兴人来说，名人太多，故居转弯便是，见多见久了，便如邻居一般，自然而然成了老城烟火气的一部分。这一低调，反而大气十足。

越地的文化性格

在地图上，如把视角放到绍兴老城之外，众多历史遗迹将从水网和山岭褶皱中显露出来。兰亭、王阳明墓、大禹陵、鉴湖柯岩、王羲之墓……名人故居与历史遗迹呼应，几千年的文化累积层清晰可见。

因为水，大禹来到越地，娶妻生子，留下三过家门而不入的佳话。治水成功，大禹在此聚会诸侯，论功行赏，祭天封禅，绍兴古称"会稽"因此得名。这次大会被看作大禹建立夏朝的象征之一。晚年大禹再次来到会稽大会诸侯，病逝并安葬于此。关于夏朝是怎样的存在，考古学上仍有许多地方需要破解，但据考证，大禹在越地的后人一直传承至今属实，如今大禹陵旁的禹陵村是全国姒姓最集中之地。

因为水，绍兴先民"以船为车，以楫为马"，越王勾践为富国强兵、灭吴争霸，接受大夫范蠡"不处平易之都，据四达之地，将焉立霸王之业"的建议，走出南部山区，修建山阴故水道。运河建成后，越国经济和军事实力大为提振。最终，北上征伐灭掉吴国，勾践成为春秋最后一位霸主，这是绍兴最早的高光时刻。

历史的吊诡之处是，灭吴后勾践放弃了都城绍兴，为求霸中原，不远千里迁都到临近齐国的琅琊（今山东青岛附近）。因过于激进，勾践此举一直为后世诟病，进入战国，都城又被迫迁回江南。如果能重回历史现场，越国大费周章，或许并非灭吴后的一时膨胀和冲动。多年经略，以绍兴为中心的越地已成通江达海，物产丰饶的鱼米之乡。有了这个争霸基本盘，通过陆路水道，越军可北上征伐，通过海路，军事力量能畅通无阻延伸到北方。这给了越人极大的战略信心。另一方面，越人不服输的雄心也不容忽视。据《史记》

记载，越王勾践是大禹后裔，问鼎中原或许是"根正苗红"的一种心理诉求。有一个能卧薪尝胆的王，就一定有一群生猛敢为的民。当时，中原人轻蔑越人文身断发，民愚疾而垢，但越人既然能造出彼时最锋利的刀剑，心里有股桀骜不驯的剑气也不足为奇。铸剑祖师欧冶子铸造的旷世名剑湛卢、纯钧、胜邪、鱼肠、巨阙虽早湮没于世，但越地的尚武精神并没有被时光泯灭。

衣冠南渡重塑了越地气质。如今提到绍兴人，总会浮现满腹经纶的文人雅士形象，倒常常忘了尚武才是越人最早的基因。在历史需要时，越人的锋芒便显露出来了。事实上，绍兴那些开宗立派的文化巨匠，多是文武兼备之士。将心学运用于军事，战功显赫的王阳明退隐之年仍被召赴广西平叛，后逝于得胜归乡途中；泼墨画宗师徐渭在胡宗宪帐中为抗倭效力，屡建奇功；鲜有人知道北大校长蔡元培曾是武力推翻清朝的践行者，一度热衷于研究炸药和行刺；鲁迅手中的笔，骨气之硬，力道之劲，锋芒之锐，"一个都不宽恕"的战斗精神能抵万千雄师……写到此，突然想起柯岩景区那座鬼斧神工般的石柱"云骨"，几十米高耸的石柱，像从天而降的重剑深深扎进地里。上大下小，远看似一股腾空而起的缭绕青烟，几分诗意几分诙谐；近看，则会被它刀削斧劈的粗粝外表感染，头重脚轻，却抗住了时间的捶打，抵住了风雨的侵蚀，就是屹立不倒，一身坚韧不拔、桀骜不驯的倔强骨气。"云骨"的名字好听，生动又意味深长，好似是对绍兴文化性格的一种隐喻。

衣冠南渡与文化再造

绍兴既支撑过越王北伐的雄心，也接纳过永嘉南渡、建炎南渡的仓皇。两次南渡对于当时的朝廷来说，终有不得已而为之的无奈。两次南渡，都是中原历史上空前混乱与残酷杀戮的时代，而文化却剑走偏锋似的迎来了意外的繁荣，只能说幸有越地庇护。绍兴坐拥山水屏障，易守难攻，社会安定，山川秀丽，经济富庶，成为落难的北方士族理想中的东山再起之地。南渡使

中原文明奇迹般在此完成了融合与升级，终破茧成蝶，深刻影响了此后中国文化的走向。有意思的是，当年勾践从绍兴北迁到琅琊（今山东青岛），几百年后，王羲之从琅琊（今山东临沂）南迁到了绍兴，此琅琊虽非彼琅琊，但名字流转间，历史南来北往，冥冥中好似巧合也好似宿命。

到兰亭时，也是一个"天朗气清，惠风和畅"的日子，离三月三上巳节还差几天，但相信春天的轮廓与1671年前并无太大不同，崇山峻岭依旧在，茂林修竹、清流激湍景致亦然。曲水流觞原址已不可考，这并不重要，那年暮春的雅集已在中国文化谱系里枝繁叶茂，这足矣。刻有康熙亲书的《兰亭集序》和乾隆题记的双子碑，高大的身躯立于兰亭，就像"这一伟大传承"的践行者和捍卫者。不得不感慨，与他生前仕途跌宕相比，王羲之身后美名流传，如他在《兰亭集序》里言及的生死无常，人事无常。王羲之的出生时间有两种说法，303年和321年，双方各有论证。抛开枯燥史料，立于兰亭旧地，我更愿意相信前者，东晋永和九年（353年）王羲之正好50岁，天命之年的人才会对生命有如此洒脱通透的感悟。两年后，崇尚清俊洒脱、放浪形骸的王羲之放弃仕途，听从内心召唤，选择寄情山水，搬至嵊州金庭山中，6年后终老于斯。如今离王羲之墓不远的金庭镇华堂村是王羲之后裔最大的聚居地。王羲之第五十四代孙，90岁的王伯江老人是村里名人，有访客时，他便会热情地写上几幅字馈赠，正所谓"旧时王谢堂前燕，飞入寻常百姓家"，书法在村里既是文化传承，也是对祖先荣耀的一种守护。

王阳明墓距兰亭不远。王阳明是不是王羲之直系后裔说法不一，但同样源于琅琊王氏宗族却无争议，1000多年后，王阳明安葬于此，可以算作对祖先的一种守望吧。与王羲之一样，50岁那年对王阳明同样意义深远。1522年春，他的状元父亲王华去世，王阳明回到绍兴，之后这一待就是6年。这段时间，他做得最多的事情就是讲学。绍兴成了当时全国思想重镇，建书院蔚然成风，最终这里成了阳明心学圆善之地。1527年9月，王阳明再次被嘉靖征召，出征广西平叛。出发前夜，宴请学生，饭后王畿和钱德洪继续向王阳明请教，师徒三人移席到宅前天泉桥上，听了王阳明的讲解，两人顿悟，这就是中国哲学史上著名的"天泉证道"。如今，天泉桥在一次考古中被发现，修葺一新后，成为融合传统与当代艺术的王阳明故居的一部分。

秀丽的山水、优雅的人文风韵、厚重的历史文化，以及发达的现代制造业构建起了一个立体的绍兴。如今的绍兴入夜后一副灯火辉煌的都市气派，江南水乡隐于夜色中，像是等待明早苏醒的烟火日常，也像是在日月轮转中蛰伏着蓄势待发。我在想，一个地方的兴衰，总是有其惯性，这背后隐藏着一条历史的延长线，当人文与经济相辅相成之时，沿着这条延长线，你就能看到它的未来。

（原载《北京晚报》2024 年 5 月 16 日）

千年风华浸文韵　诗画水乡品绍兴

龙青云

台门、乌篷船，百草园、三味书屋，黄帝铸镜、兰亭集会……最早在文学作品中知道绍兴，在历史文章里了解绍兴。

绍兴拥有 2500 多年的历史，以独特的文化底蕴和美丽的自然风光，向世界展现着其千年古城的文韵。

多年前慕名游绍兴，今年暮春时节，随中国报纸副刊研究会"循迹溯

源·运河文化绍兴行"采风团再访绍兴，收获良多，感受深刻。

古巷烟雨、运河流水，名人旧居、故事典故，厚重的历史与现代的文明交织交融，铺陈了绍兴一幅独具水乡特色的城市画卷。

在一个与东晋永和九年（353年）那个春天相似的日子里，走进兰亭，想象着王羲之和友人们临流泛觞，饮酒赋诗的情景，感受着王羲之即兴写下被誉为"天下第一行书"的《兰亭集序》时的豪放之情。

伯府大埠头、石碑坊残迹、碧霞池、石门框、饮酒亭……在阳明故里，王阳明纪念馆，探访这位对中国文化影响深远的大儒的思想脉络和心学历程。他的"致良知""知行合一"，影响着一代又一代人。

"伤心桥下春波绿，曾是惊鸿照影来"，在繁花似锦的沈园，看着斑驳墙壁上刻着的两首《钗头凤》，与如织的游人一起感怀陆游与唐琬令人唏嘘的爱情故事。

鲁迅故里的老屋亭榭、一砖一瓦都见证了先生的成长。高大的皂荚树守卫着百草园，鲁迅先生笔下碧绿的菜畦，已经菜花黄艳、蜂飞蝶舞，小草在园中一角肆意生长。

街巷精致古雅，秀水一脉婀娜。穿行于古城的河道之间，欣赏两岸的古建筑和水乡风光。悠悠的船行中，似有千年的宋韵唐音流过……

"我欲因之梦吴越，一夜飞度镜湖月。湖月照我影，送我至剡溪。"在名城数字馆参观时，我们仿佛从吴越古都穿越到现代的运河名城，在潺潺的剡溪水声中，想起李白的名句。

在这里，人们可以追寻历史的足迹，品味千年风华，感受江南水乡的诗意与宁静。无论是阳明故里的心学智慧，越剧的温婉唱腔，还是绍兴黄酒的醇厚味道，抑或是鲁迅故居的文学气息，水乡乌篷船的江南风韵，坡塘村的现代变化，绍兴都在用她自己的方式，向世人展示她的美丽与厚重。

这座古老而充满活力的城市，以现代化的发展吸引着越来越多的目光。

如今的绍兴，集成电路、生物医药、高端装备三大主导产业蓬勃发展；综合保税区、跨境电商综试区、市场采购贸易方式试点三大国家级开放平台效益叠加；2023 年货物进出口总额 4225 亿元，为当地经济社会发展注入强劲动力，产业强城激情澎湃。

绍兴，千年古城，已从历史深处款款走来，正以崭新的姿态奔赴未来！

（原载《盐城晚报》2024 年 7 月 13 日）

风骨绍兴　文脉涌动

解菁莉

当北归的雁群与向南的飞机在新疆的天空"擦肩而过"时，我的思绪已经远赴目的地——绍兴。

望向窗外，想问大雁："江南美不美？"它却无暇顾及，匆匆飞过，去寻它的和美家园了。风在流动，云在游走。从南到北，雁群耗时几十天飞过的几千公里，飞机几个小时就可抵达，我对着雁群微微一笑，原谅了它对我的无视。

在中国报纸副刊研究会"英雄帖"的召唤下，全国各会员报社天南地北同赴江南，百余名文化记者开展了"循迹溯源·运河文化绍兴行"主题采访调研活动。

三月江南，正逢春好。一时间，汽车火车飞机，喷着尾气拉着长笛，大

批才子佳人朝着江南汇集，目的地鲁迅的故乡——绍兴，那是个人杰地灵、凸显江南风骨的梦里水乡。

飞机下降，俯下云层，一地繁荣越来越清晰。绍兴，从诗和远方，到身临其境，江南的美瞬间沁人心脾。与万朵云起处的故乡塔城相比，小雨润如酥的绍兴，如诗如画。一出机舱，南风给我一个大大的拥抱，我与春的气息撞了个满怀。红色、绿色、蓝色的地灯流萤，像是微笑着眨着眼，甜甜地道出："欢迎。"我心愉悦，看什么都很美好。

绍兴，精致、灵动地将时间空间包裹着，让你深吸一口气，就能穿越千百年，认识这里数不清的名人志士，感受这里的厚重人文，了解这里化不开的历史。于是，耳鼻眼口，全感官打开，我热烈地感受绍兴的一切。

一

最早知道"绍兴"这个名字，是因为鲁迅。小时候的课本里，有鲁迅笔下的少年闰土、乌篷船、孔乙己、茴香豆……随着年岁长大，《狂人日记》《朝花夕拾》……让我渐渐打开文学眼界，读了鲁迅，便开始向往他的故乡绍兴，想探究到底是个什么样的境地，能养育出这样的巨匠！向往久了，在心里生出那句话："因为一个人，恋上一座城。"

来到绍兴才发现，这里的人文历史厚重到惊人。绍兴是中国首批历史文化名城和东亚文化之都，是一座拥有2500多年历史的文化古城。绍兴历来名人辈出，素有"士比鲫鱼多"之称。毛泽东曾诗赞"鉴湖越台名士多"。古往今来，绍兴有文武状元27名、进士2238名，有4位北大校长；从大越到山阴，从会稽郡到越州城，从绍兴府到如今的绍兴市，城市的名称在变化，而旷古久远的文脉，底蕴丰厚的文明，一直贯穿古今，绵延不绝；文化气息在岁月长河中传承延续，经久不衰，传承不息。

当我寻古镇、访老街，心里对绍兴的喜爱便装不下了，这大概就是埋在骨子里的文化基因吧。

在绍兴，人们不由自主地会将其与名人联系在一起。如果说名人文化是一个城市的灵魂，那么名人故居则是折射名人文化和承载名人成就的载体，是城市的物化记忆和档案。

遍布全城的名人故居，很多相邻不远，步行而至，像是在串门一样，每一处都在展现这座江南古城的魅力风韵。

其中，鲁迅算是我最早知道的"老熟人"。地处绍兴越城区的鲁迅故居，是一栋清代老台门建筑。古色古香的建筑，高高的墙面上是鲁迅的巨幅画像。熙熙攘攘的人群，除了旅游团，最显眼的就是穿着统一校服研学的孩子们，一排排，一队队，在喧闹的氛围里，展开稚嫩的笑容。我心里生出很多羡慕来——他们这么小就能从实地了解"从百草园到三味书屋"，课文背诵起来一定快多了吧。如今，我年过半百才从文字的想象中，来到课文中描述的现场，真实感受鲁迅笔下的学习生活环境。在百草园，我们跟着解说员找何首乌、覆盆子，肥胖的黄蜂、喜欢唱歌的油蛉子，借鲁迅童年的回忆勾起了自己的童年回忆。

绍兴有个"无中生有"的地方——鲁镇，这是根据鲁迅文章打造的一个去处。鲁镇上的店一家挨一家，卖的大多是黄酒、印糕、茴香豆、梅干菜之类的本地土特产，还有臭豆腐和烧饼。窄窄的街道人来人往，熙熙攘攘的人没能挡住我神游的思绪——脚下这片土地，鲁迅走过，蔡元培走过，陆游走过，王阳明走过，徐渭走过……许许多多的生于此长于此的名人志士走过，那么，我是否算得上与古人先贤并肩而行了呢？

思绪正稠密，忽然，对面走来了阿Q？！戴着黑色破毡帽，留着长辫，一身土黄色补丁短衫，没错，是阿Q。我有点恍惚，平生第一次感觉进入了另一个时空。当我站定才发现，眼前不仅有阿Q，还有绑了他的人，以及公堂上跪地哭泣的妇人。挤过去打听，原来是当地群众的表演秀。

我心里暗暗感叹，绍兴真像是文化的容器，这里似乎人人都在争做有文化功德的人。

绍兴人自豪地说，从古至今，这里孕育了无数文化名人，诸如三过家门而不入的华夏立国始祖大禹、春秋霸主勾践、中华商圣范蠡、书圣王羲之、爱国诗人陆游、狂狷不驯的诗文书画奇才徐渭、倡导知行合一的心学大师王阳明，以及民族脊梁鲁迅、学界泰斗蔡元培、鉴湖女侠秋瑾……这些名人志士的家国情怀，不仅为中华文化留下了丰富的遗产，更以其卓越的风采和坚韧的风骨，展现了绍兴文化的独特魅力和一座城市的文化精神与品格，让绍兴这座城市，从血液里就散发出不屈的文气与骨气。

二

在绍兴，随处可见书法作品。从名胜古迹、名人故居、楼堂匾额，到地铁站、火车站、酒店、中医药店、老字号餐馆、百姓家门楣，都有书法作品。书法艺术浸润在历史文化与古朴悠远的民间烟火气息中，这一点儿也不奇怪，因为这里是书圣王羲之生活的地方。

王羲之原籍在山东琅玡，但他定居在山阴（今绍兴）。东晋永和九年（353 年）农历三月初三，担任会稽内史的王羲之，与名士谢安、孙绰、许询、支遁等 41 人，在兰亭举行消灾除凶、祈求平安的修禊活动，并曲水流觞，饮酒作诗。所谓曲水流觞，是一种古老的游戏。王羲之诸人沿曲水而坐，盛酒的羽觞，随波逐流（类似如今的旋转小火锅），羽觞停滞在谁面前，谁就要作诗一首。这天，王羲之、司徒谢安、左司马孙绰等 11 人均赋四言诗和五言诗各一首；散骑常侍郗昙、前参军王丰之、前上虞令华茂等 15 人各咏诗一首；而侍郎谢瑰、王献之等 16 人，羽觞漂到眼前，却没能"完成作业"，被各罚酒三杯。

酒兴酣时，王羲之为集会者的诗篇作序，他手执鼠须笔，一气呵成，写下了著名的《兰亭集序》。整篇作品虽有涂改，但"字势雄逸，如龙跳天门，虎卧凤阙"，王右军（王羲之担任过右军将军，人称"王右军"）酒醒后多次复写，也无法达到第一稿的水平。尤其为人所称道的是，全文有 20 个"之"字（因世传摹本不同，也有 21 个"之"字之说）和 7 个"不"字，均形态各异，无一雷同。《兰亭集序》不过寥寥数百字却堪称魏晋玄学散文的经典作品，其文风澹泊自然，文笔清新雅致，书法清逸洒脱。《兰亭集序》因其高超的书法水平，被后世誉为"天下第一行书"，是中国书法史上的千古名篇。兰亭也由此闻名。

走进兰亭园，连日断断续续的小雨，让园内的竹笋急迫地探出头来"凑热闹"。前来观光的游客们在"鹅池""曲水流觞""兰亭碑""御碑亭""右军祠"等景点前驻足拍照打卡，而竹笋迎着游客的目光静静地拔起身，它不是千年前的模样，但这并不影响它一心向上的执着，一如绍兴一脉山水滋养出的文心风骨，一茬又一茬地葳蕤每一个春秋。

当年参加兰亭修禊的人已作古，但兰亭修禊与曲水流觞仍在延续。自1985 年开始，每年的农历三月初三，中国兰亭书法节如约而行。近 40 年，以兰亭书法节为核心的兰亭书法活动传承着兰亭文化的形式，承续着传统兰亭，建构起当代兰亭文化，更为重要的是已然化为绍兴的一种生活方式，这正是兰亭文化的魅力所在。

王羲之写下了《兰亭集序》两年后，便称病辞去会稽内史一职，顺剡溪而下，隐居于金庭，就是今天的嵊州。

被古柏、香樟围绕着的屋舍就是书圣旧居金庭观，王羲之就葬在山上。沿着一条鹅卵石铺就的小路拾级而上，两旁松柏肃立，一种静穆的气息逼近。不久，树木掩映处，一座高大的石坊便映入眼帘，坊梁上刻有"晋王右军墓道"六个字，就是书圣的墓地了。碑亭石柱上书有楹联："一管擎天笔，千秋誓墓文。"上联赞叹书圣书艺，下联叹赏其书德，对仗精巧，用典熨帖。

据说，王羲之离世后，六子操之在金庭繁衍生息，形成了一个庞大的王氏家族。王氏后代多擅书画，喜欢将书画悬于厅堂供人品赏，故其宅有"画堂"之称。后来，由于屋舍精丽且山水清妙，便将"画堂"改为村名"华堂"。如今，金庭镇华堂村已是嵊州市最大的行政村，居住着王氏数代后裔共 4000余人。

晴朗的午后，到达华堂村。青砖灰瓦、庄重素雅的徽派建筑，墙、砖、石、木上的雕纹匠心独具，卵石小道泛着幽光，处处透着清静、干净。顺着路，我们走过牌坊、祠堂、戏台、水井，我心里一步一响，水声、风声、锣鼓声、老少妇孺的轻言细语声，等等，将历史一寸一寸展现于眼前。

在王羲之家训综合馆，除了王羲之创立完善的"王羲之家训"，还有全村各姓氏村民家的家训，均以毛笔抄写，整齐挂于墙上，其字体优美、书写工整、笔法很有功底。我们纷纷找寻与自己同姓的家训，念罢，不忘拍照留存。

这里，每家每户都是传承和光大文明的根脉，而家训则是立家之本、兴村之魂，是最直接最深刻影响后代世界观、人生观、价值观、道德观的文韵。也因此，华堂村千百年来，文脉悠悠，乡音不改，书艺飘香，人才济济，以"书圣故里"声名远播。

转而来到一处老屋，陈设简陋，居中两排书桌，屋主人是今年 90 岁的王伯江。他自我介绍是王羲之的第五十四代孙，从教师岗位退休后，平日以辅导孩子们习字为乐。桌上铺开的宣纸墨迹未干，四周贴满了各式书画作品，老人说这都是村民的习作，村里上到耄耋老人，下到几岁孩童，都对书法情有独钟，这是血脉传承，语气中颇有几分自豪。

同行的人向老人求字，老人稳健挥笔写就"致远"，字架饱满、笔锋飘逸，落款签章，一丝不苟，令人敬佩。

三

悠久的历史积淀出丰厚的文化遗产，也滋养着民间文艺的花朵。近年来传统戏曲、曲艺频焕新彩，随之掀起"国风""国潮"文化现象，同时成为新媒体时代的流量密码。

人们都说，新疆人能歌善舞，文艺细胞发达，而我是个例外，对各类剧种都不了解。来到嵊州，便对越剧有了初步了解。

越剧，扮相美、身姿美、唱腔美。虽然没有字幕，我一句也听不懂，但是那清丽婉约的唱腔、典雅灵秀的表演，却能在心里久久不散。正所谓："听不懂的是词，忘不掉的是曲。"

从嵊州往西行驶约 10 公里，便到了越剧的发源地——甘霖镇东王村。村口的一棵百年老樟树枝繁叶茂、绿荫葱茏，俯瞰着这里万事万物的从无到有、从小到大的变化。

东王村原党支部书记李秋顺说，嵊州一带农村自古就有说唱的传统，开始为"田头歌唱"。1906 年 3 月 27 日，东王村的李世泉、高炳火、钱景松等几位说唱艺人，在村香火堂前用 4 个稻桶垫底，铺上门板，搭起一个"草台"，首次在台上演出《十件头》等曲目。这次简陋的演出，揭开了中国戏曲史新的一页，越剧从此诞生。中华人民共和国成立后，进入鼎盛期的越剧遍布大江南北，成为影响最大的剧种之一，并为世界了解中国戏曲打开了一扇窗。

越剧在东王村诞生后不久，便从剡溪启航，沿着曹娥江顺流而下，到了上海。从最初全是男子的小歌班，到后来的女子科班，源自嵊州的越剧吸收海派文化"敢为天下先"的精神，不断冲破传统的樊篱，始终与时代同行。如今，在越剧艺校、越剧博物馆、越剧艺术中心、百个民营越剧团……在嵊州的山水之间，越剧的丝弦一直在飘扬。

李秋顺手持话筒，站在稻桶"草台"上，即兴为大家唱了一段越剧，在大家的掌声中，他无不自豪地说："这里大大小小的人都能唱几句的。"

因一部《新龙门客栈》走红的越剧小生、浙江小百花越剧团演员、越剧名角陈丽君，1992 年出生于嵊州。她在文章《读好优秀传统文化这本大书》中提起，从记事起，她就在漫山的茶香里，听着长辈们唱"我家有个小九妹"。梁山伯和祝英台、贾宝玉和林黛玉、许仙和白素贞，戏文里那些传奇动人的故事，就这样伴着婉转悠长的越腔越调，渐渐唤起她对这门艺术的热爱。

陈丽君所在的浙江小百花越剧团，建团 40 年来，从未停止过创新探索。剧团不仅突破了才子佳人的传统叙事，把《孔乙己》这样蕴含深刻思想的现代作品搬上了越剧舞台，还创新改编国外作品，将布莱希特戏剧融入中国戏曲。

由剡溪水滋养出的越剧虽出身乡野，但因为有魏晋遗风、唐宋诗韵的浸染，自诞生起就有一股清雅之风。2006 年，越剧被列入首批国家级非物质文化遗产名录，成了"浙东唐诗之路"上的又一颗璀璨明珠。

在占地 200 余亩的嵊州越剧艺术学校内，亭台蕴秀，碧水萦回，处处透着秀丽的美，像是一座园林。雅韵声声，越音袅袅，女孩子们一字排开，袖若流水清泓，纤腰灵动，回眸浅笑，倾身起舞，犹如月下仙子。台上一分钟，台下十年功。每一个优美的舞姿都离不开平日里的基本功。那些妙龄女孩，穿行于校园，教室、琴房、声乐室、练功房，正在老师的口令中，一遍遍重复着形体训练基本动作，稚嫩的青春面庞，红扑扑、汗涔涔。据说，这里的毕业生都是香饽饽，全国越剧团，每个团都有嵊州艺校人。迄今，该校已陆续向全国众多专业文艺团体输送了 2000 多名优秀演员、演奏员，其中包括"梅花奖"得主黄美菊、徐铭、蔡浙飞等越剧代表性人物。

目前，嵊州拥有各种戏迷组织 130 个，建成越剧文化示范村近 30 个、城市社区戏迷角 20 多个；有越剧团 100 多家、从业人员近 8000 人，常年演出不断。

在隶属绍兴市越城区鉴湖街道的坡塘村文化礼堂开展的"戏曲进礼堂　欢乐乡村行"文艺巡演中，绍兴市演艺集团、绍兴市歌舞剧院的名角表演了越剧

《天上掉下个林妹妹》、绍剧《一从大地起风雷》等曲目。大家赞叹，想不到山村里居然有这么高水平的文化演出。坡塘村党委书记、村委会主任罗国海说，文化礼堂是浙江乡村文化阵地的一块"金字招牌"，全省已建成20511家，实现了500人以上行政村全覆盖。

一方水土养一方人，运河之水滚滚向前，绍兴的水土、文化精神滋养着它的子孙，"地以人贵，人以地传"。

江南有风骨，城市传文脉。文明是一种血脉的延续，每个时代都有一些名字，在大地上翰墨流芳。

绍兴，用江南运河做底色，以名人、书法、越剧等为载体，让我共享了春日明媚。

绍兴，正以开放、文明、大气的姿态，在新时代里创造着新的传奇。

绍兴，一城文化，半城圣贤。文化，何以不自信？！

（原载《塔城日报》2024年7月15日）

绍兴：向水而生

徐渭明

都说水是无形的，但绍兴人用总长10887公里的6759条河流，外加湖堤、海塘、池坎，在8279平方公里的土地上为水打造出千姿百态的模样。

都说水是无味的，但绍兴人把水掺进糯米里，加曲、发酵，酿造出馥郁

甜美、风味醇厚的黄酒，激发出这片土地千百年来经久不衰的诗情才气。

都说水是柔弱的，但绍兴人从水流里悟得韧性，在山水间锤炼风骨，每当国家民族有难时，"我以我血荐轩辕"的仁人志士层出不穷。

神州大地上，临江临河、面海面湖的城市有很多，但恐怕没有一座城市像绍兴一样，与水有着那么亲密的血肉般的联系。在绍兴，水是城市的肌理，也是城市的灵魂。

一

此刻，我正站在鉴湖中央的一座石拱桥上。我的前面，是一条略有不规则弧度的水上石板路，朝着夕阳那端不断延伸着。湖面泛起金光，窄窄的石板路面也有断断续续的光斑闪烁，如一个个飘忽的历史断面。

这条蜿蜒于湖上的石板路，是令中外学者刮目相看的古纤道，为浙东运河绍兴段所独有。这条看上去泛着古意、略显沧桑的水上路桥，是世界文化遗产大运河具有代表性的文化遗存。

其实，绍兴 2500 多年的建城史以及发展史，就是一部征服水患、善用水力、巧借水势的水利史，而浙东运河在绍兴千年不息地流淌，正是绍兴向水而生的一个历史侧影。

公元前 490 年，"入吴为奴"的越王勾践从吴国回到越地，开始"十年生聚、十年教训"的卧薪尝胆、励精图治。他令范蠡从山谷迁出到海边高地，筑成勾践小城和山阴大城，又采纳计倪"或水或塘，因熟积以备四方"的建议，对潮汐出没、盐碱涝渍的沿海地带进行大规模改造。改造的第一步，便是开掘山阴故水道。而后，又组织人力修筑海塘，拒咸蓄淡，开辟出粮食产区富中大塘。《越绝书》卷八记载："山阴故水道，出东郭，从郡阳春亭，去县五十里。"山阴水道解决了当初越国沼泽遍地、交通难的问题，畅通了粮食基地富中大塘、冶金基地炼塘与越国都城的交通联系，为越国的崛起提供了物质基础。

让勾践想不到的是，当山阴故水道掘下第一锹土的时候，中国历史上最早的运河之一的浙东运河便开启了灿烂的篇章。山阴故水道之于浙东运河，有如邗沟之于京杭大运河、鸿沟之于隋唐大运河，书写着中国古人的治水智慧。

到东汉，"鉴湖之父"马臻登场了。这位见识过都江堰的四川人一到任绍兴太守，便详考农田水利，组织了13个县的民工，将山阴古城东西两面的庞杂水体整治修建成周长358里的镜湖，山阴故水道的一段成为镜湖的组成部分。此湖上蓄山洪，下拒咸潮，使绍兴周边9000余顷良田得以旱涝保收。

我曾行走在绍兴大地，寻觅山阴故水道遗迹；也曾对着地图，查看浙东运河在绍兴一带的走向。密集的蓝色河流图标，时常让我迷失目标。于是我请教专家，专家的回答让我豁然开朗：绍兴是浙东运河的枢纽，因此这一带的浙东运河包括城内运河、护城河、山阴故水道等水体。

原来，流经绍兴的浙东运河，不是一般意义上的一条水道，而是一个偌大的水网体系。在这个体系内，航运、漕运、水驿以及调节水位等功能一应俱全。

由此，我联想到关于绍兴与浙东运河的一个故事和两组数字。

故事来自15世纪的朝鲜文官崔溥。1488年，崔溥在济州岛公干，获悉父亡，忙登船奔丧。哪知遇到风暴，所乘船只反向漂到现今浙江三门界。登陆时，他与同伴被当地百姓误认为是倭寇，附近的官兵又没有确认他们身份的权限，于是只好递解他们到宁波，然后坐船沿浙东运河到达绍兴。

崔溥的待遇至此来了个大翻转。驻绍兴的总督备倭署都指挥佥事黄宗、巡视海道副使吴文元、布政司分守右参议陈潭接见崔溥一行，审了他递交的事件陈述状纸，验了他随身携带的官印和文书，认定了他朝鲜官员的身份。三位官员与崔溥畅聊，"饱以餐饭"，临别又赠送他丰厚的礼物。自此，崔溥一行享受着外交礼遇一路前行，并受到明朝皇帝接见，后经陆路返回朝鲜。

崔溥对熙攘繁华的绍兴城留下了深刻印象，用"阛阓之繁，人物之盛"来描述它，并把它与周边城市进行了比较。

这一比较，引起了当代绍兴学者的关注，他们查阅典籍对明清时期绍兴人口进行了考证，得出的结论是：明末绍兴府总人口保守估计达 460 万人，太平天国武装进入浙江前绍兴府人口更多达 478 万人。绍兴稳居当时浙江人口第一大府，依托浙东运河发展起来的人口红利明显。

另一组数据，来自近期的一篇报纸文章：如今，全长 101.4 公里、涉及 21 个镇街的浙东运河绍兴段流域，以占 10% 的市域面积，产出占全市 20% 的地区生产总值，滋养了占全市 30% 的人口。

二

阳春时节，在绍兴黄酒发祥地东浦的黄酒小镇，来自天南地北的游客，正在观看酿酒师傅为春榨结束做的黄酒封坛；数十公里外的新昌天姥山中，也正有一群游客簇拥着横板桥村绍兴黄酒生活馆的一张八仙桌，看一坛黄酒开启。

这是一群外地来此采风的青年作家，他们人手一碗"开甏老酒"，徐徐举起，对着摄像镜头齐声说：品越韵佳酿，走唐诗之路！

曾让李白梦游的天姥山，是"浙东唐诗之路"的重要节点。而作家们的这句采风主题词，瞬间把绍兴黄酒、唐诗之路、绍兴流韵十足的文化特性三者紧密联系在一起。看似风马牛不相及，却恰可深深勾起人们的探究欲。

毫无疑问，黄酒是绍兴历史悠久的一张名片。当年，勾践为富国强兵，出台了奖励生育的政策，这政策与黄酒相关。《国语·越语》载："生丈夫，二壶酒，一犬。生女子，二壶酒，一豚。……生二子，公与之饩。"

自勾践时代至今，绍兴黄酒已经酿制了 2500 多年。在那么漫长的岁月里，散布在全国各地的黄酒酿造渐渐式微了，而绍兴黄酒依然独步天下。

缘何如此？绍兴人说："汲取门前鉴湖水，酿得绍酒万里香。"

原来，还是水的功劳。不过我相信，比水功劳更大的，是喝着鉴湖水成长的一代代绍兴人。

绍兴人酿酒也喝酒。当地一篇新媒体文章写道：黄酒对于绍兴人来说，更像是一种生活方式。我诚以为然。真的，黄酒这种在漫长的时光里慢慢陈酿出来的琼浆，时刻慰藉着绍兴人的生活，慰藉着绍兴人的灵魂。

我曾观摩过绍兴黄酒冬酿的场面。沿袭流传了千百年的习俗，立冬这一天，绍兴黄酒开始投料发酵。传统的酿酒技艺，遵循天时，又在技术上不断改进，历经浸米、蒸饭、落罐、发酵、开耙、煎酒等几十道工序，循季雕琢，冬夏交叠。

面对着热烈的冬酿场面，我不由想到，绍兴人是把水和稻米之间的关系琢磨得最透的人群，如同数学高手：如果把水米结合做成饭视作一次方程的话，那么，用水和米酿制成酒，便是二次方程，再把酒与山水结合产出才气诗情，便是三次方程了。

20 世纪末，曾有学者对《全唐诗》作过细细统计，提出一个令人耳目一新的文化地理概念：到过越中的唐代诗人共有 451 位，约占收载诗人总数的 1/5，他们留下的关于浙东的诗歌多达 1500 多首，从而形成了一条以唐诗为主题、唐代诗人的水陆交通行迹为纽带的诗歌文化线路——"浙东唐诗之路"。

这条诗路的西段与浙东运河西段重合，抵达绍兴后，则依托一湖（鉴湖）一溪（剡溪）向两盆（剡中盆地和沃州盆地）三山（会稽山、四明山、天台山）延伸，以水路为主，辅以陆路。诗人们陆陆续续来到这里，或峨冠博带，或青衣布衫。他们泛舟水道，感受水天一色；他们登临山巅，笑看云霞明灭。悠悠怀古之情，秀丽山水胜景，和着黄酒浓酽的醇香，触发着他们的灵感。于是，他们在行进的小舟上，或驿站的凉亭里，写下了许多至今让我们心仪不已的诗句。

"湖月照我影，送我至剡溪。"李白说。

"越女天下白，鉴湖五月凉。"杜甫说。

"时时引领望天末，何处青山是越中。"孟浩然说。

有学者撰文指出"唐诗之路"的繁荣与绍兴黄酒分不开，甚至有学者提出了"黄酒诱惑"的概念，把它认定为"唐诗之路"形成的原因之一。在我看来，"唐诗之路"形成的原因是多方面的，比如浙东山水的神奇灵秀，比如魏晋风度和山水诗的吸引，比如道教、佛教文化在浙东的兴盛，等等。黄酒只是诱因，却又是诗情不可或缺的催化剂。

从这个意义上说，"唐诗之路"是铺陈在浙东大地上由水、酒和诗相互交融出的诗意。

三

每次参观三味书屋，我总会在屋外的乌篷船码头边站一会，看窄窄的水巷里乌篷船穿梭的样子，看船桨沾起的水花飘飞的样子。乌篷船曾是绍兴水乡流动的生命，是绍兴人千百年来习以为常的出行工具。我总觉得，乌篷船桨的起落里，或许隐藏着绍兴人秉性中与水互动、向水而生的基因密码。

现在上下乌篷船的人，除了船家，基本上是游客。但我知道，在曾经的漫长岁月里，乘坐乌篷船的绝大多数是绍兴人，因为乌篷船是水乡泽国与外面世界勾连的载体。

作为交通枢纽、运河重镇，地势低平的绍兴一直是远近人们羡慕的"高地"：市场繁荣造就的"财富高地"，文化昌盛造就的"人才高地"。在鉴湖水的滋养下，在充裕物质的支撑下，绍兴古城人才辈出。

乌篷船见证了这一切。岁月长河里，乌篷船桨欸乃着，漾出一层层经久不息的历史涟漪。那些熠熠生辉的名字，乌篷船依稀记得——实在太多了，总有挂一漏万的疑感：王充、王羲之、谢灵运、贺知章、陆游、徐渭、章学诚、赵之谦、蔡元培、鲁迅……

还有许许多多的名字被记录在各式名册里，不为人们知晓。据官方统计，绍兴历史上出过 27 名文武状元、2238 位进士，这数字可谓卓尔不群。其实，更多坐着乌篷船远走五湖四海的，是数以万计的"绍兴师爷"，这样专业性、集群式的人才输出和文化输出，在全中国是绝无仅有的。

特别令人瞩目的是，偏居江南一隅、远离政治中心的绍兴名士，时常具有引领时代的智慧和担当。"浙学开山之祖"王充，在近 2000 年前就以《论衡》亮出了"无神论"；谢灵运寄情山水间，成了中国"山水诗派"鼻祖；贺知章的"一花引来万花开"，开启盛唐诗风；蔡元培高举"思想自由，兼容并包"旗帜，开创了一代学术风气；鲁迅高喊着"救救孩子"，终成中国现代文学奠基人……小小乌篷船，竟也载得动壮美的文笔和厚重的思想。

要论对绍兴人秉性影响最深的，还要上溯到勾践以行动铸就的"胆剑精神"。

从字面上理解，"胆"指向的是卧薪尝胆，喻示着一种忍辱负重的奋斗姿态；"剑"指向的是越王剑，象征着一种勇往直前的奋进姿态。这种精神在一代代的传承中不断丰富着，家国情怀、担当意识、锐意进取等内涵也渐渐融入其中，成为绍兴人奋发图强的文化养分。

历史奔行到 20 世纪初，突然显得力不从心。千疮百孔的中国，踟蹰在专制和民主的十字路口。

大江南北的绍兴优秀儿女行动起来了。先是秋瑾、徐锡麟、陶成章等，为推翻清廷、创立共和努力建功，继而是周恩来、俞秀松、宣中华等，传播马列主义、创建党团组织为革命作出贡献。

风起云涌的那个年代，他们的事迹太多，在此仅以秋瑾为例。本来，秋瑾是可以过着锦衣玉食的生活的。本来，秋瑾也是可以不回绍兴的。只是作为光复会骨干的秋瑾觉得自己有责任回来，用一场起义来唤醒故乡民众的图

强和革命意识。大时代的风云里，有纸醉金迷，也有刀光剑影，而她，选择了后者。她是"鉴湖女侠"，她肩负同时代女子无法理解的使命。

可惜，与她相约起义的徐锡麟在安庆兵败被害了。其实她是有时间撤离的，受命抓捕她的县令李忠岳敬佩她，刻意拖延了三天；离大通学堂不远处，就停着可让她遁迹的乌篷船。但她不走，她端坐着，看骤起的狂风吹乱暑天的乌云。当她决定留下来慷慨赴死的那一刻，她应该想起了谭嗣同被捕前的豪言，想起了徐锡麟视死如归的面容。

我读过秋瑾的一首诗，与酒有关，更与剑胆有关："不惜千金买宝刀，貂裘换酒也堪豪。一腔热血勤珍重，洒去犹能化碧涛。"读完此诗时，我的耳边恍惚响起了绍剧的高腔，激昂、豪迈、荡气回肠。

现在，在绍兴城里，高亢的绍剧很少听到了，但水巷依旧，乌篷船依旧。乌篷船穿梭在水巷，拉扯着水网，拉扯出越中的多少侠骨柔肠？拉扯出绍兴的多少风流桀骜？

四

初夏来临时，我重访绍兴。站在广宁桥上，粽香扑鼻。绿树掩映的水岸边，一队游学的少年从八字桥那边走来，带队的小伙子声音洪亮地给少年们介绍着绍兴的历史。待走到广字桥块，小伙子指着纵横的河道和临水的民居，说要教给少年们一首诗。

我细听小伙子的朗诵，知道诗作者是陈桥驿。

陈桥驿是当代绍兴籍学术泰斗，著名的历史地理学家。他一生与"水"打交道，先是集大成式地研究郦道元的《水经注》，后又为被低估的浙东运河地位呼吁正名，从而为包括浙东运河在内的大运河申遗成功奠定了理论基础和技术支撑。陈先生的诗这样写道：

绍兴之名天下知，半城河港半城诗。

会稽山上传禹迹，投醪河边犒越师。

兰亭修禊书集序，沈园邂逅题壁词。

承前启后赖持续，蓝天碧水无尽时。

（原载《解放日报》2024 年 6 月 30 日）

春日绍兴

何亮

上次来绍兴，是 20 年前。出差路过，只有半天，淋着霏霏秋雨，踩着一地落叶，仅参观了鲁迅故居和蔡元培故居，就匆匆回到火车站继续赶路。

那时关于绍兴，我也只知这两位文化名人，对其他人物景观无甚概念。记得鲁迅故居是游人如织，蔡元培故居却门可罗雀，我还为此心生嗟叹，因为在我心目中，孑民先生亦近代中国文化事业一伟人也，毛主席也赞之为"学界泰斗，人世楷模"呢。

这次又到绍兴，是为了参加一个以浙东运河文化为主题的采风活动。正是江南春日，又逢雨后初晴，穿城入巷的运河碧波上，虽有些许落英，夹岸仍是繁花满树，桃若红霞，樱似粉云，山茶胜火。又不需掐着时间赶火车，心情轻松，步履从容。就对这座千年古城及所辖地域的人文风情、山水景观

有了更多了解，方知绍兴的文化如此厚重，名人大家灿若群星。

绍兴古称会稽，也叫越州。大禹治水功成，会诸侯于此地，计功封赏，并将聚会的茅山更名为会稽山，会稽者，"会计"也。大禹死后也葬于会稽山。此事由《史记·夏本纪》记载，太史公自序中还说他曾亲自"上会稽，探禹穴"，可见此间文脉之久远。春秋时期越国在此定都，所以隋唐两朝这里也称越州。得名绍兴，则始于南宋，高宗赵构为避金兵退守江南，驻跸越州，改年号为绍兴，并欲以此为都城；后虽迁往杭州定都，仍将越州升格为绍兴府，取"绍奕世之宏休，兴百年之丕绪"之义。

绍兴是浙东运河的核心地段，可经水路西通杭州，东至宁波，并因运河与浙东多条江溪相连。其中最著名的是剡溪，是通往天姥山的必经水路，魏晋时期就常有文人骚客往来其间，唐代更成为诗家胜境，颇类于今日之网红打卡地。诗仙李白来过，"兴从剡溪起，思绕梁园发"；诗圣杜甫也游过，"剡溪蕴秀异，欲罢不能忘"。有人统计过，全唐诗留名的 2000 多位诗人中，竟有 400 多位来过绍兴，游过剡溪，可谓一条剡溪，半部唐诗。

略感遗憾的是，如今高速路网发达，长桥越河过江，已很难再有船游山水间"湖月照我影，送我至剡溪"的体验。一帮记者同行就只能在奔驰的大巴上望一眼江桥两边的碧水，发几许思古幽情了。不过，当我们来到王羲之晚年归隐的嵊州市华堂村时，还是看到了不输当年的秀山俊水，领悟到书圣缘何钟情于斯，退隐于斯，归葬于斯。村落不大，有镌着"书圣"字样的牌坊和古朴庄严的王氏宗祠，剡溪的支流平溪江穿村而过，由书圣后人在 600 年前修建的九曲水圳，迄今仍绕户经巷，清如新泉，既便于村民生活，又极富美感，像放大了数倍的曲水流觞。

绍兴城郊的兰亭，则是时任会稽内史的王羲之和文友高朋雅集宴饮之地。被誉为"天下第一行书"的《兰亭集序》便缘此而生，不仅对后世书法影响深远，也是文学史上的精品美篇。我们到兰亭那天，成群结队的中小学生也来此春游，看到孩子们在书圣雕像前虔诚膜拜，在古体的鹅字碑前运指摹画，还有年轻的母亲带了孩子在"太"字碑前合影，对还是学龄前的幼童讲解"大"字怎么就变成了"太"——那是王羲之教儿子献之习书的故事。

此情此景，真是让人感动。

文化的传承，文脉的赓续，无非就是这样的耳濡目染，这样的自幼熏陶吧。

宋代爱国诗人陆游是绍兴人，其"王师北定中原日，家祭无忘告乃翁"激发了多少仁人志士的家国情怀！明代的书画奇才徐渭是绍兴人，号青藤居士，连郑板桥也自称为"青藤门下走狗"。明代心学大师王阳明故居也在绍兴，曾国藩誉之为"开出新风气，功不在禹下"。绍兴自隋唐开科取士以来，先后出过 27 名文武状元、2238 名进士，堪称"士比鲫鱼多"。

由此，也就可知绍兴缘何又有蔡元培这样伟大的教育家、思想家，有鲁迅这样的文学巨匠。

这就是文化的力量。

历代乡贤为绍兴树立了榜样，丰厚了文脉，现代的绍兴也珍惜这得天独厚的文化资源，为保护与传承中华优秀文化尽心竭力。会稽山的大禹陵得到了精心保护，在陵前山地兴建了博物馆，以考古实物和图片将大禹治水精神生动形象地加以展示——何谓公而忘私，何谓坚韧不拔，又该如何尊重自然、因势利导，如何严明法度、公正廉明。浙东运河的古纤道、古桥保存完好，让高铁时代的人们仍能亲临古境，领悟先辈的匠心和艰辛，不忘筚路蓝缕的过往。王羲之会友的兰亭，陆游题诗的沈园，徐渭作画的青藤书屋，王阳明的早已倾圮的故居，都在近年内得以修缮或旧址重建。重建的阳明故居内还特意保留了原址遗留的大片地砖，以钢化玻璃覆于其上，让人遐想大师曾在此留下过幼时的足迹。

让我倍感欣慰的是蔡元培故居旁也新建起一座子民图书馆，总建筑面积

1.44万平方米，同时也是先生的纪念馆，将先生的出身由来、生平事迹和身后赞誉详作展示，并直接连通先生故居。故居内的游人显然也多了起来，再不像我上回来时那样冷清，而且多是些年轻人，有的在先生考中进士的试卷前凝神细观，有的在先生任校长时的北大组织结构图前轻声赞叹，在与先生的铜像合影时，敛手肃立，满怀景仰。

如果说鲁迅先生代表了中国新文化的方向，那么孑民先生既是鲁迅的伯乐（鲁迅入京到教育部任职、在北大兼职授课，皆由蔡元培引荐），也是为中国现代教育事业作了最杰出贡献的伟人。他的"思想自由，兼容并包"的办学思想，"以美育代宗教"的社会教育观，以及力倡科学救国，"国力之强弱与科学发达的程度密切相关"的理念，迄今仍如洪钟震响，激励我们向着中华民族伟大复兴的宏伟目标奋勇迈进。

鲁迅与蔡元培，和他们由中汲取营养增长智慧的绍兴先贤一样，既是绍兴这方文化厚土结出的果，又是今日绍兴文化繁盛、人杰辈出的因。蔡公之外，绍兴竟还产生过马寅初等3位北大校长，并为新中国贡献了84位两院院士，有哪个地级市能与之比肩？

一路走，一路看，一路遐想。在这繁花满树的春日，循着浙东运河沿岸历代先贤的足迹，我也深切感悟到了在赓续文脉、弘扬文化上如春日艳阳般的绍兴。临别时，东道主浙江日报报业集团的记者对来自各地的同行进行采访，四川报纸副刊研究会的雷健会长说出了大家的共同感受：绍兴对文化资源的发掘和保护太走心了，不管是赓续文化薪火，还是对传统文化创新转化，都做得非常出色！

问到我时，我只补充了一句感言：我们不是讲文化自信么，请来绍兴看一看吧，这里就是文化自信最好的注脚。

（原载《火箭兵报》2024年4月19日）

那条叫剡溪的河

胡晓斌

"云青青兮欲雨，水澹澹兮生烟。"这从诗歌里走出的句子，成了眼前最好的写照。

剡溪不是溪——涓涓的溪水是山间的细水，剡溪，却是一条河，这条河是绍兴嵊州的母亲河，再说得壮阔一些，就是曹娥江在嵊州的那段水系，它，最终汇入钱塘江，奔流入海。

因为两个著名人物，剡溪的知名度大增。

其一是李白。他在天马行空的《梦游天姥吟留别》中写道："湖月照我影，送我至剡溪。"想来，在唐朝皎洁月色下，剡溪的波光也一定是平静的，浪漫的诗人一路以明月指路，抵达剡溪。

还有一位是王子猷。他是大书法家王羲之的第五个儿子。《世说新语》里这样记载："王子猷居山阴，夜大雪，眠觉，开室，命酌酒。四望皎然，因起彷徨，咏左思《招隐》诗，忽忆戴安道。时戴在剡，即便夜乘小舟就之。经宿方至，造门不前而返。人问其故，王曰：'吾本乘兴而行，兴尽而返，何必见戴？'"这便是脍炙人口的典故"雪夜访戴"。

流淌着浪漫和潇洒的剡溪，怎能不让人神往？

到嵊州时，暮色四起，忽降瓢泼大雨。位于剡溪岸边的住处恰好能俯瞰剡溪大桥。在夜色和雨声中，头枕剡溪，一夜好眠。第二天一大早，拉开窗帘，阔大的落地窗外天色早已放晴，剡溪依旧平静，溪上的拱桥显得俊朗，或许是昨晚大雨的影响，水色有些浑浊，一排流云正缓缓地列队从剡溪上通过。即便是见惯了江南青山绿水，见惯了江南婉约秀美，眼前的这条剡溪还是让人沉醉。

　　李白曾数度入剡，且走且吟："此行不为鲈鱼鲙，自爱名山入剡中。"但凡遇到山水，他总拿剡中风光作比。杜甫 20 岁漫游吴越，直至晚年仍对剡溪念念不忘，大发感慨："越女天下白，鉴湖五月凉。剡溪蕴秀异，欲罢不能忘。"

　　剡溪仿佛唐朝诗人们的中转地，在纷至沓来的诗歌界名流中，我们见到了白居易、元稹、孟浩然、刘禹锡、宋之问、韦应物、崔颢、王维、孟郊……在《全唐诗》收录的 2200 多位作者中，曾到过剡溪的诗人占了五分之一，收录其中的"咏剡"唐诗多达上千首，他们大都是唐朝诗坛的杰出人物。当时，诗人们主要通过剡溪来游览浙东山水。他们留下的风雅诗词、传奇故事，随着时光流转，逐渐形成一条光彩夺目的"浙东唐诗之路"。

　　剡溪早在唐代就享有盛名，还有个原因是这里出产优质的纸。当时，剡溪两岸盛产剡藤，制成的"剡藤纸"曾长期作为官方的文书专用纸，在唐时被称作"剡牍"，成为中华文化传承的一大载体。

　　"东南山水越为最，越地风光剡领先。"剡溪恰如串珠的引线，将两岸的人物、故事连成美丽的风景。

　　顺着诗河剡溪漫步，不长的山阴道上，荠菜在忙碌地结着籽实，蒲公英撑开圆球般的绒线团，寂静的山道尽头是王羲之的墓碑。在剡溪畔华堂村，90 岁高龄的王羲之后人仍热情洋溢地为远道而来的客人泼墨挥毫，古老而简朴的屋子里，穿越数千年的书法艺术迅速消弭了时差。

　　如果说剡溪里荡漾的是诗情，是书魂，那她孕育的就是越韵。嵊州是中国越剧的发源地。作为一个戏曲的门外汉，我只是觉得越剧的唱腔温婉可人、演员的身段婀娜多姿，对其中的唱词，必须借着舞台旁的提词器才明白。好在传统曲目理解起来也不费劲。在嵊州越剧艺术学院，有正在学习的学生。老师是一位中年男子，对陌生人的来访并不惊讶，依然一招一式，做着示范。一群女孩模仿着老师的动作，举手投足间风姿绰约。

　　"云青青兮欲雨，水澹澹兮生烟。"这从诗歌里走出的句子，成了眼前最好的写实，剡溪两岸，青山相对，白云飘逸，这条诗歌悠远、书法传承、越韵流传的剡溪，还是那条河吗？我一时恍惚起来。

（原载《合肥日报》2024 年 4 月 28 日）

越剧风华

倔强生长的嵊州越剧花

心月（廖慧娟）

正值江南四月，车行进嵊州地界时，但见青山绵延，九曲剡溪水面如镜，山光水色相映，田园草木吐芳，令人神清气爽、怡然忘俗。

"东南山水越为最，越地风光剡领先。"嵊州古称剡县，置县迄今已有2100多年历史。随着浙东运河的通江达海，此地吸引了众多文人墨客前来寻幽访古、朝圣山水。在水运文韵交织出的璀璨"浙东唐诗之路"中，到过剡溪的唐朝诗人尤多，留下的诗篇也最多。诗圣杜甫留下的诗句"剡溪蕴秀异，欲罢不能忘"如今成了嵊州文旅招商的经典广告词。

此次参加中国报纸副刊研究会、浙江日报报业集团联合举办的"循迹溯源·运河文化绍兴行"采风活动，跟随百名文化记者走进嵊州，最让我"欲罢不能忘"的不是美景、美食，而是一路萦绕耳侧的越韵莺声，是那朵内蕴秀异的越剧花。

是什么让一个诞生于江南乡村的田头小戏，一路穿山越水，到上海滩立稳脚跟，并摇曳生花，开遍大江南北，闻名海内外，成为中国第二大剧种？又是什么令百年越剧在历尽沧桑后，依旧能够涅槃重生，保持青春的活力？来到越剧之乡嵊州，在对女子越剧的寻访中，我们聆听了许多越剧姐妹花的故事，她们蕴含的特质也许正是破解疑问的密码。

勇气

嵊州甘霖镇有个依山傍水的古村落，叫施家岙村。村里有座百年历史的老戏台，飞檐翘角，古朴森然。如今由村姑村妇组成的"娘家戏班"经常在戏台上为村民、游客表演越剧经典曲目。走进村中，便能听到越音袅袅，半入江风半入云。

100 多年前，第一个女子越剧科班就在这个村开办。1923 年 7 月 9 日，施银花、屠杏花、赵瑞花等首次登台表演剧目《双凤珠》，这些十几岁一脸青涩的姐妹花如娇莺出谷、乳燕初飞，谁也想不到她们有一天竟敢穿曹娥，走钱塘，聚黄浦，开启越剧的锦绣华年，书写中国戏曲史上一曲乡音流变的神话。

越剧的前身，是嵊州流行的"唱书"。最初只是乡间汉子耕作之余的"田头歌唱"或农闲时谋生的"沿门唱书"。1906 年，东王村艺人开始搭"草台"演出，宣告了一个新剧种的诞生，当时，其名为"小歌班"。越剧诞生后的前 20 年，可以说都是男子的天下，他们从乡村闯荡到上海，屡败屡战。第三次虽然勉强立足却终是"不响"。

越剧女子科班的创办者王金水曾在上海升平歌舞台做前台老板，他尝试在老家办女子"小歌班"，原也只是想以女子靓丽的扮相吸引眼球，到十里洋场创点商机赚点钱。

但在那个年代，比起男子，女子唱戏谈何容易，从剡溪到黄浦江，她们需越关山重重。首先是世俗关。当时社会风气保守，对女性禁锢甚严。村人不肯让女儿学戏，有的甚至斥之为"伤风败俗"。王金水变卖家产，在招艺徒告示中公开承诺：艺徒在三年学艺期，衣食住行概由老板负责；满师后，还送给每个艺徒银洋六十元。这样才好不容易招到二十多位家境贫穷的女学员。

其次是自身关，这些女学员大字不识几个，要学会记台词解戏意，要扛过没日没夜的艰苦训练，不得脱几层皮？

其三是观众关，这群家门都很少出的乡下姑娘，凭什么跨越巨大的城乡鸿沟，征服见多识广、眼光挑剔的上海观众，做到她们的父兄都做不到的事？

1925 年 1 月，女子"小歌班"首闯大上海，由于演技幼稚、行头粗糙、

女声唱男调很不协腔，只得铩羽而归。她们转入乡间，边演边改，积蓄力量，倔强生长。

她们的勇气和坚韧，从女子科班"三花"之一的施银花身上可窥见一斑。施银花因为婚后不肯放弃表演，被迫离婚净身出户。受到家庭事业双打击的她没有屈服，坚持多年乡间演出激励了家乡的许多女孩子加入表演队伍。更重要的是，她在琴师的协助下，创造出了"四工调"，解决了女子唱男调唱腔不协的问题，使得越剧在唱腔上真正完成从"男班"向"女班"的演变。

王金水没陪姑娘们闯到底，在历经各种困难挫折，投资从巨亏到有所浮盈时，他选择了告老还乡，没能看到奋勇向前、一路"降妖打怪升级"的越剧姐妹花的锦绣未来。

20 世纪 30 年代，大量涌现的女班陆续奔向上海，短短几年间，成为火遍大上海的剧种，超越了老牌的本地沪剧。报纸评论称"上海的女子越剧风靡一时，到近来竟有凌驾一切之势"。

从此，这个有着各种名字的地方剧种统一称为"越剧"，进入了"全女班"繁花盛放的时期，名头越叫越响。

骨气

"水袖勾连，眉目传情"的越剧，每句唱词、每个身段、每道眼波，都散发着柔美秀雅的江南气韵。

"越女多情"世人多有耳闻。但别忘了，这片土地上出过卧薪尝胆的勾践，出过中国骨头最硬的文人鲁迅，出过以身报国的一代佳人西施，出过为国慷慨就义的鉴湖女侠秋瑾……

"骨气"是深藏在越剧大小花们身上的基因、密码，助力着越剧一次次找到"自我"，落地生根，开花结果。

"越剧泰斗"袁雪芬的经历和故事是对"骨气"最生动的诠释。

出生于嵊州的袁雪芬，十一岁就进戏班学戏，十六七岁已成为上海滩当红越剧戏班的台柱。但她并未对此沾沾自喜，她发现许多达官贵人捧戏捧角，只是为了消遣娱乐，他们把演员当戏子，连平等对待都谈不上，更不可能将越剧作为一种艺术来尊重。与生俱来的自尊让她不愿与恶浊的环境同流合污，她长年茹素，不认干爹，不事应酬，一心放在演戏上。

当时越剧为戏老板控制，为迎合市场，内容粗俗、表演随意、粗制滥造。袁雪芬团结了一批志同道合的艺人和进步文艺界人士，对越剧开启了大刀阔斧的改革。她拿出自己的大部分包银，聘请专职编剧、导演等，在越剧界率先建立起正规编导制度；同时注重吸收昆曲、话剧、电影的表演手法，改进化妆、服装、布景、灯光，充实乐队、革新唱腔……这场改革催生的"新越剧"形成了写意与写实相结合的艺术风格，真正比较完整地建立起越剧的个性。

除了艺术形式上的创新，在内容上，袁雪芬也带动越剧走出小情小爱的局限，呈现为国为民的情怀，让新越剧与黎民百姓同呼吸共命运。1946年，她将根据鲁迅小说《祝福》改编的作品《祥林嫂》搬上了越剧舞台，为新越剧的发展拓宽了道路。

《祥林嫂》被称为"新越剧的里程碑"，但也遭到戏老板及各种反动势力的阻挠。袁雪芬意识到，要想摆脱戏老板的控制与剥削，为越剧姐妹们争取合法地位与权益，就得有属于自己管理的剧场、越剧学校。1947年，在袁雪芬的发动下，尹桂芳、徐玉兰、吴小楼、竺水招、张桂凤、范瑞娟、傅全香、徐天红、筱丹桂争相响应。"越剧十姐妹"为创设越剧学校、建造实验剧场筹募资金，联合公演历史巨献《山河恋》。虽然受时局等多重因素的影响，目标最终未达成，却引发了极大的社会反响，成为越剧史上最富抗争精神的一段佳话，流传至今。

在嵊州越剧博物馆新馆的展厅，我们看到了当年"越剧十姐妹"聚会时

留下的一张珍贵合影。这十位越剧姐妹，有六位是嵊州人。她们当年都只有二十多岁，却都是台柱子，虽穿着朴素却自带一种气场，她们眼眸明亮，好奇地向外张望，好像一招呼，就会走进我们的新世界……

袁雪芬的一生，犹如她的名字，一生只为越剧来，斗雪傲霜自芬芳。因越剧她受苦受难，进过七年监狱，孤身终老；因越剧她辉煌过，成为一代宗师，声名远播。但无论境遇如何，她始终保持着一身风骨。她的名言"清清白白做人，认认真真演戏"，为许多越剧姐妹所尊奉，代代传承。

底气

走进嵊州，就好像走进没有围墙的越剧博物馆。车上听戏，街巷遇戏，礼堂有戏，歇脚处观戏，古戏台赏戏……越剧浸润每一寸土地，越音飘散在每一个角落。

造化钟神秀，嵊州出越剧。作为越剧的娘家，嵊州的确给力。除了优美的自然风光、深厚的人文底蕴的滋养，嵊州对这朵秀异越剧花可谓视为至宝，珍惜无比。无论是人才培养，还是观众培育，无论是硬件建设，还是软件支持，都不遗余力。

我们参观了占地250亩、总投入2亿元的嵊州越剧艺术学校，校内亭台楼阁、小桥流水，能够在这所"中国最美艺校"学戏让我们心生羡慕，但看到学员们在一间间小小的声乐房里苦练各种乐器，在练功房里挥汗如雨地校准每一个动作，听说他们天不亮就得起床练功时，我们的感佩之情便大过羡慕了。

作讲解的学员自豪地告诉我们，学校创办60多年来，已先后向全国200多个专业文艺团体输送了2000多名优秀演员、演奏员。现在全国越剧团，可以说是团团都有嵊州（艺校）人。

为了给越剧文化传承营造良好环境，嵊州正致力于创建国家级越剧文化生态保护区。建剧团、建博物馆，修复一大批古戏台，持续推进越剧文化进乡村、进社区、进校园，推出中国戏剧节、全国戏迷大会……

在施家岙村建起了国内首个以戏剧剧种命名的特色小镇——越剧小镇，"越戏剧·越生活"的理念吸引着游客纷至沓来，到小镇体验越剧慢生活，回味记忆中的越剧，触摸历史里的越剧，感受生活中的越剧……

有位导演这样评价嵊州这个越剧之乡："很多剧种都找不到原乡，不知应归属哪里。但越剧不同，它保护得非常好。"正是家乡这方沃土的滋养，让越剧的大小花们有底气乘风破浪，一往无前。

朝气

2023 年正值女子越剧诞生百年，杭州蝴蝶剧场的蝴蝶扇动翅膀，似乎在迎接新一代越剧花盛开。

新国风·环境式越剧《新龙门客栈》自 3 月开演后，迅速赢得了广大观众特别是青年观众的追捧。美轮美奂的场景、新国风的服化道、观众沉浸式的体验，令人耳目一新。特别是陈丽君、李云霄这对搭档的生动演绎经短视频推送后，更是火爆"出圈"，成为"顶流CP"。百年越剧有了新一代的当家生旦，"85 花""90 花"自此迎来了她们的全新舞台。

当许多老戏种日渐式微时，百年越剧却正青春，它没有停留在博物馆，依然活泼泼地在青春剧场，在万千群众中翩跹起舞。有人说，这是祖师娘显灵了。越剧的大小花们却很清醒，是持续的创新，让青春靓丽的生命美与雅致婉柔的艺术美不断碰撞，使越剧迸发出新的生命力。

当红小生陈丽君出自嵊州越剧艺术学校，她在《新龙门客栈》中演活了亦正亦邪的"贾廷"这个角色，很多粉丝喜欢她身上独特的魅力、气质。她却坦承："这种神秘的魅力，是我们女子越剧一代代的前辈们，以她们的汗水、智慧与传承、创新，历经千辛万苦摸索发展而来的。"她努力去尝试更多形式

上、传播方式上的创新，但也坚守着越剧的"根"，成为勤奋的"练功房女孩"，坚持长年累月"四功五法"的训练。为了校准一招半式，常常大半夜加练。她认为真正能留住年轻观众的是越剧的艺术魅力：锣鼓琴弦皆有戏，举手投足都是"招"。

陈丽君的老师茅威涛，是 20 世纪 80 年代越剧"五朵金花"中耀眼的一朵，也是《新龙门客栈》总制作人、艺术总监。62 岁的她早已功成名就可全身而退，她却"不安分"地奋战在越剧改革的前线，扛住质疑和压力，带着年轻人不断去创新，去找准越剧与时代的对接点、与观众的共鸣点。因为她自己就是被老一辈艺术家精心培育的一颗鸡蛋，但她更希望能成为下蛋的鸡，为越剧传承孵化更多的蛋。

一代代的青春，一代代的传承与创新，让越剧花开不谢、青春长驻。新时代，借"文化自信"和传承弘扬中华优秀传统文化的东风，百年越剧凤凰涅槃，花开更艳。

在嵊州三江街道"满江红"民情哨岗参观时，我们遇见了一群附近小学的小女生，身穿戏服正在排练越剧，她们脸上稚气未脱，举手投足却是一板一眼、有模有样。采风的记者们忍不住上前为她们拍视频，找她们合影。有人开玩笑说："这里面没准就有未来的'陈丽君'，我们可是她们最早的粉丝！"谁说不是呢？秀异的越剧花们一代有一代的青春模样。

嵊州有戏，越来越好。这是对嵊州的祝福，是对越剧的祝福，更是对千千万万为艺术理想、美好生活追光逐梦、奋斗不息、创新不止的姐妹们的祝福！

（原载《厦门日报》2024 年 5 月 27 日）

剡溪夜闻曲

周玉娴

是夜，中国报纸副刊研究会同人共聚剡溪之畔的越剧小镇。小镇已无其他游客，镇中闲游之人皆为副刊人。夜色低垂，风止息，灯影朦胧，众人三三两两，鱼贯而入一座大屋。大屋名之古戏楼。大厅高顶开阔，内有飞檐翘角戏台，台高约三尺，五彩斑斓。戏台前，众人呼朋唤友纷纷落座，相互寒暄，静候佳音起。

1600多年前，剡溪之畔，绍兴人王子猷眠觉，饮酒，咏诗，感天地之寂寥，忽念及戴安道之风骨，兴起之下，乘舟沿曹娥江而行，历经一夜风雪，天明辄至戴安道宅前，却未入门，旋即返程。王子猷留下"吾本乘兴而行，兴尽而返，何必见戴"之千古名句，令后世文人赞叹其风雅无双。吾辈亦怀仰慕之情，于仲春月隐之夜，一路车行，奔至剡溪。同行者皆为中国报纸副刊研究会同人，长年躬耕副刊，披沙拣金，文字异于常人。

演出开始，男女主持登台开讲，笑容可掬，喜迎四面八方副刊同人。吾辈平日伏案编文，此刻受如此礼遇，心中喜悦如同江南春日里繁花似锦。

老旦登场，颇有喜气，开口唱："叫声媳妇我（啊）格肉……"戏台两侧立电子提词器，吾等可看词听音。熟悉《碧玉簪》剧情就知此段乃婆母向儿媳赔礼道歉情节，一声"心肝肉宝贝肉"，一个难为情的眼神，一个弓腰欠身的动作，足见儿媳所承受之误解与苦楚。老旦入戏，方寸戏台，仿佛真与儿媳面对面，条理清晰地剖析种种误会，令人难以不对婆母先前之行为释怀。

越剧传统剧目多讲究善恶因果、家庭和睦、国泰民安，情节多跌宕起伏。《碧玉簪》此段恰呈现了矛盾和解、误会解开后的一团和气。

丝竹管弦，识曲听音，唱腔悠扬跌宕。

老旦退场，小生花旦咏唱别离，深情款款。小生步伐稳健，扮演书生，花旦亦着书生装，身姿轻盈，引小生顾盼。《梁山伯与祝英台》乃越剧经典曲目，其中《十八相送》片段尤为人熟知。越剧起源于清末民初的嵊州甘霖镇。百余年前，唱书艺人于甘霖镇东王村香火堂前，以稻桶搭台，唱响越音。数年后，越剧十姐妹起于甘霖镇施家岙村，终于沪上舞台，令越剧响彻国内、蜚声海外。梁祝之恋，跨越千年，爱而不得，天人永隔，化蝶双飞，终为长恨。越剧舞台，角色几为女子，演绎才子佳人故事，缠绵悱恻，动人心弦。吾以为，越剧演绎梁祝堪称地方戏曲之最。方寸舞台，转一圈千山万水，一转场千年时光。唱之叹之，千载依然。

越剧小镇恰在施家岙村，傍水依山，一侧为剡溪，一侧靠会稽山脉。山不高，屏列四周，却闻名遐迩；水不深，沉静如练，而满载诗曲。台上，英雄美人——《吕布与貂蝉》开演。战甲华丽，妆面浓重，气宇轩昂，吕布亮相。长裙曳地，珠翠环绕，眉眼如画，貂蝉上台。吕布见貂蝉，惊也喜也，满目生春风，声阔似穿云，其盔帽上的翎子轻轻颤动。"耍翎子"一幕，吕布眼神坚定，步伐果断，尽显少年英雄的傲气。貂蝉以扇遮面，水袖轻舞，欲诉还休，是无奈之叹也是倾慕之情。

此地被誉为"万年文化小黄山、千年剡溪唐诗路、百年越剧诞生地"。9000余年前，剡溪江畔小黄山即有人类农耕；千余年前，唐代诗人访剡溪锦心绣口留诗；百余年前，越剧走出山水田园，走向世界，延续至今。众人嗟叹，此方山水与他地并无不同，却能涵养文脉、滋养文化，灵秀如此，实乃罕见。

曲毕，众人结伴漫步，缓行至江边，只见江面如墨，江涛轻拍，夜语绵绵。远山隐于夜色，弦月未升，星子未明。王子猷雪夜行舟，有月为伴；李白梦游剡溪，月影随行；越剧十姐妹亦必曾乘舟破浪，驶向沪上繁华。吾等立于剡溪之畔，慕东晋士人之风骨凛然，感唐朝诗人之豪放旷达，叹越剧女伶之温婉坚韧。

余平生访幽问古，游历山川，阅地颇多，然此镇却独树一帜——镇虽小，却底蕴深厚，人杰地灵；镇实大，只因盛得下剡溪千年文脉。

（原载《国家电网报》2024 年 6 月 14 日）

古韵弄青春

李红艳

江南春染，骨清气爽。

浙江，嵊州。丘陵之上，"中国最美艺术学校"掩映其间，亭台蕴秀，碧水萦回。亭内，女孩子们一字排开，伴琴而歌，雅韵声声，越音袅袅。这座占地 200 余亩的园林式校园，便是嵊州越剧艺术学校。而今她最为亮眼的标签是——当红越剧小生、浙江小百花越剧团演员陈丽君的母校。

烟花三月，由中国报纸副刊研究会、浙江日报报业集团联合主办，"循迹溯源·运河文化绍兴行"百名文化记者采访调研活动开启，借此契机，得以寻访越剧之乡，探触其跨越百年沧桑而生生不息的文脉传承。

诚然，不仅是越剧，近年来传统戏曲、曲艺频焕新彩，京剧"刷屏"，越剧"出圈"，评弹"热搜"……随之掀起的"国风""国潮"文化现象，每每引发关注与思考，同时成为新媒体时代的流量密码。

根之茂者其实遂，膏之沃者其光晔。在历史的包孕和生命气息的氤氲中，

悠悠古韵，何以鸣响新声？何以焕发新美？何以涵养新境？

嵊州越剧艺校 陈丽君母校
一袭水袖挥出百年越剧"青春态"

一部《新龙门客栈》，让万千观众认识了陈丽君，同时走近越剧风华一影。

演出谢幕返场时，陈丽君抱起搭档李云霄，盈盈飞转，惊鸿一瞬，便是永驻。之后，短视频传播的聚合、倍增效应，使她迅速成为"顶流"，粉丝暴涨，网友直叹"被唤醒了骨子里的中国传统文化DNA"。越剧，中国第二大剧种，再次因为"破圈"而聚拢目光。

陈丽君，1992年出生于浙江嵊州，自小对越剧文化耳濡目染，后进入嵊州越剧艺术学校学习。

穿行于校园，教室、琴房、声乐室，简简单单，朴实无华。练功房内，那些如当年陈丽君一般的妙龄女孩，正在老师的口令中，一遍遍重复着形体训练基本功动作，稚嫩的青春面庞，红扑扑、汗涔涔。未来，她们当中，想必会诞生新的陈丽君……

为大家担任讲解员的是一名在校女生，眉清目秀，玉立娉婷。在她的娓娓道来中，学校样貌大致勾勒呈现。

1962年，著名越剧表演艺术家袁雪芬倡导筹建越剧之家，即为该校之前身。栉风沐雨，时光砥砺，如今这里已发展成为一所集越剧教育、研究、交流、展示于一体的公立中等艺术职业学校。学校面向全国实行自主招生，现有学生近300人，设有越剧表演、越剧音乐2个专业，实行4年制中专、3年制传承班、4年制本科、3+4中本一体化等办班形式。

这里的毕业生可都是香饽饽，供不应求，据说毕业生数与就业岗位招聘数之比约为1∶6。还有一种说法，全国越剧团，团团都有嵊州（艺校）人。迄今，该校已陆续向全国众多专业文艺团体输送了2000多名优秀演员、演奏员，其中包括"梅花奖"得主黄美菊、徐铭、蔡浙飞等越剧代表性人物。

今时，陈丽君无疑成为嵊州越剧艺术学校新一代人才培养的骄傲，同时也成为一张闪亮的文化名片。前不久，某综艺节目第五季正式开机，陈丽君成为其五季以来第一位戏曲演员，再次印证了人气、热度、流量带来的影响力。

对传统剧种当代新生态而言，标杆式、符号式人物的出现，令人欣喜，因其具有示范引领之效应。身为90后新生代越剧人，陈丽君宜思之处在于如何做好越剧艺术当代发展的践行者、传播者、传承者。

《中华优秀传统文化走向现代的艺术表达——以越剧〈新龙门客栈〉为例》是她在媒体刊发的一篇文章，其中写道："是传统戏曲的根，滋养了我们今天天马行空的创新。《新龙门客栈》的走红，是建立在传承中华文明的浓厚社会氛围基础上的……"

陈丽君说，在她学习越剧表演艺术的近20年中，女子越剧一代代前辈们，敢于为先，勇于跨越，鼓励后辈。"我也时常会想，我们这些从事传统戏剧的年轻人，应该如何赓续传统，承担青春使命。如果我们不能源源不断地创作出符合我们这个时代审美的作品，我们还留不留得住这么好的观众？还留不留得住这个行业里像我一样怀有越剧梦想的年轻人？"

陈丽君个人之思，在某种意义上，折射出时代之问。

古韵新声，灼灼其华。一袭水袖，挥出百年越剧青春态，然其何以成为新常态？演员、作品、观众、市场、行业，何以同心共向，勉力助推古老剧种在新时代的丝竹歌咏、清影霓裳？

答案，进行时。

说易，行难也。

东王村 越剧诞生地
一方戏台唱出越音流淌"传承态"

如果说，嵊州越剧艺术学校是艺术人才的摇篮，百年越剧芳华则是一条无声奔涌的长河……

嵊州，越剧桑梓。甘霖镇东王村，百年越剧诞生地。

村口，那棵老樟树，葱茏盎然，存朴茂于时华。树旁，那块青石碑，朴拙不失傲然——"越剧诞生地东王村"，无声诉说着前尘往事。

1906年3月27日，李世泉、李茂正、高炳火等唱书艺人，在香火堂前，以四只稻桶搭台，唱响《倪凤扇茶》《十件头》和大戏《双金花》。这次演出甚为简陋，但被视为中国越剧第一台正式演出。丝弦一声如裂帛，越剧作为一个剧种正式宣告诞生。

以东王村发端，越剧流芳百年。昔日"草台"，如今荒然，唯见一块木牌，上书"越剧发源地"，尽显苍茫邈远……

村内一座仿古戏台，古朴森然，带着历史的风烟，与当下的人们相遇。据说，这座戏台曾毁于火灾，2016年因爱越之人襄助而焕然新生。如今的她，穿越200年光阴，静静矗立，凝着天地水土的淋漓气息，将前来打卡者带入千古风烟秀色之中。

步入新时代，戏台更成为越剧文化的一方印记、一脉承载。2017年以来，东王村投资260万元建成省内首个水上戏台，并以此为辐射点，提升村居环境、人文风貌，努力构建文旅产业新图景。

东王村古戏台，仅作一景。嵊州一地，实有200余座村落古戏台。若览绍兴，古戏台更是多达500余座，庙台、祠堂台、草台、河台、街台，类型不一，风格迥然。河台最具特色，或傍岸，或倚桥，挑角伸展，古风古韵，独成一格。

戏台虽小，连缀古今；戏台虽小，弦歌不辍……

施家岙村 女子越剧诞生地
一座小镇映出越剧文化"生活态"

距东王村约十几分钟车程，便是施家岙村，一个坐落于山岙里的小村庄，闲云依树，草木逸秀。村口一块石屏，上书"中国女子越剧诞生地"，道出了她的不同寻常。

1906 年，越剧初鸣，"男班"兴起；17 年后，1923 年，女子越剧芳容初绽。

这得益于村里一个走南闯北、见多识广的商人王金水，他于 1923 年 7 月 10 日创办了越剧史上第一个女子科班。施银花、赵瑞花、屠杏花等 24 名女孩子，经过学习、训练，3 个月后，"串红台"，演出了《双凤珠》，自此拉开女子越剧的时代华幕。

"女儿进戏班，宁可去讨饭"，封建传统的阻挠，未能阻止女子越剧破土而生。其后，女子越剧一路清音，清婉绮丽，唱响嵊州，唱出越地，唱至沪上……第一代越剧名伶悄然诞生，而"越剧十姐妹"更是韶华皓曜，后世流芳。

村里至今保留古风原生态，古院、古门、古庙、古石，经历风蚀雨侵，依稀可见当年印迹。八卦台门是施家岙第一个女子科班教育场地，这座古戏台如今响彻新越声——村里的"娘家戏班"，通常每周都会在此演出经典曲目。她们并非科班出身，劳动之余，舞袖弄声，美哉乐哉！

因着深厚的地缘滋养、文脉传承，嵊州这片土地越音绵延，旷古回响。迈向新时代，一座越剧小镇在剡溪之畔应时而生。

这是国内首个以戏剧剧种命名的特色小镇，于 2018 年底正式面向四海宾客，文商旅配套设施一应俱全，桑园看戏、巷陌遇戏、戏楼品戏、研学赏戏……越剧嵌入生活，走向寻常，连起产业，愈加活起来、新起来、潮起来。

近年来，嵊州开启"越剧文化 +"新篇章，拓展"朋友圈"："富乐嵊州·村村有戏"大展演，各个村庄每年上演 300 余场；越剧文化进校园、进社区、进商圈……上至老叟，下至孩童，随口哼唱几句越剧已是司空见惯。濡染，

浸入了骨子里，透进了基因里。

让文化基因实现落地，让文化传承有迹可循，让文化滋养浸润生活美学，越剧舞台上的家国天下、沉浮兴衰、才子佳人，就这样在历史的光影中，流转成有声有色的生活，流淌成有滋有味的日子……

"小百花"《新龙门客栈》
一部新戏走出艺术进阶"新步态"

传统与现代、艺术与生活、专业与民间，行走越地，所见所闻，时常将思绪萦绕于这样的映照关系中。

"传承、传播好女子越剧的东方美学，讲好中国故事，让传统文化成为当代观众可见、可亲、可参与的现实生活。"浙江小百花越剧院副院长、浙江小百花越剧团团长蔡浙飞的话语背后，亦是对这些命题的思考。

从传唱不衰的立团之作《五女拜寿》，到描摹诗化越剧时代的《西厢记》《陆游与唐琬》；从异国作品或名著改编的《春琴传》《江南好人》《春香传》《寇流兰与杜丽娘》，到文人戏《藏书之家》、历史剧《吴越王》《苏秦》，以及现实主义题材《钱塘里》，再到如今的环境式越剧《新龙门客栈》……"小百花"一路弦歌，步态敏达，求新，求变，求精，求进。

创新，非任意为之，而是关照当下环境之变、需求之变、风格之变、审美之变，某种意义上是已有元素的新组合、新融合，是"有中生花"，是平中见奇，是"将熟悉变为陌生"。恰如"青藤画派"鼻祖徐渭之"墨牡丹"，不去追摹牡丹之绮丽绚烂，而以墨笔图写牡丹，格调冷逸，冲抵流俗。

"时代的狂飙早已改变人们的生活方式和消费形态。因而今天，当我们的创作向新的艺术高峰发起冲击时，要敢于突破固有的戏曲艺术的创作习惯和艺术定式，勇敢引进、改造适用于传统戏曲艺术基因的一切艺术圈层的基因与养分，打破定式，实现对传统艺术的创造性转化、创新性发展。"蔡浙飞如是说。

她深知，"小百花"每一次创新、超越，都不是任意为之，"而是以观众的文化需求为风向标，在了解市场、了解观众需求、紧紧围绕观众的不同需求的基础上，找准剧种艺术风格与时代的对接点、与观众的共鸣点"。

而陈丽君也认为，在《新龙门客栈》这样一台创新剧目里，"守正"依然是它的核心——声腔上，根据演员特点，保留了不同越剧流派的基调；主题曲上，使用越剧最早期的"吟哦调"；而观众喜闻乐见的摸黑对打、酒桌过招，其实都借鉴了传统戏曲"三岔口"的套子。事实上，演员们在舞台上的亮相、步伐、举手投足，都依然是戏曲的基本范式，没有长年累月"四功五法"的训练，呈现不出这样的舞台效果。

深植文化根，熔铸戏曲魂。

在蔡浙飞看来，中华优秀传统文化是中华文明的智慧结晶和精华所在，是中华民族的根和魂，也是文艺创作取之不竭、用之不尽的资源宝库，"深耕传统，梳理自我、了解自我、突破自我，在传承中创新，在创新中发展。"

线上传播 流量聚合
一道媒介塑出传统艺术"新生态"

蔡浙飞、陈丽君，代际接续，所思所悟，皆指向越剧人的文化自觉、文化自信。而来自外部视角的观察，也是探寻古韵新生态的一个重要维度。

南昊，国家大剧院演出部戏曲组高级主管。近年来，大剧院持续加大传统戏曲演出的邀约力度，包括越剧、昆曲、评弹，以及不少地方戏曲、非遗剧种。他最大的感受是，如今戏曲观众越来越年轻化，戏曲演出市场也越来越好了，而这与数字时代互联网、社交平台的蓬勃发展密不可分。

"现在很多戏曲演员都做直播，一天唱上几个小时，这需要实打实地展示功底水平，不容懈怠，这恰是一种对演员水准的'倒逼'；同时，他们通过

直播确实也吸引了一批观众，这些都是新媒体时代对传统艺术生存发展的助力。"南昊说，很多观众乐于借助自媒体，尽己之力去传播戏曲艺术，"短视频，让人们用最轻快的方式，抵达了'现场'。这就是一个'在剧场发生、在网络发酵'的过程。"

不过，南昊认为，抛开媒介的传播作用，传统戏曲文化要实现真正的发展，最重要的是对传统的忠实继承，打好了基础后，就需要高品位的创造力，对传统有所突破是艺术自身的需要，能根据时代特点、观众审美，做出有吸引力、有品位的好作品。

"上海评弹团及团长高博文，他们的思路就非常新，常有创新之举，比如评弹《繁花》。"南昊说。少有人知，这是金宇澄小说《繁花》出版后，第一个跨艺术形式的改编。"又如苏州评弹团的《雷雨》，作为中篇演出一整晚，喜欢传统曲目的观众非常喜欢，看得津津有味，毫无排斥感。"

"青砖伴瓦漆，白马踏新泥，山花蕉叶暮色丛染红巾……"一曲评弹《声声慢》，火遍短视频平台，各种版本层出不穷。南昊第一次在上海评弹团听闻此曲，便被打动，"我当时就想，一定要引到大剧院来，请北京观众听一听。现如今，我们每一次评弹演出，观众入场时都会听到此曲，暖场效果颇佳"。

流量固然"热辣滚烫"，冷思考更显珍贵。一如南昊所言："传统艺术新时代传承发展，不容易，第一得有好角儿，第二得有好戏，第三得有好观众，第四得有好媒介（传播），四位一体，缺一不可。"

双源汇通 溯源开新
一种视角映出中国艺术"新美态"

"美是难的"，柏拉图在《对话录》中复述了这样一则古希腊谚语。其实，这又何尝不是京剧、越剧、评弹等传统艺术门类，在历经大化流衍之后，行至当下而伴随的一声嗟叹？

当下，以一种审美的态度和美学行动，来探寻传统艺术的生命智慧，洞察传统文化的美学品质，成为学人们探赜索隐的焦点之一。

中国文艺评论家协会副主席王一川，将个人观略、思索，凝结成一个命题《流溯：当代中国艺术的新美质》。"美质"一词，非臆造，据《礼记·礼器》论述，"礼，释回，增美质，措则正，施则行"，其本义偏重于个体德行修养而非外在，即重"内美"而非"外美"。

在王一川看来，进入新时代，顺应中华民族伟大复兴的历史性进程，在"两个结合"背景下，当代中国艺术正尽力呈现自身的新变化，形成自身的新形态。不过，这种新并非全新，而是先回归于旧，然后才出新。其中一种，就表现为"在向前流动中同时向后溯洄的新趋向，即流溯"。

他提及英国学者齐格蒙特·鲍曼的著作《流动的现代性》。作者认为，现代性的主要特质是流动性，属于"流动的现代性"，其具体表现为不再是坚固的或固体的不变状态，而是流动的、液体的展开状态。

"新时代中国文化的特点在于，既向前流动而又同时向后溯洄、瞻前而顾后、携带过去通向未来，因此称作流溯。这是在向前流动中同时洄溯过去的一种美学特质。"王一川解释道，"流溯，不应当满足于简单地洄溯过去、沉湎于乡愁，而应当期待在流溯潮流中，涌现或推送出艺术美的新元素或艺术美的新美质。"

溯之结果，当是溯源开新。

他举例说，舞剧《永不消逝的电波》《五星出东方》《只此青绿》等，电影《长安三万里》《封神第一部：朝歌风云》等，以及至电视艺术领域，如河南卫视《唐宫夜宴》及之后的"奇妙游"系列，都或多或少展现出了"艺术美的新美质"。

很多网友都知道自得琴社——一支国风乐团，他们在互联网上掀起"古画音乐"风潮，而其线下演出亦是风生水起。观其视频，宛若浸入一幅古画：

背景如宣纸铺陈，画中人着古代复原装束，或抚琴，或吹箫，或击鼓……意蕴婉转，古中出秀，古风雅韵扑面而来。

还有"二十四伎乐"国风乐团，一支以成都永陵博物馆"二十四伎乐"石刻为蓝本，复制唐代乐器、创新改编民乐演奏的"古代宫廷乐团"。"晚唐少女"们从石刻文物中苏醒过来，以古筝、扬琴、箜篌、琵琶、排箫奏出《天空之城》《欢乐斗地主》等现代音乐作品，古今交融，意趣盎然。

凡此种种，都鲜活印证了王一川提出的另一理论"双源汇通"。他认为，当代中国文艺创作，有两源，且汇通：一方面是社会生活源泉，另一方面是传统文化源泉，两者融会贯通。在其推动下，中国文艺生态正发生深刻变化。

如其言，千秋纵古今，古韵弄青春——求形式之创、风格之新，更觅境界之精、审美之髓。

关山初度路犹长，唯愿，风雨多经人不老……

（原载《北京日报》2024 年 5 月 7 日）

与越剧蓄谋已久的邂逅

邵美玲

越剧，如诗如画的艺术，在江南水乡绽放。婉转的唱腔，如莺啼燕语，扣人心弦；优美的身段，如蝴蝶起舞，轻盈婀娜。

越剧之美，不仅在于其艺术形式，更在于其文化内涵。嵊州人民在传承与创新的百年中，开发了越剧独特的魅力，使它成为江南文化的瑰宝。这份"蓄谋已久"，吸引着无数观众的目光，也势必会让更多人为越剧陶醉。

暮春时节，跟随中国报纸副刊研究会年会暨"循迹溯源·运河文化绍兴行"百名文化记者采访调研活动的脚步，我与越剧邂逅于江南水乡。

邂逅，偶然相遇之意。既是偶遇，便是猝不及防的，毫无准备的。我来之前未做功课，一见举办地在绍兴，想到的自然是鲁迅先生、三味书屋、鲁镇，还有蔡元培、秋瑾……访名士之乡，忆名士风采，大抵是此行的重中之重吧。

然而，采访调研活动的第一天晚上，主办方就安排了一场戏曲演出，在一个依山傍水、古韵盎然的村落——越城区坡塘村。在如此悠远静谧的山村看戏曲？看着节目单上莲花落、越剧等陌生的剧种名字，我有点心不在焉。

戏曲，在我的印象里，是夏日庭院中，奶奶摇着蒲扇，跟着一旁的收音机咿咿呀呀哼唱的陶醉。我听不懂，更分不清剧种。在我的意识里，戏曲是老一辈人的心头好，是他们那个年代的精神滋养。

冥想中，角儿们登场了。演员多是十七八岁的样子，身段曼妙、步履娉婷，在婉转悠扬的戏曲声中缓缓开腔。那吴侬软语的唱音，道尽了人间悲欢离合。水袖一起一落，情意哀怨缠绵。一曲《天上掉下个林妹妹》唱罢，台下响起热烈的掌声。我第一次觉得，戏曲，有点味道。

直到走进嵊州，我才恍然大悟，这里是越剧之乡。

嵊州，古为越地，群山环伺，千年剡溪宛如一条银色的丝带，潺潺流过。山水相依，风景绮丽，使嵊州素有"东南山水越为最，越地风光剡领先"的美誉。这里是"两圣一祖"（"书圣"王羲之、"雕圣"戴逵、"山水诗鼻祖"谢灵运）的归隐地。唐朝时，李白、杜甫等400多位诗人追慕魏晋风骨，溯溪而上、对酒当歌，洒下一路流传千古的诗句华章，在浙东大地留下一条"唐诗之路"。

　　一方水土养一方人，一方人造就一方文化。越剧，就诞生于这样一方文脉圣土。

　　行走在这片土地上，粉墙黛瓦，小桥流水……江南水乡的韵味，犹如一幅水墨画铺展开来。耳畔，缱绻绵长的古韵越音时隐时现。嵊州人或多或少都能哼唱几段曲子。几天浸染下来，那袅袅越音，伴着水乡的薄雾，在我的心头氤氲开来。我感受到了当年奶奶的陶醉。

　　了解越剧的历史，要走进越剧博物馆。越剧博物馆位于甘霖镇施家岙村，是中国首家专业戏曲博物馆。场馆很大，空旷而悠长。走进它，似徜徉于百年越剧的历史画卷之中。百年很长，长到越剧从晚清、民国、新中国一路走来，经历了萌芽、成长、迷茫、繁荣；百年亦短，短到只是展厅两侧一面面墙。墙上，"三花一娟""越剧十姐妹"等一代代越剧名伶风华绝代，在那波谲云诡的岁月里，撑起越剧发展的一片天空。

　　走过这一面面墙，走过越剧的前世今生。艺术形式的诞生，往往来源于民间，表达着劳动人民最为质朴的情感，就像《诗经》的诞生。越剧也是如此，最初是嵊县（今嵊州市）农民劳作或休息时，在田间地头自娱自乐的一种方式，被称为"田头歌唱"。灾荒年月，灾民们为了生存，自编"八字墙门朝南开，元宝滚圆滚进来"等唱词，沿门讨好卖唱以换取食物，使其进入"沿门唱书"阶段。这些都是越剧的前身。

　　"农忙三季不如外出一季。"渐渐地，勤劳智慧的嵊县农民敏锐地觉察到，唱戏是很好的谋生手段。于是，1906年的清明时节（阴历三月初三），在甘霖镇东王村说书艺人李世泉家隔壁的香火堂前，村人用4只稻桶和2副门板搭起一个简易的戏台。在这座"草台"上，农村艺人上演了《十件头》《双金花》等曲目。演出从下午一直持续到晚上，看戏的村人们久久不愿离去。

　　从此，嵊县艺人开启了以表演戏曲谋生的阶段。他们沿着剡溪，一路唱到了宁波、杭州、上海，几经沉浮，将越剧发展为我国第二大剧种。追溯越剧的起源，人们将东王村搭台演出那天，定为越剧的诞生日。

我们在一个午后到达东王村，阳光正好，村子整洁明亮。白墙黛瓦、石径青苔，这是一个典型的江南村庄。村口那棵香樟树，树冠如伞盖，据说已有 300 多年的历史。100 多年前，就是在这棵树下，劳作归来的村民们聚在一起说说民间故事、唱唱耕作小调。

做了 16 年村主任的李秋顺卸任后，成为村里的专职讲解员。虽然每天都要接待一拨又一拨客人，但说起越剧在东王村的历史，他依然激情满怀，还即兴表演了一段。他说，村里几乎人人会唱戏，人人爱听戏。东王村原先有个李家祠堂，大家经常在里面唱唱戏、看看戏，后来毁于一场大火。2021 年，一座新的更大的仿古戏台落成，总面积达 850 平方米。每月，这座仿古戏台上都会上演越剧。

漫步在东王村的青石路上，偶遇一位耄耋老人。老人拄着拐杖，给予外来的我们热情的笑容。我上前打招呼，老人口齿不是很清楚。我问老人是否会唱越剧，老人眼眸瞬间清亮，一直点头，可惜无法一展歌喉。

越剧起源于民间，也传承在民间。一个剧种的传承与发展，不能仅仅依靠剧院，戏台是戏曲赖以生存的平台。据统计，嵊州尚存古戏台 210 座，分布于各村落中。在这些古戏台上，一幕幕唯美典雅的越剧得以上演，也让越剧在这片土地得以滋养和传承。

越剧生于斯、长于斯，也必繁茂于斯。为了擦亮越剧这张文化名片，嵊州着力打造"越嵊州越有戏"城市品牌，推进"村村有戏""送戏下村"等活动。浙江卫视"中国好声音"节目专门举办越剧专场，进村选拔越剧之星。有"越剧艺术家的摇篮"之称的嵊州越剧艺术学校，建校 60 多年来已向全国 200 多个专业文艺团体输送优秀人才 2000 多名，培养了白雪、蔡浙飞等众多优秀演员。

嵊州越剧艺术学校被称为"中国最美艺校"。校园里，亭台楼阁、连廊绵

延、草木葱葱，将越剧婉约之美与江南庭院之秀融为一体，无处不成景。随处可见的学员或水袖轻扬，或越音清唱，婉转空灵的唱腔如山泉一般潺潺流淌于校园内。一座座拱门连起校园的四进五院，第一座拱门上书"香远益清"。在优秀校友墙上，因越剧《新龙门客栈》爆红的新生代越剧演员陈丽君赫然在列。这位被称为"练功房女孩"的学姐，是学弟学妹们的目标和榜样。不难想象，这个"摇篮"里将走出更多的陈丽君，将越剧发扬光大。

一座城市，托起一个剧种。在嵊州，越剧无处不在。与其说此行是我与越剧的偶遇，不如说这是嵊州人"蓄谋已久"制造的相遇。"蓄势"百年，传承不息，让更多人了解越剧，爱上越剧。

嵊州归来，闲暇时，我会听听越剧选段。嵊州的人文、山水、古戏台、青苔路……——浮现脑海，令耳畔的"儿女情长""人间悲欢"更显韵味悠远。与越剧的这场邂逅，成了我此行最回味绵长的事。

（原载《中国石油报》2024 年 6 月 21 日）

寻音，百年越韵传承的密码

却咏梅

"天上掉下个林妹妹，似一朵轻云刚出岫……"20 世纪 70 年代轰动一时的越剧电影《红楼梦》，曾吸引 12 亿人次观看，徐玉兰和王文娟清丽婉转的唱腔、细腻典雅的表演，成为几代人记忆中的经典。如今，沉浸式越剧《新龙门客栈》让"90后"越剧小生陈丽君爆火"出圈",而她和李云霄在央视春晚演绎的新版《梁祝·草桥结拜》,让更多观众感受到了越剧的时尚与美感。

绍兴,简称"越",位于浙江中北部,是典型的江南水乡。也正是这片水韵悠悠的土地,孕育了婀娜似水的越剧。从田间地头流行的民间小调,发展成中国第二大剧种,2008年被列入首批国家级非物质文化遗产名录。百年越韵,何以经典?又如何走进年轻人的心?

古戏台见证越剧百年沧桑

"湖月照我影,送我至剡溪",李白《梦游天姥吟留别》中的"剡"指嵊州(秦汉时期建县称"剡"),千年剡溪从这里流过,李白、杜甫、白居易等400多位诗人在此留下1500多首唐诗名篇,所以有"千年剡溪唐诗路"之称。

在嵊州西南有一个叫东王村的古村落,白墙青瓦、小桥流水,村口处,一棵几百年的大香樟树树冠高耸,枝繁叶茂。100多年前,在这棵香樟树下,有劳作归来的农民聚在这里讲民间故事或唱山歌小调,就是这些故事和小调,最终哺育了一个新的剧种——越剧。曾当了16年村主任的李秋顺,现在是东王村讲解员,他自豪地说:"越剧,就是在东王村诞生的,然后从这里出发,走出了嵊州,走向了世界。可以说,大香樟树见证了百年越剧的诞生,是东王村的象征和灵魂。"

1906年3月27日,嵊州落地唱书艺人李世泉、高炳火等人相聚在东王村香火堂前,把说唱改为演戏,用四只稻桶和两副门板搭成戏台,演出大戏《双金花》。这是一次有准备、有本子、有把场师傅、有角色、有服装、有化妆、有伴奏、有人声伴唱的正式演出,这一天标志着越剧的诞生。

古戏台是中国戏楼文化最为经典的传承与创新,见证着百年越剧回溯源头的悠远历史。许多村庄还保留着古戏台,政府也修复了一批。据第三次全国文物普查统计,嵊州尚存古戏台210座,数量居浙江省之首。在东王村,

有一座雕梁画栋、气势恢宏的古戏台，总面积 850 平方米，高 13 米。据李秋顺介绍，当年村民们喜欢在李家祠堂里的古戏台听戏唱戏，后来古戏台被大火烧毁，2017 年集资重新修建，现在不仅成了村民们的大舞台，更成了来自五湖四海越剧戏迷们的朝圣地。

一行人随着李秋顺走在古巷的石子路上，听他娓娓道来村里文化墙、思越井、稻桶戏台、香火堂的历史。在他看来，越剧的发展历程中有三个时间节点值得注意：第一个是 19 世纪中叶，甘霖镇马塘村兴起了越剧的前身——落地唱书（从流行于嵊州剡溪两岸的"田头歌唱"，演变成"沿门唱书"，并进茶馆酒楼唱"走台书"，越剧史上统称"落地唱书"）；第二个是 1906 年，在东王村，越剧正式诞生；第三个是 1923 年，在施家岙村，女子越剧诞生。20 世纪 40 年代初，女子越剧在上海蓬勃发展，汲取了昆曲、话剧、绍剧等特色剧种之大成，逐渐成熟……在他的讲述下，越剧从无到有，从男子越剧到以女子越剧为主的发展脉络逐渐清晰起来。

与东王村相隔十多公里的施家岙村是女子越剧诞生地，越剧博物馆（新馆）也坐落在此，这是全国首家专业戏剧博物馆。馆内收藏越剧文物、史料 3 万多件，翔实而系统地展示了越剧所经历的风风雨雨和不断改革创新走向繁荣的历程。展厅内，一张泛黄的"越剧十姐妹"照片引人注目。十姐妹包括袁雪芬、尹桂芳、筱丹桂、范瑞娟等，个个都是名角。1947 年，她们为了反抗旧戏班制度，筹建自己的戏院和戏校，策划并义演《山河恋》，轰动上海。田汉发表文章热情赞扬，"越剧十姐妹"因而得名。那年她们的平均年龄 24 岁。

讲解员林咪娜边介绍边清唱，在讲到传统越剧与现代的不同时，她游刃有余地变换声线和腔调，吴侬软语，有着江南特有的韵味，引得听众纷纷叫好。原来她毕业于嵊州越剧艺术学校，是专业科班出身，不仅她会唱，其他讲解员也会唱。这种讲解和演唱相结合的形式，让参观者通过越剧的音韵念白和唱腔，更好地领略到越剧的独特魅力和越剧文化的精髓。

每所学校都要学唱越剧

"在嵊州，几乎人人都会唱越剧。"不止听到一个人这样说。

走在街头，处处都有"越剧元素"：既有越剧学校，也有越剧院，时常可以听到周边行人随意哼出的越剧，老百姓还自发形成了100多个越剧戏迷角，"富乐嵊州·天天有戏"活动覆盖城乡，甚至在火车站候车大厅也有越剧服饰陈列，嵊州仿佛是一座没有围墙的越剧博物馆。百年时光流转，蓦然间，越剧已经深深地刻在每一个嵊州人的骨子里，成为生活的一部分。

在三江街道江南社区活动上，阮庙学校的小学生们表演的越剧《梁祝·我家有个小九妹》，行腔和举手投足间韵味十足，博得了大家的热烈掌声。教师黄佳佳告诉记者，在嵊州，每所学校都要学唱越剧。但是越剧以当地方言为基础，本地孩子更容易学习。作为一所民族学校，阮庙学校的学生来自全国各地，实施起来更有挑战性。"对于外地学生，我们根据每一句唱词，先让他们学会以越剧的声腔去读，学习越剧声腔的韵味特点，最终根据谱子来唱。他们一开始觉得好难，后来在老师逐句逐段的教授下，也学得津津有味，表演欲望很强，越来越喜欢。"

多年来，嵊州持续开展"校校有戏"活动，推进越剧进校园、进课堂、进教材。以城南小学为龙头，建立由10余所中小学、幼儿园参与的越剧教育网络群，打造"越剧进校园"示范学校10所，63名学生获中国少儿戏曲"小梅花"称号。同时，将小学语文统编教材中古诗词谱成越曲，编纂《越韵古诗》；创排"越韵古诗"类集体节目，将越剧元素融入语文、美术、音乐等学科，推出戏帽制作、戏曲彩泥、戏曲剪纸等项目，编写的《越剧》被列为省地方课程教材。还开办准大学生暑期越剧专题班，为普通高中、职业技术学校高三毕业生培训越剧唱腔、越剧欣赏、越剧念白等技能。2015年以来已向高校输送越剧人才650余名，探索出一条从幼儿园到中学的越剧特色教育新道路。

守住传统戏曲的根

采访中，很多人都提到喜欢越剧是受家庭的影响。如今已是嵊州越剧艺术学校青年教师的金贝说："我是嵊州人，从小受越剧文化的熏陶，15 岁考入艺校。越剧舞台美、道具美、服饰美、唱腔美、音乐美，是传承中华优秀传统文化、讲好中国故事的一个很好的媒介。"

从山东不远千里来到嵊州的花旦寇佳琦，有着北方人的爽朗，也有着南方女孩的温婉。毕业前，她在给母校——嵊州越剧艺术学校的信中说，越剧所使用的方言对北方人来说犹如听天书，使她学习越剧的过程格外艰辛。但因为对烟雨江南的憧憬、对越剧的真心喜欢，让她决定克服地域差异学习越剧，"越剧的魅力不止于曼妙的身姿和婉转的唱腔，更在于不断更新迭代却保持真心的珍贵精神。正是这份精神打动了我，并让我以此为动力有勇气持续向远方前行。这些经由历史长河而沉淀下来的瑰宝，需要我们这些新鲜血液来传承并发扬"。

走进嵊州越剧艺术学校，中式庭院，仿古建筑，粉墙黛瓦，亭台楼阁，小桥流水，石径小道，绵延连廊，葱葱花木，将越剧婉约之美与江南庭院之秀融为一体。学校只有 200 多名学生、80 多名教职员工，但校园占地面积却有 250 亩。与其说这是一所学校，倒不如说是一座园林。

学生们一个个青春秀美、亭亭玉立，有的在练习水袖和台步，有的在跟教师一起揣摩角色，还有的在琴师的伴奏下学唱，不时传来越音袅袅……正值傍晚时分，夕阳西下，金色的余晖洒满校园，美景、美声、美人，仿佛置身于画中。

学校的前身是越剧之家，由著名越剧表演艺术家袁雪芬等于 1962 年倡导筹建。以"尚美、优雅、至真、向上"为校训，设有越剧表演、越剧音乐 2 个专业，实行 1+3 制中专班、3+4 中本一体化（浙音合作）、传承班等办班形式。60 多年来，学校先后向全国 200 多个专业文艺团体输送了 2000 多名优秀人才，被誉为"越剧艺术家的摇篮"。

在学校的优秀校友墙上，2008 届毕业生陈丽君位列其中，因为学习极为刻苦，被称为"练功房女孩"。前不久，她在《人民日报》上发表的《把青春的越剧演给更多人看》一文中写道："吸引年轻观众走进剧场的，少不了形式的创新：沉浸式观演、影像元素的运用、戏曲程式化基础上的即兴演绎等。而将年轻观众的心真正留在戏中的，则是内核的守正：声腔设计保留了不同越剧流派的基调，对打、过招等段落借鉴传统戏的精华，主题曲使用越剧早期的'吟哦调'……飘带拖曳，环佩叮咚，锣鼓琴弦皆有戏，举手投足都是'招'。与其说，越剧的走红是一种现象，不如说，这是中华优秀传统文化基因被唤醒的必然，是传承发展中华优秀传统文化的社会氛围日益浓厚的必然。"

剡溪悠悠，越音袅袅。

"越剧，一个百年的剧种，一种清新的风韵；嵊州音，的笃班，孕育那争奇斗艳的百花；越校，是一本厚厚的曲谱，也是一份沉沉的嘱托，丹桂香，琴与瑟，汇聚钟爱者的力量，去延续那生生不息的美丽。"这是嵊州越剧艺术学校的愿景，也是中华民族的期待。

（原载《中国教育报》2024 年 6 月 7 日）

一座嵊州城　半部越剧史

李煦

3月29日至4月3日，由中国报纸副刊研究会、浙江日报报业集团联合主办的2023年中国报纸副刊研究会年会在绍兴举行，共话报纸副刊创新发展。东道主安排采风调研，展示了当地丰富的历史文化；其中，位于绍兴嵊州的越剧诞生地、女子越剧发源地、越剧博物馆、越剧小镇、越剧艺术学校这一条"越剧之路"尤其惊艳，令人感悟。越剧在几十年间从田头小戏发展为全国第二大剧种，绝非偶然；越剧改编《新龙门客栈》"火出圈"，"顶流"陈丽君为越剧赢得了大批青年观众，这都是越剧的创新DNA在起作用。

走在嵊州，宛如读了半部越剧史。

东王村：越剧诞生第二天险遭扼杀

首先要说的是，今天绍兴辖下的嵊州，秦汉时期就已建县称"剡"，千年剡溪从这里流过，400多位唐朝诗人在此留下了1500多首诗作。"湖月照我影，送我至剡溪"，这是李白的《梦游天姥吟留别》；"剡溪蕴秀异，欲罢不能忘"，这是杜甫的《壮游》。北宋此地始名嵊县。

嵊州民间艺术丰富多彩，有看牛调、五更调、双看相调等民歌，《辕门》《妒花》《绣球》《十番》等民乐，狮舞、龙舞、高跷、大头荷、哑背疯等民间舞蹈。

这样的嵊州，能歌善唱的人物自然很多。清咸丰元年（1851年）前后，就出现了农民金其炳这样一个聪明人。他能见物唱物，见人唱人，能唱牧牛山歌、民间小调、工尺调、宣卷佛曲调等，常在田头歇息和夏天夜间纳凉时唱山歌。他还把宣卷佛曲和工尺调混合编唱，自称是新创的曲调，当时的听众称这是"四不像"调。后来人则郑重地称之为"四工合调",尊金其炳为越剧"师公",把他唱山歌的行为尊为"田头歌唱"。

金其炳显然不会预见到自己后来的光荣。当时旱涝灾害不断,逃荒求乞者无数。金其炳不愿逃荒,他带着徒弟们挨门挨户去卖唱。有些人家不欢迎,就会说"勿要唱、勿要唱";金其炳他们为了生存就偏偏要唱。越剧的源头之一"沿门唱书"产生了。

在越剧博物馆,讲解员表演了"沿门唱书":"勿要唱勿要唱偏要唱……"她娴熟流利地唱完一段吉利词,参观者为她鼓掌;而在当年,这一串词能换来一点年糕或小粽子。

金其炳收了一个鞋匠徒弟金芝堂。金芝堂边补鞋边唱书,根据民间故事和传说改编创作了许多新书目,在杭嘉湖地区被誉为"三个月不唱回头书",还创编出了"呤嗄调"。

1879年春节,余杭县最大的茶馆岳阳楼邀请金芝堂唱书。他把绣有自己名字的桌围挂于小台上的桌子前,自己站立在桌后唱书,时坐时立时走。伴唱者则坐于桌旁,击鼓打板,接腔帮唱。由此,"沿门唱书"发展成为"走台书"。

用今天的话说,金芝堂有足够的自我意识和职业意识。他把很容易遭到歧视、贬斥、侮辱,同时很不正规的"沿门唱书",变革为一种职业化活动。我留意看了他的生卒年份,他只活了44岁。

这样又过了20多年,1906年3月27日,农历三月三,几位唱书艺人在嵊州甘霖镇东王村香火堂前,用四只稻桶垫底,铺上两副门板,搭起草台,一人一角,上演了《双金花》等戏,还设置了把场、击鼓、打板、帮腔。

从"田头歌唱""沿门唱书""走台书"一路走来,三代唱书人走了50多年,到这一天终于拥有了自己的剧本、角色、曲目、舞台;这一天被后世称为越剧诞辰日,东王村树立起了"越剧诞生地"的牌子。

但是 1906 年 3 月 28 日的东王村是紧张的。越剧诞生的第二天，甘霖镇团练头子樊金焕以"东王村演的是'鹦歌淫戏'，扰乱社会治安，有伤风化"为由，要禁戏抓人。东王村乡绅李海法当即宣告："今夜照常演戏，樊金焕敢来抓人，我豁出卖光自家田地，与他打官司。"他抽调青壮年组成"卫客"，亲自坐镇；艺人们顺利演了小戏《绣荷包》《卖青炭》和大戏《赖婚记》。

真正的历史就是这样，细节满满，无比丰盈。

施家岙村：女子越剧在打压中起步

越剧诞生后，各个艺人班子分路出发，奔向杭州、上海等大城市。在两次冲击上海市场失利之后，第三次终于在上海立住脚。他们努力向京剧、绍剧等学习，一边沿用金芝堂的吟嘎调，一边创新"板腔变化体"，又改良剧目，建立乐队。

接下来要登场的是施家岙村。

1923 年农历五月二十七，施家岙村人王金水出资，在村中开办了第一个女子越剧科班。

王金水这个人身高体壮，青年时租包柴山，是一个生意能人。他与光复会的骨干结为知交，和几个绿林头目有往来。袁世凯倒台后，参加辛亥革命和反袁斗争的嵊县人大量进入上海。王金水依靠这层关系，也开始往返沪嵊，经营旧衣、布头、糖果、糕点等生意，又为戏班包饭。不久，又和同乡合股，成为升平歌舞台的前台老板，承包演出业务，进入了越剧圈子。

艺术史上可能常有这种人，不大懂或者不真懂艺术，但是知道艺术很厉害，能赚钱，刚好他也有钱，还有点本事，也愿意砸钱，于是他就把艺术捧起来了。王金水就是这样，他能"整合资源"，安排教戏师傅，也能"招生"。

办班之初，年幼的姑娘不敢加入，不少人斥之为"伤风败俗"，并问王金水是否敢送自己的女儿来学戏。王金水就动员女儿、侄女率先进班。他开出优厚的学员条件：学期三年，帮师一年；艺徒在学艺期间，衣食住行概由老板负责，满师后，送给每个艺徒银洋六十元、金戒指一只、旗袍一件、皮鞋一双。当年，农村长工的年酬只四五十元，童工不到二十元，做针线活和烧饭的妇女，一个月只能挣得一两元。于是前来报名者竟有五六十人之多，录取了二十多人，第一代女子越剧名伶就从这批人中诞生。

女子越剧登台之初还是很稚嫩的。她们在施家岙村第一次登台亮相，照例要先派一个"开脸小丑"到台上去舞蹈一圈，方才开锣。那天，台前观众熙熙攘攘，那个开脸小丑竟躲在门后哭着不敢上台，后来传为笑谈。

很快，这批十三四岁的小女孩就沿着"落地唱书"艺人开辟的演出线路，开始了长时间、长距离的流动演出。施家岙村女子越剧博物馆的讲解词写道："艺徒们饱受饥寒、疲劳之苦外，还得躲避警察，生活极其艰难、环境极其险恶。"为避查禁，她们不得不学唱绍剧，甚至演绍剧剧目，以遮耳目。在师傅们的精心指导下，她们的技艺不断提高，戏路逐渐拓宽。

女班初到上海，由于行头粗糙、演技幼稚、上台怯场、表情不到位，男女唱腔很不协调，于是铩羽而归回到施家岙村。

可是在乡亲们的心目中，这批女班是闯过大上海的，族人破例为女班开放祠堂戏台，"杀鸡祭台"，为村民免费公演。艺徒们也放开了胆子演出，天真活泼的表演，亲切柔和的乡音，引起了观众极大的兴趣。女班从心灰意冷中振奋了起来，开始辗转各村演出，不为盈利，但求生存，只收六个铜板的门票。几个月的演出，局面渐开，影响日增，这在越剧史上被称为"六个铜板救了越剧"。

在琴师的配合下，施银花等女班学员大胆吸收京剧、绍剧和民歌小调的营养，在男班丝弦正调的基础上，改定基音，摸索出一种新的"四工调"，战胜了男女声腔不协的困难，走出了女子声腔第一步，成为"女子越剧发展的里程碑"。到1925年，施家岙女班艺徒已渐渐绽出女性的天赋美，唱腔新颖，

技艺过人，各地竞相邀演，名角用轿子迎送，备受礼遇。王金水稳坐施家岙，四年中盈利一万多块钱，心满意足告老还乡。其收益被人眼红，于是你也教一班，我也教一班，女子越剧班在嵊州开枝散叶。

1938年开始，大量涌现的女班陆续奔向上海，在短短数年间，成为沪上观众最多最红火的剧种，超越了老牌的本地沪剧。报纸评论称"上海的女子越剧风靡一时，到近来竟有凌驾一切之势"。

走向全国：创新是越剧的性格

女子越剧时代来临了，她们如此俊美雅致，她们的变革却那么轰轰烈烈。

最早闯入"孤岛"的姚水娟，清醒地意识到女子越剧要有"适合时代性的剧本"。她聘请原《大公报》记者樊迪民担任自己的专职编剧，1938年9月12日，新戏《花木兰代父从军》上演，这是女子越剧改良阶段聘用专职编剧编演的第一个新剧目。报刊纷纷称赞，上海英文报《大陆报》更将花木兰比作圣女贞德。日本特务机构为阻止演出，威胁要在戏院安装炸弹，但无济于事，该剧连演27场，场场爆满。

1940年，樊迪民根据上海社会新闻改编的时装戏《蒋老五殉情记》上演，以"话剧化、电影化"相号召，采用实景舞台，进行折光和追光。姚水娟演出时出现在观众席中，从台下走上舞台，调动了观众的热情。剧目大受欢迎，共演出116场。

继之而起的是袁雪芬。1942年，她首创"剧务部"，聘请思想活跃的年轻知识分子担任编剧、导演、舞美、音乐等专职。这种做法很快被各剧团仿效，完整的文学剧本和导演排练成为常态，使越剧的面貌出现了重大变化。

袁雪芬把话剧、电影的现实主义表演和民族戏曲的传统结合起来，还率先在中国戏曲界形成了写意与写实相结合的独特表演风格。在那个变革的年代，越剧声、光、电、服、化、道、舞、美都在不断进步，舞台变得生动而绚丽夺目，剧情变得完整而引人入胜，音乐变得细腻而回味无穷。就连化妆手法，也由水彩进步到油彩。

1943 年 3 月，袁雪芬主演新戏《香妃》，舞台上感情迸发，唱腔与排练时不一样。琴师周宝财临场发挥，创出了"尺调"，这成为越剧沿用至今的主腔。

1945 年，相似的一幕发生在范瑞娟的《新梁祝哀史》表演过程中，当范瑞娟情不自禁地改变了既定唱调，周宝财再次以高超的技艺完美配合，借鉴京剧"反二黄"，创出了低沉缠绵的"弦下调"。

周宝财先生 2002 年去世。这些人都是越剧的大功臣。

1946 年，袁雪芬从编剧南薇处听到鲁迅《祝福》的故事，当即表示要搬上舞台。她很有胆识地对鲁迅夫人许广平说，为了适应越剧观众的口味，要在剧中加上爱情情节。1946 年 5 月 6 日，《祥林嫂》上演，田汉、洪深等知名人士应许广平之邀前往观看，给予很高评价。这是越剧改革的里程碑。

在嵊州的越剧博物馆，展出了周恩来 1946 年 9 月对上海地下党的指示："……从戏剧艺术入手，主动接近她们，尊重她们，帮助她们，耐心地引导她们逐步走上革命道路。她们有观众，这就是力量。"

1949 年 9 月，袁雪芬与梅兰芳、程砚秋、周信芳作为戏曲界特邀代表，参加了中国人民政治协商会议第一届全体会议。10 月 1 日，她登上天安门城楼参加了开国大典。

此时，距离金其炳的"田头歌唱"大约已有百年。

走出越剧博物馆，记者在嵊州越剧艺校的校园宣传栏里，看到了优秀校友陈丽君的照片。艺校老师说，当年，陈丽君在这里被称为"练功房女孩"。

越剧史上的每一代都有自己的"陈丽君"。她们只有求新求变，才算得上尊师重道，如果有一天停止创新了，那才是对越剧传统的背叛。

（原载《长江日报》2024 年 4 月 16 日）

戏从乡间来

瞿冬生

人间四月天，春暖花开，诗意弥漫在江南大地。

一个月前刚退休的我，仍然应邀与全国各地报纸副刊同人一起"循迹溯源·运河文化绍兴行"，机不可失。其间，有幸走访越剧之乡嵊州，使我深切感受到"戏从乡间来"的妙趣。

"接下来我们将展开越剧之旅。大家都知道，越剧起源于嵊州，没有多长的历史，但特别柔美，风靡南方乃至全国，碾压许多地方剧种。然而，清末民初，这里另外有一种说法，就是嵊州出强盗。最著名的大概是王金发了，当然，他是个帮助秋瑾的好强盗。这两者看似矛盾，却也有动因上的一致。那就是这里地处偏僻，老百姓比较苦，不得不寻找各种极限式的出路。"负责会务的浙江日报文化新闻部总监竺大文在微信群里的"预报"，比气象台精准多了，而且生动风趣。

"拿越剧来说，一开始就是一帮乡下人利用农闲想出去挣点钱。对于他们来说，观众的掌声和我们新媒体的点击量一样，是生命线。可以说，越剧的好听真正是市场经济竞争的产物。"

嵊州是绍兴所辖县级市，面积不算大，人口也不多，然而，历史悠久，人文荟萃，有"千年剡溪唐诗路"，李白、杜甫、白居易等文人墨客曾来此寻幽访古、朝圣山水，留下 1500 多首脍炙人口的佳作。嵊州，离温州不远，之前却无缘叩门。

剡溪边的甘霖镇施家岙村，是国内首个以戏剧剧种命名的特色小镇——越剧小镇，2018 年 12 月 31 日试运营，至今已接待 120 多万人次。东道主真是用心了，把 4 月 1 日晚餐安排在古戏楼。这座古戏楼建造时借鉴了故宫畅音阁，雕梁画栋，金碧辉煌，有越剧"金色大厅"之誉。台下，享用着丰盛的剡溪宴；台上，演绎着经典的唱段。此刻虽是饭点，需要"加油"，但美食哪有"水袖勾连，眉目传情"的缠绵，哪有"死生契阔，与子相悦"的深情？于我而言，眼福耳福远比口福重要。

饱餐之后，便与西安报业传媒的温州老乡章学锋漫步剡溪畔，一同感受溪风的清爽。不一会儿天上飘来丝丝小雨，剡溪边的春景更像柔软细腻的越剧了。可惜又要赶路，只得匆匆离开。

如果说在古戏台吃的是越剧"快餐"，那么，在越剧博物馆享用的是厚重"大餐"。越剧博物馆新馆设计新颖，豪华气派，于 2023 年 5 月 18 日落成开放，建筑面积 18427.11 平方米。其中有越剧厅、嵊州历史厅、越剧艺术体验中心等基本展陈及公共服务区域。据介绍，早在 1990 年 10 月 18 日，珍藏着 3 万多件越剧文物和史料的越剧博物馆就开馆了，那是中国首家专业戏曲博物馆。

一个剧种如果没有"领头雁"，很难打响。正是有了像袁雪芬这样的"领头雁"，创造了符合越剧发展的编导演音美的现代戏曲机制，才使得越剧从一个江南小剧种一跃成为全国第二大剧种。说是奇迹也不过分吧。

走进越剧博物馆"越地天籁"展厅，很难想象，女子越剧的诞生是那样的平常又是那样的不寻常。林咪娜谙熟越剧历史背景和掌故，听她讲解就像看一场演出，"道白"之后有清唱。特别是她唱起了耳熟能详的"阿林是我的手心肉，媳妇大娘侬是我的手背肉……"我竟然跟着哼起"手心手背都是肉"。博物馆里有她这样经过科班训练的讲解员，真是"天仙配"。

东王村是百年越剧诞生地，如今，东王、东山、梅涧桥、沈家、东梅 5 个自然村，796 户、2340 人一起享用着诞生地的"余荫"。通过他们的努力，东王村已经是国家级"新农村魅力文化村"了。

曾当了 16 年村主任的李秋顺，是一位能说会唱的讲解员。看他——白 T

恤、白裤子、白鞋子，刚理了发，清清爽爽，精神利落，吸引了我们的眼球；听他——讲故事不停顿，口若悬河、滔滔不绝，打开嗓门唱，有板有调加自创，让大家忍俊不禁……

李秋顺介绍说："一百多年前，越剧还只是我们嵊州一带流行的田间说唱，后来发展成'落地唱书'的艺术形式。""越剧最早的时候是没有舞台的，1906 年 3 月 27 日（农历三月初三），村里艺人李世泉、李茂正、高炳火等八人在香火堂前用四只稻桶垫底铺上门板，搭成一个'草台'，上演了第一场正式的越剧演出，开始走出嵊州走向世界。"

普普通通的香火堂前，因为诞生了越剧而显得不普通了，如今已被列为省级文保单位。因缘际会，稻桶有幸，门板有幸，香火堂成了朝圣地。

凡是能被比喻成"摇篮"的，这个地方肯定出了不少人才。集越剧教育、研究、交流和展示于一体的嵊州越剧艺术学校，是名副其实的"越剧艺术家的摇篮"。它的前身是越剧之家，由著名越剧表演艺术家袁雪芬等于 1962 年倡导建成。如今，这座园林般的新校园由嵊州籍实业家、香港丹桂基金会主席宋卫平捐建，于 2010 年秋投入使用。

"这所学校就是公园嘛。"同行们啧啧称赞。据说，宋卫平先生当年捐赠的不是资金，而是一座完整的学校，连食堂里的碗筷都准备好了，师生们只需要拎包入住。这叫好事做到底吧！

白墙黛瓦，绿树葱郁，跨过"香远益清"牌楼，5 名女生正在练习甩水袖，一抖一挥一扬间，煞是好看。她们走起轻盈的台步，不就是迎宾舞吗？ 250 亩的校园，只能浮光掠影。艺术学校如果关起门来只研究理论，那就糟了。这里之所以走出了那么多的艺术家，是因为他们秉承的理念是"百教不如一练，百练不如一演"。在校友墙上，我不仅看到越剧网红陈丽君，还看到温州老乡陶慧敏、白雪。原来，这里也是温州艺术家的"摇篮"。

走过一个个教室，学生们或独自吹笛，或独自抚琴，都在认真用功。是啊，不吃苦哪来真功夫。

练功房里，一级演员，唱腔、表演教师王桂萍，正在指导学生们练功。《中国绿色时报》的年轻记者王江江捷足先登，跟学生一起耍"花枪"，看得我心痒，跃跃欲试。王老师见我主动"上场"，欣然指点。当我握对了枪杆手势，舞出慢悠悠的"枪花"，王老师便高兴地说："对——啊——对。"采风途中得名家点拨，实属意外之喜，我暗下决心一定要把花枪练会。

湖心亭里，十来个学生正在琴师的伴奏下认真练唱。见我看得入迷，浙江日报绍兴分社记者阮帅便趁机问我"对越剧有何看法"。"真是台上一分钟，台下十年功，说说容易做起来难啊。"我忍不住感叹，"既不离传统之根，又能结出新硕果，这是传统戏曲必须走的路径。"你看，越剧《新龙门客栈》爆红出圈，不就是这个道理吗？

温州是学术界公认的中国戏曲发源地，"温州杂剧""永嘉杂剧"北宋末年就有了。南曲为后来许多声腔剧种如海盐腔、余姚腔、昆山腔、弋阳腔的兴起和发展提供了基础。我国迄今发现最早、保存最完整的古代戏曲剧本《张协状元》就是由南宋时期温州九山书会创作的。作为一个从"南戏故里"来的老记者，我自然会想：温州与嵊州究竟有着怎样的交集？南戏之于越剧有多少影响与渗透？没有研究，便不能置喙。

前不久有报道称，浙江小百花越剧院名誉院长茅威涛来温州参加2024"戏从温州来"南戏经典文化周活动时表示："没有温州，就没有越剧《新龙门客栈》。"这令我颇感意外。原来，此前由浙江省委宣传部、省文联、省剧协组织了一个孵化文艺名家项目，茅威涛担任了温州市越剧院院长黄燕舞的导师。茅威涛说，在与黄燕舞交流探讨中打开了思路，有了越剧《新龙门客栈》的筹备。茅威涛坦言，去温州选角时怕挑多了影响温州越剧院，但黄燕舞很给力，助她发掘了一批年轻演员担任越剧《新龙门客栈》"卡司"。茅威涛说："一切戏剧的源头在温州，我们戏剧的鼻祖源头就在这里。"

　　我想，温州瓯剧、越剧、永昆等以及温州的戏迷们，该以怎样的心态对待"源头"这份荣耀，该以怎样的创新去"跳龙门"呢？越剧《新龙门客栈》，或许有很多启示。

　　　　　　　　　　　　　　　（原载《温州日报》2024 年 5 月 22 日）

越味悠长

剡味悠长

曾钦

7 年前，初夏，和朋友自驾旅行，目的地是新疆。彼时，G7 京新高速内蒙古至新疆段刚刚通车，我们开着车沿着 G7 一路穿越戈壁、草原、湿地、山地，去往天山脚下。经过五六天的长途跋涉，到达入疆后的第一站——哈密。旅途疲惫，一夜好眠，次日早上等不及酒店的早餐我们又要出发，打算到路边找一家早餐店填饱肚子。

因为时差，早上七点多的哈密街头空无一人，道路两旁的店铺大门紧闭，淅淅沥沥的细雨将天空衬托得越发暗沉，估计只能在路上找合适的地方吃早餐了。就在绕了一大圈，大家准备放弃，车辆正在掉头的时候，看见马路对面有一家亮着灯的小店开门了，而且门口放着蒸屉，正冒着热气，于是直奔而去。走近一看，门口招牌上写着"杭州小笼包"。出门这些天，从河南牛肉汤、油旋儿，到甘肃拉面、搓鱼子，再到内蒙古羊杂、韭菜盒子，一众江南人的胃都觉得糙得磨出了沙粒子。进到小店，看着刚刚熬煮好的米粥、乳白鲜亮的豆浆、圆润暗软的小笼包，还没入口，胃已有了暖意。

店主是一对夫妻，年龄不大，似刚过而立，有一些腼腆，看见我们"苏"字头的车牌，也不主动搭话，只是问一句答一句。雨渐止，一顿早饭吃完，知道他们是浙江人，带着两个孩子在哈密做生意，好像是有老乡在新疆开店，牵引着一起来的。开店不过两三年，虽然辛苦但生意稳定，也渐渐习惯了当地的风土人情、气候饮食。饱餐一顿，出发时感叹了几句"离乡背井"，没多久，新的旅途见闻便逐渐将这一段掩盖了。

今年仲春时节，来到浙江嵊州。在我的印象中，这座与张家港相隔 300 公里的城市，仅仅是一个数次路过而不曾亲近的地方。而这次春天之行才发现，其实很久之前，我便与它有了交集。

嵊州秦汉时建县称"剡"，北宋始名嵊县。它四面环山、五江汇聚，中为盆地，呈现"七山一水二分田"的地貌。嵊州是越剧的发源地，嵊州方言也是越剧道白的基础，它还被称为"领带之乡""茶叶之乡""围棋之乡""竹编之乡""根艺之乡"和"中国厨具之都"。历史悠久、文风昌盛的嵊州亦吸引了书圣王羲之，他遍游东南山水后，来到剡溪金庭，为秀山丽水所动，安居于此。听越剧、品香茗，瞻仰书圣故里，参观现代化的厨具企业，游览过嵊州这些鲜亮的城市符号后，当地人都会热情地邀请："你一定要去尝尝我们嵊州的小吃啊。"

嵊州有汇聚各种小吃的食店，想要"一网打尽"，这种店铺是最好的选择，也是当地人招待外地亲朋好友的好去处。小笼包、炒年糕、炒榨面被称为嵊州小吃三宝，小笼包分为实面和发面两种皮，馅则有鲜肉、豆腐、虾仁、牛肉、荠菜、香菇、笋干菜等品种；炒年糕极具特色，说是炒更像是烩，是有汤汁的，将切成条的年糕和肉、笋、胡萝卜、蘑菇、豆腐、咸菜等一起炒，再加水烧煮，起锅时放蛋丝，荤素搭配，虚实有致，汤汁浓稠，分外诱人；嵊州榨面有点像极细的米线，它的原材料就是大米和水，制作榨面的传统手工工艺比较复杂，还需经过天然阳光晾晒，是馈赠亲朋之礼。炒榨面丝丝分明，咸鲜爽口，绵柔而不软烂，筋道而不生硬。

除了这三样，嵊州小吃还有青饺、糯米果、臭豆腐、鸡汁羹、烤饺、汤包、梅干菜烧饼、咸豆浆，等等。鸡汁羹也很有地方特色，在其他地方似乎没有吃到过。它是将鸡胗、鸡肝等鸡内脏切碎，放入鸡汤里，再加上年糕粒和榨面碎，当然少不了嫩豆腐，最后点上青菜细末调味勾芡，入口鲜滑、唇齿留香。

嵊州小吃多且杂，像浙东唐诗之路上留下的佳句名篇，扑面而来，令人有些目不暇接。无论是路边摊，还是夜宵店，抑或是酒店食肆，它们都是纯

朴的，不屑于调朱弄粉，坦然而直接——钟情的，便驻足细品；擦肩的，说不定会等到来日回眸。而我，在7年后，在嵊州小吃的欢宴中，从记忆中唤醒了哈密那个微雨的清晨。

一笼包子一座城。嵊州有近70万人口，据说，有近9万人在全国各地经营嵊州小吃。20世纪，初嵊州人陈东生对小笼包进行改良，在市心街开了第一家小笼包店，改革开放后，嵊州小吃跟随勤劳的嵊州人走遍全国。由于嵊州的"嵊"字太过生僻，所以大家基本上都使用"杭州小笼包"作为店铺招牌。原来，那年，旅途中，熨帖我们胃的那顿早餐，它的故乡在嵊州。食有意，味有情，他乡亦是故乡。可以想见，从此以后，无论走到哪里，看见"杭州小笼包"的招牌，我一定会想起"竹色溪下绿，荷花镜里香"的剡地，想起独具匠心、余味悠长的剡味。

（原载《张家港日报》2024年4月27日）

梅菜扣肉

孟古（刘平安）

初到绍兴，人们多被它厚重的文化、名人荟萃的底蕴所吸引，而我却被一道菜勾起了兴趣。

在绍兴的几天时间里，无论在具有一定规模的饭店，还是在途经的乡间小馆，几乎餐餐能见到梅菜扣肉。同行的人不约而同地推介着："这可是绍兴名菜。"

我逐渐意识到，这道菜不简单。

在鲁迅笔下的百草园，讲解员指着"碧绿的菜畦"中比油菜低矮的菜说："这就是芥菜，鲁迅常吃的梅干菜就是由它晒干腌制的。"

芥菜既是一道家常菜，又是一道文化菜。旧时读书人无不熟悉的启蒙读物《千字文》中，只说到了两种菜，"菜重芥姜"，其中一种就是芥菜。佛家用芥菜种子来比喻微小之物，用须弥山比喻非常大的东西，强调"纳须弥于芥子"。近读《钱锺书杨绛亲友书札》，得知钱基博为孙辈中唯一"读书种子"钱瑗手抄一册书，名为《芥子集》，其中是钱老先生专门为孙女摘选的经史子集内容。书名也是借用佛家小中寓大的道理，"薄物细故之中，有妙道焉！短札数行之间，有远韵焉！"旧时学画的人普遍学习的一本画谱名为《芥子园画传》，鲁迅很珍视此书。不知道他在看这部书时，是否会想到用芥菜作为原料的美味家乡菜——梅菜扣肉。

在徐渭艺术馆，有人分享了一段故事：徐文长虽诗、文、书、画无一不精，但晚年却潦倒不堪。一日，有人开肉铺，请其写招牌，后送一方五花肉酬谢。徐文长数月不知肉味，急忙回家烧煮，无奈连盐都买不起。想起家中有剩余干菜，便一起蒸煮，无意中创造了一道传世名菜。还有人把这道菜的历史追溯到苏东坡等文化名人。

坦白讲，在此之前，我只知道梅菜扣肉是道著名的下饭菜，对其"身世"一无所知。现在才发现，其中颇有讲究。

梅菜扣肉又名"梅干菜扣肉""霉干菜扣肉""干菜焖肉""干菜烧肉"等，其丰富内涵恰恰蕴藏在这些别名里。

梅干菜，又叫乌干菜、干菜、霉干菜等，由芥菜晒干腌制而成，早在明清时期就因其香味醇厚、开胃增食等特点被列为贡品。乌、干、霉分别展示了其三个特征：色泽油光乌黑、形态晒干状、功能防发霉（有人因霉豆腐等

将"霉"理解为发酵工艺，但霉干菜正好相反，晒干更利于久存，不易发霉）。而关于"梅干菜"的来历，一种说法认为，因"霉"字听起来不雅，遂以同音字"梅"代之。

我们平常吃到的梅菜扣肉，往往是扣碗的形态，肉在上，菜在下，肉呈片状，这与它的名称是契合的。而在绍兴民间，很多家庭还在坚持做的叫"干菜毗猪肉"（意思是干菜紧贴着猪肉），又叫"干菜焖肉""干菜烧肉"。它的做法跟梅菜扣肉大体一致，主要少了扣碗这一步骤。

关于干菜毗猪肉的由来，当地人是这样介绍的：过去绍兴开山采石的工人、码头工作的劳力、纤夫多，他们大量出汗，咸口的梅干菜能够补充盐分。因为肉很有限，他们把肉放在梅干菜上蒸，菜有了肉香，而肉省下来还能反复利用，于是就有了这道菜。

相比于我们熟知的梅菜扣肉，干菜焖肉看似其貌不扬，实则鲜香不减。多数情况下，它的肉呈块状，覆于梅干菜之上，有时还有一层菜一层肉或混在一起的做法。如今，有的饭店也有干菜焖肉这一菜品。

那么，梅菜扣肉与干菜焖肉是一回事吗？我带着疑问去请教了绍兴菜研究会副会长伊旭松。按照他的说法，二者可以理解为同一道菜的饭店版和家庭版。最初的民间做法是干菜焖肉，后来在一些婚嫁庆典等场合，尤其在进入饭店的过程中融入反扣等技法，衍生出更显精致的梅菜扣肉这一菜品，而干菜焖肉至今仍流行于民间。

一道菜竟吃出了这么多故事，这是绍兴之行的意外收获。此行之后，再见梅菜扣肉，我便不由得想起绍兴了。

（原载《光明日报》2024 年 7 月 5 日）

愿向绍兴深处寻

钟玲

　　越国古都、东方水城、鲁迅先生的故乡……浙江绍兴的标签众多，但此前我对这个江南小城的印象皆来自书中文字。谈起绍兴时，脑海中闪过的画面，不是鲁迅先生笔下的百草园、三味书屋、孔乙己和其面前的那一盘茴香豆，便是早刻在骨骼里记忆中的江南——古巷烟雨、小桥流水、柳絮繁花，以及穿梭于石桥下的一叶又一叶的乌篷船……

　　江南去得多了，便不再觉得惊艳。4月初，跟随中国报纸副刊研究会"循迹溯源·运河文化绍兴行"采风团奔赴绍兴，初时只当是心怀对一代文豪的敬仰而去"朝圣"。然，亲历过方知，绍兴的美既不止于"春水碧于天，画船听雨眠"的江南景，也未止于鲁迅先生曾写下的那一封封"思乡书"，已有2500余年建城史的绍兴，在江南烟雨色外，亦拥有山河之灵秀、历史之悠远、文脉之隽永、美馔之丰盈……

　　古城今韵，绍兴如是说——

原初之美，在山水天地间

　　彼时，从北京至绍兴，像跨越了两个季节。出行那天，北京乍暖还寒，待夜晚抵达绍兴，迎接我的已是温热的暖风与璀璨的灯火。一夜好梦，醒来后才得见绍兴的江南春色。

　　水乡，春暖，万物蓬勃。

　　如泼墨的画面一般跃入眼睛的，是处处柳色青青，处处绿意葱茏。此后，总是与曲折的小巷、蜿蜒的河道、雅致的石桥、古朴的乌篷船，相逢又相逢。没有腻，也不再讶异，只是在一个个脚印中渐渐明了，何为"三山万户巷盘

曲，百桥千街水纵横"。越人自古于此沿河建房、遇河架桥，让今日水域面积达500平方公里的绍兴，既有水之柔媚，又因会稽山、天姥山等名山的守望，而有山之深沉。

遇见过的山水，我不曾想过要一一记下它们的名字，是因为，我贪恋，那里每一座山、每一条河。

犹记得，兼具奇石之异、山水之秀的柯岩风景区，有一座开凿于隋朝高20米的"天工大佛"，仪态威严，面容安详，与一旁的高30米的"云骨"相邻而立，蔚为奇观。绕水而行，才见其全貌。到了码头，便准备乘画舫去鲁镇。面前的鉴湖，原名镜湖，相传是因黄帝在此铸镜而得名，画舫在碧波如镜的鉴湖之上徐徐前行，虽然身边游人语多嘈杂，我却始终心静如水，自得安宁。向窗外望去，远方，起伏和缓的山峦像笼罩了一层薄雾；近处，湖畔相依相偎的杨柳含烟。偶尔，湖面上还会有一两只白鹭飞过……黄昏时分，远山薄雾上，又多了一抹粉色的霞光。

柯岩的雄奇，为绍兴山水的原初之美增添了一笔颜色，一向觉得绍兴是温柔的"小家碧玉"，可鉴湖水混搭巧夺天工的石刻，偏有一种豪迈的美。

雨后天晴时的绍兴，山野里又是另一种风情。

唐代文学家裴通曾这样说："越中山水之奇丽者，剡为之最；剡中山水之奇丽者，金庭洞天为之最……花光照夜而常昼，水色含空而无底……真天下之绝境也。"

昔日的剡县，也是如今的绍兴嵊州市。于是，因裴通之赞誉，到嵊州的第一站便是位于金庭镇瀑布山麓的东晋书法家王羲之墓园。传说中的金庭观未能一睹真颜，只踏着长约200米、宽4米由卵石铺设的墓道，去王羲之墓怀思。道路两旁，古柏森森，行至尽头，只见一座青石砌成的圆墓孤零零地掩藏在树丛之中，墓前石亭斑驳的亭柱上镌刻着"一管擎天笔，千秋誓墓文"。没有想象中华丽，却庄严肃穆。就在距离墓地仅几米处，便是一片盛放的樱花林。谁会想到，曲径幽深处竟有粉色的花海深嵌在苍翠的山林中，一时得意忘形地与花相拥。那喜悦不亚于《桃花源记》中武陵人初见"芳草鲜美，落英缤纷"桃花源的情形。不禁喃喃自语，王羲之选择在金庭归隐，果然有道理！

那晚，我宿在嵊州，至夜幕降临，落地窗外远方的山隐入夜色，但天上的星河、地上的霓虹却一起璀璨起来。枕着那一窗美景酣睡到天明，虽辜负了窗外的无尽繁华，却在梦里，依旧与那碧水之上的乌篷摇曳、波光潋滟，烟雨氤氲着的绍兴山水，不断相遇。

古韵之美，在历史遗迹中

山水有致，岁月步履不停。自公元前 490 年越王勾践从吴回国迁都于此至今，绍兴已走过了 25 个世纪的光阴。这座城市里，方寸之间皆有典故，每座古老的建筑都有一段如烟往事。

有人归隐于绍兴。

伴着落日余晖，抵达金庭镇华堂村时，远远就望见村口始建于明代正德年间的王氏宗祠，青瓦白墙、飞檐翘角，格外耀眼。小村古朴，总有墨香四处飘散。华堂村为王羲之后裔的重要聚居地，一代一代酷爱书法的王羲之后人，依旧在那些古老的宅子里挥毫泼墨。现在的华堂古村，仍留存许多明清以来的建筑，光是老台门就有 55 座。穿过牌楼走进古村，偶尔看到几个老人聚在一起闲话家常，"九曲水圳"的埠头边，有人洗衣，有人洗着菜蔬，见游人走过，也不会抬眼看，自顾自忙着。

一个人沿着村内一条窄窄的水渠，向小巷深处走去。未走多远，便看到一破败的老屋，灰色的木门，门锁早已生锈，只是墙壁挂着的一幅画上，书写着石氏太婆建水圳的传说。相传，明初时候，华堂村遭遇水患，王羲之第三十六代孙王琼之妻石氏太婆，变卖了自己的嫁妆和首饰，捐资建成了总长

约 357 米的"九曲水圳"。这套独立的供、排水系统,不仅平息了水患,还解决了村中灌溉、消防等问题。时至今日,那一条像玉带般弯弯曲曲的"九曲水圳",仍在小村里履行自己的使命。

故事虽简短,她的面目却异常清晰,再看脚下的水圳,心中只余敬佩:500 多年前,只是一介女流的石氏太婆,却凭智慧与大爱,永远地进入了华堂村的历史。

有人出生于绍兴。

爱的故事似乎至今仍鲜艳,结局却早已于 800 多年前搁浅。

春波弄旁的沈园,与鲁迅故里仅一街之隔,地方不大,由古迹区、东苑和南苑组成,园内小桥流水、繁花似锦,连景观的名字都极富诗意,"断云悲歌""诗境爱意""孤鹤哀鸣"……似乎就是陆游与唐婉从开始至结束的那条悲情的故事线。午间,园内仍然游人如织,可惜,即便春景明媚,游园时也总有莫名的悲伤涌上心头。或许,是那斑驳墙壁上刻着的两首《钗头凤》,不时在提醒我陆游与唐婉令人唏嘘的爱情。"伤心桥下春波绿,曾是惊鸿照影来。"一路回想,不免心生对他们爱情的惋惜,但更多的是对古代女性无法主宰自己命运的悲悯!也不知,在城市的喧嚣中依然静谧的沈园,还能将那些爱而不能相守的诗句,流传多久?

追慕古人的脚步,阅尽魏晋风骨与唐风宋韵,鲁迅故里和蔡元培故居等明清时期的历史遗迹,也在吸引我去追寻先驱者们不能被遗忘的曾经。

位于越城区鲁迅中路 241 号的鲁迅故里,就连工作日也十分热闹。鲁迅于此出生,并度过了自己的童年与少年时期。我一直对这里心存向往。或许是因为读过《故乡》《从百草园到三味书屋》,对文中描述的一切都极其深刻,我对脚下的路,竟没有感到陌生。只将鲁迅先生曾经走过的每一寸热土一步步地丈量,不管身边多么喧嚣,也仿佛在跟随他的影子,一路奔跑、一路笑闹。或是,一路沉思。

穿过汹涌的人潮，经过一条条窄巷与一间间老屋，终于迈进百草园时，像是进入了"洞天福地"，连嘴角都收不住笑。春日下的百草园和课本记忆里的别无二致，高大的皂荚树叶子并不太多，园子中间一丛丛的油菜花，在碧空与艳阳下高高低低地盛放着。只是短短的一段路，仿佛亲眼见过了，书屋里拿着戒尺古板的教书先生，百草园里鸣叫的蛐蛐，以及角落里肆意生长的草……

我好像忽然明白，鲁迅先生儿时的雅趣。虽然，我无法书写彼时万分之一的感动。鲁迅故居的老屋、亭台、天井、砖瓦、草木，见证了周氏家族的兴衰巨变，也见证了鲁迅的成长。1910 年 7 月至 1912 年 2 月的那段时间里，在其中的一间卧室，鲁迅写下了他的第一篇文言小说《怀旧》。此后，他走出绍兴，成为中国新文学运动的倡导者，著名的文学家、思想家、革命家。

烟雨入江南，江南就成了一幅流动的水墨画。

阴雨绵绵时的笔飞弄，亦如是。

雨浓，小巷只有几个行人在穿行。蔡元培故居东侧的外墙，在地面的积水中映照出美丽的倒影。故居内，是以砖木结构、花格门窗、乌瓦粉墙为特色的明清台门建筑。这是目前我国所有的蔡元培故居中，唯一只介绍他一生事迹的名人纪念馆。不过，比起鲁迅故里，这里似乎小了很多，也安静了许多。在故居中的一间间房屋中穿梭，虽匆忙了些，也如同重读了一次蔡元培的奋斗史。更钦佩，出身儒商世家的蔡元培，不仅在绍兴创办了明道女中，还一直提倡男女平等、婚姻自主。那天，本不是北大学子的一众游人，也亲切地喊他"蔡校长"。

……

往事悠悠，越地文脉绵延千年，无数名士从古旧、庄重的台门里走出来，为世人留下了一个诗意浪漫、书香四溢的绍兴，一个文化底蕴深厚的绍兴。

至味之美，在人间烟火里

"青团薄薄浑成碧，糯香秾透入玉肌。""夜打春雷第一声，满山新笋玉棱棱……"

一直笃定地认为，每到一个陌生的城市，倘若没有品尝过当地的美食，便不算真的踏足过那片土地。而春至江南，一定要品尝过青团的软糯、腌笃鲜的咸香，才是不枉此行。

此行却惊喜地发现，绍兴竟有许多珍馐美馔令人垂涎。

本不喜饮酒的我，那些日子总想起鲁迅先生笔下身着长衫站着喝酒的孔乙己，曾料想，在黄酒之乡的绍兴，那酒必是至味。遂壮了胆，浅尝了几口女儿红与状元红，无奈，那终究不是我的"菜"，入口只觉得有点苦涩。但在黄酒小镇，却在不经意间折服于黄酒"衍生品"的香甜。

那一日，黄酒小镇的游人并不太多。小镇依旧是江南水乡之貌，不过是在碧水、绿柳、石桥和传统的江南民居中，多了摆放在临水一侧大大小小的黑色酒坛，以及缭绕在小镇上空的黄酒芳香。沿街而行，经过一间间商铺，终于耐不住诱惑，将一杯黄酒奶茶与一盒黄酒冰激凌纳入手中。奶茶也好，冰激凌也罢，都只有淡淡的酒味，看似不可思议的组合，却掩盖掉了独饮黄酒时的苦。除此，还有黄酒棒冰、黄酒布丁、黄酒咖啡……真的是把黄酒运用到了极致，沿袭了绍兴人自古就有以酒入馔的传统。

味蕾，觉醒了。

只是，虽然偶尔回味，却不曾更改一直以来江浙之于我"美食荒漠"的印象。直到在嵊州的越剧小镇饱食一餐剡溪宴后，开始与友人赞不绝口，谁说绍兴无美食？本不喜欢江浙菜的我，这一次，终于将喜爱的江浙食物再添二三——

一道曰"湖月照我影"，实为"菜蒲头河虾打边炉"，主料是菜蒲头、河虾，做法简单，放入菜蒲头的清水烧至滚开，将活的河虾一并放入，不一会儿就从青色转至红彤，不放盐与其他佐料，只求一个鲜。一道曰"山似剡溪溪似油"，实为"高山南瓜煲"，主料是老南瓜、大蒜子、干贝、红枣。雅称来自杨万里的诗"山似剡溪溪似油，人如诗句句如秋"。慢火煲好的南瓜上，闪着一层亮晶晶的油光，入口焦香、绵软，甜到让人不能自拔。另有一道"剡溪春色赋"，实为"泉水田园时蔬"，以泉水煮过的虫草花、西蓝花、玉米、小番茄、南瓜藤等食材，仍保留着蔬菜原本的味道，菜色黄绿相间，味淡，汤甜，满载春天的气息，虽然清淡，但诗意盎然。

冷盘、热菜、点心，一共多少道，记不清了，只晓得每道皆有雅称，都来自诗词，颇为贴切。而那些我不曾食用过的，也可以在一旁友人的大快朵颐里探知一二，必然也是极美。

不禁感慨，我这偶得的清欢，不正是绍兴人的日常吗？吃酒、啖河鲜、佐着腌腊小食的幸福，就存在于绍兴那些宁静致远的老街每日升腾着的人间烟火里。

漫步剡溪河畔，听着潺潺水声，想起《梦游天姥吟留别》中诗仙李白为剡溪写下的名句："我欲因之梦吴越，一夜飞度镜湖月。湖月照我影，送我至剡溪。"一不留神，我竟也从镜湖到了剡溪。这算是重走李白曾经的旅途吗？

李白的诗词世界，万物皆美，对他去过的远方从来只有神往，可是，在那一天的剡溪夜色里，我全然忘却了，只沉醉于那口腹之欲的满足里，不知归路。

......

摇橹声声，千年依旧。

如今，曾留下诗章无数，与汩汩溪水一起越过千年的绍兴，正驶入崭新的时代。

"绕绿堤，拂柳丝，穿过花径。听何处，哀怨笛，风送声声。"今日，绍兴的大街小巷，处处都能听到越音袅袅。百年越剧"梦里江南越韵清，浅斟低

唱醉中游"的故事，仍在绍兴大地传唱。

绍兴古城内，八字桥、书圣故里、阳明故里、鲁迅故里等历史文化旅游街区，古风文韵依旧，在活化利用中焕发新生。

自古繁华的绍兴，还拥有绍兴综合保税区、跨境电商综试区、市场采购贸易方式试点三大国家级开放平台，2023年货物进出口总额达4225亿元……

访迹、溯源、思古、寻味、听曲……在这条寻梦路上，绍兴的瑰丽与壮美——展卷。骊歌响起时，心中满是不舍。不舍，那历史文脉里流淌的风骨；也不舍，那山川大地里遍布的珍遗。不时遥想，绍兴的那一座座曲榭楼台里，曾经有多少人品茶、饮酒、吟诗、作画，只是一起一放之间，便是几许光阴散去？

年轮，呼啸而过。绍兴仍是绍兴，却不再是昔日的越国古都，不再是鲁迅先生记忆里的那个故乡。而今，匆匆一遇，"我本无意入江南，奈何江南入我心"的情结，更甚。此时，回眸。是以过客之名，寄相思，与绍兴，那个我眼中生机流动的梦里桃源……不必问，那思念，至今未央。

只想，若有归期，愿向绍兴更深处寻。

（原载《中国妇女报》2024年6月19日）

在嵊州，遇见别样的三月三

韦佐

作为土生土长的广西人，此前所有的"三月三"都在广西过。不承想龙年三月三却提前过，而且竟然在浙江嵊州过。具体地说，是在嵊州市三江街道江南社区党群服务中心过。时间为清明节前两天，离农历三月三还有 9 天。这让我颇觉意外却又十分欢欣。

嵊州是浙江省绍兴市下辖的一个县级市，距离广西防城港 1800 多公里。4 月 2 日上午，中国报纸副刊研究会年会采风团一行，来到了社区党群服务中心。会议手册上写的是"赴三江街道'满江红'民情哨岗调研"，去一个民情哨岗不知能看到什么呢？同行的一些同人不由有些犹疑。

临近社区，远远就看到"三江街道党群服务中心、江南社区党群服务中心"，两个中心分两行并列镶嵌在约 3 米宽、3 层楼高的墙面上，顶天立地，气势夺人。"三江"两个字，让广西人首先想到广西三江侗族自治县。但这是嵊州的三江，它和少数民族又有什么关联？

"民情哨岗"是起源于嵊州、闻名于全国的"民情日记"品牌。所谓哨岗则是指为党在基层站好岗放好哨，及时了解民情，快速作出反应，闭环解决问题，打造群众身边的舆情瞭望哨。一句话，就是在最基层及时发现问题并及时解决问题。当然，各社区、小区、企业、学校的一些日常互动活动，亦可在此开展。"满江红"民情哨岗设置了四大红色亮点：中国红、石榴红、志愿红、民情红。当日，街道和社区为采风团一行展示了丰富多彩的活动，有日常的，也有特别安排的。

我被壮、白、苗、彝 4 个民族的 4 块展板所吸引。每块展板介绍了该民族的分布、节庆、习俗、美食等内容，且图文并茂。作为一个壮族人，在距

离广西那么遥远的街道社区看到这样的展板，我倍感亲切。展板一旁，竟然还摆开了一席长桌宴。桌上摆放着来自全国多个少数民族的特色美食。如壮族的五色糯米饭、五彩蛋，侗族的打油茶，苗族的血豆腐，哈尼族的特色美食；还有贵州的凉粉、四川重庆的腊肠炒饭……"这打油茶是可以品尝的，还是热的呢……"一名志愿者向我表示："很多特色美食都是家长早上煮好，然后给学生带来的，都是原汁原味的地方特色美食，而不是嵊州当地产的。"

我凑近炒好的腊肉，闻到了特有的烟火味，喉结微动，但不好意思动用牙签叉上一片亲口品尝。身边，几个来自云贵川的同人也有馋念和同感。我们都没想到远在近两千公里之外的一个社区，竟然摆放着来自各自家乡的正宗美食。

当时，丰富多彩的文艺表演和各类手工活动同步展开。有民族歌曲联唱的，有跳彝族舞蹈的，也有跳壮族竹竿舞的……而当日的手工活动，则是各少数民族学生一起做苗族银饰手工。我低头问了问几个做手工的小女孩。第一个说，她来自贵州铜仁，2012 年就随父母来嵊州。我一连问了三四个，她们分别是土家族、仡佬族、哈尼族、彝族，都是随父母来嵊州上学的。"今天来参加活动的学生所属的少数民族，有 10 多个呢。就连她们所属民族的那个字，我都写不出来……"一名志愿者、同时也是老师——体育老师有点不好意思地说。

在一片欢乐的儿童歌乐声中，我感觉自己分明是提前过了龙年三月三。往年三月三，我基本上闭门不出。我所生活的桂南地区，三月三的氛围没有广西其他地市那么浓烈。而在此刻，在嵊州的三江街道江南社区，有表演、有美食、有手工，还有那么些服饰绚丽的少数民族孩子欢聚一堂，也是我平生从未遇见过的。我第一次提前过三月三，仿佛又是第一次真正意义上过了三月三。

"当天在服务中心参加活动的学生，都来自三江街道阮庙学校，这所学校少数民族学生可多了……"三江街道宣传委员丁晓乐说。嵊州不是民族地区，而一个街道学校，怎么会有那么多个少数民族学生？

通过小丁，我打通了阮庙学校教务处副主任董滢老师的电话，终于了解到街道"满江红"民情哨岗"石榴红"背后的感人故事。

阮庙学校有初中部、小学部。目前在校学生 1300 多名，外来务工人员子弟约占 90%，有 14 个少数民族学生 300 多人，分别来自全国近 20 个省份。嵊州市委、市政府开门办学，接纳了这些外来务工人员子弟。"周边其他街道的务工人员子弟，也有到阮庙就读的。"董老师说。基于学校务工子弟多、民族少儿多的特殊性，嵊州市委统战部、市教体局以及各级领导精心指导，开启了推进民族团结进步教育之路。

董老师说，走进阮庙学校，浓厚的民族文化无处不在，在民族林里有一棵闻名全国的"石榴树"。学校与这棵石榴树结缘，还得从 2019 年说起。2019 年，习近平总书记在全国民族团结进步表彰大会上说过"各民族要像石榴籽一样紧紧抱在一起"。当年，学校就在民族林里种下了第一棵象征民族团结的石榴树。现在民族林里有 15 棵"民族树"，代表着汉族和 14 个少数民族。以一棵石榴树为核心，寓意各民族学生要像石榴籽一样紧紧团结在一起。"当年种下的石榴树，这两年都已结了果。我们让学生们摘下来共同分享。"

学校还自编校本教材，内容为各少数民族服饰、音乐、美食、文化、建筑等的展示，是为了让这一代乃至下一代新浙江人记得住乡愁，记得住自己的根。学校把民族团结进步教育融入学科教学之中，帮助学生认知各民族生活习俗及独特的民族文化，引导学生从小牢固树立"民族大团结"思想，从而进一步铸牢中华民族共同体意识。

董老师说，每年植树节、三月三、儿童节等节日，学校组织各族学生开展植树及各类民族特色文艺表演活动，每个学生都要动手，每个班都要出节目。同时，在学校设立嵊州越剧艺术学校阮庙教学实践基地，开设越剧学唱

课，聘请越剧专业教师定期授课，学习弘扬越剧精粹。同时，由专职音乐教师辅导学生学习民族歌舞器乐知识，各族少儿在艺术团内互帮互助、学习进取，共同奏响校园民族团结进步乐章。

董老师还说，采风团一行到服务中心那天，三月三活动算是彩排吧。真正到了三月三，学校还要组织学生正式开展活动，场面会热闹得多。不管如何，对于我，算是遇见了一个别样的三月三。在此，也祝愿三江的民族团结之花越开越绚烂！

（原载《防城港日报》2024 年 4 月 11 日）

绍兴：黄酒浇灌的醉乡

赵宗彪

一

对太熟悉的地方，反而不好写。如自己的故乡，如故乡的隔壁绍兴。

对绍兴最早的印象，是绍兴老酒。我上小学二年级的时候，表叔结婚，我去参加婚礼，被人哄着，第一次喝酒，一口气干掉了一碗，也即半斤，大醉到第二天上午才醒来。对绍兴的第二个印象是鲁迅，上高中的时候，读到了鲁迅的杂文集，激动得当天晚上睡不着觉。一次让我睡着了，一次让我睡不着，说明绍兴的人与物，都不简单。

那次喝酒以后，我再也不敢碰酒，直到上了大学，才能喝一点点的绍兴黄酒，喝得反而兴奋了。鲁迅的书，以后有了全集，常看，只是不会睡不着了。有时候，手里捧着鲁迅的书，靠在枕头上，照样酣然大睡。不知道这于我，是进化，还是退化。

二

从我有记忆开始，20世纪60年代家乡的酒宴，只上黄酒，不会上白酒。白酒，我们叫烧酒，喝的人少，不能上台面。如祭祖、上坟、婚宴、葬礼，都只能上黄酒。在白事中，仅一桌有白酒出现，那是给抬棺材的人喝的。其他人不会去碰。以前的农村，抬棺者大体是固定的，他们不主动参加村里正式而又喜庆的场面。乡里有几个喝白酒的人，都是赌徒或"无潦落人"，不为人所重。到20世纪80年代后，这样的风俗才慢慢在社会流变中消解如烟。

1981年，我考上大学，父亲的朋友让父亲请客庆贺，他们点名要喝啤酒，当时这种酒尚属稀罕，他们喝了以后，认为这种酒如涮锅水的味道。父亲回家后说，用啤酒请客，实在是不像样，只能算是便餐。在他们这辈人的眼里，正规而隆重的庆典，非黄酒莫属。我的记忆里，父母亲除了春节、清明等时节偶尔喝点黄酒，从来不喝白酒，更不主动喝啤酒。

白酒的流行，是20世纪90年代以后。变成宴会的主流之酒，则是中国加入世贸组织以后，酒已从礼的层次，降格为以醉为目的了。

三

南方是稻米的主产区，糯米是酿造黄酒最好的原料。我国迄今考古发现的世界上最早的炭化稻米，是在浙江上山遗址，距今一万年。绍兴黄酒之所以享有盛名，同原料相关。绍兴出产的越糯具有淀粉含量高、黏性强、易蒸煮发酵、出酒率高等优点。而鉴湖水最宜酿酒，清人梁章钜在《浪迹续谈》

卷四的《绍兴酒》中，专门写到绍兴酒为什么最好，"盖山阴、会稽之间，水最宜酒，易地则不能为良，故他府皆有绍兴人如法制酿，而水既不同，味即远逊"。

绍兴黄酒以色泽澄黄、芳香馥郁、回味醇厚而闻名。如果酒有所谓国酒之称，中国的国酒，非黄酒莫属，而黄酒中之翘楚，则是绍兴酒。

绍兴黄酒的历史，即使从《国语》《越绝书》《吴越春秋》对越酒的记载算起，也有 2500 多年。

越王勾践当年为了一报吴国之仇，必须增加兵力与劳力，鼓励百姓生育。他的政策是，生男孩，政府奖两壶酒、一只狗。生女孩，奖两壶酒、一头猪。古越地区，当时是重女轻男。

据《吕氏春秋》记载，越王勾践出师北伐吴国时，越国父老向他献酒。勾践将酒倒入河中，与出征将士迎流共饮，以振士气。这就是历史上有名的"箪醪劳师"，这条河从此就叫投醪河，亦称劳师泽。此河一直未改名，河在绍兴古城之内。

在江浙一带，凡对比较牛的人与物，都会加一"老"字，如老师、老虎，对酒的称呼中，只有黄酒称"老酒"。如果不专门指明酒类，凡称酒的，人们都默认是黄酒，由此亦可见黄酒在人们心目中的地位。

四

中国是诗的国度。

曹操说："何以解忧？唯有杜康。"这个杜康，是传说中酒的发明人，后皆借指黄酒。中国的诗，一半是酒催生的。从《诗经》开始，到屈原、李白、苏轼、陆游，因酒吟诗、因酒立功的传奇中，所饮的酒，都是黄酒。这些诗，至少在元代的白酒出现以前，是靠黄酒催生的。如果没有了酒，诗歌会损失一半以上的精彩篇章。

353 年，即东晋永和九年，王羲之带着绍兴黄酒，与 40 多位名士一起，在绍兴兰亭曲水流觞、饮酒赋诗，这次雅集，催生了"天下第一行书"《兰亭集序》。

有人统计过，陶渊明存世诗文 142 篇，涉酒的 60 余篇。李白饮酒诗有 250 余篇，占其在世诗作的四分之一。杜甫的诗中，据郭沫若统计，酒诗占五分之一。有人研究了四大名著，结论是，全都酒气熏天:《三国演义》饮酒场面 319 次，《水浒传》饮酒场面 600 多次，《西游记》饮酒场面 103 次，《红楼梦》饮酒场面 152 次。这些酒场主角，也都是黄酒。

唐代的时候，两大诗人元稹和白居易分别任绍兴和杭州的刺史，两人经常隔着钱塘江赋诗唱和。元稹说:"老大那能更争竞，任君投募醉乡人。"白居易说:"醉乡虽咫尺，乐事亦须臾。"他俩都将绍兴称为"醉乡"。

绍兴是酒乡，也是名士之乡。《二十五史》中有传的绍兴人有 262 位。从唐代以来，出了 2238 位进士，其中文武状元 27 位。截至 2019 年，绍兴籍两院院士有 74 位。绍兴这片土地，出现了这么多人物，是否同他们饮绍兴黄酒有关?

到了清末，一个绍兴人叫秋瑾，她投身革命，曾赋诗:"不惜千金买宝刀，貂裘换酒也堪豪。"不过，她要喝的酒，也是绍兴黄酒，如她的同乡鲁迅一样，都喜欢喝家乡酒。鲁迅在 1930 年 3 月 15 日的日记中写道:"因有绍酒越鸡，遂邀广湘、侍桁、雪峰、柔石夜饭。"

现代文学作家郁达夫、梁实秋、丰子恺、茅盾等人的文章中，常有饮酒的内容，他们饮的都是黄酒，并以绍酒为正宗。

五

绍兴是台州的邻居，但我第一次游绍兴，却是在 18 岁，是大一的春游。照例是看鲁迅故居、百草园、三味书屋、咸亨酒店等处，一路游过去，却没

有时间去品绍兴老酒。以后虽有好几次因公务去绍兴，却没有饮过一次酒。

这次参加中国报纸副刊研究会的绍兴采风，得以有机会细品绍兴的山川之美、风物之盛、人文之厚。晚上与几个同行一起，特地去了绍兴古城中一家邻河的小酒馆小酌，品绍兴酒。河面上荡漾着春风，我们乘着酒兴，天南地北地聊。大家认为，绍兴的人文性格，如黄酒，看似绵软，实则强劲，显示着更坚韧持久的力量。

离第一次喝绍兴酒已有50多年，我的酒量一点也没有长进，想起了陶渊明的诗："千秋万岁后，谁知荣与辱。但恨在世时，饮酒不得足。"

这五柳先生，真是明白人。若去九江访古，我一定给他带一瓶绍兴黄酒。

（原载《台州日报》2024年6月18日）

剡溪是一碗茶

孟德明

剡溪在皎然品过的茶里。此时，有两个符号闪现：越地与佳茗。总是感觉越地遥远，居于视线未及的想象中，缥缈，有点虚幻。

凡喝茶人，大都知道陆羽，盛唐一代茶圣。皆因陆羽有本集茶道之大成的文字留世，唤作《茶经》，世界上最早、最全面介绍茶的专著。不知谁起的书名，陆羽自己不会这么称呼。殊不知，皎然是陆羽这部著述的策划人和助推人；或者说，如果未曾遇上皎然，陆羽这本书有没有也未可知。起码在茶文化史上留名的，不会是陆羽。

我到嵊州时，是在阳历 3 月底，正值"明前茶"上市时节。不禁吟出皎然的《饮茶歌》："一饮涤昏寐，情来朗爽满天地。再饮清我神，忽如飞雨洒轻尘……"皎然写的正是剡溪早春绿茶。看来，这次行程我要和皎然笔下的绿茶撞个满怀。

经历一个冬天的苦寒孕育，茶树枝丫争着亲吻阳光，吐嫩吐翠，放声歌唱。我掐一叶搁进嘴里，便是齿颊生香，一刹那的微苦后，便是香甜，令口中生津，更有草木的清气丝丝掠过，让人欲罢不能。

皎然《饮茶歌》全名是《饮茶歌诮崔石使君》，此时他是在湖州的妙喜寺喝到剡溪绿茶，按说湖州离嵊州不是太远，他依然流露出按捺不住的兴奋，甚至忘了出家人的矜持劲儿，喝了几口后几乎是喊着，让这位湖州刺史崔石一定要尝一尝。他觉得人间美味不示密友，无异于衣锦夜行。"素瓷雪色缥沫香，何似诸仙琼蕊浆。"看着就让人有了醉意。

茶园、茶厂，一路奔走，边喝边看，氤氲在茶香里。流经嵊州的水，嵊州人干脆叫它剡江。叫江倒也恰当，在嵊州城区南面，一条河流绝没有溪流那种叮咚潺湲的印迹。它浩浩汤汤，宽宽阔阔地奔向远方。一连几个清早，我都会从桥头的酒店走到剡溪边，只为多呼吸我欲念里这条河的空气，它就像皎然的金鼎爨出的茶香，久久聚拢着，缭绕着。我想，这茶一准也是遇见这条河，才有了绝美佳话，让剡溪签上佳茗的标识。江边有个趁早卖竹笋的老汉，鲜笋饱满肥硕，一看就是才挖来的，有一点点泥土隐隐散发着清香。我本想买几颗，可碍于行程只得作罢。我试图和他交流几句，他操着一口本地话，嘀咕着，比画着，一直是一脸的认真，而我却听得一头雾水，实在不懂这地道的吴侬软语。不过，这声音倒增添几分我的新奇感。

皎然爱茶，无人能出其右，他是透进骨子里的爱，又是那种不肯独享的爱。每每品到佳茗，便会呼上好友分享其乐。这样看来，他更像一位尽职的

剡溪茶推广大使。那位本不太会喝茶的崔刺史，也被唤来，皎然要让这位刺史爱上茶，从剡溪绿茶做起，先俘获他的味蕾。于是，皎然把这事写进了《饮茶歌诮崔石使君》，被后人称为"饮茶诗"。二人同居湖州，全然没有地位身份之隔，可以看出僧家皎然与刺史崔石过从甚密。皎然得来好茶，激动不已，便急匆匆说与好友。字里行间可以看出，崔刺史喝茶基本没入道。从标题里看得清楚，皎然用了一个"诮"字，劝导、开发友人的雅致空白点。他就差喊出"世上竟有这么好的树叶，不喝，简直是暴殄天物啊"。

"饮茶诗"是皎然即兴之作，待人以诚，纯真一片。他"隐心不隐迹"，这符合他的性格，高古却不孤僻，他与当时的名僧高士、权贵显要都有着密切的接触。我想，分享茶饮该是一个很大的占比。

据载，皎然也是最早品茗会、斗茶赛、诗茶会的倡导者，顾渚茶赛、剡溪诗茶会等都与他有渊源。这点，真有他祖辈谢安的影子。

皎然，本姓谢。东晋名家谢安的后裔，谢家是妥妥的望族之家，"旧时王谢堂前燕，飞入寻常百姓家"，说的就是谢安这一辈的辉煌。世易时移，"青山依旧在，几度夕阳红"，谢家骨子里的那份清高还在。隐去姓氏后的皎然，没有以地位更为高贵的谢安为祖，而是寻到一位他更推崇的山水派诗人谢灵运为前辈。"潜虬媚幽姿，飞鸿响远音。薄霄愧云浮，栖川怍渊沉。"（谢灵运《登池上楼》）这样的心境正合着皎然的心绪。于是，皎然写道："山居不买剡中山，湖上千峰处处闲。芳草白云留我住，世人何事得相关。"（皎然《题湖上草堂》）。

离开越地嵊州已三个月有余，总感觉时光如昨。想来，那带回的大包小包的剡溪绿茶，友人都该已品完。大家回馈的信息是，茶里乾坤大，茶里茶道多。"孰知茶道全尔真，唯有丹丘得如此。"（皎然《饮茶歌诮崔石使君》）这丹丘子便是得到了剡溪的滋养。茶意茶香，到了剡溪，就会早早悟到，早早爱上的。

（原载《廊坊都市报》2024 年 7 月 13 日）

黄酒浸润的土地和血脉

朱一卉

时隔 21 年,再一次踏上绍兴这方土地,穿过古轩亭口,漫步在仓桥直街,空气中,依然弥漫着熟悉的馥郁酒香。

那是绍兴黄酒令人陶醉的香气。在这样的香气中,浮躁、焦虑的人心逐渐变得平和,而坚韧不屈的力量,也从平和中蓬勃生长起来。这种力量,来自这片神奇的土地,我们在秋瑾、鲁迅、徐渭等人身上,都曾看到过。

21 年前的夏天,我曾泛舟鉴湖,从百草园到三味书屋,再到青藤书屋,在咸亨酒店就着茴香豆喝黄酒,在古越龙山酒厂堆积如山的酒坛间穿行,浑身上下都被酒香熏染。

今年 3 月底 4 月初,故地重游,兰亭、沈园、柯岩……唤醒记忆,感慨旧貌犹存,物是人非;新建的大禹纪念馆、王阳明纪念馆、徐渭艺术馆、子民图书馆……让人流连忘返,而越地那份传承千年的黄酒气息,挥之不去,历久弥香。

在越城区黄酒小镇,我第一次品尝了黄酒冰激凌和黄酒咖啡。黄酒和冰激凌、咖啡融合之后的味道之美、之奇,无以言表。黄酒的温润醇厚在冰凉的甜蜜和绵长的兴奋里,开拓了更加辽阔的意蕴。冷静只是表象,骨子里,是一种坚不可摧、能化为绕指柔的钢铁意志。

世界有三大古酒,都是酿造酒,分别是起源于古巴比伦的啤酒、古波斯的葡萄酒和中国的黄酒。啤酒清淡狂放,葡萄酒浪漫热情,黄酒则柔和温润。啤酒适合灌,一杯接一杯地一饮而尽;葡萄酒适合品,一小口一小口地抿;黄酒则适合饮,最好温热,从容不迫,雅致平和,不疾不徐。

当然,只要是酒,不管度数高低,喝多了都会醉。啤酒、葡萄酒喝醉,

醒得快；而黄酒后劲最大，一旦醉，真正让你沉醉不知归路，不知今夕何夕。

尼采倡导的酒神精神大抵是这个意思：人生的终极目标是死亡，是幻灭，是绝对的无意义，但人的伟大之处，或者说，人面对虚幻拥有悲剧性陶醉，即便人生注定是一幕悲剧，但生命敢于承担自身的无意义而并不消沉衰落，这正是生命的骄傲！

酒神精神，是关于生命的哲学、爱的哲学。中国的酒神精神以道家哲学为源头，追求绝对自由，忘却生死利禄及荣辱，但最终演化成穷则独善其身、达则兼济天下的儒家文化。

我想，这便是黄酒精神。温和、雅致、中庸、宽厚，只是其表象，只是日常；而其本质、内核，则是博大的胸怀和坚韧的意志。

在会稽山前，大禹陵前，我们拜谒大禹铜像，仰望大禹手持木耜、脚踏巨舟、看滔滔洪水驯服地在脚下缓缓流淌的姿势巍然屹立。他三过家门而不入，整整13年，风餐露宿，亲力亲为，终于完成治水大业。在凄风冷雨中，和民众并肩治水时，我想，大禹和民众，用来御寒的，少不了黄酒。而其坚韧不拔、持之以恒地和水患不罢不休地搏杀到底，便是黄酒精神的写照。

"心学"集大成者王阳明，既能坐而论道，又能运筹帷幄，挥鞭纵马，张弓搭箭，平定南赣之乱、宁王之乱以及西南部的思恩、田州土瑶叛乱和断藤峡盗贼，战功赫赫。可以说，王阳明也是黄酒精神的集大成者。"无善无恶心之体，有善有恶意之用，知善知恶是良知，为善去恶是格物。"王阳明能够如王士祯所言，成为"明第一流人物，立德、立功、立言，皆居绝顶"，就是因为他胸怀博大，内心坚韧，懂得"良知""格物"，并能知行合一。

王阳明去世时，徐渭才八岁，已经以文思敏捷而被乡人誉为神童。但其命运多舛，虽然在诗文、书法、绘画、戏曲甚至军事上均有不俗的建树，但一生屡试不中，作为幕僚寄人篱下，穷困潦倒。在如此不堪的境遇里，徐渭身上的黄酒精神依然展现出极强的生命力和冲击力。作为谋士，他出奇谋，战倭寇，取得柯亭、皋埠、龛山之战的胜利；为浙直总督胡宗宪谋划，助其擒获倭寇首领徐海，招抚海盗汪直。胡宗宪被构陷而死后，徐渭对人生绝望，写下《自为墓志铭》后，多次自杀未遂。他写道："渭为人，度于义无所关时，辄疏纵，不为儒缚；一涉义所否，干耻诟，介秽廉，虽断头不可夺。"蔑视权贵、独立不羁、高傲倔强，三军可夺帅也，匹夫不可夺志也！哪怕跌落在尘埃里，依然有一腔热血和铮铮铁骨——这便是黄酒精神。

在徐渭艺术馆的展板上看到一则故事：徐渭返绍，山阴县令刘尚之前来拜望，因为乘的是轿子，又带了随从，徐渭闭门不见。事后，徐渭写诗一首请人转给刘尚之，以示谢意："不是疏狂甘慢客，恐因车马乱苍苔。"刘尚之这才领悟到，徐渭不是拒绝朋友，而是拒绝"传呼拥道"的官员。于是，刘尚之换了便服，独自悄悄地再去拜访徐渭，主客甚为相得。徐渭在诗下有小注云："侯观诗悦甚，即便服徒步往。"

"富贵不能淫，贫贱不能移，威武不能屈"是黄酒精神的应有之义。

绍兴，这方黄酒浸润的土地上，人杰辈出，大禹、王阳明、徐渭、秋瑾、蔡元培、鲁迅……在他们身上，黄酒精神源远流长，一脉相承。而更多的，则是普普通通的村夫野老、打工一族，不管是在兵荒马乱的年代，还是繁华盛世，默默耕耘，辛勤劳作，挺起了中国的脊梁。

（原载《江海晚报》2024 年 7 月 15 日）

图书在版编目（CIP）数据

行在绍兴 / 中国报纸副刊研究会编 . -- 北京：红旗出版社，2025.6. -- ISBN 978-7-5051-5486-5

Ⅰ . I267.1

中国国家版本馆 CIP 数据核字第 20256L6E80 号

书　　名	行在绍兴 XING ZAI SHAOXING
编　　者	中国报纸副刊研究会

出 版 人	蔡李章	统　　筹	赵　洁　吴琴峰
责任编辑	徐娅敏	责任校对	郑梦祎
责任印务	金　硕		
出版发行	红旗出版社		
地　　址	北京市沙滩北街2号	邮政编码	100727
	杭州市体育场路178号	邮政编码	310039
编 辑 部	0571-85310467	发 行 部	0571-85311330
E - mail	hqcbs@8531.cn		
法律顾问	北京盈科（杭州）律师事务所　钱　航　董　晓		
图文排版	浙江新华图文制作有限公司		
印　　刷	浙江新华印刷技术有限公司		
开　　本	710毫米×1000毫米　1/16		
字　　数	340千字	印　　张	23.5　插页　10
版　　次	2025年6月第1版	印　　次	2025年6月第1次印刷
ISBN 978-7-5051-5486-5		定　　价	58.00元